Wie immer

FBI: Houston

Jessica Westin

ISBN:
9781549791123

Aufmunternd versuchte er sie anzulächeln. „Wenn du mich nicht in deiner Nähe ertragen kannst, ist das in Ordnung.“

„Das ist es ja, Brandon, ich weiß nicht, ob es so ist. Vielleicht möchte ich, dass du bei mir bist“, rief Tara verzweifelt aus.

Ein Funken Hoffnung brannte in Brandon auf, den er jedoch sofort versuchte, zu ersticken. Er durfte nicht träumen. Allerdings ließ sich das kleine Flämmchen nicht mehr vollständig löschen. Ein wenig Glut blieb zurück.

„Dann bin ich hier, Tara“, lächelte er sie zaghaft an. Es ist deine Entscheidung.“

KAPITEL 1

Sie wachte auf und öffnete die Augen. Gleißendes Neonlicht traf ihre Pupillen. Hastig schloss sie die Lider wieder und öffnete sie noch einmal. Langsamer dieses Mal. Wo war sie?

Desorientiert sah sie sich um, doch der Raum war leer. Blanke Betonwände begrenzten eine drei mal drei Meter große Fläche. Ihr Blick glitt an einer silbergrauen Stahltür vorbei und schweifte zu der gegenüberliegenden Wand hinüber, in der zwei Glasscheiben eingesetzt waren. Fenster! Doch es fiel kein natürlicher Lichtschimmer in den Raum. Warum nicht? War es Nacht?

Automatisch warf sie einen Blick auf ihr Handgelenk. Aber die Stelle, an der sich normalerweise ihre Armbanduhr befand, war leer. Ihre Lider blinzelten einige Male hintereinander, denn ihr Gehirn hatte Schwierigkeiten einzuordnen, was die Augen ihm meldeten.

Wieso war ihr Handgelenk rot? Wenn sie ihre Uhr nicht trug, hätte sie eigentlich an ihrer statt einen weißen, nicht gebräunten Abdruck sehen müssen. Langsam führte sie ihren Blick den Arm hinauf und vergaß plötzlich zu atmen. Ungläubig sah sie an sich herab. Dann stieß sie einen langen, schrillen Schrei aus, während sie mit einem Satz aufsprang und panisch von einem Fuß auf den anderen hüpfte.

Erst als ihren Lungen die Luft ausging, ebbte ihr Schrei ab. Entgeistert starrte sie an sich herab. Bis auf ihren BH und den Slip war sie vollkommen nackt. Und ihr Körper war blutverschmiert. Ihre Arme, ihre Beine. Alles.

Bewegungslos vor Schock blickte sie auf ihre blutigen Hände. Dann nahm sie die getrockneten Blutstreifen auf dem Dekolleté wahr und registrierte den gemalten roten Smiley auf ihrem flachen Bauch, ohne ihn wirklich zu erfassen. Mit einem Mal spürte sie, wie der feuchte, blutdurchtränkte BH an ihrem Busen klebte und plötzlich fühlte sie, dass ihre Füße nass wurden.

In Zeitlupentempo senkte sie den Kopf, um herauszufinden, was dieses Gefühl verursachte und wieder brauchte ihr Gehirn einige Sekunden, um das Bild zu erfassen. Sie stand in einer Blutlache.

Sie schrie erneut, doch sie erkannte ihre eigene Stimme nicht. Noch nie war sie in diesen Höhen erklungen. Entsetzt flüchtete sie auf die andere Raumseite, wo sie zitternd zu Boden glitt. Augenblicklich zog sie ihre Knie dicht an den Oberkörper und umfasste die Beine mit den Armen. Ihr Herz schlug in einem solch hohen Tempo, das selbst ein Schnellredner die Schläge nicht hätte zählen können. Ihr Atem kam flach und stoßweise und die Sicht vor ihren Augen begann zu flimmern. Die Wände schienen sich auf sie zu zu bewegen und auch ihre Luftröhre zog sich immer enger zusammen. Panisch schnappte sie nach Luft, während aus der Ferne die leise Stimme der Vernunft in ihr Bewusstsein drang.

Sie musste sich beruhigen. Wenn sie hyperventilierte, machte sie die Situation nur schlimmer. Wände konnten sich nicht bewegen und sie würde auch nicht ersticken. Wahrscheinlich träumte sie bloß. Sie würde einfach noch einmal die Augen schließen, warten bis sich ihr Atem normalisiert hatte und dann aufwachen.

Selbstdiszipliniert zwang sie sich zu regelmäßigem Luftholen. Eins, zwei, drei, einatmen. Eins, zwei, drei, ausatmen. Auch wenn es ihr schwerfiel, die Atmung zu verlangsamen, so gelang es ihr doch allmählich, einen ruhigeren, regelmäßigen Rhythmus zu finden. Schließlich sammelte sie all ihren Mut. Es wurde Zeit festzustellen, ob sie tatsächlich nur geträumt hatte.

Als sie ihre Augen jedoch erneut öffnete, hatte sich nichts geändert. Sie befand sich noch immer in dem gleichen Raum und ihr Körper war noch immer blutverschmiert. Eine Eiseskälte umfasste sie, und sie begann umgehend zu zittern. Doch sie weigerte sich, sich der aufsteigenden Panik noch einmal zu überlassen.

Als Erstes musste sie hier raus. Raus aus diesem Raum. Außerdem brauchte sie eine Dusche. Sie musste dieses ganze Blut loswerden. Sie hasste Blut. Ihr Magen hob sich bei dieser plötzlichen Erkenntnis, doch sie zwang die Übelkeit zurück. Unwillkürlich wusste sie, dass ihr Körper den Geruch von Erbrochenem in dieser Situation nicht ertragen würde.

Ihr Blick fiel auf die Tür. Eine Tür war gut, schlussfolgerte sie. Durch eine Tür konnte sie diesen Ort verlassen. Mit wackeligen Knien stand sie auf und stützte sich dabei mit einer Hand an der

Wand ab. Dann fokussierte sie die Tür. Unsicheren Schrittes ging sie auf sie zu.

Erleichtert atmete sie auf, als ihre Hand den schwarzen Türknauf umfasste. Sie wollte ihn zum Öffnen nach rechts drehen, doch er ließ sich nicht bewegen. Unweigerlich begann sich ihr Herzschlag erneut zu verdoppeln. Das konnte nicht sein. Die Tür musste aufgehen. Wie sollte sie sonst hier rauskommen?

Wahrscheinlich habe ich nicht genügend Kraft, dachte sie und nahm ihre linke Hand zur Hilfe. Doch auch mit zwei Händen ließ sich der Drehknopf keinen Zentimeter bewegen. Hektisch versuchte sie, ihn in die andere Richtung zu drehen, aber das Ergebnis war dasselbe. Der Knauf verharrte in seiner Position. Sie versuchte ihn zu ziehen, zu drücken, zu schieben, doch nichts half. Sie schüttelte und rüttelte mit aller Kraft, die sie aufbieten konnte, aber die Tür ließ sich noch immer nicht öffnen.

Verzweifelt lehnte sie sich mit dem Rücken an die Stahltür. Als das kalte Eisen jedoch auf ihre nackte Haut traf, schreckte sie zusammen. Automatisch trat sie einen Schritt vor. Mit auf der Brust gekreuzten Armen rieb sie ihre Hände über die Oberarme. Auf einmal wurde ihr bewusst, dass sie fror. Wieso war sie überhaupt nackt? Wo waren ihre Kleider?

Noch einmal sah sie sich suchend um, doch außer Blut gab es nichts in diesem Raum. Er war leer. Es gab kein Möbelstück, keinen Müll und keine Kleider. Doch wo hatte sie ihre Anziehsachen gelassen? Warum hatte sie sie überhaupt ausgezogen?

Halt! Eines nach dem anderen. Sie hatte diesen Ort verlassen wollen. Es war besser, wenn sie sich erst einmal auf diese Aufgabe konzentrierte. Über alles andere konnte sie später nachdenken.

Der Weg durch die Tür ist hinfällig, dachte sie. *Aber es gibt ja noch zwei Fenster.* Mit nun festen Schritten durchquerte sie den Raum. Allerdings musste sie feststellen, dass nicht nur beiden Fenstern der Griff fehlte, sondern dass diese zusätzlich auch noch von außen mit einem großen Brett zugenagelt worden waren. Deswegen fiel auch kein natürliches Licht zu ihr herein. Unverzüglich kehrte die Panik zurück. Es war kein Zufall, dass sich die Tür von innen nicht öffnen ließ. Sie war eingesperrt. Gefangen.

Aber wieso? Warum? Weshalb? Wie kam sie überhaupt hierher? Und wo kam das ganze Blut her?

Ihr Blick fiel auf die große Blutlache, in der sie kurz zuvor mit beiden Füßen gestanden hatte und folgte dann den roten Fußspuren auf dem hellgrauen Linoleumboden. In ihrer Panik hatte sie das Blut auf dem ganzen Boden verteilt. Es war so viel Blut. Kalte Angst erfasste sie. Was sollte sie machen?

Auf einmal fiel ihr ein, dass sie noch nicht an das Naheliegende gedacht hatte. Sie sollte um Hilfe rufen. Vielleicht war jemand draußen, der sie hören und ihr helfen konnte. Angetrieben von neuer Hoffnung rannte sie zurück zur Tür und hämmerte mit ihren Fäusten dagegen.

„Hilfe! Kann mich jemand hören? Hilfe!“, schrie sie so laut sie konnte. Immer wieder wiederholte sie die Worte und wurde mit jedem Versuch heiserer.

Schließlich musste sie aufgeben. Sie wusste nicht, wie sie hierhergekommen war. Sie wusste nicht, wo das Blut herkam und sie wusste nicht, was mit ihrer Kleidung geschehen war. Doch sie erkannte, dass es niemanden auf der anderen Seite dieser Tür gab, der ihr helfen konnte oder helfen wollte.

Zum ersten Mal kam ihr der Gedanke, dass es vielleicht ein Glück war, dass sie alleine war. Unmöglich war sie freiwillig in diesen Raum gegangen und ganz sicher hatte sie sich nicht selbst hier eingesperrt. Wer immer sie also hierher gebracht hatte, hatte ganz bestimmt nichts Gutes im Sinn. Was hatte derjenige vor? Und was würde passieren, wenn diese Person zurückkehrte?

Angstbebend sank sie zu Boden, als sie plötzlich stirnrunzelnd ihren Po wieder anhob. Sie hatte sich auf etwas Hartes gesetzt. Unwillkürlich griff ihre Hand danach und zog ein kleines schwarzes Klapphandy hervor.

Verwundert betrachtete sie das alte Gerät in ihrer Hand. Es war ihr bislang entgangen, dass es die ganze Zeit auf dem Boden gelegen hatte. Sie war viel zu sehr mit der Analyse ihrer Situation beschäftigt gewesen und hatte sich dabei von einem Tunnelblick leiten lassen. War ihr noch mehr entgangen?

Aufmerksam scannte sie den Raum mit ihren Augen ab. Sie betrachtete die Wände genauer, ebenso den Boden. Doch offensichtlich war das Mobiltelefon der einzige Gegenstand, der sich mit ihr in diesen vier Wänden befand. Unsicher drehte sie das Gerät in ihrer Hand. Was sollte sie damit anfangen? Würde es überhaupt funktionieren? Und wenn ja, wen sollte sie anrufen?

Angestrengt dachte sie über eine Nummer nach, die sie wählen konnte, doch es fiel ihr keine einzige Zahlenfolge ein. Noch immer in Gedanken versunken klappte sie das Handy auf. Dabei fiel eine Visitenkarte heraus. Nanu? Was war das? Neugierig nahm sie die Karte in die Hand.

U.S. Department of Justice. Federal Bureau of Investigation. Agent Brandon Bucciarelli, las sie. Darunter stand eine zwölfstellige Mobilnummer.

Sollte sie anrufen? Was war, wenn Agent Brandon Bucciarelli der Mann war, der sie hier gefangen hielt? Doch warum sollte er ihr dann seine Telefonnummer geben? Aber warum sollte ihr Peiniger ihr den Kontakt eines FBI-Agenten hinterlassen? Oder war dies vielleicht gar keine Absicht gewesen? Hatte vielleicht jemand das Handy unbemerkt verloren?

Sie zögerte noch einen kurzen Moment, dann beschloss sie die Chance zu ergreifen. Viel schlimmer konnte die Situation in ihrer Vorstellung nicht werden. Mit zittrigen Händen wählte sie die Nummer.

KAPITEL 2

„Dieser ganze Papierkram macht mich noch wahnsinnig“, stöhnte Brandon, während er das soeben fertig geschriebene Protokoll aus dem Drucker zog und abheftete.

„Wem sagst du das!“, stimmte sein Partner Rafael zu. „Aber wenn wir Zeit haben, unseren Schreibtisch aufzuräumen, bedeutet es, dass wir keinen Fall haben und wenn wir keinen Fall haben, gibt es keine verrückten Serienmörder, die gefasst werden müssen. Wir sollten es also positiv sehen.“

„Du meinst, es gibt keine Opfer. Ich für meinen Teil würde zumindest nicht so weit gehen zu glauben, dass es da draußen nicht ein paar Irre gibt, die wir nur noch nicht auf dem Radar haben.“

„Du hast recht“, seufzte Rafael mit ernstem Gesichtsausdruck. „Ich wollte, wir hätten ein System, mit dem wir bereits die erste Tat verhindern könnten, geschweige denn alle weiteren.“

„Das wäre in der Tat hilfreich“, nickte Brandon und dachte dabei bedrückt an die Opfer ihres letzten Falls.

Innerhalb weniger Tage hatte ein zweiundfünfzigjähriger Mann neun alleinstehende Frauen entführt und sie im Keller seines abgelegenen Hauses gefangen gehalten, bevor er begonnen hatte, sie Nacht für Nacht bei lebendigem Leib auf einem Scheiterhaufen anzuzünden, den er an wechselnden einsamen Orten im ländlichen Vorstadtgebiet Houstons errichtet hatte.

Rafael und er hatten den Fall von der Polizei übernommen, nachdem das zweite Opfer aufgetaucht war. Danach hatten sie fünf Tage gebraucht, um den Kerl zu finden und zu fassen. Fünf Tage, in denen noch drei weitere Frauen den grausamen Tod gefunden hatten. Aber zumindest hatten sie vier Frauen gerettet, tröstete sich Brandon. Denn er haderte noch immer mit sich, dass sie diesen irren Täter nicht schneller gefunden hatten. Dabei wusste er, dass er sich keine Vorwürfe machen musste. Weder er noch sein Partner hatten in diesen fünf Tagen mehr als insgesamt zehn Stunden geschlafen. Sie hatten alles in ihrer Macht Stehende getan, um diesen kranken Typen so schnell wie möglich aufzuspüren.

„Heute Abend brauche ich auf jeden Fall Bewegung“, entschied Rafael, womit er gleichzeitig die ernste Stimmung beiseite schob. „Nach einem ganzen Tag im Büro werde ich meine Glieder wahrscheinlich gar nicht mehr bewegen können. Kommst du mit?“

„Sicher. Wie wäre es anschließend mit einem Bier und ein paar Chicken Wings im ‚Cop's Heaven'? Ich lade dich ein. Vorausgesetzt, du machst nicht wieder vorzeitig schlapp.“

„Ich?“, entrüstete sich Rafael. „Ich habe noch nie vor dir aufgegeben, Partner.“

„Oh-oh!“, gab Brandon mit einem zwinkernden Auge zurück. „Darf ich dich an letzte Woche erinnern?“

„Letzte Woche musste ich abbrechen, weil meine Schwester mich anrief. Ihr Auto ist auf dem Highway liegengeblieben, und ich musste sie in der Werkstatt abholen. Das weißt du genau.“

„Klar. Dennoch kam dir der Anruf ziemlich gelegen. Du hast schon ganz schön gekeucht. Aber in deinem Alter ist das verständlich“, zog Brandon ihn auf.

Sein Partner war mit seinen zweiunddreißig Jahren nur knapp zwei Jahre älter als er selbst, doch wenn sich die Gelegenheit ergab, Rafael ein wenig aufzuziehen, so nahm Brandon diese nur allzu gern wahr.

Als er vor drei Jahren zum FBI gekommen war, hatte Chief Apleton ihm Rafael McAdams als Partner zugeteilt. Rafael war damals ebenfalls neu in der Abteilung gewesen. Allerdings hatte er bereits fünf Jahre FBI-Erfahrung in Dallas hinter sich. In jener Anfangszeit hatte Rafael ihn immer wieder als Grünschnabel geneckt. Er hatte jedoch sichergestellt, dass Brandon jederzeit gewusst hatte, dass dies nur ein Scherz zwischen ihnen beiden war.

Zu keinem Zeitpunkt hatte es einen Zweifel daran gegeben, dass Rafael Brandons professionelle Fähigkeiten schätzte. Am Tag von Rafaels dreißigstem Geburtstag jedoch hatte Brandon beschlossen, seinen Partner auf seine eigene Weise freundschaftlich aufzuziehen. Von dem Moment an als plötzlich eine drei vor Rafaels Jahreszahl gestanden hatte, stichelte Brandon über sein Alter.

„Ich werde dir nachher zeigen, wie gut es um meine Kondition steht“, lachte Rafael unbeeindruckt. „Im Übrigen solltest du nicht vergessen, dass auch du seit ein paar Wochen die drei vorne stehen hast.“

„Wie wahr!“, seufzte Brandon theatralisch. Doch bevor er weitersprechen konnte, klingelte sein Mobiltelefon. Automatisch warf er einen Blick auf das Display. Unbekannte Nummer. Einen Moment zögerte er, dann griff er nach dem Handy und nahm das Gespräch an.

„Brandon Bucciarelli“, meldete er sich.

„Bitte helfen Sie mir“, tönte eine unbekannte, helle Frauenstimme durch die Leitung.

Brandons geschultes Ohr erfasste sofort die darin mitschwingende Panik, obwohl die Frau offensichtlich versuchte, sie nicht durchklingen zu lassen. Automatisch richtete er sich in seinem Stuhl auf, während er konzentriert versuchte, den immer schneller werdenden Worten der Frau zu folgen und gleichzeitig deren Sinn zu erfassen.

„Ich brauche Hilfe. Ich bin eingesperrt. Die Tür ist verschlossen und die Fenster sind von draußen mit einem Brett verbarrikadiert. Hier ist alles voller Blut. Ich selbst bin voller Blut und meine Kleidung ist weg. Ich weiß nicht, wo sie ist und ...“

Brandon runzelte die Stirn. War das der schlechte Scherz eines Freundes? Kaum. Zum einen hatte er keine Freunde, deren Humor derart geschmacklos war und zum anderen hatte diese Anruferin wahre Angst. In einer solch extremen Form war diese Emotion nicht zu spielen.

Sein Herz begann schneller zu schlagen, während sein männlicher Beschützerinstinkt immer mehr Neurone durch sein Gehirn jagte. Brandon spürte Rafaels fragenden Blick auf sich, und er hob seinen Kopf. Über ihre beiden gegeneinander gestellten Schreibtische hinweg sah er seinen Partner an. Dabei signalisierte er mit einem leichten Kopfschütteln, dass er, was diesen Anruf betraf, noch ebenso ahnungslos war wie Rafael.

Mit ruhiger Stimme unterbrach er die Frau. „Bitte! Warten Sie einen Moment!“

„... lag das Handy auf dem Boden. Ich habe es aufgehoben und ...“

„Beruhigen Sie sich, bitte, und hören Sie mir einen Moment zu“, versuchte es Brandon erneut, als er realisierte, dass seine Stimme nicht zu der Anruferin durchgedrungen war.

Zunächst sprach die Frau auch dieses Mal weiter, doch plötzlich brach sie mitten im Satz ab. Sie schien ihn endlich gehört zu haben.

Erleichtert atmete Brandon auf. Nun konnte er beginnen herauszufinden, mit wem er telefonierte und anschließend würde er ihre Worte in eine sinnvolle Reihenfolge bringen, sodass er die Situation der Frau verstand. War sie eine Verrückte? Eine geistig Kranke? Doch woher hatte sie seine Nummer?

Kurz entschlossen schaltete Brandon den Lautsprecher seines Telefons ein, sodass Rafael das Gespräch mithören konnte.

„Jetzt atmen Sie erst einmal tief durch", wandte Brandon seine Aufmerksamkeit wieder der Anruferin zu.

Durch die Leitung hörte er, wie sie seinem Vorschlag nachkam und tief ein- und ausatmete.

„Sehr gut", lobte er. „Nun sagen Sie mir Ihren Namen."

Eine unheimliche Stille breitete sich plötzlich aus und ein ungutes Gefühl beschlich Brandon. Leicht irritiert sahen sich Brandon und Rafael an.

„Hallo? Sind Sie noch da?", fragte Brandon schließlich.

„J-ja", kam die Stimme unsicher zurück.

„Gut. Legen Sie nicht auf!", bat Brandon.

„Werden Sie mir helfen?"

Die Stimme klang derart verzweifelt, dass Brandon zu spüren glaubte, wie sich ein feiner Riss durch sein Herz zog. Was um alles in der Welt hatte diese Frau erlebt, um in vier Worten eine solche Emotion transportieren zu können? Doch er war kein Grünschnabel mehr wie noch vor einigen Jahren. Er kannte seinen Job, und er war gut darin. Ganz sicher war er nicht gewillt, sich in etwas hineinziehen zu lassen, solange er nicht die geringste Ahnung hatte, worum es sich überhaupt handelte.

„Sicher helfe ich Ihnen. Sagen Sie mir, wer Sie sind und wo Sie sind und wir haben die erste Hürde genommen."

Wieder herrschte Stille am anderen Ende der Leitung.

„Kommen Sie schon. Es ist nicht so schwer, mir Ihren Namen zu verraten", munterte Brandon mit einer leichten, lockeren Stimme auf. „Es ist auch nur fair. Schließlich kennen Sie meinen Namen auch."

Über den Lautsprecher hörte er, wie sich die Atmung der Frau wieder beschleunigte. Etwas stresste sie. Nein, nicht etwas. Er stresste sie oder vielmehr seine Fragen. Für den Moment beschloss er daher, einen anderen Weg zu wählen.

„Offensichtlich möchten Sie mir nicht verraten, wie Sie heißen", stellte er fest. „Für den Moment bin ich bereit, das zu akzeptieren. Sagen Sie mir ..."

„Sie verstehen mich nicht", fiel ihm die Frau ins Wort und schluchzte plötzlich herzzerreißend. „Ich möchte Ihnen meinen Namen nennen. Er fällt mir nur nicht ein."

Erschrocken blickte Brandon auf und auch Rafael sah ihn betroffen an. Wer war diese Frau?

„Ich lasse den Anruf zurückverfolgen. Halte sie in der Leitung", flüsterte Rafael, woraufhin Brandon gedankenverloren nickte.

In Sekundenschnelle ging er in seinem Kopf noch einmal all die Dinge durch, die die Frau ihm zu Beginn des Gesprächs übermittelt hatte. Sie war eingesperrt und überall war Blut.

„Sind Sie verletzt?", stieß er plötzlich aus. Wieso nur war ihm diese Frage nicht schon früher eingefallen?

„N-nein. Ich glaube nicht. Es ist nicht mein Blut."

„Sind Sie allein?"

„Ja. Aber ich weiß nicht, ob jemand zurückkommt. Ich meine, ich weiß nicht, wie ich hierher gekommen bin und die Tür ist abgesperrt."

„Wissen Sie, wo Sie sind?"

„N-nein!", antwortete sie leise, bevor sie verzweifelt hinzufügte: „Sie können mir nicht helfen, nicht wahr? Wie sollen Sie mich schließlich finden, wenn ich nicht einmal selbst weiß, wo ich bin?"

„Oh, ich finde Sie!", versprach Brandon mit sicherer Stimme. Dies war ein Versprechen, das er ohne Probleme geben konnte, denn er wusste, dass die Kollegen das Handy der Frau orten würden. „Machen Sie sich darüber keine Gedanken. Sprechen Sie einfach noch etwas mit mir und ehe Sie es sich versehen, stehe ich schon vor Ihnen."

Im Hörer hörte er einen leisen Piepton.

„Haben Sie das gehört? Was ist das?", hörte er die verängstigte Frauenstimme fragen.

„Es klingt nach einem leeren Akku", erklärte Brandon, während er das Gefühl hatte, dass eine kalte Hand nach seinem Herzen griff. „Werfen Sie einen Blick auf das Batteriesymbol Ihres Telefons."

Es dauerte drei furchtbar lange Sekunden bis sie Brandon die Antwort gab, die er fürchtete. „Der Akku ist leer. Was mache ich je...", hörte Brandon ihre entsetzte Stimme, bevor die Verbindung abbrach.

„Verdammt!“, stieß er aus, bevor er seinem Partner in die Augen sah. „Sag mir, dass es gereicht hat, Rafe! Sag mir, dass wir wissen, wo sie ist!“

„Warte!“, gab Rafael zurück, während er sich wieder seinem eigenen Telefonat widmete.

„Habt ihr sie?“, fragte Rafael die Kollegen und die Anspannung der beiden Agenten war förmlich körperlich spürbar.

Bitte, wir brauchen eine Adresse, flehte Brandon innerlich, während er sich gleichzeitig darüber ärgerte, dass er so viel Zeit mit der Frage nach einem Namen vergeudet hatte. Welche Rolle spielte es schon, wie die Frau hieß? Sie brauchte Hilfe, und er hätte besser daran getan, sie danach zu fragen, was sie sah, was sie hörte oder wonach es roch.

Die nächsten Sekunden wurden zu gefühlten Minuten und Brandons Unruhe stieg. Ohne Adresse hatte er praktisch keine Chance, die Anruferin zu finden. Sie befanden sich in einer zwei Millionen Stadt und dabei wusste er nicht einmal, ob sie überhaupt aus Houston angerufen hatte.

Erleichtert atmete Brandon auf, als Rafael ihm endlich einen Okay-Daumen zeigte. Ohne weitere Zeit zu verlieren, griff er nach dem Autoschlüssel und steckte sein Telefon ein.

„Los geht's!“, rief er seinem Partner zu, wobei er bereits hinüber zum Treppenhaus sprintete.

„Warte, Brandon!“, hielt Rafael ihn auf, als er Brandon am Parkplatz eingeholt hatte. „Was ist, wenn das Ganze eine Falle ist? Was ist, wenn die Frau dich in einen Hinterhalt locken will? Allein auf Anhieb fallen mir mindestens eine Handvoll Täter ein, die im vergangenen Jahr noch im Gerichtssaal Rache geschworen haben.“

„Eine Falle?“, gab Brandon zurück. „Glaubst du im Ernst, so klingt jemand, dem es darum geht, mir einen Strick um den Hals zu legen?“

„Dieser Frau vielleicht nicht. Ihre Angst und Verzweiflung klangen echt. Das heißt allerdings nicht, dass nicht jemand anders sie benutzt, um dich an einen bestimmten Ort zu locken. Überleg einmal, Brandon: Woher hat die Frau deine Nummer? Wieso hat sie überhaupt dich angerufen und nicht ganz einfach den Notruf gewählt? Das wäre in ihrer Situation das Naheliegende gewesen.“

Nachdenklich rieb Brandon sich über das Kinn. Schließlich seufzte er. „Das ist eine gute Frage, Rafe, und ich habe keine

Antwort darauf. Aber ich weiß, dass wir dieser Frau helfen müssen.“

„Das will ich gar nicht leugnen.“

„Aber? Worauf willst du hinaus?“

„Ich denke, dass wir nicht blindlings in eine abgelegene Scheue fahren sollten, ohne zuvor einige Sicherheitsvorkehrungen getroffen zu haben. Lass uns wenigstens Verstärkung mitnehmen.“

„In Ordnung“, stimmte Brandon zu. „Wir müssen ohnehin dem Chief Bescheid geben. Aber das machen wir vom Wagen aus. Auf diese Weise verlieren wir nicht noch mehr Zeit. Und Rafe, bestell vorsichtshalber einen Krankenwagen. Das Blut mag zwar nicht von ihr sein, aber wenn sie nicht gelogen hat und ihren Namen tatsächlich nicht mehr weiß, dann braucht sie medizinische Versorgung. Aber jetzt sag mir endlich, wie diese verfluchte Adresse lautet?“

„Tingle Lane, Woodbranch. Laut den Kollegen muss das ein altes, verlassenes Farmgelände sein. Das Signal kam in jedem Fall aus einem kleinen Nebengebäude, das als Scheune eingetragen ist.“

Brandon gab die Adresse ins Navi ein, während er bereits den Weg zum Highway 69 eingeschlagen hatte, der sie nördlich aus der Stadt herausführen würde.

Während Rafael mit Chief Apleton telefonierte, verspürte Brandon ein nervöses Kribbeln in seinem Magen, das mit jeder zurückgelegten Meile stärker wurde. Er kannte diesen bösen Vorboten, und er wusste mit einem Mal ganz sicher, dass ihm nicht gefallen würde, was sie draußen in Woodbranch finden würden.

KAPITEL 3

Fünfundzwanzig Minuten später bogen Brandon und Rafael in die Tingle Lane ein. Es war eine schmale Schotterstraße, die durch ehemaliges Weideland führte. Nach nur wenigen Meilen kam ein baufälliges Farmgebäude mit zwei zerfallenen Ställen sowie einem kleineren gemauerten Gebäude in Sicht, das dem Bauer wahrscheinlich als trockene Lagerstätte für seine Geräte gedient hatte. Rechts des Grundstücks schloss sich ein kleineres Waldstück an.

„Sieht ziemlich verlassen aus", bemerkte Brandon, nachdem sie ausgestiegen waren.

„Das muss nicht zwangsläufig bedeuten, dass wir auch alleine sind", erinnerte Rafael.

„Ich weiß", erklärte Brandon, während er seinem Partner eine der beiden Sicherheitswesten reichte, die er gerade aus dem Kofferraum gezogen hatte. „Sicher ist sicher."

Rafael nickte und deutete auf einen sich schnell nähernden Wagen. „Da kommen Brian und Mitch."

„Gut. Dann können wir wenigstens gleich loslegen." Ungeduldig wartete Brandon bis die beiden Kollegen ausgestiegen waren und ihre eigenen Westen angelegt hatten.

„Wisst Ihr, wo sich die Frau befindet?", erkundigte sich Brian.

„Das Signal kam aus dem kleinen Gebäude dort drüben", präzisierte Rafael, nachdem er noch einmal einen Blick auf die Karte geworfen hatte, die ihm die Kollegen auf sein Handy geschickt hatten.

„Überprüft ihr die Rückseite, dann inspizieren wir die Tür", schlug Brandon vor, nachdem alle ihre Waffen gezogen hatten.

„In Ordnung", nickte Mitch und machte sich mit seinem Partner Brian auf den Weg.

Gemeinsam mit Rafael rannte auch Brandon auf das Gartenhaus zu. „Das Schloss sieht neu aus", bemerkte er, während seine Augen bereits die Kanten der Eisentür nach Drähten oder einem Kontakt absuchten, bevor er seine Fingerspitzen über die Ränder gleiten ließ.

„Die Tür sitzt dicht. Sie hat nicht einmal eine Spalte am Boden“, warf Rafael ein.

„Hinten ist alles sauber“, berichtete Brian, der mit Mitch wieder neben ihnen auftauchte. „Es gibt anscheinend zwei Fenster, vor denen jeweils ein großes Brett angebracht ist. Das Holz ist in das Mauerwerk des Schuppens geschraubt worden.“

„Der Eingang sieht auch sauber aus und das Schloss sollten wir ohne größere Problem aufbekommen“, überlegte Brandon, während er bereits seine Waffe zurück in ihr Holster steckte und einen Dietrich aus der Tasche zog.

Bevor er jedoch mit einem Bein niederkniete und das Schloss öffnete, klopfte er zunächst gegen die Tür. „Hallo?“, rief er laut. „Sind Sie hier drin?“ Aber er erhielt keine Antwort. Was hatte das zu bedeuten? War der Frau etwas passiert? Oder antwortete sie nicht aus Angst? Schließlich konnte sie nicht wissen, wer auf der anderen Seite der Tür stand.

„Ich bin Brandon Bucciarelli“, stellte er sich laut vor. „Wir haben telefoniert. Erinnern Sie sich?“

„Ja.“, antwortete daraufhin eine leise Stimme.

„Sehr gut. Sind Sie allein?“

„Ja.“

„Dann komme ich jetzt rein. Treten Sie von der Tür weg und gehen Sie auf die andere Raumseite. Stellen Sie sich so hin, dass ich Sie und Ihre Hände sehen kann, wenn die Tür offen ist.“

Brandon versicherte sich mit einem Blick, dass seine Kollegen für das Ungewisse bereit waren und ihm die Deckung gaben, die er brauchte. Schließlich hatte er als Einziger keine Waffe in der Hand. Rafael stand schräg links hinter ihm und würde die rechte Raumseite sichern, sobald sich die Tür öffnete. Mitch stand seitlich rechts neben ihm und würde die linke Raumseite übernehmen. Brian hatte als dritter Mann die Deckung ihrer Rücken übernommen.

Die vier Männer operierten automatisch, und nicht zum ersten Mal in seiner Agentenkarriere war Brandon erleichtert, Kollegen zu haben, auf die er sich zu hundert Prozent verlassen konnte. Er atmete noch einmal tief durch, dann stieß er die Tür auf.

Zitternd stand sie zwischen den beiden Fensterscheiben und starrte auf die Tür. Dabei wusste sie nicht, ob sie vor innerer Kälte bibberte oder weil sie sich so entsetzlich nackt und entblößt vorkam. Sie wünschte, sie hätte zumindest ein Tuch gehabt, um ihren Körper zu bedecken. Einen Körper, der vollkommen blutverschmiert war. Sie wollte duschen. Sie wollte raus aus ihrer Haut. Es war nicht ihre Haut. Es war widerlich. Hart vergrub sie die Zähne in der Unterlippe, um die aufsteigenden Tränen zurückzudrängen. Sie hatte bereits genug geweint.

Nachdem ihr während des kurzen Telefonats mit Agent Bucciarelli bewusst geworden war, dass sie sich nicht nur nicht erinnern konnte, wie sie an diesen Ort gekommen und was genau hier vorgefallen war, sondern dass sie nicht einmal mehr wusste, wer sie war und wo sie wohnte, war es mit ihrer Selbstbeherrschung vorbei gewesen. Verzweifelt hatte sie versucht, die Leere in sich mit Erinnerungen zu füllen. Doch je stärker sie nachgedacht hatte, desto weniger war ihr eingefallen. Allein der einsetzende Kopfschmerz war mit jeder Minute schlimmer geworden.

Die Tür schwang plötzlich auf und obwohl sie damit gerechnet, ja, sogar darauf gewartet hatte, schrak sie zusammen. Erschrocken hob sie die Arme in die Luft, als sie die Waffen sah, die sich automatisch auf sie gerichtet hatten, nachdem sichergestellt war, dass sich außer ihr keine weiteren Personen in dem Raum aufhielten.

„Nicht schießen“, bat sie mit vor Schock geweiteten Augen und stand für einen Moment stocksteif auf der Stelle. Dann jedoch spürte sie die aufmerksam musternden Blicke der Männer über ihren Körper gleiten. Intuitiv verschränkte sie die Arme vor ihrem Oberkörper und sank zu Boden. Wieder zog sie die Beine so dicht an ihren Körper, wie es möglich war und legte ihren Kopf auf die Knie. Es war eine natürliche Schutzhaltung in dieser Situation, in der der Mensch versuchte, sich so klein wie möglich zu machen.

„Wir brauchen eine Decke“, hörte sie die männliche Stimme sagen, die sie vom Telefon kannte. Dann spürte sie eine warme Hand auf ihrer Schulter.

„Ich bin Agent Brandon Bucciarelli. Ich freue mich, sie kennenzulernen.“

Die Stimme klang warm und angenehm. Genau wie am Telefon. Und sie hatte eine beruhigende Wirkung auf sie. Ihr Herzschlag normalisierte sich und sie wagte es, aufzusehen.

Der Mann war vor ihr in die Hocke gegangen, und freundliche Augen blickten sie auf gleicher Höhe aus einem leicht sonnengebräunten Gesicht an. Der Agent hatte markante Gesichtszüge, doch die gepflegten Augenbrauen, die gerade Nase sowie die weich geschwungenen Lippen nahmen dem Gesicht die Härte. Seine Augen waren ebenso dunkelbraun wie seine Haare, die er in einem sauberen Kurzhaarschnitt trug. Allerdings waren sie nicht so kurz wie es beispielsweise beim Militär üblich war.

„Danke, dass sie gekommen sind“, antwortete sie schließlich mit zitternder Stimme. Nur allzu gerne hätte sie seine Begrüßung mit ihrem Namen erwidert, doch noch immer wollte er ihr nicht einfallen. Nervös knetete sie ihre Lippen aufeinander.

„Selbstverständlich“, gab Brandon lächelnd zurück und betrachtete ihre Gesichtszüge.

Die Frau war jünger als er vermutet hatte. Und schöner. Im Grunde wusste Brandon nicht genau, wie er sich seine Anruferin vorgestellt hatte, aber in seinem Kopf war sie definitiv nicht derart attraktiv gewesen. Hohe Wangenknochen zierten ihr herzförmiges Gesicht, das von großen, runden Augen dominiert wurde und das gemeinsam mit den vollen, ebenfalls herzförmig geschwungenen Lippen Assoziationen zu einer Puppe weckte. Auch hatte ihre Unterwäsche nicht verbergen können, was ihr ansonsten unbekleideter Körper gezeigt hatte: Endlos lange und wohlgeformte Beine, ein flacher Bauch sowie eindeutig attraktive Kurven. Ihr Busen hatte die für ihre Figur ideale Größe und ihre schmale Taille ging in perfekte Hüften über. Brandon schluckte, als sich vor seinem geistigen Auge das körperliche Ebenbild der jungen Frau in seinem Bett bildete.

Dies hier war kaum der richtige Ort, geschweige denn der richtige Zeitpunkt, um über die Körpermaße einer Frau zu sinnieren, rief er sich in Erinnerung. Abgesehen davon, dass es unethisch war, etwas anderes in ihr zu sehen als ein Opfer, das seine professionelle Hilfe brauchte. Verärgert über sich selbst warf er einen Blick durch die offenstehende Tür nach draußen. Wo blieb die Decke?

Er wünschte, er würde unter der Sicherheitsweste sein Jackett tragen. Dann könnte er der Frau wenigstens etwas zum Bedecken geben. Doch die Jacke hatte er zuvor ausgezogen und im Auto gelassen. Gerade überlegte er aufzustehen und die Decke selbst zu holen, als Rafael eintrat und sie ihm reichte.

„Wir suchen die Umgebung ab“, informierte ihn der Kollege leise.

Brandon nickte, während er bereits dabei war, die Decke auseinanderzufalten und sie der jungen Frau um die Schultern zu legen. Dann setzte er sich neben sie auf den Boden.

Augenblicklich zog sie die Decke ganz um sich herum. Nur ihr Kopf schaute noch hervor.

Brandon seufzte innerlich. Er konnte die Frau verstehen. Daher beschloss er, ihr für den Moment den privaten Persönlichkeitsbereich zu gewähren. Er wusste jedoch, dass sie irgendwann ihren Körper genauer betrachten mussten.

In Sekundenschnelle hatte sein Auge vorhin sowohl das getrocknete Blut als auch den mit Blut gezeichneten Smiley auf ihrem Bauch wahrgenommen. Selbst ihr dunkelblondes Haar, das lang bis zur Hälfte ihres Rückens fiel, schien von Blut durchtränkt zu sein. Hatte sie dies schon bemerkt? Oder war es ihr bislang entgangen? Er hatte jedenfalls sofort jedes Detail gespeichert und dabei hatte sich sein Magen unweigerlich zusammengezogen.

Noch immer kämpfte er bei blutigen Tatorten gegen seine eigenen Dämonen an. Mittlerweile hatte er sich jedoch so gut im Griff, dass er die Erinnerungen zurückdrängen und sich auf das Hier und Jetzt konzentrieren konnte. Die letzten Male war es sogar nicht mehr als ein kurzer Blitzgedanke an die Fotos gewesen, die ihm sein Vater als Kind gezeigt hatte und die der Grund dafür waren, dass er heute im Dienst des FBI Serienmörder jagte.

Glücklicherweise kannte niemand den wahren Grund für seine Emotion. Selbst Rafael glaubte, dass er lediglich ein Problem damit hatte, Blut zu sehen. Er rechnete seinem Partner allerdings hoch an, dass er niemals auch nur ein Wort darüber verloren hatte. Im Gegenteil. An den ersten beiden Tatorten, an denen mehr Blut als alles andere zu sehen gewesen war, hatte Rafael seine Reaktion vor den Kollegen gedeckt und ihn durch seine besonnene Art unbemerkt von allen anderen durch den ersten Schock geführt. Sie hatten niemals ein Wort darüber verloren, doch es hatte das Band ihrer Partnerschaft gefestigt und im Laufe der Monate war daraus eine tiefe Freundschaft gewachsen.

Noch einmal ließ Brandon seinen Blick durch den Raum schweifen. Was war hier vorgefallen?

„Können Sie mir einige Fragen beantworten?“, erkundigte er sich, während er versuchte, ihre körperliche und seelische Verfassung zu analysieren. Er ahnte, dass die Frau einem Zusammenbruch nahe war und sie ihre letzten Kraftreserven mobilisierte, um sich eben dies nicht anmerken zu lassen. Ohne Gedächtnis in einem fremden Raum eingesperrt zu sein und mit dem Blut eines anderen Menschen am Körper aufzuwachen, war ein höllischer Albtraum. Es war mehr als die meisten Menschen würden ertragen können.

Es widerstrebte Brandon, die Frau länger an diesem Ort zu halten. Doch er wusste, wie wichtig die ersten Informationen sein konnten. Sie enthielten in der Regel unverfälschte Emotionen, die noch nicht vom Faktor Zeit gefärbt waren.

„Ich ... ich möchte duschen."

Flehende Augen sahen ihn an und Brandon musste angestrengt schlucken. Niemals zuvor hatte ihn ein Blick derart in die Mitte seines Herzens getroffen.

Verständnisvoll nickte er. „Das kann ich verstehen und ich verspreche Ihnen, es kurz zu machen. Aber einige Antworten brauche ich leider direkt hier vor Ort."

In diesem Moment brachte er es nicht übers Herz der Frau zu sagen, dass es noch eine ganze Weile dauern würde, bis sie duschen konnte. Zuerst würden die Spuren an ihrem Körper gesichert werden müssen. Er mochte sich nicht vorstellen, wie sie sich dabei fühlen würde.

Fremde Augen und Hände würden über ihre Haut gleiten und Proben des getrockneten Bluts abnehmen. Die Kollegen würden die Blutspuren intensiv begutachten und festhalten, in welcher Richtung sie mit welchem Druck aufgetragen worden waren. Sie würden mit einer mikroskopischen Lichtlupe darüber gehen, um Rillen und Spuren sichtbar zu machen, die mit bloßem Augen nicht zu erkennen waren, weil sie herausfinden mussten, womit das Blut aufgetragen worden war. Hatte derjenige einen Schwamm benutzt? Eine Bürste? Oder hatte er eventuell sogar seine Hände dafür genommen?

Brandon spürte, wie sein männlicher Beschützerinstinkt sich dagegen aufbäumte. Er wollte die Frau davor bewahren. Er hasste die Vorstellung, dass sie den Kollegen hilflos ausgeliefert sein würde, egal wie einfühlsam diese dabei vorgingen.

Oh Mann! Wann hatte er, was diese Prozedur betraf, jemals mehr als einen mitleidigen Gedanken an ein Opfer verschwendet?, durchfuhr es Brandon. Bislang war es für ihn nicht mehr und nicht weniger als eine notwendige Maßnahme zur Beschaffung hilfreicher Informationen gewesen. Es waren wissenschaftliche

Methoden, die ihnen im steten Kampf gegen das Verbrechen halfen und die ihnen manchmal sogar den entscheidenden Vorteil sicherten. Moderne Forensik war unzweifelhaft und ohne jede Ausnahme ein Gewinn. Warum sah er also plötzlich eine Schattenseite, die er bisher noch nie wahrgenommen hatte? Entschieden schob er den Gedanken zur Seite.

„Erzählen Sie mir, was passiert ist“, forderte er die hübsche Unbekannte mit weicher Stimme auf.

„Ich ... ich weiß es nicht“, stammelte sie, wobei ihre dunkelblauen Augen ihn mit einer solch tiefen Verzweiflung anblickten, dass Brandon ihr spontan eine Hand aufs Knie legte.

Er hatte das Gefühl, dass sie in diesem Augenblick den Körperkontakt mehr brauchte als alles andere und er war froh, dass sie die Decke um sich gezogen hatte. Unmöglich hätte er direkt ihre Haut berühren können.

Aufmunternd lächelte er sie an. „Machen Sie sich darüber im Moment keine Gedanken. Das überlassen wir den Ärzten. Sagen Sie mir einfach, was das Erste ist, woran Sie sich erinnern, bevor Sie mich angerufen haben?“

„Ich bin aufgewacht“, antwortete sie, ohne zu zögern. „Das ist das Erste, was ich weiß.“

„Hier?“, hakte Brandon nach.

„Dort drüben in der Ecke.“ Ihr Blick wanderte hinüber zu der entsprechenden Stelle.

„Sind Sie sofort wach gewesen oder sind Sie mehrere Male aufgewacht und immer wieder weggedöst?“

„Nein, ich war sofort hellwach. Sie überlegen, ob ich irgendwelche Drogen bekommen habe, nicht wahr?“

„Ja!“, bestätigte Brandon nickend. „Ich denke, wir können davon ausgehen, dass man Ihnen etwas gegeben hat. Die Frage ist nur, was es gewesen ist. War Ihnen schlecht? Hatten Sie ein pelziges Gefühl im Mund?“

„Nein“, schüttelte sie den Kopf. „Keines von beidem.“

„Kopfschmerzen?“

„Zu jenem Zeitpunkt nicht.“

„Aber jetzt?“ Fürsorglich musterte er das Gesicht der jungen Frau noch einmal.

Sie war blass und ihre Lippen wirkten blutleer, aber das war in der aktuellen Situation nicht anders zu erwarten. Ihre eben noch dunkelblauen Augen wirkten im Moment jedoch eher gräulich.

Sie zuckte mit den Achseln. „Es ist okay."

Brandon vermutete, dass sie nicht ganz die Wahrheit sagte. Allerdings gab es im Moment auch nichts, womit er ihr diesbezüglich helfen konnte. Er wusste, dass sie zunächst eine unverfälschte Blutprobe von ihr haben mussten, die frei von weiteren Medikamenten war.

Die Heftigkeit des Bedauerns, die er darüber empfand, ihr nicht helfen zu können, überraschte ihn. Aber auch diese Emotion verdrängte er sofort. „Sie sind also aufgewacht. Wissen Sie, wie lange es ungefähr her ist?"

„Nicht genau, nein. Das Deckenlicht war eingeschaltet und von draußen kam kein Licht herein. Das macht es schwierig. Wie spät ist es?"

„Halb zwölf am Mittag."

Brandon sah, wie sie angestrengt grübelte und fügte hinzu: „Freitag, der 21. Oktober."

„Danke!", erwiderte sie und kehrte sofort zu seiner Frage zurück. „Ich weiß nicht, wie viel Zeit vergangen ist, bis ich das Telefon bemerkt habe. Vielleicht zehn Minuten, vielleicht eine halbe Stunde. Keine Ahnung. Ich habe plötzlich das ganze Blut an mir gesehen und bin aufgesprungen. Dann habe ich das Blut auf dem Boden realisiert und bemerkt, dass ich mitten drin stehe. Ich glaube, ich bin panisch durch den ganzen Raum gelaufen. Es tut mir leid, wenn ich die Spuren verwischt habe. Das wollte ich nicht."

Ihre Augen flehten ihn förmlich an, ihr zu glauben und überrascht stellte Brandon fest, dass er eben dies uneingeschränkt tat. Nein, diese Frau war keine Schauspielerin. Obwohl Brandon wusste, dass es die Arbeit der Spurensicherung erschweren würde, kam er nicht umhin sie zu besänftigen. „Machen Sie sich keine Sorgen. Die Kollegen sondieren Ihre Spuren heraus. Wo haben Sie das Telefon gefunden?"

„Es lag neben der Tür. Ich habe es allerdings erst später bemerkt. Zuerst habe ich versucht, die Tür zu öffnen, aber sie war verschlossen. Dann bin ich zu den Fenstern gelaufen und anschließend zurück zur Tür, um nach Hilfe zu rufen. Irgendwann habe ich mich auf den Boden gesetzt oder vielmehr auf das Handy. Ich weiß nicht, warum es mir nicht vorher ins Auge gefallen ist. Es muss schließlich die ganze Zeit dort gelegen haben."

„In Extremsituationen arbeitet das menschliche Gehirn nach eigenen Gesetzen. Es fokussiert und schließt dabei alles andere aus. Ihr Fokus war auf Flucht eingestellt. Daher haben Sie das Telefon zuvor nicht bemerkt“, erklärte Brandon verständnisvoll. „Lag die Visitenkarte ebenfalls bei dem Handy?“

„Sie fiel heraus, als ich es aufgeklappt habe.“

Brandon zog sich ein Paar Handschuhe über und nahm das Gerät in die Hand. Es war ein einfaches Wegwerfhandy, das es an jeder Ecke zu kaufen gab. Nachdenklich drehte er die Visitenkarte in seiner Hand hin und her. Es war seine Karte. Daran gab es keinen Zweifel. Doch wo kam sie her?

Er steckte sie unter die Abdeckung des Telefons, erhob sich und ging hinüber zur Tür. „Ist dies die Stelle an der Sie das Telefon gefunden haben?“

„Ein klein wenig weiter rechts. Ja, genau.“

Brandon legte das Telefon für die Spurensicherung an den entsprechenden Ort. Dann sah er zu der jungen Frau, die immer noch zusammengekauert auf dem Boden saß, hinüber.

„Warum haben Sie nicht den Notruf gewählt?“, erkundigte er sich mit ernster Stimme.

Verständnislos sah sie ihn an. „Den Notruf?“

„Ja. Jedes Kind lernt, dass man in Notfällen zuerst die neun-eins-eins wählt. Warum also haben Sie eine unbekannte Nummer angerufen? Eine Nummer, die sie ebenso gut zu der Person hätte führen können, die für all dies hier verantwortlich ist.“

Aufmerksam beobachtete Brandon die Reaktion der Frau und einen Moment lang starrte sie ihn einfach nur regungslos an. Dann schossen ihr die Tränen in die Augen.

„Ich weiß es nicht. Wahrscheinlich weil mir die Nummer nicht eingefallen ist. Ich kenne sie nicht“, flüsterte sie und in ihrem Gesicht stand hoffnungsloses Entsetzen.

Himmel!, durchfuhr es Brandon. Zum ersten Mal wurde ihm das ganze Ausmaß ihrer Situation bewusst. Es war nicht nur ein Name, der ihr fehlte, sondern ein ganzer Kanon von Erinnerungen. Während er sich mit ihr unterhalten hatte, hatte er ihren Gedächtnisverlust fast vergessen. Sie hatte alle Begrifflichkeiten gekannt, hatte gewusst, was ein Mobiltelefon war, ja, sie hatte sogar daran gedacht, dass sie Spuren verwischt haben könnte. Wie konnte es sein, dass sie sich an all diese Dinge erinnerte, aber die

Fähigkeit, den Notruf abzusetzen, der einem von Kindesbeinen an eingetrichtert wurde, verloren hatte?

Ihre Tränen trafen ihn wie tiefe Messerschnitte. Dies war eine weitere neue Erfahrung für Brandon. Natürlich hatten ihn in der Vergangenheit weibliche Tränen berührt, doch sie hatten ihn niemals getroffen. Er hatte Mitleid empfunden, aber keinen Schmerz. Doch diese echte Verzweiflung war etwas anderes.

Intuitiv kehrte er zu der Frau zurück und legte ihr tröstend eine Hand auf die Schulter. Am liebsten hätte er sie dicht an sich herangezogen. Doch das war vollkommen unmöglich. Daher begnügte er sich mit dem minimalen Kontakt.

„Wir werden dieses ganze Chaos auseinandersortieren“, versprach er mit heiserer Stimme.

Tapfer lächelte die Frau ihn an. „Ja. Bestimmt!“

Liebend gern hätte Brandon ihr versichert, dass alles wieder gut werden würde und sie in kürzester Zeit ihr Gedächtnis wieder hatte, doch das konnte er nicht versprechen. Dafür hatte er zu wenig Ahnung von Neurologie und Brandon Bucciarelli gab grundsätzlich keine Versprechen, von denen er nicht hundert Prozent sicher war, dass er sie würde halten können.

„Die Sanitäter sind da“, verkündete Rafael, der in diesem Moment zurückkehrte.

„Sanitäter?“ Fragend sah die Frau zwischen den beiden Agenten hin und her.

„Sie müssen in ein Krankenhaus“, erklärte Rafael. „Abgesehen davon, dass wir die Ursachen für Ihren Gedächtnisschwund herausfinden müssen, müssen wir sichergehen, dass Sie nicht noch weitere körperliche Verletzungen haben.“

„Ich möchte nicht ins Krankenhaus. Ich möchte nach Hause“, wehrte sie ab und schüttelte heftig den Kopf. Es war eine normale Reaktion, die Rafael und Brandon gewohnt waren, von Opfern zu hören.

„Wo ist Ihr Zuhause?“, hakte Brandon geduldig nach, wobei er sie offen ansah.

Sofort verdunkelten sich ihre Augen und schließlich seufzte sie. „Ich weiß es nicht.“

„Gehen Sie einen Schritt nach dem anderen“, riet Brandon verständnisvoll. „Zuerst einmal lassen Sie dieses Gebäude hinter sich. Dann lassen Sie sich untersuchen und anschließend sehen wir weiter.“

Es schien, als dachte sie einen Moment darüber nach und als sich ihr Gesichtsausdruck änderte, wusste Brandon, dass sie sich in ihr Schicksal ergeben hatte. Sie würde in die Klinik fahren.

„Kann ich wenigstens duschen?“, fragte sie hoffnungsvoll, nachdem sie sich erhoben hatte.

Brandon schluckte. Er hasste es, die Frau, nach allem was sie durchgemacht hatte, über den weiteren Verlauf aufzuklären. Aber es half nichts. Er konnte ihr die Prozedur nicht ersparen.

„Sobald wir Ihren Körper fotografiert haben“, versprach er in der sanftesten Stimme, die er aufbringen konnte.

Augenblicklich zog sie die Decke noch fester um sich und wich einen Schritt zurück. Dabei hielt sie die Enden vor ihrem Körper so fest zusammen, dass ihre Fingerknöchel weiß hervortraten.

„Fotografieren? Warum wollen Sie meinen Körper fotografieren?“ Ihre Stimme klang einige Nuancen höher als zuvor.

„Ihr Körper wurde mit Blut eingerieben und wir können davon ausgehen, dass derjenige, der es getan hat, einen Grund dafür hatte. Diesen müssen wir herausfinden und wir brauchen Fotos für eine schlüssige Beweisaufnahme.“ Brandon schluckte noch einmal. „Außerdem brauchen wir ein Foto des Smileys auf Ihrem Bauch.“

„Sie wollen mich von oben bis unten ablichten?“ Wild schüttelte die Frau ihren Kopf.

„Die Bilder wird eine erfahrene Fotografin machen. Kein Mann wird dabei anwesend sein“, versuchte Brandon die Situation abzumildern.

„Aber Sie werden diese Bilder alle immer und immer wieder ansehen. Sie werden sie herumzeigen. In der Staatsanwaltschaft, einem Richter, vielleicht Geschworenen. Nein!“

Einem spontanen Gefühl nachgebend trat Brandon vor sie und ergriff ihre Schultern.

„Scht!“, beruhigte er sie, wobei er ihr tief in die Augen sah.

Die Panik in ihrem Blick traf ihn bis ins Mark und er musste schlucken, um den Frosch, der plötzlich in seinem Hals saß, loszuwerden. „Glauben Sie mir, ich kann Sie verstehen. Wir alle können Sie verstehen. Aber noch wissen wir nicht, was hier passiert ist. Wir wissen nicht einmal, von wem das Blut stammt. Doch der Menge nach zu urteilen, hat es in der vergangenen Nacht mindestens ein Todesopfer gegeben und der Mörder muss dafür seine gerechte Strafe erhalten, oder sehen Sie das anders?“

Für einige Sekunden schloss die Frau ihre Augen und Brandon wartete geduldig. Als sie die Lider wieder öffnete, nickte sie schließlich. „In Ordnung. Aber dann gehe ich duschen."

Lächelnd ließ Brandon seine Hände sinken. „Einverstanden."

„Mia wartet draußen auf Sie", erklärte Rafael. „Kommen Sie, ich begleite Sie hinaus und mache Sie miteinander bekannt."

Brandon wartete, bis die beiden durch die Tür verschwunden waren, dann ging er zu der großen Blutlache hinüber. Er musste sich ablenken. Unmöglich konnte er darüber nachdenken, welchen emotionalen Stress diese unbekannte Schönheit in den nächsten Stunden würde ertragen müssen. Schließlich gab es nichts, was er dagegen tun konnte und es würde ihn nur belasten. Mit Nachdruck rief er sich noch einmal ins Bewusstsein, dass sie eine Fremde war. Ein Opfer. Wenn er ihr helfen wollte, musste er sie mit einer professionellen Distanz sehen. Alle anderen Gefühle waren fehl am Platz.

Aufmerksam musterte Brandon daher den Boden. Abgesehen von den Fußabdrücken der Frau gab es im Raum eine Menge blutverschmierter Stellen und roter Spritzer. An einer Stelle jedoch stand das Blut regelrecht auf dem Boden. Die Gerinnung hatte begonnen, war aber noch immer nicht vollständig abgeschlossen. Brandon hatte zwar nur rudimentäre medizinische Grundkenntnisse, doch er wusste, dass sich das Blut längst nicht mehr in einem flüssigen Zustand hätte befinden dürfen. Offenbar hatte jemand die Gerinnung durch Zugabe eines Gerinnungshemmers verzögert. Warum?

Überlegend neigte er den Kopf zur Seite. Dann kniff er plötzlich die Augen zusammen. Was war das? Lag dort etwas in dem Blut oder täuschte er sich? Neugierig ging er in die Hocke. Nein, er hatte sich nicht geirrt. Dort lag tatsächlich ein kleiner Gegenstand. Ein Amulett oder etwas Ähnliches.

Mit einem Mal schlug Brandons Herz schneller und seine Hand zitterte, als er aus einer Tasche einen Kugelschreiber herauszog. Er brauchte drei Anläufe, bis er den Kettenanhänger mithilfe der Stiftspitze geangelt hatte. Ungläubig hielt er ihn ins Licht. Es war eine flache silberne Spirale.

Kalter Schweiß brach aus Brandons Körper und lief ihm den Rücken hinunter. Das konnte nicht sein. Das durfte nicht sein. Das war nicht möglich. In seinen Ohren rauschte es und Übelkeit stieg in ihm auf.

„Ist alles in Ordnung, Brandon?“, erkundigte sich Rafael besorgt, der in diesem Moment neben ihn trat. Offenbar war ihm Brandons unnatürlich steife Haltung nicht entgangen.

„Sicher“, gab Brandon zurück, aber seine Stimme klang tonlos.

„Komm, wir setzen uns einen Moment“, schlug Rafael vor und Brandon folgte seinem Partner zu der Stelle, an der er sich noch vor wenigen Minuten mit ihrer Jane Doe unterhalten hatte.

„Was hast du da?“, wollte Rafael wissen.

„Ein Amulett. Ich habe es in der Blutlache gefunden.“ Unschlüssig drehte Brandon den Stift zwischen seinen Fingern, bis sein Partner ihm eine kleine durchsichtige Tüte offen entgegenhielt. Seufzend ließ er das Amulett hineingleiten.

„Denkst du, es gehört unserer blonden Schönheit?“

„Ich habe keine Ahnung“, erwiderte Brandon, während er einen weiteren Schweißausbruch an seinem Rücken spürte.

Lüg nicht. Du weißt, dass es nicht von ihr stammt, mahnte ihn eine innere Stimme und geflissentlich fügte er hinzu: „Aber ich glaube es nicht.“

„Warum nicht?“, hakte sein Partner nach und Brandon zuckte mit den Achseln. Doch so einfach ließ Rafael ihn nicht vom Haken. „Komm schon!“, forderte er ihn auf. „Du musst einen Grund für deine Vermutung haben.“

Bevor Brandon antworten konnte, kehrten Brian und Mitch zurück.

„Die anderen Gebäude sind leer“, verkündete Mitch. „Auf den ersten Blick sieht es auch nicht danach aus, als wäre in letzter Zeit jemand dort gewesen.“

„Offenbar hat sich derjenige nur für diesen einen gemauerten Raum interessiert.“ Aufmerksam sah sich Brian um. „Ganz schönes Schlachtfeld.“

„Allerdings“, stimmte Rafael ihm zu. „Üblicherweise nutzen Farmer solche Räume für ihre Geräte. Das heißt, sie sind entsprechend schmutzig. Wenn man außerdem bedenkt, wie lange diese Farm schon nicht mehr bewirtschaftet wird, müsste es hier vor Staub und Spinnweben eigentlich nur so wimmeln.“

„Hier hat allerdings offenbar jemand sauber gemacht“, bemerkte Mitch nickend.

„Und dabei ein neues Schloss eingebaut“, erklärte Brandon. „Vielleicht sogar gleich die ganze Tür.“

„Ich frage mich, wo die Leiche zu dem Blut ist“, überlegte Rafael.

„Vorausgesetzt es ist menschliches Blut“, wandte Brian ein.

„Gibt es in der Nähe einen Teich?“, fragte Brandon plötzlich.

„Keine Ahnung. Zwischen den beiden Ställen und dem ehemaligen Wohnhaus habe ich nichts gesehen“, berichtete Mitch.

„Und auf der Rückseite des Schuppens auch nicht“, fügte Brian hinzu.

„Wieso fragst du?“, erkundigte sich Rafael.

„Ist nur eine Vermutung“, erwiderte Brandon, während er bereits dabei war, eine Karte der Umgebung auf seinem Handy aufzurufen.

„Hier!“, deutet er einen kurzen Moment später auf eine kleine blaue Fläche auf dem Bildschirm. „Das sind vielleicht zweihundertfünfzig Meter Richtung Osten. Ich sehe mir das mal an.“

„Ich komme mit!“, entschied Rafael und folgte seinem Partner nach draußen.

Gemeinsam joggten sie in die angegebene Richtung und standen kurz darauf an der Stelle, die früher einmal ein Teich gewesen war. Heute war die Vertiefung weitestgehend vertrocknet. Nur noch ein niedriger Restwasserstand war vorhanden.

„Dort vorne“, deutete Brandon auf einen dunklen Fleck, der ungefähr zehn Meter von ihnen entfernt lag.

Ohne auf Rafaels Antwort zu warten, watete er durch das niedrige Wasser darauf zu. Dabei dachte er nicht an die teuren Lederschuhe, die er anschließend würde wegwerfen können und auch nicht an seine Anzugshose, die bis zu den Knien nass wurde. Starr hielt Brandon seinen Blick auf den Gegenstand gerichtet, der im seichten Wasser trieb. Noch immer hoffte er, dass er sich irrte. Dabei wusste er bereits ganz genau, was er gleich finden würde. Er schauderte.

Das fünfzig Zentimeter tiefe Wasser war von der heißen Sonne Texas’ derart erwärmt, dass eine Leiche nur für wenige Stunden untergehen würde, wenn dies bei dem niedrigen Wasserstand überhaupt möglich war. Offenbar hatte der Täter gewollt, dass das Opfer schnell gefunden wurde. Ebenso wie er gewollt hatte, dass es Brandon war, der den Körper fand.

Wie in Trance griff der Agent nach dem Leichensack und zog ihn die wenigen Schritte zurück zu seinem Partner, wo er den

Reißverschluss öffnete. Laut surrte das Zippgeräusch durch die Stille der Natur. Weder Brandon noch Rafael gaben einen Laut von sich, als sie in die offenen Augen der jungen toten Frau blickten. Ihre glatten braunen Haare lagen auf ihren Schultern und ihr nackter Oberkörper wies einen langen senkrechten Schnitt auf. Zwei waagerechte Schnitte verliefen direkt unterhalb des Schlüsselbeins sowie zwischen den beiden Hüftknochen. Dadurch hatte der Täter die Haut zurückklappen und den Thorax öffnen können.

„Das ist irre!", entsetzte sich Rafael. „Wir sind doch nicht in Südamerika, wo man Menschen tötet, um sie ihrer Organe zu berauben."

„Ich glaube nicht, dass es um Organhandel geht, Rafe. Ich bin sogar ziemlich sicher, dass er ihren Körper nur aufgeschnitten hat, um sie verbluten zu sehen."

Mit ernstem Gesichtsausdruck musterte Rafael das bleiche Gesicht seines Partners. „Woher hast du gewusst, dass wir sie hier finden würden, Brandon?"

Für einen Moment starrte Brandon weiterhin auf die Leiche. Dann hob er langsam seinen Kopf und blickte Rafael in die Augen. „Vor zwanzig Jahren gab es einen Serienmörder, der an jedem Tatort das Symbol einer Spirale hinterlassen hat. Er hat es mit dem Blut seiner Opfer auf den Boden oder an eine Wand gemalt. Anschließend hat er die Frauen in einem nahegelegenen Gewässer versenkt."

„Du hast dich daran erinnert, als du das Spiralamulett gefunden hast", schlussfolgerte Rafael nachdenklich.

„Ja."

„Deswegen hast du auch nicht geglaubt, dass die Unbekannte den Anhänger verloren hat."

„Richtig", bestätigte Brandon wieder.

„Aber sie könnte trotzdem mit drinhängen. Theoretisch könnte sie sich selbst eingesperrt haben Die Eisentür des Schuppens war nicht abgeschlossen und von innen ist sie nicht zu öffnen, da sich der Knauf grundsätzlich nicht bewegen lässt. Sie hätte die Tür also nur von innen zuziehen müssen."

„Komm schon, Rafe, das glaubt du nicht wirklich. Du hast die Frau gesehen. Der Schock stand in ihren Augen. Das lässt sich nicht simulieren. Ebensowenig kann dir ihre Panik entgangen sein, die sie mit aller Mühe versucht hat, vor uns zu verbergen. Diese Frau ist ebenso ein Opfer wie die Tote, die vor uns liegt."

„Dann sag mir, warum der Täter sie am Leben gelassen hat. Er hat ihr sogar ein Telefon dagelassen, um Hilfe zu holen. Das ergibt keinen Sinn. Sie ist schließlich eine Zeugin."

„Eine Zeugin ohne Gedächtnis", erinnerte Brandon.

„Sie kann uns alles Mögliche erzählen. Wer weiß, ob ihr Gedächtnisverlust wirklich echt ist. Und selbst wenn dies der Fall sein sollte, muss unser Täter damit rechnen, dass ihre Erinnerungen zurückkehren. Daher frage ich dich noch einmal: Warum sollte er eine Zeugin am Leben lassen?"

„Verdammt, Rafe, ich weiß es nicht!", rief Brandon verärgert aus. „Aber mein Bauchgefühl sagt mir, dass die Frau unschuldig ist."

„Okay!" Ergeben hob Rafael die Hände. „Gehen wir von ihrer Unschuld aus. Immerhin hat der Typ genügend Hinweise hinterlassen, um uns auch ohne Zeugin auf seine Spur zu bringen. Wir müssen also nur in alten Akten wühlen, seinen Namen in Erfahrung bringen und anschließend eine Suchmeldung herausgeben."

„Ich fürchte, dass es ganz so einfach nicht werden wird", bremste Brandon den Eifer seines Partners in ernstem Ton.

„Warum nicht?" Verwundert sah Rafael ihn an.

„Franco Fogelberg sitzt seit zwanzig Jahren hinter Gittern und verbüßt eine lebenslange Haftstrafe", erklärte Brandon.

„Vielleicht ist er entlassen worden."

„Serienmörder werden nicht vorzeitig entlassen."

Mit zur Seite geneigtem Kopf betrachtete Rafael seinen Partner plötzlich mit einem grübelnden Blick. „Du erinnerst dich nicht nur an einen Fall, der zwanzig Jahre zurückliegt, sondern auch noch an einen Namen und das, obwohl du damals gerade einmal zehn Jahre alt gewesen bist."

Rafael machte eine kurze nachdenkliche Pause, bevor er fortfuhr. „Am Tatort hinterlässt der Täter deine Nummer. Wieso, Brandon? Welche Beziehung besteht hier?"

Brandon schluckte. Er hatte gewusst, dass es nur eine Frage der Zeit sein würde, bis Rafael ihn danach fragen würde und kurz entschlossen entschied er sich dafür, zumindest einen Teil der Wahrheit zu erzählen. „Es war mein Großvater, der den Kerl damals aufgespürt hat."

Erstaunen zeigte sich auf Rafaels Gesicht. „Dein Großvater ist beim FBI gewesen?“

„Bei der Polizei.“

„Wieso hast du das nie erzählt?“

„Keine Ahnung“, entgegnete Brandon achselzuckend. „Wahrscheinlich, weil ich es nicht wichtig fand und du nie danach gefragt hast.“

„Ist dein Großvater noch im aktiven Dienst?“

„Nein. Fogelberg hat ihn während der Festnahme erstochen.“

Erstaunen zeigte sich ebenso in Rafaels Augen wie Mitgefühl. „Das tut mir leid, Brandon.“

„Es ist lange her“, winkte Brandon in einem gleichgültigen Ton ab.

„Es ist furchtbar wenn gute Männer im Dienst ihr Leben lassen. Auch wenn wir uns alle des Risikos bewusst sind, gehen wir doch immer davon aus, dass wir am Ende des Tages gesund und munter nach Hause zurückkehren werden. Es ist ein Schock für die Familie, wenn es anders kommt.“

Brandon nickte abwesend. Das war richtig. In seinem Fall war der Schock so groß gewesen, dass er die Familie vernichtet hatte. Nach jenem Tag war für ihn nichts mehr so gewesen wie er es gekannt hatte. Doch er würde sich sein Leben nicht noch einmal von einem geisteskranken Irren zerstören lassen. Wer immer ihn zu diesem Spiel herausgefordert hatte, würde es schon sehr bald bereuen.

KAPITEL 4

Sie erwachte von den Stimmen vor dem Vorhang, der ihr Bett in der Notaufnahme von den anderen Patienten abschirmte. Sie hatte nicht tief geschlafen, aber sie war in der letzten Stunde immer wieder für einige Minuten weggedöst. Körperlich ging es ihr im Grunde gut. Sie hatte keine sichtbaren Verletzungen und selbst die Kopfschmerzen waren nach der ersten Infusion verschwunden. Geistig und seelisch fühlte sie sich jedoch furchtbar. Trotz der langen Dusche hatte sie noch immer das Gefühl schmutzig zu sein. Noch immer glaubte sie, das getrocknete Blut auf ihrer Haut und an ihren Füßen spüren zu können. Außerdem fühlte sie sich klein, hilflos und erniedrigt. Ein Gefühl, das sie hasste.

Wie es der Agent in dem gemauerten Schuppen versprochen hatte, war die FBI-Fotografin einfühlsam und freundlich gewesen. Dennoch hatte sie ihr nicht das Gefühl der Demütigung nehmen können. Es war entwürdigend gewesen, in nichts außer bluttriefender Unterwäsche vor ihr zu stehen und sich ablichten zu lassen. Die Gewissheit, dass die Bilder durch wer-weiß-wie-viele Hände gehen würden, hatte die Beschämung noch gesteigert. Dass sie dann nach ihrer Ankunft im Krankenhaus zunächst gefühlte hundert Untersuchungen über sich hatte ergehen lassen müssen, bevor man sie hatte duschen lassen, hatte die Situation für sie ebenfalls nicht verbessert.

Hinzu kam die frustrierende Erkenntnis, dass keiner der Ärzte eine medizinische Erklärung dafür hatte, warum sie sich an nichts erinnern konnte. Ihr Kopf wies keine einzige äußere Verletzung auf, die zu einem solchen Totalverlust des Gedächtnisses führen konnte. Selbst die Bildaufnahmen ihres Gehirns, die mittels einer Magnetresonanztomografie gemacht worden waren, hatten keine Diagnose gebracht. Auf dem Weg zur Toilette hatte sie eine Schwester flüsternd fragen hören, ob es sein könne, dass sie simuliere und der Arzt hatte mit einem ahnungslosen Achselzucken geantwortet.

„Möglich ist alles“, hatte er gesagt und sie hatte sich zusammenreißen müssen, um nicht laut loszuschreien. Sie spielte nicht. Sie wollte sich erinnern.

Sie hörte, wie der Vorhang leise zur Seite geschoben wurde und überlegte, ob sie so tun solle, als ob sie schliefe. Sie hatte keine Lust mehr auf weitere Tests und mitleidsvolle Blicke. Doch sie wusste, dass es eine kindische Reaktion war. Daher öffnete sie die Augen und drehte den Kopf zu ihrem Besucher.

Brandon Bucciarelli, durchfuhr es sie überrascht, als sie den Agenten vor ihrem Bett stehen sah. Automatisch zog sie die Bettdecke weiter nach oben. Die Erinnerung daran, wie sie nackt vor ihm gestanden hatte, beschämte sie.

„Hallo. Darf ich?“, bat er mit seiner warmen, tiefen Stimme um Erlaubnis, den an der Wand stehenden Stuhl benutzen zu dürfen.

Zögerlich nickte sie und beobachtete, wie der Mann den Stuhl heranzog und neben ihrem Bett Platz nahm. Was wollte er von ihr? Sie hatte ihm schon in diesem furchtbaren Raum alles gesagt, was sie wusste. Kaum hatte sie dies jedoch gedacht, stellte sie überrascht fest, dass sie sich darüber freute, ihn zu sehen. Wahrscheinlich lag es daran, dass er ein bekanntes Gesicht unter all den Fremden war, überlegte sie. Zumindest nahm er ihr für diesen Moment das Gefühl des Alleinseins. Seine Augen blickten sie jedenfalls mit einer freundlichen Wärme an, die die Kälte in ihr vertrieb.

„Wie geht es Ihnen?“, erkundigte er sich mit fürsorglichem Blick.

„Gut“, erwiderte sie. Was sollte sie auch anderes sagen? Sie hatte schließlich keine Schmerzen und über ihren emotionalen Zustand wollte sie nicht mit ihm sprechen. Am liebsten wollte sie die Augen schließen und einfach nur schlafen. An nichts mehr denken. Sie wollte einfach alles vergessen. Vergessen? Was ein Scherz! Als ob sie überhaupt etwas zum Vergessen hätte.

„Es geht mir gut“, wiederholte sie noch einmal in der Hoffnung, dass auch sie selbst es dann glauben würde.

Brandons Lippen verzogen sich zu einem leichten Lächeln, das ihr sagte, dass sie ihn nicht überzeugt hatte, aber glücklicherweise wechselte er galant das Thema. „Der Arzt sagte mir, dass Sie die Nacht hier bleiben.“

„Ja. Da sie keine Ursache für meinen Erinnerungsverlust gefunden haben, wollen sie mich einige Stunden unter

Beobachtung halten“, erklärte sie tonlos. Dabei war ihrem Gesicht anzusehen, wie wenig ihr das gefiel.

Ihr Blick glitt ins Leere. „Wahrscheinlich sollte ich froh darüber sein, da ich ohnehin nicht wüsste, wo ich hingehen sollte.“

Sie wandte den Kopf ab, doch Brandon hatte den Schmerz in ihren Augen aufflackern sehen. Wieder einmal wünschte er, die Zeit zurückdrehen zu können, um ihr das Erlebte zu ersparen. Sie sah furchtbar verloren aus, wie sie blass und mit eingefallenen Wangen in dem unpersönlichen Krankenbett lag. Im Moment wirkte sie eher wie ein Kind als eine erwachsene Frau. Das Blau ihrer Augen hatte sich in ein trostloses Grau verwandelt und die Leere ihrer Identität war darin zu lesen.

„Entschuldigen Sie, bitte! Das war unangebracht.“ Sie sah ihn nun wieder an und in ihre Augen war zumindest ein Hauch von Leben zurückgekehrt.

„Sie haben keinen Grund sich zu entschuldigen“, widersprach Brandon verständnisvoll. „Sie haben Furchtbares erlebt und alles Recht der Welt, im Moment ein wenig schnippisch zu sein.“

„Ich bin eigentlich nicht zickig. Also, normalerweise nicht.“ Nachdenklich zog sie ihre Stirn in Falten. Dann fügte sie leise hinzu: „Glaube ich zumindest.“

Automatisch musste Brandon grinsen.

„Was ist?“, fragte sie mit zusammengezogenen Augenbrauen.

„Eine Frau, die nicht hin und wieder zickt? Ganz ehrlich, ich glaube nicht, dass es das gibt“ scherzte er und auch sein Gegenüber musste ein wenig lächeln. Es war ein stummes Lachen, doch es erreichte ihre Augen.

Wow! Sie ist wunderschön!, erkannte Brandon plötzlich und sah dabei mehr als die äußeren Merkmale dieser Frau.

Zum ersten Mal bekam er den Hauch einer Vorstellung des Menschen, mit dem er sich gerade unterhielt. Zum ersten Mal füllten sich ihre Gesichtszüge mit einer Persönlichkeit, und sie wurde plötzlich von einer ihr eigenen Aura umgeben. Es dauerte vielleicht nur einige Sekunden, dann war der Ausdruck wieder verschwunden, doch Brandon fühlte sich überraschenderweise zu der Frau hingezogen.

War es bei der ersten Begegnung eine rein männlich sexuelle Anziehung gewesen, die er empfunden hatte, so war es jetzt weitaus mehr. Auf einmal interessierte ihn der Mensch, der diese Frau war und intuitiv wusste Brandon, dass ihm gefallen würde, was er entdeckte, wenn er die Gelegenheit bekäme, sie kennenzulernen.

Und ich sie nutze, dachte er für sich, denn das stand schließlich noch einmal auf einem ganz anderen Blatt. Zweifellos genoss Brandon die Gesellschaft attraktiver und intelligenter Frauen. Dabei wählte er ausnahmslos selbstständige Frauen, die ebenso wie er, auf eine unkomplizierte Freundschaft ohne feste Bindung aus waren. Er liebte es, bei einem ruhigen Essen und einem Glas Wein die weiche Hand einer Frau zu halten und ein gutes Gespräch zu führen. Wenn sich daran eine gemeinsame Nacht mit gutem Sex anschloss, war das Leben für ihn perfekt. Sobald eine Frau ihm jedoch Anlass gab zu glauben, dass sie die Freundschaft auf festere Beine stellen wollte, beendete er das Ganze.

Bereits als Jugendlicher hatte Brandon erkannt, dass er keinen guten Ehemann abgeben würde und hatte daraufhin beschlossen, dass er niemals eine derart enge Beziehung eingehen würde, die eines Tages in einer Lebensgemeinschaft oder gar einer Ehe endete. Daran würde sich auch in Zukunft nichts ändern.

Sein Lebensziel war seine Karriere. Er hatte es sich zur Aufgabe gemacht, so viele Serienmörder zu fassen wie kein anderer zuvor. Das war der Grund gewesen, warum er nach drei Jahren beim Militär Tag und Nacht studiert hatte. Er hatte sich in Soziologie, Kriminalistik und Jura eingeschrieben und in den ersten beiden Fächern seinen Master abgelegt. Nebenbei hatte er seine körperliche Fitness, seine Selbstverteidigungsfähigkeiten sowie seine Waffenkenntnisse weiter verbessert.

Schlaf war über Jahre hinweg auf ein Minimum beschränkt gewesen, sodass sein Körper auch heute noch mit vier bis fünf Stunden pro Nacht auskam. Wenn es sein musste, konnte er für fünfzig Stunden auch ganz darauf verzichten. Brandon war besessen von der Vorstellung, krankhafte Psychopathen zu enttarnen.

Nur allzu häufig waren es Menschen, die sich scheinbar problemlos in das gesellschaftliche Leben integrierten. Sie wurden von ihren Nachbarn, Arbeitskollegen und Freunden als freundlich und hilfsbereit geschildert. Nicht selten hatten sie sogar eine eigene Familie. Einige waren auch Einzelgänger, dennoch fielen sie ihrer Umwelt nicht als gewalttätig, brutal oder grausam auf. Es waren Monster, die ihre zweite Identität nur allzu häufig perfekt verbargen.

Brandon wusste aus erster Hand, welches Leid sie verbreiteten und es war sein Job, sie aufzuhalten. Bereits in seinen ersten beiden Dienstjahren fanden sich in seiner Personalakte mehr Belobigungen als bei manchem Kollegen, der schon zehn Jahre länger im Dienst war. Für Brandon war dies allerdings ohne Belang. Er machte die Arbeit nicht, um gelobt zu werden. Er zog seine Genugtuung einzig und allein aus dem Wissen, dass es einen Mörder weniger auf der Straße gab. Jede Verhaftung war ein persönlicher Erfolg und wenn es während einer Festnahme zum Äußersten kam und der Typ nicht überlebte, trauerte Brandon keine Sekunde.

Niemals würde er auch nur einen Schritt über die Grenze der Legalität setzen. Brandon war ein eiserner Verfechter des Gesetzes. Daher hatte er sich während seiner Collegezeit auch außerordentlich intensiv mit dem Gesetzbuch auseinandergesetzt. Wenn ihm jedoch einer dieser Killer einen Grund lieferte, seine Waffe abzufeuern, so tat Brandon dies nur allzu gerne. In seinen Augen hatten sie das Recht auf ihr Leben verloren.

Manchmal erschrak er über den Hass, den er auf diese Menschen empfand. Allerdings war schon allein der Begriff Mensch in seinen Augen falsch. Dies waren keine Menschen. Es waren nicht einmal Tiere. Kein Tier auf dieser Welt tötete nur zum persönlichen Spaß. Tiere töteten, wenn es um das eigene Überleben ging, aber niemals, um sich an den Schmerzen des Opfers emotional zu bereichern.

Brandon verabscheute diese Menschen. Er verabscheute sie seit zwei Jahrzehnten so abgrundtief, dass er seine Gefühle tief in sich vergraben und niemals wieder nach ihnen geforscht hatte. Er hatte zu viel Angst davor, was er unter Umständen entdecken würde. Daher achtete er auch darauf, niemanden jemals so dicht an sich heranzulassen, dass er sein wahres Inneres erkennen würde und schon gar nicht diese arme Frau vor ihm, die genug Grausames durchgemacht hatte.

Brandon räusperte sich, um zum einen den Kloß in seinem Hals loszuwerden und um zum anderen die Traurigkeit beiseitezuschieben, die er überraschenderweise unvermittelt verspürte.

„Wenn Sie nichts dagegen haben, würde ich gerne Ihre Fingerabdrücke nehmen. Wenn wir Glück haben, erfahren wir auf diese Weise Ihren Namen und Ihre Adresse und wer weiß, vielleicht ist das der Stein, der die Erinnerungen in Ihrem Gedächtnis ins Rollen bringt."

Mit einem ernsten Gesichtsausdruck sah sie ihn abschätzend an. „Dafür müsste ich in Ihrer Datenbank erfasst sein."

Bedachtsam nickte Brandon. „Das ist richtig."

„Das wäre ich, wenn ich in der Vergangenheit schon einmal strafrechtlich verfolgt worden wäre."

„Oder wenn Sie eine Tätigkeit ausüben würden, für die Sie irgendwann einmal Ihre Abdrücke gegeben haben. Beispielsweise wenn Sie beim FBI arbeiten würden", erklärte Brandon.

„Daran glauben Sie nicht wirklich, Agent Bucciarelli", äußerte sie in einem süffisanten Tonfall.

„Nein, das tue ich nicht", gab Brandon zu. „Aber ich denke, dass Sie ebenfalls ein Opfer sind. Jemand hat Sie für ein perfides Spiel benutzt, und ich würde zu gerne wissen, welche Rolle man Ihnen zugeteilt hat. Beim besten Willen kann ich mir nämlich nicht vorstellen, dass dieser Jemand Sie nur dazu gebraucht hat, um mich anzurufen."

„Sie glauben, dass ich den Gedächtnisverlust nur vortäusche", sprach sie nun ganz direkt aus, was sie heimlich fürchtete. Sie konnte nicht sagen, warum dieser Gedanke eine ganz eigene Angst in ihr schürte. Wahrscheinlich lag es einfach daran, dass sie im Moment alleine war. Sie kannte schließlich niemanden und hatte weder den Namen noch die Telefonnummer eines Freundes, an den sie sich wenden konnte.

Brandon Bucciarelli hatte ihr einmal geholfen. Er hatte sie aus diesem Raum befreit. Wahrscheinlich spürte sie deswegen eine stärkere Verbindung zu ihm als zu jedem anderen Menschen, dem sie in den letzten Stunden begegnet war. Sie wollte nicht, dass er sich von ihr abwandte, weil er sie für eine Irre oder, noch schlimmer, für eine Lügnerin hielt.

Energisch schüttelte Brandon den Kopf. „Nein, das denke ich nicht. Ich halte Sie im Übrigen auch nicht für verrückt, falls das Ihre nächste Frage sein sollte."

Vorsichtig nickte sie. „Das wäre sie gewesen. Haben Sie mein Blut auf Drogen überprüfen lassen?"

„Sie wissen, dass wir das in Auftrag geben mussten. Das Ergebnis war negativ."

Wieder nickte sie.

„Der Arzt hat es Ihnen gesagt?", hakte Brandon nach.

„Nein, aber ich nehme keine Drogen. Fragen Sie mich nicht, woher ich das weiß. Ich weiß es einfach."

„Gibt es noch andere Dinge, die Sie ‚einfach wissen'?", erkundigte sich Brandon interessiert, ohne in irgendeiner Form ironisch zu klingen.

„Nicht auf Anhieb. Aber wenn mich jemand etwas fragt, fühlen sich manche Dinge richtig an und manche falsch." Sie seufzte, bevor sie traurig lächelte. „Bei den meisten Sachen fühle ich allerdings nur eine gähnende Leere."

Aufmunternd legte Brandon eine Hand auf ihre. Es war eine spontane Geste gewesen. Allerdings zog er sie sofort wieder zurück. Mit keiner Faser seines Körpers war er darauf vorbereitet gewesen, wie schnell sich seine Hand aufheizen und die Wärme über seinen Arm hinauf in sein Herz laufen würde.

Verdutzt sah er sie an und erkannte in ihren Augen, dass sie den gleichen Blitzschlag gefühlt hatte. Er sah, wie sich die Überraschung in ihren plötzlich dunkelblauen Augen in Angst wandelte und entschied sich, den Abstand zwischen ihnen beiden zu vergrößern. Er wollte sie schließlich nicht verunsichern oder gar zu ihrem Unbehagen beitragen.

Rasch erhob er sich und trat einige Schritte zurück. „Der Arzt hat mir gesagt, dass Ihr Gedächtnisverlust höchstwahrscheinlich keine medizinische Ursache hat, sondern ihm ein traumatisches Ereignis zugrunde liegt. Er ist zuversichtlich, dass die Erinnerungen mit erholsamen Schlaf und viel Ruhe in den nächsten Tagen zurückkommen."

„Das hat er mir auch gesagt", murmelte sie ein wenig abwesend. Doch dann riss sie sich zusammen und setzte sich auf. „Bringen wir es hinter uns. Haben Sie ein Stempelkissen und eine Karte dabei?"

Brandon blinzelte kurz mit den Augen. Stempelkissen? Karte?

Ah, die Fingerabdrücke, fiel es ihm plötzlich wieder ein. „Wir können die Abdrücke elektronisch nehmen. Ich kann sie zwar nicht aus der Klinik übertragen, aber das mache ich dann später vom Büro aus."

Aus seiner Jackentasche zog er einen kleinen flachen Bildschirm, der sofort grün aufleuchtete, nachdem Brandon ihn angeschaltet hatte. Gezielt wählte er auf der unteren Symbolleiste das richtige Programm aus und setzte einen Gummiaufsatz darauf, der automatisch zweimal über den Bildschirm wischte.

„Wir wollen schließlich sicher gehen, dass die Oberfläche sauber ist“, erklärte Brandon, bevor er das Gerät umdrehte und ihr entgegenhielt. „Beginnen Sie mit dem rechten Daumen.“

Schweigend beobachtete er, wie sie nacheinander ihre Fingerkuppen auf das Glas presste. Lediglich das bestätigende Piepsen, das der kleine Computer nach jedem Abdruck von sich gab, durchbrach die Stille.

Sie hat schöne Hände, stellte Brandon fest. *Lange Finger und gepflegte Nägel, die in einem zarten Roséton lackiert sind.* Der Lack war fast unsichtbar, doch verlieh er ihren Nägeln einen hübschen Glanz. Brandon überlegte, wie sich ihre Fingerspitzen wohl anfühlen würden, wenn sie über seinen Brustkorb glitten. Wie würde es sein, wenn sie zuvor sein Hemd aufknöpften? Würde er eine Gänsehaut bekommen, wenn sie seinen Rücken hinunterwanderten?

Erschrocken fuhr sich Brandon mit der linken Hand durch sein Haar. An was dachte er bloß? Es war zwar schon eine Weile her, dass er seinem Körper das letzte Mal sexuellen Spaß gegönnt hatte, aber definitiv nicht lang genug, um mitten im Dienst solche Gelüste zu verspüren. Vielleicht sollte er Mariah auf dem Weg ins Büro anrufen und sie fragen, ob sie spontan am Abend Zeit hatte. Doch der Gedanke an die vollbusige Blonde, die er in der Vergangenheit eine zeitlang regelmäßig getroffen hatte, brachte ihm nicht den erwarteten Effekt. Im Gegenteil. Statt der üblichen Vorfreude fühlte er heute nicht die geringste Lust auf die Gesellschaft der Marketingleiterin.

„Fertig!“, holte ihn die Stimme der Frau ohne Namen zurück in die Realität.

„Sehr gut.“ Dankend nahm er das Gerät wieder entgegen, wobei er darauf achtete, ihre Finger nicht zu berühren. Auf keinen Fall wollte er noch einmal eine ähnliche Reaktion wie vorhin riskieren. Rasch speicherte Brandon die Daten und ließ die Gummilippe noch einmal den Bildschirm säubern.

„Haben Sie schon herausgefunden, von wem das ganze Blut stammt?“, wechselte die Unbekannte plötzlich das Thema.

Zögernd sah Brandon sie an, während er wieder auf dem Stuhl Platz nahm. Sollte er ihr von der Leiche erzählen? Oder war es besser, bis morgen zu warten? Nein, er würde sie nicht anlügen. Er konnte sie nicht anlügen. Sie hatte ein Recht auf die Wahrheit, und sie wirkte stark genug, um sie zu verkraften.

„Ja, das haben wir. Ein kleines Stück hinter dem Farmhaus gibt es einen kleinen Teich. Eigentlich ist es heute nur noch ein Tümpel, aber Jemand hat die Leiche dorthin gebracht."

Sie schluckte sichtbar. „Mann oder Frau?", fragte sie schließlich mit heiserer Stimme.

„Eine Frau. Wir wissen noch nicht, wer sie ist, aber wir schätzen ihr Alter auf Mitte zwanzig."

„So alt wie ich", flüsterte sie bestürzt.

Erstaunt hob Brandon seine Augenbrauen. „Sie wissen, wie alt Sie sind?"

Verdutzt sah sie ihn an und ein hoffnungsvoller Schimmer legte sich über ihre Pupillen, als sie bestätigend nickte. „Das habe ich gerade wirklich gesagt, oder? Warten Sie, vielleicht fällt mir noch mehr ein!" Angestrengt dachte sie nach, doch schließlich schüttelte sie frustriert den Kopf. „Nein. Es kommt nichts mehr."

„Hey. Das ist ein Anfang. Geben Sie sich ein wenig Zeit", forderte Brandon sie aufmunternd auf, denn die Enttäuschung war ihr deutlich anzusehen.

„Wie lange wird es dauern, bis Sie meine Identität kennen?", erkundigte sie sich.

„Sobald die Daten übertragen sind, dauert es nur wenige Minuten, vorausgesetzt Sie stehen im System. Allerdings kann ich Ihnen die Nachricht erst morgen früh überbringen. Ihr Arzt hat strikte Ruhe verordnet und jeden weiteren Besuch sowie jedes Telefonat für heute verboten."

Mäkelnd verzog sie das Gesicht. „Wie soll ich ruhig schlafen können, wenn ich nicht weiß, ob ich nicht doch eine Mörderin bin?"

Brandon erinnerte sich, worüber sie wenige Minuten zuvor gesprochen hatten. Daher hakte er vorsichtig nach. „Sagt Ihnen denn Ihr Gefühl, dass Sie diese junge Frau umgebracht haben könnten?"

„Nein", antwortete sie sofort und ihre Stimme klang fest. „Ich bin mir sogar ziemlich sicher, dass ich sie nicht getötet habe. Aber das heißt nicht, dass ich nicht schuld an ihrem Tod sein kann."

In die Augen der jungen Frau kehrte die Verzweiflung zurück und Brandon griff unweigerlich nach ihrer Hand. Noch bevor er sie berührt hatte, befahl ihm sein Gehirn, die Handlung abzubrechen. Doch Brandons Hand gehorchte ihm nicht.

Instinktiv wappnete er sich gegen einen erneuten Blitzschlag, aber dieses Mal blieb er aus.

Stattdessen realisierte er, wie weich ihre Haut war und wie fragil ihre Fingerknochen. Er fühlte die Eiseskälte, die der Gedanke in ihrem Körper hinterlassen hatte und zum ersten Mal in seinem Leben tat er etwas Unüberlegtes.

Er nahm ihre zarte Hand zwischen seine warmen, starken Hände und sah ihr tief in die Augen. „Ich bin mir ganz sicher, dass Sie keine Schuld am Tod dieser Frau tragen. Schlafen Sie heute Nacht ruhig und fest. Ab morgen werden wir gemeinsam herausfinden, was passiert ist."

Behutsam strich er eine Haarsträhne aus ihrem Gesicht. Sie war genau so seidig wie in seiner Vorstellung. „Schlafen Sie gut!", sagte er mit leiser Stimme, dann verließ er den Raum mit großen Schritten, ohne sich noch einmal umzudrehen.

Auf dem Weg zu seinem Auto schimpfte Brandon innerlich mit sich. Wie um alles in der Welt hatte er sich zu einer solchen Aussage hinreißen lassen? Es war eine Sache, für sich im Stillen anzunehmen, dass sie unschuldig war, aber eine komplett andere, es laut auszusprechen.

Er mochte nicht daran zweifeln, dass ihr Gedächtnisschwund real war, obwohl er sich eigentlich ernsthaft fragen sollte, ob ihr die Aussage mit ihrem Alter unabsichtlich über die Lippen gerutscht war und sie den Patzer anschließend nur gut überspielt hatte oder ob es tatsächlich möglich war, dass sie bestimmte Dinge erinnerte, andere jedoch nicht. Aber völlig unabhängig davon konnte er unmöglich eine Einschätzung des Charakters dieser Frau vornehmen. Am Ende des Tages wusste er nichts über sie, und Brandon Bucciarelli machte normalerweise keine Aussagen, zu denen er nicht auch noch am nächsten Tag sowie auch in der Zukunft stehen konnte.

Diese junge Frau hatte jedoch einen Ausdruck in ihren Augen, der Orte in seinem Innersten berührte und Gefühle in ihm weckte, die ihm fremd waren. Sie rissen ihn zu Äußerungen hin, die er besser für sich behalten sollte. Doch offensichtlich vergaß er in ihrer Gegenwart das Denken und handelte zuerst. Dabei war er kein spontaner Typ. Jeder seiner Kollegen würde Brandon Bucciarelli als besonnen, verantwortungsbewusst und bedachtsam beschreiben. Er war niemand, der sich von Gefühlen leiten ließ, sondern jede Situation vorab gründlich analysierte und erst anschließend handelte. Warum nur gelang ihm dies gegenüber dieser zweifellos attraktiven Frau nicht in allen Situationen?

Verständnislos schüttelte Brandon den Kopf. Er konnte sich selbst nicht verstehen. Aber er würde das nächste Mal besser darauf achten. Er durfte sich nicht von Gefühlen leiten lassen. Daher musste er eine größere Distanz zu ihr aufbauen und halten. Allerdings ahnte er schon, dass ihm dies in der Praxis schwerer fallen würde als es sich in diesem Moment sagte.

Mit klopfendem Herzen sah sie Agent Brandon Bucciarelli nach. Was war gerade passiert? Eben noch war sie voller Angst und Schrecken gewesen und plötzlich hatte sie das Gefühl, dass sich die Welt wieder ein Stück gerade gerückt hatte. Wie war das möglich? Sie kannte den Mann kaum und doch vermochte ein Blick, ein Ton oder eine kleine Berührung ihren Gemütszustand positiv zu verändern.

Er glaubte nicht an ihre Schuld. Wieder und wieder ließ sie sich seine Worte durch den Kopf gehen. Sie war nicht so naiv zu denken, dass er sich nicht irren konnte, doch sie wollte ihm glauben und zumindest für heute Abend wollte sie alle anderen Alternativen ausblenden.

Unbewusst fuhr sie mit den Fingerspitzen über ihre linke Hand, die Agent Bucciarelli festgehalten hatte. Seine Hände waren stark gewesen. Sie hatte die Kraft spüren können, die in ihnen steckte, auch wenn er sie nichts anderes als aufmunternde Zärtlichkeit hatte spüren lassen. Es waren Beschützerhände.

Wahrscheinlich wartet zu Hause eine liebevolle Ehefrau mit zwei süßen Kindern auf den Mann, dachte sie, doch dann schob sie den Gedanken beiseite.

Für den Moment wollte sie von Brandon Bucciarelli träumen oder zumindest von einem Mann, der so aussah wie der Agent. Einem Mann, der sie vor dem Bösen der Vergangenheit und dem Ungewissen der Zukunft beschützte. Sie wusste nicht, warum sie plötzlich das Gefühl hatte, einen solchen Schutz zu brauchen, denn eigentlich war sie eine selbstständige Frau, die gut im Leben alleine zurechtkam und auch alleine zurechtkommen wollte.

Mit absoluter Sicherheit wusste sie plötzlich, dass sie kein geselliger Mensch war. Sie war ein Einzelgänger. Sie wollte andere Menschen nicht nahe an sich heranlassen. Es tat weh, wenn sie auf einmal verschwanden und dann war man ohnehin wieder alleine.

Was machte es also für einen Sinn, sich emotional zu öffnen und sich angreifbar zu machen? Im Augenblick wollte sie jedoch nicht alleine sein. Tief in ihrem Unterbewusstsein spürte sie, dass sie nicht stark genug war, um gegen das Böse, das draußen auf sie wartete, anzukämpfen. Zumindest nicht alleine.

Zu viele Dämonen warteten auf sie. Sie hatten sie bereits umzingelt. Und während sie in einen traumlosen Schlaf hinüberglitt, sah sie noch einmal die Hände des Agenten, die sie aus dem Kreis wilder, zähnefletschender Hunde nach oben in den Himmel hoben.

KAPITEL 5

Schweißgebadet schreckte Brandon im Bett auf. Nur langsam kehrte die Orientierung zurück.

Es ist lediglich ein Traum gewesen, stellte er erleichtert fest. Er war zu Hause in seinem Schlafzimmer. Er war nicht im Wohnzimmer seines Elternhauses und seine Hände waren nicht voller Blut. Um ganz sicher zu gehen, warf er einen Blick nach unten auf seine Finger.

Sauber.

Schwer atmend ließ er sich zurück in die Kissen gleiten. Noch immer erinnerte er sich in allen Einzelheiten an jenen Tag vor zwanzig Jahren, als er am Nachmittag aus der Schule gekommen war und seine Mutter mit mehreren Stichwunden schwer verletzt am Boden gefunden hatte. Verzweifelt hatte er damals versucht, die Wunden mit seinen Händen zu schließen. Als Zehnjähriger hatte er keine Ahnung von Erster Hilfe gehabt, doch er hatte gewusst, dass der rote Lebenssaft in den Körper gehörte und nicht auf den Boden.

So fest er konnte, hatte er seine Hände auf die Brust und den Bauch seiner Mama gepresst, doch es waren zu viele Wunden gewesen. Er hatte nicht genügend Hände gehabt und selbst an den Stellen, die er zugehalten hatte, war das Blut an seinen Fingern vorbei auf den Teppich geflossen.

Wie jedes Mal, wenn Brandon an die Szene dachte, sah er auch jetzt die großen dunklen Augen seiner Mutter vor sich, als sie ihm ihre vier letzten Worte zugeflüstert hatte: „Ich liebe dich, Brandon!" Bis heute war es auch das letzte Mal gewesen, dass jemand diese Worte zu ihm gesprochen hatte.

Mittlerweile hatte sich sein Herzrhythmus so weit beruhigt, dass Brandon glaubte, seinem Kreislauf genügend trauen zu können, um unversehrt in die Küche zu gelangen. Am Wasserhahn füllte er sich ein Glas kaltes Wasser und setzte sich damit an den Küchentisch. Wer kopierte die Morde des Killers seiner Mutter? Und warum?

Spiralmörder, hatte die Presse den Mörder damals getauft, weil er bei jedem seiner Opfer das Symbol einer Spirale hinterlassen hatte. Aus Erfahrung wusste Brandon, dass es nicht lange dauern würde, bis der Name abermals durch die Medien geistern würde. Doch der Mörder von damals saß im Gefängnis. Immer noch. Obwohl er sich in diesem Punkt zu hundert Prozent sicher gewesen war, war es das Erste gewesen, was Brandon überprüft hatte, als er am Nachmittag ins Büro zurückgekehrt war.

Ein Anruf hatte ihm erwartungsgemäß bestätigt, dass Franco Fogelberg vierzig Meilen nordwestlich von Houston in einer der sichersten Haftanstalten des Landes saß. Der Gefängnisdirektor hatte ihm allerdings noch mehr berichtet.

In den vergangenen zwölf Monaten hatte der Mann lediglich drei Besuche seines Anwalts erhalten, der mit ihm einen Antrag um Prüfung zur Abmilderung des Strafmaßes ausgearbeitet hatte. Nachdem dieses Gesuch vor drei Monaten offiziell abgelehnt worden war, hatte es keinen weiteren Kontakt mehr zwischen den beiden Männern gegeben. Auch Telefonanrufe hatte der Gefangene keine getätigt.

Nachdenklich starrte Brandon auf die weiße Wand seiner Küche. Fogelberg hatte keine Freigänge. Er hatte keine Besucher und führte keine Telefonate. Kurzgesagt, er hatte keinen Kontakt zur Außenwelt. Er konnte diesen Mord nicht begangen haben. Er konnte ihn nicht einmal orchestriert haben. Aber irgendwo in dieser Stadt gab es jemanden, der den Spiralmörder wieder zum Leben erwecken wollte. Jemanden, der seine Art zu töten nachahmte und sein Symbol verwendete. Jemanden, der wollte, dass Brandon diesen Fall bearbeitete.

Nicht eine Sekunde glaubte Brandon an einen Zufall, dass sich seine Visitenkarte am Tatort befunden hatte. Jemand hatte ihn absichtlich mit hineingezogen, und wer immer dahintersteckte musste von Brandon und seiner Verbindung zu Franco Fogelberg wissen.

Sein professioneller Cop-Instinkt sagte Brandon, dass dies der Punkt war, an dem er anfangen musste zu suchen, denn die Verflechtung zwischen ihm und dem Serienmörder war keine allgemein bekannte Information. Schmerzhaft zog sich Brandons Magen zu einer harten, schweren Masse zusammen. Er hasste es, dass die Vergangenheit ihn eingeholte hatte. Bis gestern Mittag war er davon ausgegangen, dass dieser Teil seines Lebens abgeschlossen war. Mit einem Schlag hatte sich jedoch alles geändert. Alles, was er sich aufgebaut hatte, drohte plötzlich wie ein Kartenhaus in sich zusammenzufallen.

Was würde Rafael sagen, wenn er erfuhr, dass es noch eine weitere Verbindung zwischen ihm und Fogelberg gab? Warum hatte er seinem Partner nicht direkt gesagt, dass der Mann nicht nur seinen Großvater, sondern auch seine Mutter getötet hatte?

Weil der Schock mir die Kehle zugeschnürt hat, gab sich Brandon selbst die Antwort. Die Worte waren ihm gestern einfach nicht über die Lippen gekommen. Dabei hatte er seinem Partner bislang noch nie etwas Wesentliches vorenthalten.

Zumindest nichts, was einen Fall betraf, korrigierte er sich sofort.

Brandon fürchtete den Moment, in dem er Rafael die ganze Wahrheit sagen würde, denn der Mann war für ihn mehr als nur sein Partner. Er betrachtete ihn als einen der wenigen Freunde, die er in seinem Leben hatte und er wollte ihn nicht verlieren. Doch darauf hatte er nun keinen Einfluss mehr. Es würde Rafaels Entscheidung sein.

Brandons Hand zitterte leicht, als er sein Wasserglas in die Spüle stellte. *Warum?,* fragte er sich ein weiteres Mal. Warum hatte ihn jemand in dieses kranke Spiel mit hineingezogen? Warum war es demjenigen nicht egal gewesen, wer den Fall bearbeitete?

Fünf Stunden später atmete Brandon noch einmal tief ein, bevor er die Zimmertür auf der neurologischen Station des Krankenhauses öffnete. Er wollte, er hätte bessere Neuigkeiten für die Frau, deren Namen er noch immer nicht wusste. Doch die Datenbank des FBI, die als weltweitgrößte Sammlung biometrischer Daten galt, hatte ihre Fingerabdrücke keiner bekannten Person zuordnen können.

Obwohl dies auf der einen Seite positiv war, denn es bedeutete, dass sie keine, oder zumindest keine bis dato bekannte, Straftäterin war, konnte Brandon doch nachvollziehen, dass sie enttäuscht sein würde. Er mochte sich gar nicht vorstellen, wie er sich fühlen würde, wenn er nicht wüsste, wer er war. Sicher, ein Name mochte nur ein Name sein, aber es war sein Name und er war untrennbar mit ihm und seiner Person verbunden. Von all den anderen Lebensdaten und Erinnerungen ganz zu schweigen.

Erstaunt blieb er jedoch in der Tür stehen, als er die Frau auf der Bettkante sitzen sah. Sie trug ein einfaches und etwas zu großes schwarzes T-Shirt auf einer grauen Sporthose. Ihre Füße steckten in Stoffpantoffeln, wie man sie aus guten Hotels kannte.

„Guten Morgen, Agent Bucciarelli“, grüßte sie ihn gutgelaunt. Ihre Augen glänzten und ihre Wangen hatten eine gesunde Gesichtsfarbe.

Offensichtlich hat sie eine bessere Nacht gehabt als ich, dachte Brandon, der sich nach seinem Albtraum nur noch unruhig im Bett hin und her gewälzt hatte.

„Guten Morgen“, gab er lächelnd zurück. „Wie ich sehe, geht es Ihnen heute sehr viel besser.“

„Ja. Bitte beachten Sie meinen Aufzug nicht weiter. Eine der Schwestern war so nett, mir aus der Fundkiste des Hospitals ein paar Kleider zu besorgen. Ich versichere Ihnen, dass das nicht mein üblicher Kleidungsstil ist“, plauderte sie munter drauflos.

„Keine Sorge, das hätte ich ganz bestimmt nicht unterstellt“, entgegnete er lachend, bevor er ernst wurde. Im Augenblick wirkte die Frau herrlich unbesorgt. Er hasste es, ihr die gerade zurückgewonnene Lebensfreude wieder nehmen zu müssen.

„Hören Sie, es tut mir leid, dass ich keine besseren Neuigkeiten für Sie habe, aber ich habe leider keinen Namen für Sie“, verkündete er das Ergebnis seiner Überprüfung in einem Atemzug. Besser er sprach direkt aus, was er zu sagen hatte, fand Brandon.

Entgegen seiner Annahme, dass sie enttäuscht sein würde, winkte sie jedoch fröhlich ab. „Das ist wunderbar!“

„Tatsächlich?“, wunderte sich Brandon. „Gestern hatte ich den Eindruck, dass Sie nicht schnell genug einen Namen erfahren könnten.“

„Konnte ich auch nicht. Aber wenn Sie nichts gefunden haben, bin ich ein unbescholtener Bürger und das ist wunderbar, denn das wusste ich noch nicht. Das hat mir nur mein Gefühl gesagt, nachdem ich heute Morgen mit meinen Namen auf den Lippen aufgewacht bin.“

„Sie kennen Ihren Namen?“, hakte Brandon noch einmal nach, um ganz sicher zu sein, dass er sich nicht verhört hatte.

„Ja. Ist das nicht fantastisch? Sie glauben gar nicht, wie sehr man sich über einen Namen freuen kann.“

Erwartungsvoll leuchteten ihre saphirblauen Augen ihn an und Brandon wusste, dass sie nur auf seine Frage wartete. Einen Moment spielte er mit dem Gedanken, sie noch ein wenig zappeln zu lassen, doch am Ende siegte die Professionalität. Sie war schließlich ein Opfer und eine Zeugin. Kein privates Date, mit dem er nach Herzenslust flirten konnte, obwohl er in diesem Moment nichts lieber getan hätte.

„Verraten Sie mir Ihren Namen?", fragte er ein wenig schalkhaft.

„Selbstverständlich. Ich bin Taralyn Carter", antwortete sie mit fester Stimme.

Entschlossen trat Brandon zwei Schritte vor und hielt ihr seine Hand entgegen. „Es ist angenehm Sie kennenzulernen, Miss Taralyn Carter."

„D...danke!", erwiderte sie automatisch, wobei ihr anzumerken war, dass sie überlegte, ob er die Worte ernst gemeint oder ob er sie nur aufgezogen hatte.

„Erzählen Sie mir etwas über sich", forderte Brandon sie lächelnd auf.

„Ich bin sechsundzwanzig Jahre und wohne in der Rosedale Street. Ich jogge regelmäßig im Hermann Park und besuche gerne Kunstmuseen", erzählte Taralyn stolz.

„Der Hermann Park liegt im Museumsviertel. Da haben Sie es dann ja nicht weit."

„Stimmt. Mögen Sie Museen, Agent Bucciarelli?"

„Als Kind habe ich sie gehasst. Ich kenne Museumsbesuche nur als Schulausflüge und fand sie immer entsetzlich langweilig", gestand Brandon. „Freiwillig habe ich es später nie wieder probiert."

„Das ist schade. Vielleicht sollten Sie überlegen, der Malerei noch eine Chance zu geben."

Sich einer Antwort enthaltend zuckte Brandon mit den Schultern. „Was machen Sie beruflich?"

„Ich bin Kinderbuchillustratorin", antwortete sie sofort, wobei sich ihre Augen zunächst erstaunt weiteten, bevor sie vor Freude zu glänzen begannen. „Darüber hatte ich noch gar nicht nachgedacht."

„Das erklärt natürlich Ihre Liebe zur Kunst. Dem Leuchten Ihrer Augen nach scheint Ihnen das eine Menge Spaß zu machen."

„Das tut es", nickte Taralyn überzeugt.

„Sind Sie bei einem Verlag angestellt?"

Die Frau überlegte kurz. „Nein, ich bin freiberuflich tätig."

Brandon wartete einen Moment, bevor er zu der entscheidenden Frage vorrückte. „Taralyn? Ich darf Sie doch so nennen, oder?"

Aufmerksam beobachtete er die feinen Gesichtszüge der Frau vor ihm. Daher entging ihm auch nicht, dass sich ihre Pupillen leicht verengten und sie ihre Augen ein wenig zusammenkniff. Sofort ruderte Brandon zurück. „Es ist kein Problem, wenn Ihnen Miss Carter lieber ist."

„Nein, nein, das ist es nicht. Taralyn fühlt sich nur merkwürdig an. Ich glaube, alle nennen mich einfach nur Tara." Plötzlich lächelte sie wieder und sie sah ihm wieder direkt in die Augen. „Sagen Sie Tara. Das ist gut."

„Tara", wiederholte Brandon den Namen und stellte fest, dass er ihm gefiel. So wie die ganze Frau. Selbst in dieser unglamourösen Kleidung, die ihre besten Tage hinter sich hatte, und den unförmigen Einwegpantoffeln wirkte sie noch anziehend auf ihn.

Halt, halt, halt! Was dachte er bloß schon wieder? *Konzentrier dich, Brandon,* mahnte er sich.

„Es tut mir leid, dass ich das fragen muss, Tara", begann er. „Aber können Sie mir sagen, was vorgestern Nacht in dem Raum vorgefallen ist? Und wie Sie zu dem verlassenen Farmgelände gekommen sind?"

Augenblicklich seufzte Tara und ihre Schultern sackten nach vorne. Sie schloss kurz die Augen. „Ich weiß es nicht", flüsterte sie schließlich.

Überrascht runzelte Brandon die Stirn. „Sie wissen es nicht?"

„Nein. Seitdem ich aufgewacht bin, denke ich unentwegt darüber nach, aber es ist wie ein großer weißer Fleck. Ich sehe nichts. Ich fühle nichts. Es ist, als ob eine ganze Nacht aus meinem Leben einfach ausgelöscht wäre. Ich erinnere mich, dass ich am Nachmittag ein neues Manuskript gelesen habe und anschließend in den Park gehen wollte. Das mache ich häufig. Bevor ich anfange zu zeichnen, muss ich emotional in eine Geschichte eintauchen. Ich muss sie in mir aufnehmen und das kann ich am besten draußen in der Natur. Ich sehe mich, wie ich die Tür meines kleinen Hauses hinter mir zuziehe und abschließe und dann wird alles weiß. Das Nächste, woran ich mich erinnere ist, wie ich in diesem Raum erwache."

Prüfend musterte Brandon die Frau vor ihm. Sagte sie die Wahrheit? Sein Bauchgefühl glaubte ihr, aber zum ersten Mal konnte er seinem Instinkt nicht vorbehaltlos vertrauen.

Seitdem er aufgestanden war, hatte er gehofft, dass die Anziehungskraft, die er gegenüber dieser Frau verspürt hatte, im Laufe der Nacht verflogen war. Er hatte gehofft, sie heute in einem neutralen und objektiven Licht beurteilen zu können. Doch sobald er das Zimmer betreten und sie gesehen hatte, war ihm klar gewesen, dass dies nicht der Fall war. Ein Blick hatte genügt, um zu wissen, dass sie ihn noch genauso faszinierte wie am Tag zuvor. Glücklicherweise hatte er dies zumindest erkannt und konnte dementsprechend reagieren. Dazu gehörte, dass er ihre Worte auf jeden Fall überprüfen würde. Er würde sich nach allen Seiten absichern und als Erstes mit einem Arzt über ihre Amnesie sprechen. Konnte das menschliche Gehirn wirklich fünfzehn bis achtzehn Stunden einfach ausblenden?

Ein kurzes Klopfen unterbrach seine Gedanken, und sowohl Brandon als auch Tara sahen hinüber zur Tür.

„Ihre Entlassungspapiere sind fertig, Miss Carter", verkündete eine rundliche Krankenschwester, während sie Tara einen weißen Umschlag entgegenhielt.

„Vielen Dank. Kann ich dann gehen?"

„Ich wüsste nicht, was dagegen spricht. Ich schicke Ihnen jemanden, der sie zum Ausgang begleitet."

„Das ist nicht nötig", widersprach Tara.

„Unser Management möchte ganz sichergehen, dass alle Patienten wohlbehalten das Haus verlassen. Daher dürfen wir Sie nicht unbeaufsichtigt gehen lassen", erklärte die Schwester.

„Wenn es in Ordnung ist, begleite ich Miss Carter hinaus", bot sich Brandon an.

Mit hochgezogenen Brauen musterte die Schwester ihn. „Sie sind der FBI-Agent, der gestern schon da war, richtig?"

Brandon nickte.

„In dem Fall, denke ich, ist es in Ordnung. Miss Carter, ich wünsche Ihnen alles Gute", verabschiedete sich die Pflegerin.

„Vielen Dank!", erwiderte Tara, bevor sie sich an Brandon wandte. „Gehen wir?"

„Sicher!" Galant hielt er die Zimmertür für sie auf und folgte ihr hinaus auf den Flur.

Schweigend gingen sie nebeneinander zum Aufzug und fuhren hinunter ins Erdgeschoss. Als sie gerade die Eingangshalle durchquerten stieß ein Mann in mittlerem Alter mit ihnen zusammen. Vor Schreck glitt Tara der Briefumschlag aus der Hand.

„Entschuldigung!“, murmelte der Mann, während sich seine Augen weiteten.

„Tara?“, fragte er erstaunt.

„Max!“, reagierte Tara mit dem Namen des Mannes. „Was machst du hier?“

„Ich besuche einen Freund, der vorgestern operiert worden ist. Warum bist du hier?“, Freundlich reichte er ihr den Umschlag, den er mittlerweile vom Boden aufgehoben hatte. „Du bist doch nicht etwa krank?“

„Nein, nein. Ich hatte nur eine kleine Untersuchung. Nichts Wichtiges“, wiegelte sie ab.

„Sehr gut. Ich würde nämlich nicht gerne hören, wenn es meiner besten Illustratorin nicht gutgehen würde“, stellte der Mann fest, während er fragend von Tara zu Brandon hinübersah.

Tara war der Blick nicht entgangen und sie spürte, dass auch Brandon auf eine Vorstellung wartete. Sofort erkannte sie, dass sie keine Wahl hatte. Sie musste die Männer miteinander bekannt machen. Alles andere wäre unhöflich gewesen. Notgedrungen biss sie in den sauren Apfel.

„Das ist Max Chaplin. Ihm gehört eines der bedeutendsten Verlagshäuser im Süden der USA. Neben Krimis, Unterhaltungsliteratur und Biographien unterhält er auch eine große Kinderbuchsparte. Max, das ist Brandon Bucciarelli.“

Absichtlich verzichtete sie auf Brandons Agententitel sowie seine berufliche Funktion, in der er an ihrer Seite war. Dabei betete sie inständig, dass auch der Agent dies von sich aus nicht erwähnen würde. Sie wollte nicht, dass jeder erfuhr, was gestern vorgefallen war, geschweige denn, dass sie sich an nichts erinnern konnte. Sie wollte kein Gerede über ihre Person und schon gar keine wilden Spekulationen.

Brandon schien ihre Gedanken zu erraten, denn er streckte dem Verleger lediglich seine Hand zur Begrüßung entgegen. „Angenehm!“

„Ebenso!“, entgegnete Max, wobei er sein Gegenüber prüfend abschätzte.

Ohne Regung hielt Brandon dem Blick stand, bis sich Chaplin schließlich wieder Tara zuwandte.

„Hattest du schon Gelegenheit dir das Charity-Projekt für Weihnachten nächstes Jahr anzusehen?“

„Ich habe es kurz überflogen. Es klingt gut. Wie viele Zeichnungen willst du haben?"

„Es werden vierundzwanzig Kurzgeschichten von vierundzwanzig Autoren. Jede Geschichte soll eine Titelzeichnung sowie zwei bis drei kleinere Illustrationen erhalten. Am liebsten hätte ich natürlich alle Zeichnungen aus einer Hand, sodass das Buch einen Illustrationsstil aufweist und dadurch die unterschiedlichen Storys zu einer optischen Einheit zusammenfügt. Natürlich erwarte ich nicht von dir, dass du eine solche Arbeitsmenge unentgeltlich zur Verfügung stellst, allerdings kann ich auch nicht dein übliches Honorar zahlen, wenn alle Einnahmen zu hundert Prozent in ein Stiftungsprojekt für kranke Kinder fließen."

„Das Geld wird kein Problem sein. Ich bin sicher, dass wir uns an dieser Stelle einig werden. Wenn überhaupt ist es eher ein zeitliches Problem. Bis wann brauchst du die Sachen?"

„Ich habe die genaue Planung nicht im Kopf, aber ich vermute mal bis April, wenn wir das Buch Anfang Oktober auf dem Markt haben wollen."

„Okay. Ich schaue meine Projektplanung an und gebe dir nächste Woche Bescheid, bis wann ich die Geschichten brauche, aber ich kann dir jetzt schon sagen, dass es früher als üblich sein wird, denn ich muss die Illus zwischendurch machen und kann nicht extra einige Wochen blocken."

„Das ist klar. Wir richten uns ganz nach dir, versprochen!" Kritisch musterte der Verleger Tara noch einmal, wobei ihm die Verwunderung über ihren Kleidungsstil anzusehen war. „Geht es dir wirklich gut, Tara? Du bist ein wenig blass."

„Bei mir ist alles in Ordnung. Mach dir keine Gedanken", erwiderte Tara und fuhr hastig fort. „Ich will dich auch gar nicht länger aufhalten. Dein Freund wartet bestimmt schon auf dich."

„Ja, richtig", entgegnete Max, als wäre ihm gerade erst wieder eingefallen, warum er überhaupt im Krankenhaus war. „Pass auf dich auf!"

Der Verleger küsste Tara auf die Wange, dann warf er im Gehen einen letzten Blick auf Brandon. „Auf Wiedersehen!"

„Auf Wiedersehen!", verabschiedete sich Brandon.

Auf dem Weg durch das Foyer hakte er bei Tara jedoch nach. „Er ist also Ihr Verleger?"

„Er ist einer meiner Kunden“, korrigierte sie. „Ich arbeite nicht nur für ein Haus. Aber ich muss zugeben, dass ich in den letzten drei Jahren recht viel für seinen Verlag gezeichnet habe. Warum fragen Sie?“

„Nur so!“, wich Brandon einer präzisen Antwort zunächst aus, doch dann fügte er eine weitere Frage hinzu. Die Neugier ließ ihm einfach keine Ruhe. „Wie ist Ihre Beziehung zu Max Chaplin?“

Unwillkürlich verdunkelten sich Taras Augen. „Sie ist gut. Warum sollte sie das auch nicht sein? Ich arbeite zuverlässig und liefere meine Sachen pünktlich ab.“

„Das meine ich nicht.“ Erwartungsvoll sah Brandon sie an, wobei er sich zwang, seine feuchten Hände nicht an seiner Anzugshose abzustreifen. Im Grunde hatte er keine Berechtigung, Taralyn Carter nach ihrer Beziehung zu dem Mann zu fragen. Dennoch hatte er der Versuchung nicht widerstehen können. Er musste einfach wissen, ob sie in irgendeiner Form liiert war. Auch wenn er der Anziehungskraft zwischen ihnen niemals nachgeben würde, wie er sich noch einmal selbst versicherte.

„Was meinen Sie dann?“, forderte Tara ihn heraus.

Ihre Augen erinnerten Brandon an einen Strauß blauer Kornblumen, den er als Kind hin und wieder auf dem Nachhauseweg von der Schule für seine Mutter im Getreidefeld des örtlichen Bauern gepflückt hatte. Schon damals war das tiefe Blau seine Lieblingsfarbe gewesen und Brandon ahnte plötzlich, dass er in diesen Augen auf ewig versinken könnte.

Verlegen räusperte er sich. „Ist das nicht offensichtlich?“

„Nein, Agent Bucciarelli, das ist es nicht.“

„Dann will ich deutlicher werden“, erklärte Brandon und seine Stimme klang dabei ein wenig härter als er beabsichtigt hatte. „Haben Sie neben Ihrer professionellen Beziehung auch ein engeres privates Verhältnis mit Max Chaplin?“

Verärgert funkelten Taras Augen ihn nun an. „Ich wüsste nicht, was Sie das angeht.“

Eigentlich nichts, dachte Brandon für sich, entschied sich jedoch, dies für sich zu behalten. Das bedeutete allerdings, dass er ihr eine gute Begründung für seine Frage liefern musste. Taralyn Carter war kein naives Kind, dass sich mit einer nichtssagenden Floskel abspeisen ließe.

„Wenn ich Ihre Version der gestrigen Ereignisse richtig verstanden habe, hat Sie jemand entführt, Sie mit dem Blut einer jungen Frau eingeseift und Sie anschließend in einem alten Steinschuppen eingesperrt."

Brandon sah, wie Taras Gesicht an Farbe verlor und bereute seine harten Worte sofort. Augenblicklich wurde seine Stimme sanfter. „Ist es unter diesen Gegebenheiten nicht verständlich, dass wir uns für Ihr Leben in allen Einzelheiten interessieren?"

Brandon wusste, dass dies weder der richtige Ort noch der richtige Zeitpunkt für solch eine persönliche Frage war. Er hätte sie vielmehr später im Büro und dann auch in einer allgemeineren Form stellen müssen. Doch nun konnte er nicht mehr zurück. Erwartungsvoll sah er Tara daher an.

Einen Moment schien sie noch zu zögern, dann löste sie ihre angespannte Haltung. „Nein, ich habe keine persönliche Beziehung zu Max und bevor Sie weiterfragen, ich hatte auch nie eine."

Unauffällig atmete Brandon aus. Erst jetzt merkte er, wie verkrampft er auf ihre Antwort gewartet hatte. Allerdings hieß dies nicht, dass es nicht einen anderen Mann in ihrem Leben geben konnte, mahnte er sich selbst und erinnerte sich, dass es im Grunde auch egal war. Taralyn Carter war keine Frau für unverbindlichen Sex, das spürte er mit jeder Faser seines Körpers und etwas anderes kam für ihn nicht in Frage.

Abermals hielt er ihr die Tür auf und Tara trat an ihm vorbei in die Sonne Texas', die selbst im Monat Oktober noch kräftig genug war, um die Luft schon am frühen Vormittag aufzuheizen.

„Tara, ich kann mir vorstellen, dass Sie in den nächsten Tagen nichts lieber tun würden als sich von dem furchtbaren Schock in Ruhe zu erholen. Doch leider haben wir noch eine ganze Menge Fragen an Sie."

Einen Moment stockte Brandon und überlegte, wie er seine nächste Bitte möglichst sanft formulieren konnte, aber keine Worte der Welt konnten den Inhalt schönreden. „Außerdem muss ich Sie bitten, sich die Leiche anzusehen, die wir gestern in der Nähe des Farmhauses gefunden haben. Wir haben noch immer nicht die geringste Ahnung, wer sie ist und vielleicht bringt der Anblick ja sogar Ihre Erinnerungen zurück. Unter Umständen können Sie sie sogar identifizieren."

Tara schluckte. Auf der einen Seite wollte sie nichts sehnlicher als all ihre inneren Bilder wieder haben. Sie wollte ganz genau wissen, was passiert war. Auf der anderen Seite fürchtete sie jedoch nichts mehr als das, denn sie war sich absolut nicht sicher, ob sie mit dem Geschehenen würde leben können. Doch sie hatte keine Wahl. Sie war es dieser jungen Frau schuldig, ihr all die Hilfe zur Verfügung zu stellen, die sie leisten konnte.

„Selbstverständlich“, gab sie daher zurück. „Ich möchte nur erst nach Hause fahren und mir etwas anderes anziehen.“

„Kein Problem. Wenn Sie möchten, kann ich Sie fahren und nehme Sie anschließend direkt mit ins Büro. Sie können aber natürlich auch gerne am späteren Vormittag vorbeischauen, wenn Ihnen das lieber ist.“

„Nein, ich bringe es lieber direkt hinter mich. Allerdings muss ich erst den Schlüsseldienst anrufen. Ansonsten stehe ich gleich vor verschlossener Tür.“

„Wie sicher ist Ihr Schloss?“, erkundigte sich Brandon.

„Es ist ein ganz normales Schloss“, zuckte Tara mit den Achseln. „Die Wohngegend wird nicht als übermäßig gefährlich eingestuft und ich besitze keine großartigen Wertegenstände. Insofern habe ich das Schloss des Vorbesitzers nie ausgetauscht. Ich habe lediglich von innen noch einen zusätzlichen Riegel angebracht. Warum fragen Sie?“

Grinsend sah Brandon zu ihr hinüber. „Dann brauchen Sie keinen teuren Schlüsseldienst. Ich kann Ihnen die Tür öffnen.“

„Tatsächlich?“

„Ja. Wenn es Ihr Haus ist und Sie mir offiziell die Erlaubnis erteilen, die Tür zu öffnen, dann ist es kein Problem.“

„Das ist fantastisch. Ich hatte schon damit gerechnet, stundenlang warten zu müssen.“ Glücklich strahlte sie ihn an und Brandon zwang seinen Blick zurück auf die Straße. Diese Augen brachten ihn um den Verstand.

KAPITEL 6

Brandon brauchte weniger als eine halbe Minute. Dann war Taralyns Haustür offen. Lässig steckte er das Werkzeug zurück in die Tasche.

„Nach Ihnen", ließ er Tara den Vortritt und sah sich interessiert um, als er den offenen Wohnraum betrat.

Drei der vier Wände waren in einem warmen Sonnengelb gestrichen, wobei die Wand gegenüber der Eingangstür von einer großen Fensterfront, die den Blick in einen kleinen gepflegten Garten freigab, dominiert wurde. Die vierte Wand leuchtete in einem tiefen Orange, wogegen sich die beiden Holztüren strahlend weiß abhoben. Auf einem kuscheligen hellen Teppich stand ein beige-braunes Sofas, auf dem so viele gelbe und orangefarbene Kissen lagen, dass Brandon sich ernsthaft fragte, ob ein Mensch noch Platz zum Sitzen darauf finden konnte. Auf dem Couchtisch stapelten sich Kunstbildbände, die in dem übergroßen Regal an der Wand keinen Platz mehr gefunden hatten. Auf dem hölzernen Esstisch stand eine große Vase mit frischen Blumen sowie ein großes, gläsernes Windlicht mit einer dicken Kerze. Der Rest des Tisches war mit Zeichnungen übersät. Neugierig trat Brandon näher.

„Wow! Sie zeichnen wirklich toll!", staunte er, als er die einzelnen Bilder sah. „Die Menschen und Tiere wirken richtig lebendig und auch lebensfroh."

„Danke!", erwiderte Tara, wobei sie leicht errötete. „Aber das sind alles nur erste Skizzen."

„Sie meinen, Sie sind noch nicht fertig?"

„Nein", schüttelte Tara den Kopf.

„Haben Sie vielleicht ein Buch da, dass Sie illustriert haben?", fragte Brandon unvermittelt. Plötzlich wollte er sehen, wie fertige Zeichnungen von Taralyn Carter aussahen.

„Ich dachte, Sie interessieren sich nicht für Bilder?"

Das tue ich auch nicht. Aber ich interessiere mich für Sie, wollte Brandon am liebsten sagen, doch glücklicherweise konnte er sich gerade noch bremsen.

„Ich finde die alte Kunst in Museen nicht sonderlich spannend. Dies hier ist etwas völlig anderes."

Einen Moment betrachtete Tara den Mann aufmerksam. Sie schien zu überlegen, ob er die Worte wirklich ernst meinte, doch schließlich öffnete sie die Tür zu ihrem Büro.

Überrascht von dem Anblick, der sich ihm bot, blieb Brandon im Türrahmen stehen. Er hatte mit dem überdimensional großen Tisch in der Raummitte gerechnet. Auch damit, dass er mit Papieren, Stiften, Farben und Pinseln übersät sein würde. Ein weiteres Bücherregal, das sich über zwei Wände erstreckte und hauptsächlich mit Kinderbüchern gefüllt war, verwunderte ihn ebenfalls nicht, obwohl er noch niemals so viele Bücher in einer privaten Wohnung gesehen hatte wie hier.

Was ihn jedoch sprachlos machte, war die roséfarbene Wand hinter dem Schreibtisch, die überfüllt war mit kleineren und größeren Malereien in allen Farben. Figuretten fanden sich hier neben Frauen mit üppigen Figuren im Botero-Stil, Hunde, Katzen und Hühner standen Kopf, fuhren Fahrrad oder surften auf einem Sonnenstrahl, Teekannen gähnten und ein rotes Dreirad küsste einen kleinen blauen Traktor. Brandon war sich sicher, dass er drei Stunden vor dieser Wand stehen könnte und immer noch etwas Neues entdecken würde.

„Wann immer ich eine neue Figur für ein Buch zeichne, male ich sie an die Wand", erklärte Tara. „Es ist mein persönliches Fotoalbum."

„Und wenn Sie einmal ausziehen?", fragte Brandon, der immer noch beeindruckt die Wand anstarrte. „Dann wäre alles weg!"

„Tja, ich schätze, dann bleibe ich für immer hier", scherzte Tara lachend. „Oder ich fange einfach noch einmal von vorne an. Ist es in Ordnung, wenn ich mich schnell umziehe?"

„Natürlich. Gehen Sie nur."

„Möchten Sie in der Zwischenzeit einen Kaffee trinken?"

„Nein, danke. Wenn es Ihnen nichts ausmacht, warte ich hier auf Sie und staune noch ein wenig."

Zögerlich lächelte Tara. „Es gefällt Ihnen wirklich!"

„Natürlich. Wem könnte es nicht gefallen?"

Tara zuckte mit den Achseln. „Nicht jeder mag Kinderzeichnungen."

„Haben Sie eine Lieblingsfigur?"

„Ich mag sie natürlich alle. Aber suchen Sie nach einem roten Wecker mit einem gebrochenen Zeiger. Er gehört definitiv zu meinen Lieblingszeichnungen. Aber vielleicht liegt es auch nur daran, dass mir die Geschichte besonders gut gefallen hat.“

Mit diesen Worten drehte sich Tara um und ließ Brandon alleine in ihrem Büro zurück. Für einen Moment sah er ihr nach und als sie in dem angrenzenden Raum verschwand, fiel sein Blick wieder in das Wohnzimmer. Es war ein Raum voller Wärme und Gemütlichkeit. Herzlichkeit sprach aus jeder Ecke. Ebenso wie aus jedem Detail ihrer Zeichnungen. Dieses Haus war ein richtiges Zuhause. Ein Rückzugsort zum Wohlfühlen.

An sein Elternhaus hatte Brandon die gleichen Erinnerungen, doch mit jedem Jahr verblassten sie mehr. Im Grunde war es heute schon nur noch eine Emotion. Eine Sehnsucht.

Seine eigene Wohnung war mehr oder weniger ein Platz zum Schlafen. Sie enthielt alles, was er brauchte und er hatte sich seine Möbel mit etwas Hilfe geschmackvoll zusammengestellt. Allerdings konnte er nicht leugnen, dass ihr die weibliche Hand fehlte, die mit einigen Accessoires den vier Wänden Persönlichkeit verlieh.

Brandon schob die Gedanken beiseite und widmete seine Aufmerksamkeit den Zeichnungen auf der Wand. Bevor er jedoch den kleinen roten Wecker gefunden hatte, spürte er schon nach wenigen Minuten Taralyns Anwesenheit in seinem Rücken und er drehte sich um. Unbewusst nahm er die schmale Bluejeans wahr, die locker auf ihren Hüften saß. Ebenso unbewusst registrierte er das hellblaue T-Shirt, das sich an ihren Körper schmiegte und ihren Busen formschön zur Geltung brachte.

Allerdings hatte er keine Zeit auch nur einen Gedanken an ihre aufregenden Kurven zu verschwenden, denn seine Augen sahen vor allem das Entsetzen in ihren Pupillen sowie die blasse Gesichtsfarbe. Sofort trat Brandon auf sie zu und fasste sie bei den Schultern. „Was ist passiert, Tara?“

Ihre Lippen zitterten, als sie langsam die Hand hob und ihm ein Foto entgegenhielt. Automatisch nahm er das Bild entgegen, während er einen Blick darauf warf. Entsetzt starrte er auf die Aufnahme.

Sie zeigte Tara in der Unterwäsche, die sie am Tag zuvor getragen hatte. Mit beiden Händen umfasste sie den Griff eines Dolches, dessen Klinge im Oberkörper einer Frau steckte. Weder Gesicht noch Beine des Opfers waren zu sehen. Doch es war

Brandon klar, dass die Frau auf dem Bild die Leiche war, die sie gestern im Wasser gefunden hatten. Mit tränenüberströmten Augen, in denen der blanke Horror stand, blickte Tara in die Kamera.

„Ich ... ich habe sie umgebracht“, stotterte Tara entgeistert. „Ich habe sie erstochen.“

Hunderttausend Fakten und Schlussfolgerungen schossen in Lichtgeschwindigkeit durch Brandons Kopf. Am Ende blieb jedoch nur ein Gedanke übrig: Niemals zeichnete eine brutale, gewissenlose Mörderin mit solcher Liebe und Hingabe wie sie aus jedem einzelnen Bild sprach, das er hier in diesem Raum sah.

Entschlossen sah er Tara in die Augen. „Dieses Foto beweist nicht, dass Sie die Frau getötet haben, Tara. Es beweist nur, dass Sie am Tatort waren und das wussten wir bereits.“

„Aber ich habe das Messer in der Hand“, hielt Tara verzweifelt dagegen.

„Das Messer ist ein Dolch“, korrigierte Brandon sanft. „Und wir wissen nicht, was vorher oder nachher passiert ist. Das Bild sagt uns nicht, wer zugestochen hat. Es kann genauso gut sein, dass Sie die Waffe herausziehen wollten. Es kann sein, dass derjenige, der dieses Foto aufgenommen hat, Sie gezwungen hat, die Waffe anzufassen. Es kann sein, dass die Frau längst tot ist.“

„Genauso gut kann es sein, dass ich zugestochen habe.“ Verzweifelt trat sie einen Schritt zurück. „Was ist, wenn mich mein Gefühl getrogen hat und ich eine kranke Psychopathin bin?“ Erschüttert stand sie vor ihm und wirkte mit einem Mal entsetzlich alleine, verlassen und hilflos.

Brandon erinnerte sich an all die Vorsätze, die er sich in Bezug auf diese Frau vorgenommen hatte: keine persönlichen Gefühle zulassen, Abstand wahren, keine Versprechungen geben. Nichts davon spielte in diesem Augenblick jedoch eine Rolle. Egal, was ihm sein Verstand auch zuflüsterte, es war ihm einfach nicht möglich als Agent zu handeln.

Der Mann in ihm setzte sich durch und Brandon ergriff ihre Hände. „Sie haben diese Frau nicht umgebracht, Tara.“

„Und wenn doch? Sehen Sie sich das Foto an!“

„Wie ich schon sagte, das Bild zeigt nur, dass Sie die Waffe berühren. Nicht mehr und nicht weniger. Ich glaube nicht, dass Sie in der Lage sind, einen Menschen zu töten.“

„Was ist, wenn Sie sich irren?“, fragte sie mit zitternder Stimme und Brandon atmete tief ein. Er wusste, dass er sich bereits zu weit aus dem Fenster gelehnt hatte.

„Hören Sie, Tara, wir werden herausfinden, was passiert ist“, lenkte er seine nächsten Worte auf neutraleres Terrain. „Das verspreche ich Ihnen. Aber jetzt interessiert mich vor allem eines: Wo haben Sie dieses Bild her?“

„Es steckte in dem Briefumschlag, den ich im Krankenhaus erhalten habe.“

„Es lag Ihren Entlassungspapieren bei?“

„Nein. Es waren keine Papiere drin. Nur das Foto.“

Nachdenklich fuhr sich Brandon über sein Kinn. Jemand musste den Inhalt des Umschlags ausgetauscht haben. Aber wer?

An der Stationsinformation ging es meist recht hektisch zu. Das Telefon klingelte, ein Arzt wollte eine schnelle Information, ein Patient hatte eine Frage, Angehörige brauchten eine Zimmernummer. Die Aufgabenliste war endlos. Wenn jemand ein wenig geschickt war, war es wahrscheinlich nicht weiter schwierig, einen Umschlag unbemerkt auszutauschen. Unter Umständen hatte sich auch einfach jemand einen weißen Kittel übergezogen und schon würde ihn keiner nach seiner Berechtigung fragen, sich hinter dem Tresen statt davor aufzuhalten.

Plötzlich erinnerte sich Brandon jedoch noch an eine andere Szene. Sie spielte im Foyer des Krankenhauses, als Tara mit dem Verleger Max Chaplin zusammengestoßen war. Dabei war ihr der Umschlag heruntergefallen und Chaplin hatte ihn aufgehoben. War es dem Mann möglich gewesen, den Brief bei dieser Gelegenheit auszutauschen? War es wirklich Zufall gewesen, dass er Tara heute Morgen über den Weg gelaufen war? In Gedanken beschloss Brandon zu überprüfen, ob der Mann wirklich einen frischoperierten Freund in dem Krankenhaus hatte.

„Ich werde Foto und Umschlag ins Labor geben. Vielleicht haben wir Glück und die Kollegen finden etwas“, entschied er und ließ beides in eine Plastiktüte gleiten, die er aus der Innentasche seines Jacketts gezogen hatte. „Kommen Sie, wir fahren ins Büro.“ Aufmunternd legte er eine Hand an ihr Schulterblatt und schob sie aus dem Zimmer.

„Ich muss meinen Ersatzschlüssel aus dem Schlafzimmer holen“, erinnerte sich Tara mit tonloser Stimme. Der Schreck über das Bild saß immer noch tief.

Tara brauchte nur eine halbe Minute, dann kehrte sie mit ihrer Handtasche und einem Schlüssel in der Hand zurück.

„Was ist mit Ihrem Portemonnaie und Ihren Papieren? Ich vermute, dass Sie diese Dinge gestern dabeihatten, als sie aus dem Haus gegangen sind."

„Nein. Ich hatte wohl nur meinen Schlüssel und mein Handy mitgenommen. Alles andere liegt noch an seinem Platz. Wenn ich in den Park gehe, nehme ich in der Regel auch keine Handtasche mit. Meistens stecke ich ein paar Dollar für einen Kaffee oder ein Eis ein, aber mehr brauche ich nicht."

„Wir können versuchen Ihr Mobiltelefon zu orten, auch wenn ich nicht glaube, dass wir ein Signal erhalten werden. Ein Versuch ist es jedoch allemal wert", überlegte Brandon, während Tara ihre Haustür abschloss.

„Hey, Tara!", rief auf einmal eine männliche Stimme zu ihnen herüber und ein Mann in den Endzwanzigern kam mit ausholenden Schritten auf sie zugelaufen. „Ich bin froh, dich zu sehen. Den ganzen gestrigen Abend hat kein Licht bei dir gebrannt und ich konnte dich nicht auf deinem Handy erreichen."

Der Mann begrüßte sie mit zwei Wangenküssen. „Ich habe mir Sorgen gemacht."

„Das ist lieb von dir, Wayne, aber mir geht es gut."

„Wirklich? Du siehst blass aus", widersprach der Mann stirnrunzelnd, bevor er Brandon seine Hand entgegenstreckte. „Ich bin Wayne Wilfley, Taras Nachbar."

„Brandon Bucciarelli", erwiderte der Agent, ohne weitere Informationen über sich preiszugeben.

Schon bei ihrer Begegnung mit Max Chaplin hatte Brandon gespürt, dass Tara noch nicht bereit war, mit Außenstehenden über das Geschehene zu reden. Jetzt empfing er die gleichen Signale und es war ihm mehr als recht, ihrem Bedürfnis in diesem Punkt nachzukommen. Im Moment zumindest. Es würde der Zeitpunkt kommen, da würden er und Rafael den Menschen in Taras Umfeld Fragen stellen müssen. Im Augenblick war es jedoch noch besser, wenn so wenig Leute wie möglich von der Sache wussten. Allerdings interessierte ihn brennend, was der Mann um diese Uhrzeit zu Hause machte. Hatte er keinen Job?

Gegenüber sich selbst musste Brandon sich allerdings eingestehen, dass er vor allem mehr über seine Beziehung zu Miss Carter wissen wollte. Die Art und Weise wie der Mann Tara ansah, ließ keinen Zweifel daran, dass der Kerl seine Nachbarin äußerst attraktiv fand. Insgeheim betete Brandon, dass er seinen Blick im Griff hatte, denn er spürte, wie wenig ihm dies gefiel. Zumal er ehrlicherweise zugeben musste, dass der Typ fantastisch aussah.

Wayne Wilfley war mit seinen 1,90 Meter so groß wie er selbst und er hatte mindestens ebenso breite Schultern. Seine Oberarme waren sogar eher noch etwas stärker ausgebildet als Brandons. Dazu war der Kerl braungebrannt, obwohl jeder bei seinen kurzgeschorenen hellblonden Haaren und den stahlblauen Augen einen hellen Hauttyp erwartet hätte. Verdammt! Der Typ sah aus wie Mister Universum höchstpersönlich.

„Sind Sie ebenfalls freiberuflich tätig wie Tara?“, erkundigte sich Brandon bei dem Mann, der in Jeans und Poloshirt vor ihm stand.

„Wie man es nimmt. Ich besitze eine Fitnesskette und war gerade auf dem Weg zu einem Privatkunden.“ Wayne wandte sich wieder an Tara. „Ich wollte sehen, ob du zu Hause bist und alles in Ordnung ist.“

„Das ist nett von dir“, fand Tara. „Aber es wäre nicht nötig gewesen.“

„Es kann immer etwas passieren. Die meisten Unfälle geschehen schließlich im Haus und es hat mir einfach keine Ruhe gelassen, dass dir etwas zugestoßen sein könnte. Etwas nachbarschaftliche Fürsorge kann nie schaden“, entgegnete Wayne resolut, bevor seine Stimme wieder weicher wurde. „Kommst du heute Abend zum Essen rüber? Ich weiß, es ist eigentlich nur eine Verabredung auf ein Glas Wein, aber ich dachte, wenn du dir schon die Zeit für meine Sachen nimmst, kann ich mich zumindest mit einem Essen revanchieren.“

„Oh, Wayne, es tut mir leid! Aber ich glaube, heute Abend schaffe ich es nicht“, unterbrach Tara erschrocken. Den Termin hatte sie völlig vergessen, doch locker plaudernd mit ihrem Nachbarn auf dem Sofa zu sitzen, war das Letzte was sie sich im Moment vorstellen konnte. „Ich habe noch einen kurzfristigen Auftrag angenommen, der nächste Woche fertig sein muss. Als die Anfrage kam, habe ich nicht mehr an unsere Verabredung gedacht. Können wir es um ein paar Tage verschieben. “

„Kein Problem. Das verstehe ich“, winkte Wayne in leichtem Ton ab. Dennoch gelang es ihm nicht vollständig, seine Enttäuschung zu überspielen. „Vielleicht nächstes Wochenende.“

„Das schaffe ich bestimmt“, versprach Tara. „Aber warum wirfst du mir deinen neuen Werbetext nicht schon einmal in den Briefkasten? Dann kann ich mir bereits ein paar Gedanken über entsprechende Zeichnungen machen und wenn wir uns zusammensetzen, können wir gemeinsam die ersten Entwürfe durchgehen.“

„Bist du sicher, dass dir das nichts ausmacht? Ich weiß, dass du viel zu tun hast und ich möchte dich auf keinen Fall mit meinem Kram belästigen.“

„Unsinn! Ich helfe dir gerne, wenn ich kann.“

„Okay. Dann bring ich dir die Unterlagen heute Abend kurz vorbei.“

„Mach das. Und wenn ich nicht da bin, leg sie einfach in den Briefkasten.

Wayne warf einen abschätzenden Blick auf Brandon, dann nickte er. „Mach ich. Wir sehen uns?“ Es klang wie eine Frage.

„Ja, bis bald!“, verabschiedete sich Tara und seufzte leise.

„Alles in Ordnung?“, erkundigte sich Brandon, nachdem sie in seinen Wagen gestiegen waren und er sich in den laufenden Straßenverkehr eingefädelt hatte.

„Sicher. Ich wollte nur, ich hätte an den Termin heute Abend gedacht. Ich habe Wayne versprochen, seinen neuen Flyer zu illustrieren und wir wollten heute Abend seine Vorstellungen zusammen durchgehen. Er ist ein wirklich netter Kerl und hat mir schon oft geholfen, wenn es galt eine Lampe anzubringen, die Waschmaschine zu reparieren oder ein Regal aufzubauen. Es ist nur fair, dass ich mich revanchiere.“

Brandon war sicher, dass Wayne Wilfley eher eine andere Form von Erkenntlichkeit im Kopf hatte.

„Nach allem was geschehen ist, kann ich aber heute nicht ...“ Sie stockte und schüttelte den Kopf. „Ich muss erst wissen, was passiert ist.“

„Das kann ich verstehen. Sehen Sie und Wayne sich öfter?“, horchte er vorsichtig nach.

„Nein. Er wohnt erst seit drei oder vier Monaten hier und wir haben uns zwei oder dreimal spontan auf ein Glas Wein im Garten zusammengesetzt. Das ist alles.“

„Sie haben also keine nähere Beziehung zu ihm?“

„Nein. Wieso nehmen Sie ständig an, dass ich zu jedem Mann ein Verhältnis haben müsste?“ Verärgert sah Tara ihn an.

„Nun, ich käme ganz bestimmt nicht auf die Idee, während meiner Arbeitszeit extra nach Hause zu fahren, um nach meiner Nachbarin zu schauen, nur weil bei ihr am Abend zuvor kein Licht gebrannt hat. Ich würde sie deswegen nicht einmal anrufen“, erklärte Brandon ruhig, obwohl es in ihm tobte. Er war wütend über sich selbst und verstand nicht, warum es ihm so wichtig war, dass ausgerechnet Tara ungebunden war.

Brandon mochte die Frauen, mit denen er ausging. Allerdings waren sie am Ende alle austauschbar. Lernte er jemand Interessantes kennen und erfuhr, dass die Frau liiert war, so zog er sich sofort zurück. Schließlich war er kein Beziehungsbrecher. Bislang war dies einfach eine Information gewesen, die er abgeklopft hatte, bevor er den nächsten Schritt getan hatte. Auf emotionaler Ebene war die Antwort für ihn ohne Belang gewesen. War die Chance auf ein Tête-à-Tête verloren, tat ihm dies vielleicht für einige Minuten leid, doch dann hatte er die Sache auch schon vergessen. Niemals zuvor hatte er dermaßen intensiv gehofft, dass eine Frau frei und ohne feste Bindung war, wie es bei Taralyn Carter der Fall war.

Taras straffe Körperhaltung sackte ein wenig zusammen, als sie ausatmete, und die Aufregung verschwand aus ihren Augen.

„Sie haben recht“, gab sie leise zu. „Ich hatte in der letzten Zeit ebenfalls das Gefühl, dass Wayne vermehrt meine Nähe sucht. Deswegen habe ich mich auch etwas von ihm zurückgezogen. Ich möchte ihn nicht verletzen, aber ich kann ihm auch nicht das geben, was er sich wünscht.“

„Jetzt sagen Sie mir nicht, dass Sie den Mann nicht attraktiv finden“, tat Brandon entsetzt und versuchte damit die ernstgewordene Atmosphäre wieder zu entspannen.

„Er hat eine gute Figur und ist nett“, gab Tara zu.

„Eine gute Figur? Das sollten Sie ihn besser nicht hören lassen. Wissen Sie, wie viel Zeit und Schweiß er in diesen Körper investiert hat?“

„Okay, okay!“, lachte Tara. „Er hat eine tolle Figur. Aber das alleine reicht nicht.“

„Ich dachte, den meisten Frauen wäre dies genug. Was braucht es Ihrer Ansicht nach noch? Außer den inneren Werten natürlich, aber Sie erwähnten ja schon, dass er sympathisch ist.“

Erotik!, dachte Tara. *Ein Körper muss nicht nur schön, sondern auch erotisch sein. Er braucht Ausstrahlung. So wie Agent Bucciarelli sie besitzt.* Hastig biss sie sich auf die Zunge. Es war besser, wenn sie diesen Gedanken für sich behielt.

Während ihrer ersten Begegnung war sie zu sehr in dem Schock des Grauens gefangen gewesen, um den Agenten als Mann zu registrieren. Gestern Abend war ihr seine körperliche Anziehungskraft zum ersten Mal aufgefallen, doch war sie noch immer zu sehr mit sich selbst und dem Erlebten beschäftigt gewesen, als dass sie darüber bewusst nachgedacht hätte. Seit heute Morgen spürte sie jedoch unentwegt den männlichen Sex-Appeal, der von ihm ausging.

Sein Anzug saß wie maßgeschneidert an seinem Körper und zeigte eine perfekte Figur: breite Schultern, schmale Hüften, lange Beine. Es brauchte nicht viel Fantasie, um zu erahnen, dass sich unter dem weißen Hemd eine harte Brustmuskulatur sowie ein Six-Pack verbargen. Nein, Brandon Bucciarelli musste seinen Körper vor Wayne Wilfley ganz sicher nicht verstecken und was sie persönlich betraf, so gefielen ihr seine dunklen Augen mit den charmanten Lachfalten ausnehmend gut. Sie versprühten Wärme und Verständnis und signalisierten Vertrauen und Geborgenheit.

Manchmal blickten seine Augen sie auf eine Weise an, die ihr Herz schneller schlagen ließ und bei mancher Berührung glaubte sie, dass ihr Herz für einen kurzen Moment stehenblieb. So wie gestern Abend, als er seine Hand auf ihr Knie gelegt oder ihre Hände in seine genommen hatte. Wäre sie dem Agenten zu einem anderen Zeitpunkt und an einem anderen Ort begegnet, so hätte sie der Verlockung vielleicht nachgegeben. Allerdings wusste Tara tief in ihrem Innern, dass Brandon Bucciarelli kein Mann für sie war. Er war gefährlich. Er war ein Mann, in den sie sich verlieben konnte und das kam auf gar keinen Fall für sie infrage. Im Augenblick wartete er jedoch noch immer auf eine Antwort von ihr.

„Ich habe mir noch keine Gedanken darüber gemacht, was außer den genannten Faktoren die gegenseitige Attraktivität beeinflusst“, erwiderte sie ausweichend und wechselte dann das Thema. „Die Frau, die Sie gestern gefunden haben ...“ Ihre Stimme stockte.

„Ja?“, forderte Brandon sie zum Weiterreden auf.

„Wie sieht sie aus?“

Verwundert über die Frage warf Brandon ihr einen kurzen Seitenblick zu.

„Ich meine, ist sie entstellt oder ist ihr Gesicht unversehrt? Ich frage, weil ... ich habe noch nie eine Leiche gesehen.“ Nervös knetete Tara ihre Hände im Schoß. „Ich meine, ich kann mich nicht erinnern. Wahrscheinlich habe ich die Frau schon gestern gesehen. Nein, nicht wahrscheinlich. Ganz sicher habe ich sie gesehen. Ich hatte ja sogar den Dolch in der Hand. Aber was ist, wenn ich sie nicht erkenne? Wenn ich mich weiterhin an nichts erinnern kann? Oder, wenn ich mich plötzlich an alles erinnere?“ Mit einem Mal wusste Tara nicht, was schlimmer war: das Fehlen der Erinnerung oder das Wissen um das, was geschehen ist?

Nachdem Brandon das Auto vor dem FBI-Gebäude abgestellt hatte, sah er ihr intensiv in die Augen. „Tara, es wird ganz bestimmt kein einfacher Gang in die Pathologie. Das ist es nie. Doch Sie sind nicht alleine. Ich werde bei Ihnen sein.“

„Können wir als Erstes dorthin gehen?“

Brandon überlegte einen Moment. Ursprünglich hatte er zunächst ins Büro gehen wollen. Er wollte noch mehr über Taralyn Carter erfahren. Außerdem wollte er die Ortung ihres Handys in Auftrag geben. Allerdings konnte er verstehen, dass die Frau die Identifizierung hinter sich bringen wollte. Es gefiel ihm, dass sie sich vor unliebsamen Dingen offensichtlich nicht drückte, sondern sie aktiv anging.

„In Ordnung“, stimmte er zu. „Geben Sie mir nur zwei Minuten, um meinem Partner zu sagen, dass wir im Haus sind.“

Während sein Telefon Rafaels Nummer wählte, trat Brandon einige Schritte zur Seite.

„Guten Morgen, Partner! Bist du immer noch bei unserer Jane Doe im Krankenhaus?“, hörte er Rafaels Stimme.

„Nein, ich bin mit ihr auf dem Weg in die Pathologie, und im Übrigen heißt sie Taralyn Carter.“

Anerkennend pfiff Rafael durch die Zähne. „Sie erinnert sich wieder an alles?“

„Leider nicht“, seufzte Brandon und brachte seinen Partner auf den neuesten Stand. „Kannst du schauen, was das Netz über die Frau hat? Schau auch auf Facebook, Instagram, Pinterest und anderen Social Media Seiten.“

„Kein Problem.“

„Und check bitte auch einen Max Chaplin“, bat Brandon.

„Alles klar“, versprach Rafael, nachdem er die Geschichte zu dem Mann gehört hatte.

„Gut. Dann gehe ich jetzt eine Leiche anschauen.“

„Bis nachher!“, verabschiedete sich Rafael und Brandon ging wieder hinüber zu Tara.

„Gehen wir?“, schlug er vor.

„Ja. Wo geht es lang?“

„Kommen Sie, wir nehmen den Aufzug.“

KAPITEL 7

„Bereit?“, versicherte sich der Pathologe, Dr Craig Porter, noch einmal, bevor er das weiße Leichentuch endgültig anhob.

Tara nickte, obwohl sie nicht sicher war, ob sie wirklich auf das Kommende vorbereitet war. Sie war es nicht.

Entgeistert starrte Tara auf die leblose Maske der Frau und alle Farbe wich aus ihrem Gesicht. Das Blut rauschte in ihren Ohren und ihre Knie wurden weich. Intuitiv suchten ihre Hände Halt an der Kante des kalten Edelstahltisches.

Sofort trat Brandon neben sie und legte ihr eine Hand in den Rücken. „Sie erinnern sich?“

Langsam hob Tara ihren Kopf und sah ihn an. Sie öffnete ihren Mund, um zu antworten, doch dann schloss sie ihn wieder und schüttelte nur den Kopf.

„Aber Sie erkennen die Frau“, bohrte Brandon nach.

Tara nickte, während sich ihr Brustkorb immer enger zusammenpresste.

„Ist es die Frau, die mit Ihnen in dem Schuppen war?“, drängte Brandon weiter. Er brauchte eine Aussage. Er zweifelte zwar nicht daran, dass die Laborergebnisse beweisen würden, dass das Blut in dem Raum zu der Leiche gehörte, doch er wollte eine Bestätigung von Taralyn Carter.

Sie konnte jedoch nicht antworten. Hilfesuchend sah sie ihn stumm an, während ihr Körper anfing zu zittern. Ihre Fingerknöchel traten weiß hervor und Dr Porter griff nach ihrem Handgelenk.

„Ihr Puls ist ein wenig schnell, Miss Carter. Warum gehen wir nicht in mein Büro? Dort ist es auch wärmer als hier drinnen“, schlug er vor.

Immer noch in dem Schock gefangen setzte Tara automatisch einen Fuß vor den anderen, während sie versuchte sich auf die warme Hand in ihrem Rücken zu konzentrieren. Zum Glück hatte Brandon sie nicht weggenommen. Der Kontakt erinnerte sie daran, dass sie nicht alleine war und er bewahrte sie davor, in ungewisse, dunkle Tiefen zu stürzen und das Bewusstsein zu verlieren.

Brandon ging dicht neben ihr. Sein Herz klopfte hart in seiner Brust. Taras Gesichtsausdruck wirkte entsetzlich erschüttert. Gebrochen. Er wünschte, er könne ihr helfen, doch er konnte ihr die Erinnerungen nicht abnehmen. Im Gegenteil. Er brauchte ihren Blick in die Vergangenheit. Dringend.

Halt! Hatte sie nicht gerade gesagt, dass sie sich nach wie vor nicht erinnerte? Aber was hatte dann den Schock in ihr ausgelöst? Brandon war fest entschlossen, dies in den nächsten Minuten herauszufinden. Daher nahm er in Porters Büro die beiden vor dem Schreibtisch stehenden Stühle und stellte sie einander gegenüber.

„Setzen Sie sich, Tara!“, forderte er sie auf, während er selbst den anderen nahm.

Der Pathologe schob ihm eine Tasse heißen Tee über den Tisch, die er aus einer Thermoskanne eingeschenkt und in die er einige Löffel Zucker hineingegeben hatte.

„Lass sie den Tee trinken, Brandon“, sprach er leise. „Wenn es ihr besser geht, könnt ihr hier reden. Ich brauche mein Büro im Moment nicht.“

„Danke, Craig.“

„Kein Problem. Wenn du Hilfe brauchst, ruf mich.“

Brandon nickte. Er war mit seinen Gedanken schon wieder bei der Frau vor ihm, die entgeistert ins Leere starrte.

„Ich hatte sie vergessen“, flüsterte sie erschüttert. „Wie habe ich sie vergessen können?“ Hilfesuchend blickte sie ihn an.

„Trinken Sie!“, forderte Brandon sie auf und reichte ihr den Tee.

Geduldig wartete er, bis Tara die Hälfte getrunken und die Tasse auf dem Schreibtisch abgestellt hatte. Sein Verstand sagte ihm, dass er jeden weiteren Körperkontakt meiden solle, da es schlichtweg unprofessionell war, doch seine Hände gehorchten ihm nicht. Ehe Brandon es sich versah, hielt er Taras Hände in seinen. Obwohl sie die warme Teetasse festgehalten hatte, waren ihre Hände noch immer kalt.

„Es tut mir wirklich leid, Tara, aber ich muss Ihnen ein paar Fragen stellen. Können Sie mir sagen, ob diese Frau mit Ihnen in dem Raum gewesen ist?“, fragte er sanft.

In ihren Augen stand immer noch die pure Verzweiflung und sie klang ebenfalls in ihrer Stimme mit, als sie nun antwortete. „Ich weiß es nicht."

Unwillkürlich zuckten Brandons Augenbrauen. „Sie wissen es nicht?"

„Nein. Glauben Sie mir, ich wollte, ich könnte mich erinnern, aber ich habe keine Erinnerung an diese eine Nacht. Aber ich kenne sie." Stumme Tränen flossen an ihren Wangen hinunter.

„Wer ist sie?", hakte Brandon leise nach.

„Hannah Winthrop. Meine Schwester."

Entsetzt starrte Brandon die Frau eine lange Sekunde an. Die Tote war ihre Schwester? Das war das Letzte, was er erwartet hatte. Unmöglich konnte er wie ein Unbeteiligter vor ihr sitzen und ihrem Leid zusehen. Ohne darüber nachzudenken, zog er spontan ihren Kopf an seine Schulter und nahm sie in die Arme. Er ließ Tara weinen, während sich seine ersten Gedanken um die Bedeutung dieser neuen Information drehten. Allerdings verloren sich die Schlussfolgerungen schon nach kurzer Zeit und Brandon fühlte nur noch den grazilen weiblichen Körper in seinen Armen.

Ein zarter Duft von Sommerbeerenfrüchten umfing ihn und seine Fingerspitzen fühlten die seidenweichen Haarspitzen. Der Wunsch, seine Finger unter ihr Haar zu schieben und mit den einzelnen Strähnen zu spielen, wurde immer stärker. Gleichzeitig spürte Brandon, wie sein männlicher Körper auf Tara reagierte. Dabei war seine Brust nicht das einzige Körperteil, das sich härtete.

Gütiger Himmel!, rief er sich zur Vernunft. Das durfte ja wohl nicht wahr sein. Die Frau brauchte sein Mitgefühl und ein wenig Trost und was machte er? Er benahm sich wie ein liebestoller Teenager.

Gut, ihr Busen drückte an seine Brust, sodass er ihre festen, verlockenden Rundungen deutlich spürte. Doch er war keine siebzehn mehr. Inzwischen sollte er mehr als genügend praktische Erfahrungen mit dem weiblichen Geschlecht haben, um nicht gleich bei jedem Anblick und jedem Kontakt in sexuelle Verzückung zu geraten.

Aber dies war etwas anderes. Tara war etwas anderes. Sie war etwas Besonderes. Zumindest für ihn. Brandon hatte es vom ersten Augenblick an gewusst, auch wenn er es da noch nicht hatte wahrhaben wollen.

Diese Erkenntnis hätte ihm eigentlich reichen sollen, um sich so weit wie möglich von Miss Carter fernzuhalten. Warum nur hatte er heute früh nicht Rafael ins Krankenhaus fahren lassen? Warum hatte er sich dafür anbieten müssen?

Weil sich deine Gedanken die ganze Zeit um nichts anderes drehen als um sie, klärte ihn seine innere Stimme sarkastisch auf.

Ohne dass Tara etwas von Brandons Gefühlen mitbekam, richtete sie sich plötzlich auf.

„Ich kann sie nicht getötet haben, Agent Bucciarelli“, verkündete sie mit unerwartet fester Stimme. „Hannah ist der einzige Mensch, der mir auf dieser Welt geblieben ist. Ich meine, sie war der einzige Mensch. Ich habe sie geliebt. Niemals hätte ich ihr wehtun können.“

Ruhig lauschte Brandon ihren Worten. Erst als Tara für längere Zeit schwieg, stellte er seine erste Frage.

„Ihre Schwester trägt einen anderen Namen als Sie. Ist sie verheiratet? Oder waren Sie schon einmal verheiratet?“

„Weder Hannah noch ich“, verneinte Tara. „Wir sind keine leiblichen Geschwister. Unsere Eltern sind beide ...“ Sie machte eine kurze Pause, bevor sie nachdenklich und eine Nuance leiser hinzufügte: „Gestorben.“ Abwesend schweifte ihr Blick dabei in die Ferne.

„Was ist, Tara? Worüber denken sie nach?“, holte Brandon sie nach kurzer Zeit zurück in die Gegenwart.

„Ich erinnere mich nicht.“ Erschrocken sah sie ihn an.

„Woran erinnern Sie sich nicht?“, hakte Brandon nach, der den Faden verloren hatte.

„An meine Mutter, beziehungsweise wie sie gestorben ist“, flüsterte Tara entsetzt und ihr Blick glitt unbestimmt an ihm vorbei. „Mein Vater starb, bevor ich auf die Welt gekommen bin. Soweit ich weiß hatte er Leukämie. Daher gab es immer nur meine Mutter und mich. Es gab keine anderen Verwandten. Nach ihrem Tod kam ich in ein Waisenhaus. Ich war sechs damals.“

Mit weit aufgerissenen Augen sah sie Brandon wieder an. „Wie kann ich vergessen, was meiner Mutter passiert ist? Ich meine, ich muss doch wissen, ob sie einen Autounfall hatte oder ob sie krank gewesen ist. Wieso kann ich mich nicht daran erinnern, wenn ich alles andere weiß?“ Panik schwang in ihrer Stimme mit.

„Scht", besänftigte Brandon sie und griff abermals nach ihrer Hand. Beruhigend ließ er seinen Daumen über ihren Puls kreisen. „Wir finden heraus, was mit ihr passiert ist."

Tara schluckte sichtbar und versuchte ihre Fassung zurückzugewinnen. Ihre Hand zog sie dabei jedoch nicht zurück. Sie mochte den Hautkontakt zu Agent Bucciarelli. Er half ihr, nicht in totaler Schwermut zu versinken.

„Entschuldigung", murmelte sie.

„Sie haben keinen Grund, sich zu entschuldigen", widersprach Brandon. „Aber Sie sollten Geduld mit sich haben. Überlegen Sie, welch großen Fortschritt Sie alleine in der letzten Nacht gemacht haben. Gestern wussten Sie nichts über sich, heute haben Sie bereits einen Großteil der Erinnerungen zurück."

„Sie haben recht", nickte Tara. „Es sieht so aus, als sei Geduld nicht eine meiner Tugenden."

„Nun, in manchen Situationen fällt sie leichter als in anderen." Insgeheim lächelte Brandon in sich hinein. Er hatte das Gefühl, dass Taralyn Carter eine Kämpfernatur war. Sie war niemand, der schnell aufgab.

„Sie haben Hannah also in einem Waisenhaus kennengelernt", stellte er fest und brachte damit das Gespräch zurück auf den Ausgangspunkt.

„Nein. Ich war zunächst nur kurz im Heim. Ein paar Wochen höchstens. Dann kam ich in eine Pflegefamilie. Hannah lebte damals schon seit einem Jahr mit Jim und Karen. Ihre Eltern waren bei einem Schiffsunglück ums Leben gekommen. Die Samonas sind ihre Nachbarn gewesen. Sie konnten keine eigenen Kinder bekommen und hatten Hannah daher nur allzu gerne zu sich genommen. Eines Tages dachten sie, es sei schön, wenn Hannah nicht alleine wäre und so kam ich zu ihnen. Jim und Karen waren nette Menschen, die uns viel Liebe und ein schönes Zuhause geschenkt haben."

„Sie sprechen in der Vergangenheit von ihnen. Was ist ihnen widerfahren?"

„Sie hatten einen Autounfall als Hannah achtzehn und ich sechzehn gewesen sind", erzählte Tara.

„Das sind eine Menge Todesfälle in Ihren jungen Jahren. Das kann nicht einfach für Sie gewesen sein", warf Brandon ein und erinnerte sich daran, wie sehr er unter dem Tod seiner eigenen Mutter gelitten hatte.

Auch wenn ein Unfalltod ganz sicher nicht die gleiche Grausamkeit aufwies wie der Mord an seiner Mutter, so war der Verlust dennoch der Gleiche.

„Nein, das war es nicht", gab sie zu.

Die Trauer in ihren Augen zeigte Brandon, dass Tara zwar gelernt hatte, mit den Ereignissen zu leben, aber sie dennoch nicht vollständig verarbeitet hatte.

„Es ist furchtbar, wenn man sich nicht verabschieden kann", gestand sie leise. „Man frühstückt zusammen und verlässt das Haus in der sicheren Annahme, dass man sich später wiedersieht. Nicht eine Sekunde fährt einem der Gedanke durch den Kopf, dass es das letzte Mal sein könnte, dass man jemanden umarmt, sein Lächeln sieht oder seine Stimme hört."

Tröstend drückte Brandon ihre Hand. Gerne hätte er etwas Aufmunterndes gesagt, doch es gab keine solchen Worte. Taralyn hatte leider recht.

Mit zusammengekniffenen Lippen versuchte Tara ein leichtes Lächeln. „Ein enger und intensiver Kontakt zu anderen Menschen macht verletzbar. Es ist einfacher, wenn man alleine ist", erklärte sie.

Ist das der Grund, warum sie nicht liiert ist?, durchfuhr es Brandon. Gleichzeitig überlegte er, ob sie ihm den Satz als Warnung gesagt hatte. Hielt sie die Menschen auf Abstand, um weniger leiden zu müssen, falls das Schicksal erneut zuschlug?

„Aber es macht auch einsam", rutschte ihm heraus, woraufhin er sich sofort im Stillen schalt: *Wer bist du, dass du einen solchen Satz sagst? Welches Recht hast ausgerechnet du, diese Worte zu sprechen? Du bist doch nicht besser! Dein Grund mag ein anderer sein, aber das Ergebnis ist dasselbe. Du lässt niemanden an dich heran.*

Tara zuckte mit den Achseln. „Das ist der Preis, den man zahlen muss und am Ende ist man so oder so alleine, wie man sieht. Hannah war die einzig menschliche Konstante in meinem Leben. Sie war die Einzige, die mich wirklich kannte."

„Sie haben also auch nach dem Tod Ihrer Pflegeeltern den Kontakt zueinander gehalten?"

Verwirrt sah sie ihn an. „Selbstverständlich. Wir waren zwar nicht blutsverwandt, aber wir fühlten uns wie Geschwister. Wir waren eine Familie."

Familie, wiederholte Brandon für sich. Das Wort klang schön. Er hatte schon lange keine Familie mehr. Genauer gesagt, seit dem

Todestag seiner Mutter nicht. Als Jugendlicher hatte er sich die Zeit seiner Kindheit zurückgewünscht. Später hatte er gelernt, damit zu leben, dass Familie ein Lebenskonzept war, das nicht für ihn bestimmt war. Doch auf einmal fühlte er eine Sehnsucht in sich, die ihn erschrak. Seit wann dachte er, dass es schön wäre, am Abend zu einer Familie nach Hause zu kommen, gemeinsam zu essen und zu lachen?

Seit gerade eben, beantwortete er sich die Frage in Gedanken selbst. Seit Tara dieses Wort mit einer fundamentalen Selbstverständlichkeit ausgesprochen hatte, in der all die Werte des Begriffs mitschwangen. Liebe, Treue, Vertrauen, Zusammenhalt, Rückhalt, Akzeptanz, Sicherheit, Stabilität. All dies hatte er während seines elften Lebensjahres verloren. Für seine Familie hatte nichts davon gezählt. Nicht für seine Großmutter, nicht für seine Tante und nicht für seinen Onkel.

Wie eine heiße Kartoffel hatten sie ihn einfach fallengelassen, obwohl er nichts Unrechtes getan hatte. Er war noch ein Kind gewesen. Aus dem Erbe seiner Mutter war das Internat bezahlt worden, in das man ihn abgeschoben hatte und damit war die Sache für alle erledigt gewesen. Bis heute hatte er niemanden von ihnen wiedergesehen.

Verärgert schob Brandon die Gedanken beiseite und widmete seine Aufmerksamkeit wieder dem Gespräch mit Taralyn Carter. „Was ist damals mit Ihnen passiert? Sie sind zum Todeszeitpunkt Ihrer Pflegeeltern noch nicht volljährig gewesen."

„Hannah war gerade achtzehn geworden und sie hat die Vormundschaft für mich beantragt. Jim und Karen hatten uns das Haus vermacht, sodass wir zunächst darin wohnen bleiben konnten. Wir haben die Schule beendet und beide eine Ausbildung gemacht. Hannah als Krankenschwester und ich als Illustratorin. Ich habe recht viel Glück gehabt und schon während meines Studiums kleinere Aufträge bekommen. Dadurch konnten wir ganz gut leben. Vor vier Jahren haben wir dann das Haus verkauft und jeder hat sich eine eigene Wohnung gesucht. Hannah ist damals mit ihrem Freund zusammengezogen, aber die beiden haben sich nach sieben Monaten wieder getrennt. Sie hat sich dann eine Wohnung in der Nähe des St. Josephs Krankenhauses gekauft, wo sie gearbeitet hat. Durch ihre immer wechselnden Schichtzeiten haben wir uns nicht mehr so oft gesehen wie früher, aber doch mindestens alle vierzehn Tage und jeder von uns wusste, dass er sich jederzeit auf den anderen verlassen kann."

Tara atmete tief ein und setzte sich dabei aufrecht hin. „Niemals habe ich diesen Dolch in Hannahs Brust gestoßen. Nichts auf dieser Welt hätte mich zu solch einer Handlung bringen können. Eher hätte ich mich selbst getötet."

Bedächtig nickte Brandon. Er glaubte ihr. Er hatte schon vorher gewusst, dass sie die Frau nicht getötet hatte. Dennoch gab es eine ganze Reihe offener Fragen, auf die sie dringend Antworten brauchten.

Wie waren Hannah und Tara zu dem verlassenen Farmgelände gekommen? Was war dort passiert? Und warum hatte der Täter Hannah getötet und Tara am Leben gelassen? War es Zufall gewesen? Eine spontane Wahl?

Sein Bauchgefühl sagte Brandon, dass dieser Killer nichts dem Zufall überließ. Ebenso wenig wie er es dem Schicksal überlassen hatte, welcher Detective oder Agent seinen Fall bearbeiten würde. Brandon mochte es noch so sehr hassen, aber er würde Franco Fogelberg gegenübertreten müssen. Er musste sich in einem persönlichen Gespräch davon überzeugen, dass der Mann keinen Weg gefunden hatte, dies alles zu inszenieren. Mochte es auf den ersten Blick auch noch so unmöglich erscheinen, Brandon brauchte die absolute Gewissheit. Außerdem musste Brandon verstehen, wie dieser Psychopath dachte und wer alles von seiner Beziehung zu Franco Fogelberg wusste. Dies konnte er nur klären, wenn er dem Mann gegenüber saß und ihm in die Augen sah.

„Agent Bucciarelli? Ist alles in Ordnung?", hörte er Tara fragen und als er sie anblickte, sah er aufrichtige Besorgnis in ihren Augen.

Erst jetzt merkte er, dass sich seine Hände zu Fäusten geballt hatten und sich sein Atem beschleunigt hatte. Ohne einen Blick in den Spiegel werfen zu müssen, wusste Brandon, dass sich auch seine Gesichtsfarbe verändert hatte. Sie hatte sich in einen aschfahlen Teint verwandelt.

Bewusst entspannte er seine Körpermuskulatur und lächelte Tara an. „Entschuldigen Sie, ich war mit meinen Gedanken gerade woanders."

„Es war offensichtlich kein angenehmer Ort", schlussfolgerte Tara, die ihn immer noch mit Argusaugen musterte.

„Nein, aber das bringt mein Beruf mit sich", erklärte Brandon. Dieses Thema wollte er keinesfalls vertiefen. Stattdessen erhob er sich und griff nach einem Stift und einem Notizzettel, die auf dem Schreibtisch lagen. „Geben Sie mir noch Ihre Handynummer, damit ich die Ortung eingeben kann?“

Tara diktierte ihm die Zahlenfolge, während sie gleichfalls aufstand. „Brauchen Sie noch mehr Informationen von mir? Ich meine, soll ich Sie noch ins Büro begleiten oder kann ich nach Hause gehen?“

Nachdenklich musterte Brandon die Frau einen Moment. Sie sah müde aus, doch das war kaum verwunderlich. Eigentlich wollte er Tara nicht gehenlassen, doch er wusste, dass er keinen Grund hatte, sie länger hierzubehalten. Sie hatten mittlerweile alle akuten Fragen beantwortet und solange sie sich nicht an mehr erinnerte, konnte sie ihm auch keine weiteren Antworten geben.

„Nein, fürs Erste habe ich alles“, entließ er sie daher. „Wenn Sie fünf Minuten warten, organisiere ich einen Kollegen, der Sie nach Hause fährt.“

„Das ist nicht nötig. Ich nehme ein Taxi“, wehrte Tara ab. Plötzlich hatte sie es eilig, diesem Ort zu entkommen. „Wissen Sie, wann ... wann ich Hannah beerdigen kann?“

„Es wird noch ein paar Tage dauern, bis Dr Porter die Leiche freigeben wird, aber ich gebe Ihnen so schnell wie möglich Bescheid.“

Tara nickte und eilte von dem Aufzug durch die Eingangshalle hinaus auf die Straße. Es war unglaublich. Gerade war ihre persönliche Welt ein weiteres Mal eingestürzt, doch hier draußen hatte sich nichts geändert. Der Himmel war blau, die Sonne schien heiß vom Himmel und die Menschen hasteten aneinander vorbei. Autos hupten, Bremsen quietschten und neben ihr lachte eine Frau. Wie konnte die Welt die Veränderung nicht wahrnehmen? Eine Welt ohne Hannah war nicht mehr die gleiche.

„Tara, sind Sie sicher, dass Sie nicht doch für einen Moment mit nach oben kommen wollen?“, erkundigte sich Brandon.

Seine Stimme klang besorgt und Tara fühlte seine Hand an ihrer Schulter. Doch sie wollte seine Gesellschaft nicht. Nicht jetzt. Jetzt wollte sie alleine sein. Sie wollte die Uhr noch einmal um zwei Tage zurückdrehen und das Geschehene ändern. Sie wollte noch einmal am Donnerstagmorgen in ihrem Bett aufwachen und dieses Mal würde sie nicht aufstehen. Sie würde ihr Haus nicht verlassen. Keinen Schritt würde sie vor die Tür setzen. Dann würde sie nicht zu diesem Farmhaus gelangen und Hannah würde am heutigen Samstag noch am Leben sein.

„Ich nehme ein Taxi", wiederholte sie und winkte mit der Hand eines heran. Hastig verabschiedete sie sich beim Einsteigen. „Vielen Dank für alles, Agent Bucciarelli!"

„Gern geschehen!", flüsterte Brandon zu sich selbst, denn er wusste, dass sie ihn nicht mehr hören konnte.

Gedankenverloren sah er dem wegfahrenden Wagen nach und hoffte, dass sie wirklich alleine zurechtkam. Wahrscheinlich war das allerdings nicht der Punkt, um den es ihm eigentlich ging, denn er wusste, dass Miss Taralyn Carter eine selbstständige Person war. Natürlich würde sie alleine zurechtkommen. Doch die alles entscheidende Frage war, ob sie alleine zurechtkommen musste.

In diesem Augenblick wünschte sich Brandon nichts mehr, als die nächsten Stunden und Tage an ihrer Seite verbringen zu können, um ihr über den ersten großen Schmerz hinwegzuhelfen. Doch dazu hatte er kein Recht. Vielleicht später, wenn die Ermittlungen abgeschlossen waren. In seinem Innern wusste Brandon allerdings, dass es niemals der Fall sein würde. Trotzdem blieb ein kleines Fünkchen Hoffnung in seiner Brust zurück.

Seufzend drehte sich Brandon um und kehrte an seinen Schreibtisch zurück. Es wurde Zeit, dass er sich diese Hirngespinste aus dem Kopf schlug und ein Verbrechen aufklärte. Damit konnte er der Frau zumindest auf seine eigene Weise helfen.

KAPITEL 8

„Hey, wie ist es gelaufen?“, grüßte ihn Rafael, als Brandon seinen Platz hinter dem Schreibtisch einnahm.

„Die Tote ist Miss Carters Schwester“, klärte Brandon seinen Partner auf und erzählte ihm, was er in der letzten Stunde erfahren hatte.

„Und sie kann sich immer noch nicht erinnern, was passiert ist?“, vergewisserte sich Rafael am Ende noch einmal.

„Nein“, schüttelte Brandon den Kopf. „Sie sagt, dass sie zwei große Lücken hat. Die Nacht von Donnerstag auf Freitag und den Tod ihrer Mutter.“

„Den Tod ihrer Mutter?“

„Ja, sie weiß, dass sie gestorben ist, als sie sechs Jahre alt war, aber sie hat keine Erinnerung an die Todesursache.“

„Das ist allerdings merkwürdig“, fand Rafael.

„In der Tat. Was hast du über sie in Erfahrung gebracht?“

„Taralyn Carter ist am achtundzwanzigsten September in Houston geboren. Der Vater starb zwei Monate vor ihrer Geburt. Ab ihrem siebten Lebensjahr ist sie bei dem Ehepaar Samosa aufgewachsen. Ihre Biografie zeigt im Großen und Ganzen nichts Besonderes.“

„Im Großen und Ganzen?“, hakte Brandon nach, der seinen Partner mittlerweile gut genug kannte, um alleine an seinem Ton zu erkennen, dass er noch etwas im Ärmel hatte.

„Nun, es gibt tatsächlich einen interessanten Punkt in ihrem Leben und der betrifft den Tod ihrer Mutter.“

Ungeduldig wartete Brandon darauf, dass Rafael weitersprach.

„Und der wäre?“, forderte er seinen Partner schließlich erwartungsvoll auf.

Langsam beugte sich Rafael ihm bedeutungsvoll über den Schreibtisch entgegen. „Ihre Mutter war eines der letzten Opfer des Spiralmörders.“

„Was?“ Entsetzt starrte Brandon seinen Partner an. „Das kann nicht sein.“

Mit einem Mal rauschte anstelle von körperwarmem Blut Eiswasser durch Brandons Adern. Das durfte nicht sein. Nein! Nein! Nein! Auf keinen Fall! Es war ohnehin schon schlimm genug, dass er sich zu der jungen Frau hingezogen fühlte, doch diese neue Erkenntnis änderte die Tragweite um ein Vielfaches. Mit einem Mal war es schlichtweg desaströs. Verdammt! Er hatte sie im Arm gehalten. Okay, es war keine erotische Umarmung gewesen. Dennoch sollte er sich von ihr fernhalten. Er sollte ihr nicht einmal die Hand geben. Himmelherrgott, er sollte sie nicht einmal kennen.

„Ganz offensichtlich haben wir hier nicht nur einen einfachen Nachahmungstäter“, fuhr Rafael fort, „sondern jemanden, der Menschen aus früheren Taten von Fogelberg miteinander verknüpft. Er bringt die Tochter eines seiner Opfer mit dem Enkel des Detectives ins Spiel, der den Fall damals bearbeitet hat.“

Nachdenklich rieb Rafael über sein Kinn. „Ich verstehe allerdings nicht, warum er Hannah Winthrop getötet hat und nicht Taralyn Carter. Sofern an dieser Tat überhaupt etwas einen Sinn ergibt, wäre es doch weitaus bedeutungsvoller gewesen, wenn die Tochter ein ebensolches Opfer geworden wäre wie die Mutter.“

Brandon nickte schweigend. Er war von dieser neuen Enthüllung noch immer geschockt.

„Copytätern geht es einzig und allein um die Nachahmung“, überlegte Rafael laut weiter. „Das hier schreit jedoch geradezu nach einem persönlichen Motiv. Hier hat jemand eine Schachpartie eröffnet und ich wette, dass er diese bereits Zug um Zug feinsäuberlich geplant hat.“

Uneingeschränkt musste Brandon seinem Partner recht geben. Nur in einem Punkt war er nicht sicher. Hatte der Mörder ihn wirklich wegen seiner Verbindung zu seinem Großvater ausgewählt? Eher nicht.

Rafael stellte seine beiden Ellenbogen auf den Tisch und beugte sich ihm wieder leicht über den Schreibtisch entgegen. „Brandon?“

Unwillkürlich begann sein Herz stärker zu klopfen. „Hm?“

„Es gibt da etwas, was mir keine Ruhe lässt.“

„Und das wäre?“ Brandon versuchte seine Stimme so normal wie möglich klingen zu lassen, obwohl er bereits ahnte, was folgen würde.

„Du hast gesagt, dass Fogelberg deinen Großvater bei der Verhaftung mit einem Messer angegriffen und getötet hat, richtig?“

Brandon nickte und Rafael sah ihm eindringlich in die Augen.

„Zwei Fragen: Erstens, wieso hatte dein Großvater keine Weste an? Und zweitens, wo ist sein Partner gewesen? Selbst vor zwanzig Jahren ist kein Polizist alleine und ungeschützt ausgerückt, um einen gefährlichen Serienkiller in Gewahrsam zu nehmen."

Brandon spürte Rafaels prüfenden Blick auf sich und er wusste, dass es Zeit wurde, seinem Partner reinen Wein einzuschenken. Schließlich waren sie immer ehrlich zueinander gewesen. Er hatte Rafael vielleicht nicht alles von sich erzählt, aber er hatte ihn auch nie angelogen. Wenn er jetzt jedoch weiterhin schwieg, verschoben sich die Waagschalen unweigerlich und er gefährdete eine gute Partnerschaft und was weitaus schlimmer war, eine ehrliche Freundschaft. Allerdings würde wahrscheinlich beides an dieser Stelle ohnehin enden. Wenn Rafael die ganze Wahrheit erfuhr, würde er sich von ihm abwenden. Er konnte also nur verlieren.

Aber zumindest verlor er mit Anstand, entschied Brandon und richtete sich entschlossen auf. Es wurde Zeit, dass er die Karten auf den Tisch legte. Wer konnte schon wissen, was dieser Killer als Nächstes tun würde. Unmöglich konnte Brandon diesen Fall alleine lösen. Er wollte ihn auch nicht alleine lösen. Gemeinsam mit Rafael bildete er ein starkes Team, und mehr als in jedem anderen Fall zuvor war er auf das objektive Urteilsvermögen seines Partners angewiesen.

„Hast du die Akte meines Großvaters nicht angefordert?", erkundigte sich Brandon zuerst.

„Doch, das habe ich." Rafael zog einen großen braunen Umschlag aus seiner Schublade und legte ihn in die Mitte ihrer beiden Schreibtische. „Allerdings habe ich noch nicht reingeschaut. Ich dachte, ich frage dich zuerst und anschließend öffnen wir die Akte gemeinsam."

Brandon schluckte. Rafaels Vertrauen und Respekt ihm gegenüber rührten ihn. Gleichzeitig schürten sie sein schlechtes Gewissen. Er war nicht sicher, ob er diese wirklich verdient hatte, doch er würde sich zumindest jetzt dem Urteil seines Partners stellen.

„Unter Umständen hat mich der Täter nicht ausgewählt, weil ich der Enkel des Mannes bin, der Fogelberg verhaften wollte", begann Brandon.

„Sondern?" Mit einer hochgezogenen Braue sah Rafael seinen Partner an. „Welchen anderen Grund könnte er haben?"

Brandon schluckte noch einmal, bevor er mit rauer Stimme bekannte: „Ich bin der Sohn seines letzten Opfers."

Entsetzen breitete sich in Rafaels Gesicht aus. „Fogelberg hat deine Mutter getötet?"

„Ja! Ich habe sie gefunden, als ich aus der Schule kam. Sie hat noch gelebt, aber ich konnte sie nicht retten. Sie ist vor meinen Augen verblutet."

„Oh, Brandon, das ist furchtbar. Wie alt bist du gewesen?"

„Zehn."

„Es tut mir leid. Daher rührte auch deine extreme Reaktion am Tatort, als du das Amulett gefunden hast. Es war nicht das Blut, das dich geschockt hat. Es war der Anhänger."

Brandon nickte.

„Warum hast du gestern nichts gesagt? Ich meine, ich hätte verstanden, wenn du ..."

„Rafe!", unterbrach Brandon ihn.

„Ja?" Erstaunt sah sein Partner ihn an, und Brandon fehlten plötzlich die Worte.

„Das ist noch nicht alles, richtig?", schlussfolgerte Rafael schließlich, nachdem Brandon lange Zeit schwieg.

„Nein, leider nicht", bekannte Brandon und schloss die Augen. Dies war der Moment, den er seit seiner Kindheit fürchtete. Der Moment, vor dem ihn der Richter gewarnt hatte. Obwohl es zwanzig Jahre her war, hörte Brandon noch immer die Worte des Mannes in seinen Ohren, die von einem mitleidsvollen Blick begleitet gewesen waren:

Ich gebe dem Antrag der Namensänderung statt. Für dich, Brandon, ist das die Chance für einen Neuanfang. Nutze sie gut und verrate keinem anderen Menschen deinen früheren Namen oder aus welcher Familie du stammst. Ansonsten fürchte ich, dass dein Leben vorbei ist, bevor es angefangen hat. Die Menschen vergessen nicht, und sie sind voller Vorurteile. Jeder würde dich nur noch danach beurteilen, welche Gene in dir stecken und nicht nach deinen Handlungen.

„Brandon?", holte ihn Rafaels Stimme sanft zurück und er blickte in fragende, aber vertrauensvolle Augen. Doch würden ihn diese in einer Minute noch mit der gleichen Freundschaft ansehen? Tief atmete Brandon ein und hielt dabei den Blick seines Partners. Das war das Mindeste, was er Rafael schuldete.

„Es gibt eine Verbindung zwischen mir und dem Mörder meiner Mutter", gestand er. Dann machte er eine kurze Pause, während der Brandon überlegte, wie es ihm gelang, die nächsten Worte an dem dicken Kloß in seinem Hals vorbeizudrängen. Kurzerhand entschied er sich dazu, anders anzufangen.

„Franco Fogelberg wurde aufgrund einer Phantomzeichnung gefasst. Nachdem man seine Identität kannte, war es ein Leichtes ihm die Morde an den siebzehn Frauen nachzuweisen. Auf ihn aufmerksam wurde man jedoch durch das Bild. Es ging damals an alle Polizeistationen. Mein Großvater hat den Mann darauf sofort erkannt und ist zu ihm gefahren. Alleine."

Brandon spürte Rafaels unausgesprochene Fragen, doch er war seinem Partner dankbar dafür, dass er ihn nicht unterbrach. Daher erklärte er: „Es war eine emotionale Kurzschlusshandlung. Schließlich hatte der Mann seine Tochter auf dem Gewissen. Wahrscheinlich traute er auch seinem eigenen Urteil nicht. Du weißt, wie es ist, wenn du jemanden glaubst zu kennen und plötzlich feststellst, dass der Mensch ein ganz anderer ist als du angenommen hast?"

Rafael nickte langsam.

„Bevor mein Großvater Francos Haus betreten hat, hat er sich jedoch besonnen und hat seinen Partner zumindest noch informiert, auch wenn er nicht auf ihn gewartet hat. Dieser ist sofort mit einem Aufgebot an Kollegen zu der angegebenen Adresse gefahren, aber er kam zu spät, um meinen Großvater zu retten. Allerdings konnte er Fogelberg verhaften, der mit einer Schusswunde schwer verletzt auf dem Boden lag. Offiziell hieß es, dass Fogelberg zuerst angegriffen und mein Großvater sich mit seiner Waffe verteidigt hat. Fogelberg selbst hat nie dagegen Einspruch erhoben. Ich war mir jedoch nie sicher, ob es sich wirklich so zugetragen hat. Fogelberg wusste, dass er lebenslänglich erhalten würde. Für ihn spielte es also keine Rolle, ob ein weiterer Mord hinzukam oder nicht. Vielleicht habe ich aber auch immer nur glauben wollen, dass er der Familie meines Großvaters die Schande einer unehrenhaften Beerdigung ersparen wollte."

„Wieso hätte Fogelberg das tun sollen? Woher kannten sich die beiden?"

Angestrengt schluckte Brandon, bevor er schließlich gestand: „Er war sein Schwiegersohn. Franco Fogelberg ist mein Vater." Fest hielt er den Blick seines Freundes, obwohl er innerlich vor Nervosität zitterte. Würde sich Rafael angewidert von ihm abwenden?

Doch Rafael drehte nur nachdenklich einen Bleistift zwischen seinen Fingern hin und her. „Ich hatte also recht. Unser Täter hat definitiv ein persönliches Motiv."

Verdutzt starrte Brandon ihn an. „Ist das alles, was du dazu zu sagen hast?"

„Was hast du erwartet?", fragte Rafael überrascht. „Natürlich tut es mir leid, was du durchgemacht hast. Es muss furchtbar gewesen zu sein zu erfahren, dass dein Vater nicht nur deine Mutter erstochen hat, sondern darüber hinaus auch ein ausgewachsener Serienkiller ist. Ganz sicher ist dieser Fall auch nicht einfach für dich. Erinnerungen leben wieder auf ..."

„Das meine ich nicht", unterbrach Brandon.

„Was dann?"

„Bist du nicht sauer, dass ich dir nicht vorher erzählt habe, dass mein Vater ein Massenmörder ist?"

„Ich glaube kaum, dass das ein Thema ist, das man einfach irgendwann nebenbei erwähnt. Abgesehen davon waren weder deine noch meine Eltern jeweils ein großes Thema zwischen uns. Warum auch? Wir sind erwachsen und leben unsere eigenen Leben. Bisher hat es auch nie eine Rolle gespielt und jetzt, wo es plötzlich wichtig sein könnte, hast du es erzählt. Ich finde, das ist früh genug und absolut fair gespielt", erklärte Rafael ruhig.

„Meine verwandtschaftliche Beziehung zu Fogelberg spielt keine Rolle für dich?"

„Nein!"

„Dir ist schon klar, dass ich einen Teil seiner Gene in mir trage?"

Rafael runzelte die Stirn. „Was willst du damit sagen, Brandon? Dass du ein schlafender Psychopath bist und das Potenzial zum Serienkiller hast?"

„Das war der Grund, warum der Rest meiner Familie jede weitere persönliche Verbindung zu mir abgebrochen und mich in ein Internat gegeben hat. Niemand von ihnen wollte mehr etwas mit mir zu tun haben. Sie konnten es nicht ertragen, dass die Hälfte meines genetischen Codes von einem der größten Monster stammt, die die Geschichte jemals hervorgebracht hat. Wahrscheinlich war es mein Glück, dass sich ziemlich schnell das Jugendamt eingeschaltet hat und einen gerichtlichen Antrag auf Namensänderung gestellt hat."

„Deine Großmutter hat dir die Schuld gegeben?"

„Vielleicht nicht die direkte Schuld, aber sie und meine Tante sowie ihr Mann haben mir erklärt, dass ich eine tickende Zeitbombe bin und jeden Menschen in Gefahr bringe, der mit mir zusammen ist."

Ernst sah Rafael ihn an, bevor er den Kopf schüttelte. „Das ist wirklich der größte Blödsinn, den ich je gehört habe. In erster Linie bist du ein Produkt deiner Eltern und deiner Umwelt. Nachdem was du über deine Mutter erzählt hast, war sie eine liebenswerte, hilfsbereite und warmherzige Frau, die dich fast alleine erzogen hat, da dein Vater kaum zu Hause gewesen ist. Es gibt kein Mördergen, das vererbt wird und du bist zweifelsfrei einer der rechtschaffensten und gutmütigsten Menschen, die ich kenne."

Gerührt und erleichtert zugleich sah Brandon seinen Partner an. „Danke, Rafe. Du weißt nicht, wie sehr ich deine Reaktion gefürchtet habe."

„Brandon, du hast doch nicht ernsthaft geglaubt, dass ich dich nach den Taten deines Vaters beurteile?", entrüstete sich Rafael. „Eigentlich müsste ich zu Tode beleidigt sein, dass du mir so etwas überhaupt zutraust. Die Wahrscheinlichkeit, dass du zu einem Mörder wirst, ist nicht größer und nicht geringer als bei mir oder jedem anderen in diesem Gebäude. Du bist einer der besten Agenten in diesem Land. Bereits nach deiner ersten Woche bei uns hätte keiner geglaubt, dass du deine Marke erst seit sieben Tagen trägst. Du hast mehr Gerechtigkeitssinn und Charakter als wir alle zusammen. Manchmal macht uns deine Geradlinigkeit geradezu Angst. Aber jetzt verstehe ich, woher diese Haltung rührt. Und ich verstehe deine Besessenheit bei der Jagd auf die Täter." Nachdenklich neigte Rafael seinen Kopf zur rechten Schulter. „Ist das der Grund, warum du in all der Zeit, die ich dich kenne, nicht eine feste Beziehung eingegangen bist?"

„Du weißt, wie die Menschen sind, Rafael. Die meisten werden nicht reagieren wie du. Die meisten Menschen werden anders über mich urteilen, wenn sie davon erfahren und wie du siehst, besteht diese Möglichkeit immer. Das könnte ich keiner Frau antun. Ebenso wenig könnte ich sie über meine wahre Identität anlügen."

„Die richtige Frau steht zu dir, Brandon. Du bist nicht für die Taten deines Vaters verantwortlich."

„Ich weiß das heute. Aber es war ein langer Weg mit vielen Therapiesitzungen in der Jugend und von diesem Wissen ist es immer noch ein großer Schritt zu der notwendigen Menge Mut, sich dem Urteil anderer Menschen zu stellen."

„Das kann ich mir vorstellen. Für niemanden ist es einfach zu verarbeiten, wenn er erfährt, dass er einen sadistischen Mörder zum Freund oder gar in der Familie hatte. Je enger das Verhältnis, desto größer ist der Schock. Die eigene Urteilsfindung wird infrage gestellt und die natürliche Vertrauensbasis gegenüber anderen Menschen ist zerstört. Kein Erwachsener steckt dies einfach so weg. Du hingegen bist noch ein Kind gewesen und hattest überhaupt keine Verarbeitungsmöglichkeiten. Du hättest den Schutz deiner Familie gebraucht, nicht ihre Ablehnung. Durch ihr Verhalten haben sie den Schaden an deiner Kinderseele nochmals verstärkt. Ist dein Vater der Grund, warum du Serienmörder jagst?"

„Ja. In der Theorie weiß ich, dass ich keine Schuld an dem Geschehenen trage. Tatsächlich habe ich allerdings ständig das Gefühl, etwas gutmachen zu müssen. Ich muss einen Ausgleich zu dem Bösen schaffen, dass mein Vater hinterlassen hat. Wahrscheinlich kannst du das nicht verstehen, aber ich kann es nicht einfach ablegen. Egal wie sehr ich es mir auch manchmal wünsche."

In einer unbewussten Reaktion zuckten Rafaels Mundwinkel und er veränderte seine Sitzposition. Brandon hatte keine Ahnung, wie gut er ihn verstand, doch das würde er ihm ganz gewiss nicht sagen. Nicht heute. Vielleicht eines Tages. Vielleicht nie.

Rafael spürte, wie sich bei diesem letzten Gedanken tief in seinem Inneren die leise Stimme seines schlechten Gewissens rührte. Er wusste, dass sich die Freundschaft zwischen ihm und Brandon in der letzten halben Stunde geändert hatte. Sie war auf ein neues Niveau gestiegen.

Bislang hatten sie über ihre Partnerschaft hinaus eine typische Männerfreundschaft geführt. Vom ersten Tag an waren sie sich sympathisch gewesen. Sie waren beide neu im Büro und neu in der Stadt gewesen. Auch wenn Brandon seine ersten zehn Jahre in Houston verbracht hatte, so hatte er doch die letzten achtzehn woanders gelebt und die Stadt war ihm ebenso fremd gewesen wie Rafael. Was hatte da näher gelegen, als auch einen Großteil der Freizeit gemeinsam zu verbringen? Regelmäßig trafen sie sich zum Sport oder auf ein Bier in einer Bar. Sie zogen sich gegenseitig auf, lachten und hatten Spaß. Ihre Gespräche drehten sich um das

Übliche: Sport, Frauen und die Arbeit. Über ihre jeweilige Vergangenheit sprachen sie immer nur in der Form wie es die Gegenwart beeinflusste und das betraf in der Regel hauptsächlich die berufliche Ausbildungsebene.

Es war eine ehrliche Freundschaft zwischen ihnen gewachsen, in der jeder wusste, dass er sich jederzeit auf den anderen verlassen konnte. Rafael hatte allerdings immer geahnt, dass Brandon einen kleinen privaten Teil von sich zurückhielt. Aber damit hatte er kein Problem gehabt. Im Gegenteil. Auch er hatte Geheimnisse, die er nicht bereit gewesen war zu teilen.

Mit Brandons Offenbarung war das Gleichgewicht zwischen ihnen jedoch plötzlich aus den Fugen geraten. Obwohl Rafael sich sicher war, dass Brandon ihn niemals dazu drängen würde, etwas preiszugeben, zudem er nicht bereit war und dass Brandon der Erste war, der seine Zurückhaltung verstand, so musste er sich doch selbst überlegen, ob ihm diese Ungleichheit gefiel. Glücklicherweise musste er darauf jedoch nicht sofort eine Antwort finden. Alles zu seiner Zeit.

„Um ehrlich zu sein, ist es mir reichlich egal, was dich in dieses Büro gebracht hat und jeden Tag neu motiviert“, stellte Rafael unmissverständlich klar. „Ich bin lediglich ziemlich froh, dich heute als Partner zu haben. Du bist einen steinigen Weg gegangen, aber ich denke, er hat sich gelohnt. Jetzt musst du nur noch in deinem Privatleben Vernunft annehmen. Dann ist alles perfekt.“

„Zumindest habe ich ein Privatleben. Auch wenn ich keine feste Beziehung eingehe, so habe ich doch meinen Spaß. Das ist in jedem Fall mehr als du von dir behaupten kannst“, entgegnete Brandon.

Wie jedes Mal wenn Brandon das Thema auf Rafael und Frauen brachte, verschloss sich der Gesichtsausdruck seines Partners und sein Körper wurde zu einem großen roten Stoppschild.

„Zurück zu Fogelberg“, wechselte er da auch schon das Thema. „Wenn ich dich richtig verstanden habe, gibt es durch deinen Namenswechsel keine offizielle Verbindung zwischen dir und Fogelberg.“

„Richtig.“

„Dann müssen wir uns die Frage stellen, wer damals davon wusste. Sicherlich deine Familie, oder?“

„Natürlich. Meine Großmutter, meine Tante. Vielleicht auch ihr Mann.“

„Was ist mit Fogelberg selbst?“

„Ich weiß nicht, ob er es mitbekommen hat. Er hat mir in den ersten Jahren Briefe geschrieben, die sein Anwalt beim Jugendamt abgegeben hat. Er wollte sie wohl nicht an die Adresse meiner Großmutter schicken, da er befürchtete, dass ich sie dann nicht bekommen würde. Das Jugendamt hat sie mir später an meinem vierzehnten Geburtstag übergeben. Da dachte man wohl, ich sei alt genug, selbst zu entscheiden, was ich damit mache, beziehungsweise wie ich darauf reagiere.“

„Wie hast du reagiert?“

„Ich habe sie verbrannt.“

„Ohne sie gelesen zu haben?“

Brandon nickte. „Wenn ich damals gewusst hätte, dass wir einmal hier sitzen und einen zweiten Spiralmörder suchen, hätte ich sie aufbewahrt. Vielleicht hätten wir durch sie erfahren, wie der Mann tickt.“

„Mach dir darüber keine Gedanken. Das erfahren wir auch so“, erwiderte Rafael.

„Damals wollte ich diesen Teil meiner Vergangenheit einfach nur hinter mir lassen.“

„Verständlich.“

Brandon seufzte. „Am liebsten würde ich das heute auch noch.“

„Wir können den Fall abgeben“, bot Rafael an.

„Auf keinen Fall“, brauste Brandon auf. „Wir werden diesen Mistkerl finden. Ich schwöre dir, er wird bereuen, dass er mich in sein Spiel hineingezogen hat. Heute bin ich kein kleiner Junge mehr, der hilflos am Rand steht und dort stehenbleibt, wo man ihn gerade hingeschoben hat. Ich versichere dir: Sein Spiel wird schneller vorbei sein als er es sich vorstellen kann.“

„So gefällst du mir“, grinste Rafael. „Jagen wir das Schwein.“

„Mit Freude!“ Entschieden nickte Brandon und seine gesamte Körperhaltung spiegelte seine Entschlossenheit wider.

„Gab es noch jemanden, der zu dem inneren Kreis eurer Familie zählte?“

„Nein. Mein Vater hatte keine Geschwister und meine Mutter hatte nur die eine Schwester. Willow Peters. Ihr Mann hat sich ziemlich schnell nach Bekanntwerden der Geschichte von ihr getrennt. Er meinte, es sei nicht gut fürs Geschäft, wenn die Leute wüssten, dass Fogelberg sein Schwager sei. Weder meine Tante noch ihr Sohn haben jemals wieder von ihm gehört. Ich glaube,

Willow hat mich damals auch für das Scheitern ihrer Ehe verantwortlich gemacht."

„Was ein Schwachsinn."

„Ja, aber ich war da und damit ein guter Sündenbock. Sie hat mir verboten, jemals wieder mit ihr oder Kevin Kontakt aufzunehmen."

„Ihr Sohn heißt Kevin Peters?"

„Ja."

„Wie der Footballspieler der Houston Texans?"

„Nicht nur wie der Spieler. Er ist der berühmte Quarterback. Nachdem sein Vater ausgezogen war, ist er in ein Footballinternat gegangen und hat von dort aus seine Profikarriere gestartet. Ich habe ihn einmal vor sechs oder sieben Jahren kontaktiert, aber er hat mir ziemlich deutlich zu verstehen gegeben, dass er kein Interesse an einem Kontakt hat. Das habe ich respektiert."

„Das heißt aber, dass er deinen neuen Nachnamen ebenfalls kennt?"

„Richtig."

„Wie sieht es mit Nachbarn oder Freunden deiner Mutter oder Großmutter aus?"

„Unwahrscheinlich. So wie ich es in Erinnerung habe, war damals einfach nur jeder froh, dass ich weg war. Außerdem, was sollten diese Leute für ein Motiv haben, Fogelbergs Mordserie plötzlich fortzusetzen?"

„Lebt deine Großmutter noch?"

„Nein. Sie war damals zwei Jahre lang in psychologischer Behandlung. Dann hat sie sich mit einer Packung Schlaftabletten das Leben genommen. Da fällt mir ein, dass die Juristin des Jugendamts noch von dem neuen Namen weiß."

„Mit ihr sollten wir auch sprechen. Soweit ich weiß, müssen die Unterlagen nur zehn Jahre aufbewahrt werden. Aber wir sollten klären, ob es in der Vergangenheit zu einer Sicherheitslücke gekommen sein könnte. Ansonsten bleiben drei Verdächtige: deine Tante Willow Peters, dein Cousin Kevin Peters sowie Franco Fogelberg selbst", fasste Rafael zusammen. „Wen besuchen wir zuerst?"

KAPITEL 9

„Hallo, Willow“, grüßte Brandon die Frau in der Tür des Einfamilienhauses.

Es befand sich in einem der besseren Wohnviertel der Stadt und lag im Wendehammer einer Sackgasse. Der Rasen in den Vorgärten war überall auf die gleiche Länge getrimmt und die Blumen waren den Farben nach gesetzt worden. Keine einzige Unkrautspitze war in den akkuraten Beeten zu sehen.

Ebenso ordentlich wie spießig wirkte Willow Peters. Ihr kinnlanges blondgefärbtes Haar war Strähne für Strähne sorgfältig toupiert und wahrscheinlich mit einer halben Dose Haarspray fixiert, damit es sich für den Rest des Tages nicht mehr bewegte. Ihr Makeup war makellos, verlieh ihr jedoch ein maskenhaftes Gesicht, wodurch jede Natürlichkeit verloren gegangen war. Die schlanke Frau trug ein teures Designerkleid mit Schuhen im gleichen Muster. Um ihren Hals lag eine dicke Goldkette. Offensichtlich ging es ihr gut. Zumindest finanziell.

„Brandon“, reagierte die Frau missfallend, nachdem sie ihren Neffen einige Sekunden lang prüfend angesehen hatte. „Was willst du hier?“

„Ich muss mit dir reden“, erklärte Brandon höflich.

Bei dem abwertenden Blick und dem kalten Ton seiner Tante hatte sich sein Magen unwillkürlich zusammengezogen, doch sein Verstand sagte Brandon, dass er keinen Grund hatte, sich schlecht zu fühlen. Er musste sich vor dieser Frau nicht verstecken. Er war ihr auch nichts schuldig. Eher war das Gegenteil der Fall. Er war damals ein kleiner Junge gewesen, der ihrer Hilfe bedurft hätte, doch sie hatte ihn fallengelassen wie eine heiße Kartoffel. Automatisch straffte Brandon seine Schultern und stellte sich noch etwas aufrechter hin.

„Wir haben uns nichts zu sagen. Ich dachte, das hätte ich vor zwanzig Jahren deutlich zum Ausdruck gebracht“, erwiderte sie in einem arroganten Tonfall und wollte offensichtlich die Haustür sofort wieder schließen.

„Glaube mir, mir macht dieser Besuch ebenso wenig Spaß wie dir“, entgegnete Brandon mit einem süffisanten Lächeln, während er seine Marke hervorzog und sie ihr entgegenhielt. „Dies ist mein Kollege Agent McAdams.“

„Guten Tag, Mam'“, grüßte Rafael höflich.

„Dürfen wir reinkommen oder möchtest du das Gespräch mit uns lieber im Beisein deiner Nachbarn führen?“, erkundigte sich Brandon, während er einen Blick auf die Nachbarin warf, die in diesem Moment ihre Haustür öffnete und neugierig zu ihnen hinübersah.

Seine Tante warf ihm einen kurzen bösen Blick zu, bevor sie der Nachbarin zuwinkte und den beiden Agenten mit zusammengekniffenen Lippen die Tür aufhielt.

Über einen glänzenden Marmorboden schritten Brandon und Rafael in ein elegantes Wohnzimmer, das mit dicken Teppichen und teuren Möbeln ausgestattet war. Auf dem gläsernen Esstisch stand eine Vase mit Blumen, die ebenfalls unnatürlich ordentlich arrangiert waren.

„Bitte!“, deutete Willow auf die Ledercouch, nachdem sie einige Kissen zur Seite geräumt hatte.

Brandon und Rafael setzten sich und warteten bis auch Mrs Peters Platz genommen hatte.

„Was willst du?“, wiederholte Willow ihre Frage an Brandon. „Deine Familie hat genug Leid über uns gebracht und unsere Leben zerstört.“

„Nach einem zerstörten Leben sieht das hier nicht aus“, wandte Brandon trocken ein.

„Es hat mich viel Arbeit gekostet, mir alles neu aufzubauen. Du hast kein Recht, dies alles noch einmal zu zerstören.“

„Ich habe nie etwas zerstört und das ist auch heute nicht meine Absicht. Wir sind auf der Suche nach einem Mörder, der die Morde von Franco kopiert.“

Stocksteif saß Willow Peters in dem breiten Sessel und zeigte keine körperliche Reaktion auf Brandons Worte. Sie blinzelte nicht einmal mit den Wimpern.

„Und was machst du dann hier? Solltest du nicht besser Verdächtige verhören statt unschuldige Bürger zu belästigen? Hast du daran gedacht, dich selbst zu befragen, Brandon? Schließlich leben die Gene deines Vaters in dir weiter.“

Zum ersten Mal war Brandon froh, dass er früh gelernt hatte, seine Emotionen zu kontrollieren und sich seine wahren Gefühle nicht ansehen zu lassen. Er hatte geahnt, dass es nicht einfach werden würde, seiner Tante gegenüberzutreten, doch er war sich sicher gewesen, dass er im Laufe der Jahre einen emotional größeren Abstand gewonnen hatte. Der Schmerz, den Willows Worte hervorriefen, belehrte ihn jedoch eines Besseren. Dabei war er damals unschuldig gewesen, und er war heute unschuldig. Er war nicht wie sein Vater und er würde niemals wie sein Vater werden. Er wusste dies. Dennoch traf ihn die Anschuldigung bis ins Mark.

„Mrs Peters", mischte sich Rafael nun ein, „bitte unterlassen Sie persönliche Beleidigungen."

„Das war keine Beleidigung, sondern eine Tatsache!", widersprach die Frau kalt.

„Das war wissenschaftlich betrachtet Schwachsinn und persönlich angreifend", korrigierte Rafael, wobei er seiner Stimme einen autoritären Unterton verlieh. „Wir haben einige Fragen an Sie. Sind Sie Willens, diese hier zu beantworten oder sollen wir Sie in unser Büro vorladen?"

Willows Wangen färbten sich rot. Dies war jedoch die einzige sichtbare Reaktion und ihre Stimme klang zutiefst verärgert, als sie schließlich antwortete: „Fragen Sie!"

Ohne auf den Ton einzugehen, begann Rafael. „Vor zwanzig Jahren wurde Brandons Nachname geändert. Wer hat damals davon gewusst?"

„Meine Mutter."

„Und Sie natürlich!", ergänzte Rafael.

„Natürlich! Meine Mutter war damals nicht in der Lage gewesen, vernünftige Entscheidungen zu treffen. Dementsprechend war alles an mir hängen geblieben", erklärte Willow abfällig. „Das Ganze war ein einziges Desaster."

„Ich kann mir vorstellen, dass es eine schwierige Zeit gewesen ist."

„Schwierig ist kein Ausdruck. Von heute auf morgen stand ich ganz alleine da. Meine Ehe war kaputt und, was noch viel schlimmer war, ich musste mein geliebtes Kind fortgeben. Mir war klar, wenn Kevin jemals eine Chance auf eine Karriere haben wollte, durfte diese entsetzliche Geschichte ihn nicht belasten. Ich musste dafür sorgen, dass Kevin so weit wie möglich von Houston entfernt aufwuchs."

„Was ist mit Ihrem Mann? Ist ihm Brandons neuer Name bekannt?“

„Joe? Nicht dass ich wüsste. Er ist damals ziemlich schnell abgehauen und ward nicht mehr gesehen, bis sein Sohn mehr Erfolg hatte als er.“

„Joe und Kevin haben also Kontakt miteinander?“, hakte Brandon nach.

„Kontakt kann man das kaum nennen. Kevin zahlt ihm eine monatliche Apanage, damit er seinen Mund zu unserer Familiengeschichte hält. Es ist fast ein Wunder, dass niemals ein Reporter die Verbindung zu deiner Familie hergestellt hat. Kevin hätte niemals eine Chance auf eine Profikarriere gehabt, wenn die Verbindung zu Fogelberg herausgekommen wäre.“ Ihre Stimme klang bitter.

„Entschuldigung, aber das verstehe ich nicht“, sprach Rafael erneut. „Franco Fogelberg ist sein angeheirateter Onkel. Was hat Ihr Sohn mit ihm und seinen Taten zu tun?“

„Oh, kommen Sie, so naiv können Sie wirklich nicht sein. Die Geschichte wäre ein gefundenes Festessen für die Presse.“

„Für ein paar Tage ganz bestimmt“, stimmte Rafael zu. „Aber dann wäre eine neue Story gekommen und Ihr Sohn hätte weiterhin sein Spiel gemacht. Ich verstehe, dass sie ihn anfangs als Kind geschützt haben, aber ich verstehe nicht, warum er sich als Erwachsener von seinem Vater erpressen lässt. Ein Mann schafft es in der NFL nicht unter die Topspieler, wenn er nicht neben seinen sportlichen Fähigkeiten auch eine entsprechend mentale Stärke mitbringt. Wenn ich Sie richtig verstanden habe, hat Ihr Ex-Mann erst angefangen, Kevin zu erpressen, als er schon erfolgreich war. Es gibt in der NFL ganz andere Skandale, die die betroffenen Spieler auch nicht ihre Karriere gekostet haben.“

Wütend starrte Willow den Agenten an. Schließlich blickte sie hinüber zu Brandon. „Du hast doch wohl nicht vor, Kevin in deine schmutzigen Sachen reinzuziehen?“

„Ich ziehe ihn ganz bestimmt nirgendwo rein. Wenn du damit allerdings sagen willst, dass wir ihn nicht befragen sollen, dann muss ich dich enttäuschen.“

„Du wirst dich von ihm fernhalten. Ich will nicht, dass er mit dir und deiner Familie in Verbindung gebracht wird.“

„Wieso sollte er das? Ich bin FBI-Agent Brandon Bucciarelli. Wer sollte eine Verbindung zwischen mir und Franco Fogelberg ziehen?“ Erwartungsvoll sah Brandon seine Tante an.

„Es sein denn“, sprach er nach einer längeren Pause weiter, „es kennen noch sehr viel mehr Leute meinen heutigen Namen.“

Willow Peters starrte ihn an. „Ich habe keine Ahnung, wem dein Vater alles davon erzählt hat.“

„Franco kennt meinen Nachnamen?“

Mit einem Mal wurde Willows Blick unsicher. „Es ... es kann sein, dass der Name einmal gefallen ist.“

„Gegenüber Franco? Er ist damals bereits in Untersuchungshaft gewesen. Wie kann er davon wissen?“

Aufmerksam beobachtete Brandon seine Tante. Daher entging ihm nicht die heftig schlagende Pulsader an ihrem Hals.

„Mrs Peters?“, erinnerte Rafael die Frau daran, dass sie noch immer auf eine Antwort warteten. Auch ihm war ihre plötzliche Nervosität nicht entgangen.

„Es .... wäre möglich, dass ich ihn habe fallenlassen“, gestand sie schließlich.

„Wann?“ Brandons Stimme war plötzlich fordernd.

„Ich habe ihn einmal besucht.“

„Du hast Franco Fogelberg im Gefängnis besucht?“

Aufgebracht wandte sich Willow ihrem Neffen zu. „Ich war damals fertig mit den Nerven. Mein Leben war zerstört. Mein Vater war tot, meine Schwester war tot. Meine Ehe war kaputt, meine Mutter hochgradig depressiv und mein Sohn war auf einmal tausend Meilen von mir entfernt. Dafür hatte ich dich, denn das Jugendamt hat dich anfangs in meine Obhut gestellt. Es war eine Zumutung. Die Nachbarn haben vor uns ihre Fenster und Türen verschlossen und nur noch hinter vorgehaltener Hand über uns gesprochen. Freunde hatten plötzlich keine Zeit mehr. Was glaubst du, wie ich mich gefühlt habe?“

Ihre Schultern sackten zusammen, doch keine Sekunde später richtete sie sich wieder kerzengerade auf. „Ja, ich bin zu deinem Vater ins Gefängnis gefahren. Ich habe ihm gesagt, was ich von ihm denke und ich habe ihm auch gesagt, dass er hoffentlich zum Tode verurteilt wird. Es ist mir bis heute schleierhaft, wie sein Anwalt es geschafft hat, dieses Urteil zu umgehen.“

„Was hat Franco damals gesagt?“

„Nichts.“

„Wie kam ich ins Spiel?"

„Er hat die ganze Zeit geschwiegen und das hat mich rasend gemacht. Ich wollte unbedingt eine Reaktion provozieren. Daher habe ich ihm gesagt, dass ich mich ganz gewiss nicht um seinen Sohn kümmern würde. Ich wusste, dass er dich geliebt hat und dass ich ihn damit treffen würde. Möglicherweise habe ich dabei auch die Namensänderung fallenlassen. Dein Vater war ein stolzer Mann und es war ihm damals wichtig gewesen, dass die Familie seinen Namen trägt. Bei seiner Hochzeit war er der letzte Spross seiner Familie gewesen. Ich erinnere mich noch, wie stolz er gewesen war, als er nach deiner Geburt nicht nur ein Kind, sondern einen Sohn in den Armen gehalten hat. Ein Mädchen hätte den Namen wahrscheinlich nicht weitergeführt. Mit dir lebte der Name Fogelberg hingegen fort."

„Hast du ihm den neuen Namen genannt?"

„Ich weiß es nicht."

„Hast du, Willow, oder hast du nicht?" Unbarmherzig sah Brandon seine Tante an, obwohl er sich die Antwort denken konnte.

„Ja", gab sie schließlich zu.

Ungläubig schüttelte Brandon den Kopf. „Du hast vor Gericht eine Schweigeverpflichtung unterschrieben."

„Ich weiß. Es war eine Handlung im Affekt. Es war einfach alles zu viel. Ist das nicht verständlich?"

„Du hast mich so sehr gehasst, dass du selbst eine Rechtsverpflichtung gebrochen und meine Sicherheit aufs Spiel gesetzt hast."

„Du tust gerade so, als ob du die Unschuld in Person bist", brauste Willow auf. „Du hast mit diesem Monster zusammengelebt. Du hast ihn jeden Tag gesehen und nichts gesagt."

„Ich bin damals zehn Jahre alt gewesen. Er war mein Vater und wie es für sein Täterprofil typisch ist, war er zu Hause der liebste Mensch der Welt. Hast du dich eigentlich jemals gefragt, was mit dir und Joe gewesen ist? Ihr habt im Haus nebendran gewohnt und nichts geahnt. Wieso erwartest du von einem Kind mehr als du selbst in der Lage gewesen bist zu geben?", gab Brandon ebenso ungehalten zurück, bevor er wieder ruhig wurde.

„Weißt du, was die Wahrheit ist?", fuhr er fort. „Du konntest dir nie verzeihen, dass du Franco Fogelberg nicht durchschaut und den Mord an Mum nicht verhindert hast. Anstatt dich jedoch deinen eigenen Unzulänglichkeiten zu stellen, hast du mich als geeigneten Sündenbock gesehen. Es war schließlich viel einfacher, einem kleinen Jungen die Schuld an allem zu geben, statt sich mit seinen eigenen Schuldgefühlen auseinandersetzen zu müssen."

Brandon atmete einmal tief durch. „Hast Du Franco noch einmal besucht?"

„Wo denkst du hin? Natürlich nicht", entrüstete sich Willow. „Ich habe mir ein neues Leben aufgebaut. Ich will mit Fogelberg nichts mehr zu tun haben."

Süffisant lächelte Brandon, doch bevor er etwas erwidern konnte, vibrierte das Handy in der Brusttasche seines Jacketts. Eine SMS von einer unbekannten Nummer. Augenblicklich erinnerte er sich an die letzte Erfahrung eines nicht identifizierten Anrufs und eine unheilvolle Ahnung überkam ihn. Dennoch war er nicht auf den Adrenalinschub vorbereitet, den sein Körper produzierte, als er die Datei öffnete.

Es war ein Foto aus Taras Wohnzimmer, wie er sofort erkannte. Auf dem Parkettboden stand eine Blutlache und der helle Teppich unter dem Sofa sowie die Stühle waren voller Blutspritzer. An die Wand gegenüber des Esstischs war ein großer Smiley gezeichnet.

„Weißt du, wo Miss Carter ist?", stand unter dem Bild.

Ein Blick zu Rafael zeigte ihm, dass sich sein Partner bereits erhoben hatte und gerade dazu ansetzte, sich zu verabschieden. Dankbar fiel Brandon wieder einmal auf, dass sie beide keine Worte brauchten, um sich zu verständigen. Rafael hatte alleine an seiner stummen Reaktion gesehen, dass etwas Einschneidendes passiert war.

„Wir müssen gehen. Wenn wir noch Fragen haben, melden wir uns", rief Brandon seiner Tante über die Schulter zu, während er bereits aus dem Haus stürmte.

„Was ist passiert?", wollte Rafael wissen, als sie im Auto saßen und Brandon mit quietschenden Reifen rasant wendete. Dabei musste Rafael sich an dem Haltegriff oberhalb seiner Tür festhalten, um nicht von der Fliehkraft auf die andere Seite gedrückt zu werden.

Brandon warf seinem Partner sein Handy zu, während er im Fahren das mobile Signallicht auf das Dach stellte und die Sirene anschaltete.

„Das ist ein Foto von Taras Wohnung“, klärte er Rafael auf. „Versuch sie anzurufen.“

„Hast du ihre Festnetznummer?“

„Nein“, bekannte Brandon und verfluchte sich in Gedanken selbst. Warum hatte er nicht daran gedacht, sie sich geben zu lassen? Und wieso hatte er sie am Morgen nicht zuerst zu einem Handyshop gefahren, damit sie sich ein neues Mobilgerät kaufen konnte?

Während er auf der linken Spur des Highways an allen anderen Autos vorbeiraste, hörte er, wie sich Rafael über die Zentrale Taras Nummer geben ließ und sie anrief.

Bitte, geh ran. Bitte! Bitte! Bitte!, flehte er innerlich.

„Nichts!“, stieß Rafael schließlich aus.

„Ich hätte sie niemals alleine nach Hause fahren lassen dürfen“, murmelte Brandon.

„Das konnte niemand voraussehen“, entgegnete Rafael. „Bist du dir wirklich sicher, dass es Miss Carters Wohnung ist?“

„Definitiv.“

Brandon schlängelte sich hinüber zur rechten Spur, da er die nächste Ausfahrt nehmen musste.

„Warum, Rafe?“, fragte er mit einem kurzen Blick hinüber zu seinem Partner. „Warum lässt er sie in einer Nacht am Leben, um sie sechsunddreißig Stunden später zu töten?“

„Noch wissen wir nicht, dass sie tot ist“, erinnerte Rafael ihn.

„Und woher stammt dann das ganze Blut in ihrer Wohnung?“

„Keine Ahnung. Aber ich weiß, dass wir noch keine Leiche haben und solange das nicht der Fall ist, gehen wir davon aus, dass Miss Carter lebt.“

„Das ergibt alles keinen Sinn.“

„Nein, das tut es noch nicht, aber Tatsache ist, dass du in diesem ganzen Szenario eine mindestens ebenso große Rolle spielst wie sie, wenn nicht sogar eine noch Größere. Vielleicht will der Typ einfach nur mit dir spielen. Wer weiß schon, was in diesem kranken Gehirn vor sich geht. Achtung!“, rief Rafael aus, als plötzlich ein weißer Toyota aus einer Seitenstraße geschossen kam.

Brandon hatte den Wagen jedoch bereits gesehen und schlug das Lenkrad scharf nach links.

„Idiot!“, brummte er. „Unsere Sirene sollte eigentlich mehr als laut genug sein.“

„Tu uns den Gefallen und fahr hier im Wohngebiet ein klein wenig langsamer. Ein Unfall ist das Letzte, was wir gebrauchen können."

Brandon wusste, dass sein Partner recht hatte. Daher drosselte er das Tempo um einige Meilen, obwohl es ihm schwer fiel. Sein Körper wollte agieren und nicht länger hinter einem Steuer sitzen. Mit jedem Block, den er sich Taras Haus näherte, wuchs die Unruhe in ihm. Die Vorstellung, dass Tara etwas Furchtbares zugestoßen war, ließ ihn innerlich erzittern.

Ihre blauen Augen erschienen ihm in seiner Vorstellung und Brandon erinnerte sich, wie sie ihn am Morgen in einem leuchtenden Blau angestrahlt hatten. Wie ein kleines Kind an Weihnachten hatte sie sich gefreut, den Großteil ihrer Erinnerungen über Nacht wiedererlangt zu haben. Dann wechselte das Blau. Es färbte sich dunkler und Brandon sah darin die gleiche sexuelle Erregung, die er empfunden hatte, als er sie gestern berührt hatte. Aber vielleicht war das auch nur ein Wunschgedanke, der seiner eigenen Fantasie entsprungen war. Wahrscheinlich hatte er sich das alles nur eingebildet. Plötzlich sah er jedenfalls nur noch Angst und Panik in ihren Pupillen. Ihre Augen flehten ihn an, ihm zu helfen. Ihre sinnlichen Lippen formten die Wörter ‚Hilf mir!', während ihr Bild in einem roten Strudel versank.

„Brandon!", riss ihn Rafael mit bestimmten Ton zurück in die Gegenwart, während er gleichzeitig ins Lenkrad griff und den Wagen zurück auf die Mitte der Fahrspur brachte

„W...was?"

„Wo bist du mit deinen Gedanken gewesen? Konzentrier dich auf den Verkehr oder lass mich fahren."

„Schon gut. Wir sind ohnehin gleich da", erwiderte Brandon, während er sich den Schweiß von der Stirn wischte. Seit wann drifteten seine Gedanken derart ab?

Seit das Opfer Taralyn Carter heißt, beantwortete er sich die Frage ehrlicherweise selbst. Ja, der Fall war zweifellos persönlich und ganz bestimmt emotional nicht einfach für ihn. Doch Brandon wusste, dass diese schöne und gleichzeitig interessante Frau sein Herz berührt hatte. Das war noch nie zuvor passiert und das durfte auch jetzt nicht passieren. Aber es war die einzige Erklärung, die Brandon für seine extreme Reaktion hatte.

Die Vorstellung, dass Tara das zweite Todesopfer dieses Mörders sein könnte, ließ alles in ihm gefrieren.

KAPITEL 10

Zum zweiten Mal an diesem Tag verschaffte sich Brandon mit Hilfe seines Dietrichs Zugang zu Taras Haus. Nur mit eiserner Disziplin schaffte er es, das Zittern seiner Hände zu unterdrücken und die Tür ohne Verzögerung zu öffnen.

Sein Hals war wie zugeschnürt, als er und Rafael mit gezogenen Waffen die Wohnung betraten. Mit einem Blick erkannte er, dass das Foto lediglich einen Ausschnitt des Tatorts gezeigt hatte. Zwar gab es nur die eine Blutlache vor dem Esstisch, doch ansonsten war der ganze Raum mit Blutspuren übersät. Übergroß prangte der lachende Smiley an der Wand gegenüber. Allerdings gab es keine Leiche. Brandon war jedoch nicht naiv genug, um erleichtert aufzuatmen. Er blickte mitten auf ein Schlachtfeld, und er wusste, dass das Opfer nicht überlebt hatte.

Rafael warf einen Blick in die Gästetoilette und deutete dann mit dem Kopf auf die Küche. Zustimmend nickte Brandon. Stumm signalisierte er seinerseits, dass er das Büro sichern würde. Beide Räume waren leer. Gemeinsam öffneten sie die Tür zum Schlafzimmer.

Leer. Auf dem Boden gab es jedoch einen aus Blut gezogenen Pfeil, der auf die letzte noch verbleibende Tür zeigte. Das Bad. Brandons Herz begann zu rasen.

Nein! Nein! Nein!, schrie es in ihm und er atmete schneller. Er wollte diese Tür nicht öffnen. Er wollte nicht Taralyns nackten und aufgeschnittenen Körper in der Badewanne finden.

„Bereit?“, hörte er Rafaels heisere Stimme und wusste sofort, dass diese Situation auch seinem Partner näher ging als andere Tatorte.

Nein, hätte Brandon am liebsten geantwortet, doch es war nicht so, dass er eine Wahl hatte. Daher nickte er einmal kurz und richtete seine Waffe auf den Raum. Rafael öffnete die Tür.

Auf dem großen Spiegel über dem Waschbecken lachte ihnen ein weiterer Smiley entgegen. Rechts von ihnen befand sich die Toilette. Daneben gab es eine bodengleiche Dusche, die von zwei Glaswänden begrenzt wurde. Auf der anderen Seite war die

Badewanne eingebaut. Sie war bis zum Rand mit Wasser gefüllt und auf dem Boden lag ein Leichensack.

Langsam steckten die beiden Männer ihre Waffen zurück in die Holster. Dann traten sie an die Wanne. Schockiert sahen sie auf die schwarze Plastikhülle hinunter.

„Wir kriegen dieses Schwein“, flüsterte Rafael wütend. „Ich schwöre dir, wir kriegen ihn.“

Brandon konnte wieder einmal nur nicken. Er fühlte nichts mehr. Der Sturm in seinem Inneren hatte sich gelegt und dabei nichts als dumpfe Leere hinterlassen. Er fühlte sein Herz in einem gleichmäßigen normalen Rhythmus schlagen und wunderte sich, wieso es sich überhaupt die Mühe der Arbeit machte.

Unvermeidlich erinnerte er sich daran, was er als Zehnjähriger beim Tod seiner Mutter empfunden hatte. Es war ähnlich gewesen: ein unwiderruflicher Verlust, ausgelöst durch das Wissen, für immer verlassen worden zu sein.

Reiß dich zusammen, Junge, mahnte ihn die Stimme der Vernunft und Brandon wusste, dass sie recht hatte. Er kannte Taralyn Carter gerade einmal einen Tag. Im Grunde kannte er sie sogar überhaupt nicht. Es war schlichtweg nicht möglich in solch kurzer Zeit eine derart tiefgehende persönliche Trauer um jemanden zu empfinden. Dennoch empfand er sie.

„Lass sie uns aus dem Wasser holen“, sprach er zu Rafael. Mit einem Mal konnte Brandon den Gedanken nicht ertragen, dass Tara noch länger in dem kalten Wasser lag.

Rafael musste es ähnlich ergehen, denn er widersprach nicht. Er machte lediglich einige Aufnahmen mit seinem Handy, dann fasste er mit an.

Der Sack war schwer, doch Rafael und Brandon hielten ihn einen Moment über der Badewanne und warteten bis der Großteil des Wassers abgetropft war. Erst dann legten sie ihn vorsichtig auf dem Boden ab. Mit seinen behandschuhten Händen zog Brandon den Reißverschluss auf. Dabei schloss er die Augen. Er hasste dieses Geräusch. Normalerweise hörte er es, wenn der Reißverschluss zugezogen wurde, doch seit gestern wusste er, dass es keinen hörbaren Unterschied gab, ob der Sack geöffnet oder geschlossen wurde.

Selbstdiszipliniert zwang sich Brandon dazu, die Leiche zu betrachten. Dabei blinzelten seine Augen zweimal, als er in das Gesicht des Opfers blickte. Das war nicht Tara. Ungläubig starrte er auf den toten Körper und spürte, wie das Leben schlagartig in ihn zurückkehrte.

„Das ist eine Mexikanerin“, sprach Rafael laut aus, was Brandon dachte und klang dabei ebenso überrascht.

Die Erleichterung ließ Brandons Beine weich werden und er kniete sich vorsichtshalber neben die Leiche auf den Boden. Ihr Oberkörper war ebenso aufgeschnitten wie der von Hannah Winthrop. Außerdem konnte Brandon sehen, dass das Messer Nieren und Leber aufgeschnitten hatte. Ihr Täter war definitiv ein Blutfetischist.

Noch während er den Leichnam genauer betrachtete, regte sich sein schlechtes Gewissen. Er sollte sich nicht erleichtert fühlen. Dies hier war zwar nicht Tara, aber es war eine Frau, deren Leben aus niederen Motiven auf brutale Weise beendet worden war. Sie war nicht mehr jung, vielleicht vierzig, höchstens fünfundvierzig. Doch zweifellos war sie zu jung zum Sterben gewesen.

Aber was machte die Frau in Taras Haus? Wer war sie und wieso hatte der Täter sie als sein nächstes Oper gewählt? Und wieso hatte er ihn glauben lassen, dass er Tara getötet hatte?

Fragen über Fragen! Doch er und Rafael würde die Antworten darauf finden. Daran zweifelte Brandon keine Sekunde.

Als Tara in die Rosedale Street trat, sah sie sofort die blinkenden Polizeilichter auf den parkenden Wagen in ihrer Straße. Obwohl sie noch zu weit entfernt war, um diese auf das Haus genau zu lokalisieren, wusste sie umgehend, dass diese vor ihrem Grundstück hielten. Sie registrierte auch die Traube von Nachbarn, die sich auf der Straße versammelt hatten und neugierig beobachteten, was hinter dem Absperrband vor sich ging. Sofort begann Tara zu rennen.

Als sie jedoch ihr Haus erreichte, hielt sie ein junger Streifenpolizist auf. „Es tut mir leid, Miss. Dies ist ein Tatort. Im Augenblick darf niemand ...“

Taras Ohren klingelten. Ein Tatort? Was war an ihrem Haus ein Tatort? Hier war nichts passiert. Es hatte sich alles in diesem Farmschuppen abgespielt, oder nicht?

War Hannah am Ende vielleicht doch hier bei ihr getötet worden? Hatte sie sich geirrt und sie hatte ihr Haus vorgestern gar nicht für einen Spaziergang verlassen? Oder war sie zurückgekehrt? Hatte sie Hannahs Mörder sogar hereingelassen?

Aber dann hätten sie und Agent Bucciarelli doch schon am Morgen Anzeichen dafür finden müssen, oder nicht? Ihr Haus war allerdings sauber und aufgeräumt gewesen und das ganze Blut hatte sich in dem Schuppen befunden. Oh, warum konnte sie sich bloß nicht erinnern?

„Sie verstehen nicht, Officer. Das hier ist mein Haus“, unterbrach sie den Mann hastig.

Der Polizist stockte und musterte sie mit neuen Augen. „Und Sie heißen?“

„Taralyn Carter.“

„Können Sie sich ausweisen, Miss Carter?“

„Sicher. Moment.“ Nervös wühlte Tara in ihrer Handtasche und förderte schließlich ihr Portemonnaie mit ihren Ausweispapieren zutage.

Konzentriert verglich der Officer das Foto auf dem Ausweis mit dem Gesicht, das vor ihm stand. Schließlich gab er ihr die Karte zurück.

„Bitte warten Sie einen Moment hier, Miss Carter. Ich gebe einem der ermittelnden Agenten Bescheid.“

Doch Tara wollte nicht warten. Dies war ihr Haus. Sie hatte ein Recht darauf zu erfahren, was hier vor sich ging. Entschlossen folgte sie dem Polizisten und schlüpfte hinter ihm durch die Tür.

Abrupt blieb sie jedoch noch im Türrahmen stehen. Bestürzt nahm sie das Szenario in sich auf. Mindestens zehn Menschen befanden sich allein in ihrem Wohnzimmer. Die Meisten staubten mit einem kleinen Pinsel die Oberflächen ihrer Möbel ein, ein anderer fotografierte aus allen Perspektiven eine Zeichnung an ihrer Wand.

Es war ein Smiley wie sie ihn gestern auf dem Bauch gehabt hatte, erkannte Tara. Automatisch fragte sie sich, wie er dorthin kam. Tatsächlich brauchte ihr Gehirn einen Moment, um die Dinge, die sie sah, in einen logischen Zusammenhang zu bringen.

Als sie jedoch erfasste, dass all das Rot in ihrem Wohnzimmer keine Farbe, sondern Blut war, wurde ihr schwarz vor Augen. Intuitiv trat sie einen Schritt zur Seite und suchte mit ihrer Hand Halt an der Wand.

„Tara!“, rief Brandon erschrocken aus, als er, informiert von dem Officer, aus ihrem Schlafzimmer kam und sie leichenblass neben der Haustür stehen sah. Mit großen Schritten eilte er zu ihr hinüber und fasste sie an den Schultern.

Sofort breitete sich angenehme Wärme in Taras Körper aus.

Diese Hände sind so wunderbar stark, registrierte sie erleichtert und entschied, sich für ein paar Sekunden einfach dagegen zu lehnen und sich halten zu lassen. Es fühlte sich wunderbar an, alle Verantwortung abgeben zu können. Selbst die, aufrecht stehen zu bleiben. Für einen Moment schloss sie die Augen und dabei spürte sie, wie der Kontakt ihr einen Teil der Kraft zurückgab, die sie soeben verloren hatte.

Besorgt beobachtete Brandon Taras Züge, und er atmete erleichtert auf, als zumindest ein Teil ihrer normalen Gesichtsfarbe zurückkehrte. Als er das Wohnzimmer betreten hatte, war sie entsetzlich blass gewesen und er hatte befürchtet, dass sie jeden Moment das Bewusstsein verlieren würde. Doch offensichtlich erholte sie sich schnell von dem ersten Schreck, den der Anblick ihrer Wohnung ausgelöst hatte. Das war gut, denn das Schlimmste stand ihr noch bevor.

Brandons Hände begannen zu kribbeln und das Gefühl zog sich langsam, aber stetig, weiter seine Arme hinauf. Seine Fingerspitzen wollten sich bewegen und wollten von Taras Schulten an ihrem Rücken hinuntergleiten und ihren zerbrechlich wirkenden Körper an seinen heranziehen. Doch das war völlig unmöglich. Nicht nur weil es in dem Haus von Kollegen wimmelte und auch nicht, weil es aufgrund seiner Position unethisch gewesen wäre.

Nein, er musste seine Gefühle unter allen Umständen unter Kontrolle halten, denn sein Vater hatte ihre Mutter getötet. Was würde sie sagen, wenn sie davon erfuhr? Es würde schlimm genug für sie sein. Sie brauchte dazu nicht auch noch das Gefühl, dass er ihr Vertrauen schamlos ausgenutzt hatte. Das würde er niemals tun. Er würde ihr nicht absichtlich wehtun. Innerlich seufzend ließ Brandon seine Hände sinken und trat einen Schritt zurück.

„Lassen Sie uns in die Küche gehen, Tara. Dort ist es etwas ruhiger“, schlug er vor und bot ihr einen Kaffee an. „Ich hoffe, Sie sind mir nicht böse, dass ich ihre Kaffeemaschine in Gebrauch genommen habe.“ Er ließ es wie eine Frage klingen.

„Nein, natürlich nicht.“

„Möchten Sie eine Tasse. Er ist allerdings ziemlich stark. Eine FBI-Angewohnheit.“

„Nein, danke. Ich nehme lieber ein Glas Wasser“, lehnte Tara ab und nahm ein Glas aus dem Schrank über der Spüle.

Brandon wartete bis sie es mit Leitungswasser gefüllt und dann neben ihm auf einem der beiden noch freien Barhocker an dem Küchenblock in der Mitte des Raumes Platz genommen hatte.

„Was ist passiert?", fragte sie schließlich und sah ihn dabei mit wachen Augen an.

Brandon erkannte, dass sie bereit war für das, was er zu sagen hatte. Sie wusste, dass es furchtbar sein würde. Schließlich war sie kein naives Kind, das sich hinter einem rosaroten Wolkenkuckucksheim versteckte. Sie wollte die Wahrheit wissen.

Brandon gefiel ihre Art, die Dinge offensiv anzugehen. Diese Eigenschaft hatte er bereits am Vortag an ihr festgestellt. Sobald Tara den ersten Schock überwunden hatte, stellte sie sich der Realität. Das war etwas, was sie gemeinsam hatten. Doch darüber sollte er besser auch nicht nachdenken, denn es spielte keine Rolle.

„Vor ungefähr zwei Stunden habe ich ein Foto bekommen", klärte er Tara auf und schob ihr sein Handy mit dem geöffneten Bild hinüber.

Brandon sah die angestrengte Schluckbewegung an ihrem Hals und er erkannte in ihrem Blick, dass sie sein Entsetzen in dem Moment des Empfangs der Datei nachvollziehen konnte.

„Sie haben gedacht, er hätte mich ..." Sie zögerte eine Sekunde, bevor sie ergänzte: „Umgebracht?"

„Wären Sie zu einem anderen Schluss gekommen?"

Bedächtig schüttelte Tara den Kopf.

„Wir haben versucht, Sie über Ihre Festnetznummer zu erreichen, aber leider ohne Erfolg."

„Ich bin nicht zu Hause gewesen."

„Das haben wir glücklicherweise festgestellt. Wo waren Sie? Ursprünglich wollten Sie nach Hause fahren."

„Das war mein Plan, doch plötzlich konnte ich nicht hierher fahren. Ich hatte auf einmal das Bedürfnis zum Friedhof zu gehen und das Grab von Jim und Karen zu besuchen. Ich wollte ihnen erzählen, was passiert ist. Vielleicht klingt das in Ihren Ohren verrückt, aber es gibt Phasen in meinem Leben, da habe ich das Gefühl, ihnen dort näher zu sein als an anderen Orten."

Brandon war nicht sicher, ob er genauso empfand. Während seiner Zeit im Internat hatte er das Grab seiner Mutter nicht besuchen können und so hatte er einen anderen Weg für sich finden müssen. Seine Therapeutin hatte ihm mehrere

Möglichkeiten angeboten und er hatte sich schließlich für die Sternvariante entschieden.

Viele Nächte hatte er am Fenster gesessen, in den Himmel gestarrt und sich vorgestellt, dass ihn seine Mutter von einem der hundert oder zweihundert Milliarden Sterne beobachtete. Er hatte ihr von den kleinen und großen Dingen in seinem Leben erzählt, bis das Gefühl des Alleinseins nachgelassen hatte. Mit der Zeit waren die Abstände zwischen diesen einsamen Monologen größer geworden, doch sie hatten ihm auf dem Weg der Trauerverarbeitung geholfen.

Er vermutete, dass es für Tara ähnlich war. Wahrscheinlich spielte der Ort für diese Art der Selbstgespräche keine große Rolle und wenn das Grab auf dem Friedhof Tara das gab, was ihm der nächtliche Sternenhimmel geschenkt hatte, dann war es gut, dass sie diesen Platz für sich gefunden hatte.

Brandon spürte ihren Blick auf sich und erkannte, dass sie auf eine Reaktion von ihm wartete. Verlegen räusperte er sich.

„Es klingt nicht verrückt, Tara“, erwiderte er mit einem zarten Lächeln. „Ich denke, ich kann das sogar sehr gut verstehen.“

In ihre Augen kehrte ein wenig Glanz zurück und Brandon freute sich, dass er offenbar die richtigen Worte gefunden hatte. Er wünschte, er könnte ihre Augen noch mehr zum Strahlen bringen, doch er wusste, dass das Gegenteil der Fall sein würde. Binnen kürzester Zeit würde ihr Blick mit Grauen gefüllt sein.

„Sind Sie die ganze Zeit auf dem Friedhof gewesen?“

„Ich schätze, eineinhalb Stunden. Dann bin ich mit dem Bus zurückgefahren und bin durch den Park spaziert. Unterwegs habe ich noch einen Kaffee getrunken, und ich habe mir ein neues Handy besorgt.“

„Sehr gut. Geben sie mir die Nummer?“

Tara las die Zahlenfolge von ihrem neu abgeschlossenen Mobilfunkvertrag ab, und Brandon gab sie direkt in sein Telefon ein. Anschließend rief er sie an und unterbrach die Verbindung wieder, sobald Taras Handy klingelte.

„Jetzt haben Sie auch meine Nummer. Wenn irgendetwas ist, rufen Sie mich bitte an. Versprochen?“

„Versprochen.“ Nachdenklich knetete Tara ihre Lippen aufeinander. „Agent Bucciarelli, woher stammt das Blut in meinem Wohnzimmer?“

Seufzend fuhr sich Brandon durch die Haare. Die Zeit der Aufklärung ließ sich nicht mehr länger hinauszögern. „Es gibt ein weiteres Opfer", gestand er traurig.

„Hier?"

„In Ihrem Bad. Es tut mir leid, Tara, aber ich muss Sie bitten, sich die Frau anzusehen. Ihr Schloss weist keinerlei Einbruchspuren auf. Insofern müssen wir davon ausgehen, dass jemand mit einem Schlüssel hereingekommen ist. Wer hat alles einen Schlüssel von Ihrem Haus?"

„Hannah, aber sie ist ..." Tara schluckte und beendete den Satz nicht. Stattdessen fuhr sie fort. „Wayne hat einen Ersatzschlüssel für den Fall, dass ich meinen einmal vergesse."

Der Nachbar mit der Fitnesskette, erinnerte sich Brandon und stellte fest, wie wenig ihm das gefiel.

„War das seine Idee oder Ihre?", erkundigte er sich interessiert.

„Seine, aber ich fand sie gut. Ein Schlüsseldienst ist teuer und Hannah wohnt nicht gerade um die Ecke. Ich meine natürlich, sie wohnte nicht um die Ecke."

„Wer hat sonst noch einen Schlüssel?"

„Niemand. Ah, doch. Catalina."

Brandon wurde hellhörig. „Catalina? Das klingt spanisch."

„Sie stammt ursprünglich aus Mexiko. Sie ist meine Putzfee. Ich habe ganz vergessen, dass sie einen Schlüssel hat. Ich habe ihn ihr gegeben, als ich hier eingezogen bin, aber sie braucht ihn so gut wie nie, da ich meistens da bin, wenn sie kommt. Außer ... heute." Ihre Augen weiteten sich vor Entsetzen und sie starrte Brandon entgeistert an.

Als er nicht reagierte, schüttelte sie schockiert den Kopf. „Nein. Nicht Catalina. Sagen Sie mir nicht, dass es eine kleine, etwas rundliche Mexikanerin ist. Catalina ist zweiundvierzig, hat schulterlange schwarze Haare und ein Muttermal auf ihrer linken Wange. Sie ist der liebste Mensch, den ich kenne. Sie würde keiner Fliege etwas zuleide tun. Sagen Sie mir, dass die Beschreibung nicht auf das Opfer zutrifft."

Ihr flehender Blick traf Brandon mitten ins Herz, doch konnte er nichts anderes tun als beobachten, wie sich ihre Augen mit Tränen füllten. Er wollte widersprechen. Er wollte Tara sagen, was sie so gerne hören wollte, doch das konnte er nicht. Ihre Beschreibung war exakt zutreffend.

„Es tut mir leid, Tara“, flüsterte er stattdessen und griff nach ihrer Hand.

Sie schluchzte laut und rutschte vom Stuhl. Sie musste zu ihr. Sie musste sich mit eigenen Augen davon überzeugen, dass Catalina tot auf ihrem Badezimmerboden lag.

„Warten Sie!“, hielt Brandon sie jedoch an ihrem Handgelenk auf.

„Lassen Sie mich gehen. Ich muss zu ihr“, wehrte sich Tara.

„Das sollen Sie auch. Aber geben Sie mir einen Moment Zeit, um zu sehen, ob die Kollegen fertig sind.“

Verständnislos sah sie ihn an.

„Glauben Sie mir Tara, Sie wollen Catalinas Körper im Moment nicht sehen. Es reicht ...“

„Doch das will ich“, unterbrach sie ihn trotzig.

„Nein, das wollen Sie nicht“, entschied Brandon bestimmt und stellte sich ihr in den Weg. „Es ist schlimm genug, ihr Gesicht zu sehen. Vertrauen Sie mir, wenn ich Ihnen sage, dass Sie keine weiteren Bilder brauchen, die Sie in Ihren Träumen verfolgen. Erinnern Sie sich an heute Vormittag. War es nicht schlimm genug, Hannahs Gesicht identifizieren zu müssen?“

Unversehens wich alle Gegenwehr aus Taras Körper. „Das war nicht fair.“

„Vielleicht nicht“, gab Brandon zu. „Aber es war ehrlich und ich meine es nur gut. Geben Sie mir eine Minute, okay?“

Resignierend nickte Tara und nahm wieder Platz.

Es dauerte nicht lange, bis Brandon zurückkehrte und ihr die Hand reichte. Dankbar für den Kontakt nahm Tara das Angebot an und folgte ihm ins Bad. Der Leichnam war mit einer Plane abgedeckt, die ein bärtiger, untersetzter Mann auf Brandons Zeichen hin an einem Ende anhob.

Obwohl Tara damit gerechnet hatte, dass das Opfer Catalina war, erschrak sie, und ihre Hand drückte Brandons. Er verstärkte seinerseits ebenfalls den Druck.

„Sie kommt normalerweise nicht samstags“, flüsterte sie. „Sie kommt immer mittwochs, aber diese Woche konnte sie nicht, weil ihre Enkelin krank war. Ihre Tochter ist erst siebzehn. Sie hat vor sechs Monaten ein Baby bekommen. Catalina hat darauf bestanden, dass sie die Schule fertig macht und hat versprochen, dass sie während dieser Zeit auf das Kind aufpasst. Sie hat immer zu ihrer

Tochter gestanden. Eine Abtreibung war zu keinem Zeitpunkt ein Thema für sie gewesen. Sie war eine tolle Frau."

„Was ist mit dem Vater?", erkundigte sich Brandon mehr aus Neugier, als dass ihm die Information für den Fall half.

Tara zuckte mit den Achseln. „Abgehauen. Wie so oft in der Geschichte der Menschheit."

„Seit wann arbeitet Catalina für Sie?"

„Sie hat schon für die Samosas gearbeitet, als ich zu ihnen kam. Sie war dort fest angestellt und hat sich sowohl um den Haushalt als auch uns Kinder gekümmert. Nach Jim und Karens Tod konnten Hannah und ich sie nicht mehr für eine Vollzeitstelle bezahlen, aber wir konnten uns auch nicht vollständig von ihr trennen. Also kam sie einmal die Woche zum Saubermachen und hat dann auch für uns gekocht."

„Und als Sie ausgezogen sind, haben Sie Catalina sozusagen mitgenommen."

„Ja. Genau wie Hannah. Warum bin ich nur nicht gleich nach Hause gegangen? Wenn ich hier gewesen wäre, wäre sie vielleicht noch am Leben."

Ein Glück, dass dies nicht der Fall gewesen ist, dachte Brandon für sich, während er mit Tara zurück in die Küche kehrte. Laut hingegen sagte er: „Denken Sie nicht darüber nach, Tara. Es führt zu nichts."

„Sie haben recht", gab sie zu. „Aber warum Catalina? Warum musste sie das nächste Opfer sein? Ich verstehe das alles nicht."

„Wir werden es herausfinden. Versprochen."

„Glauben Sie, dass der Mörder ursprünglich beabsichtigt hat, mich zu töten?"

Nachdenklich sah Brandon die Frau vor sich an. Er konnte nicht leugnen, dass er darüber ebenfalls schon nachgedacht hat.

„Ich weiß es nicht", antwortete er ehrlich. „Allerdings tendiere ich im Moment eher dazu, dass es ihm um die Menschen in Ihrem Umfeld geht. Wenn er Sie hätte töten wollen, hätte er das gestern auf dem verlassenen Bauernhofgelände ganz einfach tun können."

„Sie meinen, Hannah und Catalina sind gestorben, weil sie mich kennen?" Taras Augen weiteten sich vor Entsetzen.

„Das wäre möglich", entgegnete Brandon vorsichtig und gab ihr einen Moment Zeit, die Information zu verarbeiten. „Tara?"

„Hm?" Gedankenverloren knetete sie erneut ihre Lippen umeinander.

„Ist Ihnen wieder eingefallen, wie Ihre Mutter zu Tode kam?“

„Nein. Ich habe versucht, mich zu erinnern, aber es ist immer noch alles weiß in meinem Kopf. Haben Sie etwas herausgefunden?“

Einer inneren Eingebung folgend griff Brandon abermals nach ihrer Hand. Dabei konnte er nicht eindeutig sagen, ob er es wirklich nur als Unterstützung für Tara tat oder ob nicht vielmehr er selbst diesen Kontakt im Augenblick brauchte.

„Vor zwanzig Jahren gab es in Houston einen Serienmörder, der Frauen in derselben Art umgebracht hat wie es bei Hannah und Catalina der Fall ist, bevor er sie in einem Leichensack ins Wasser gelegt hat. Außerdem hat er an seinen Tatorten die Zeichnung einer Spirale hinterlassen.“

„Aber an meiner Wand befindet sich ein Smiley“, stellte sie verwirrt fest. „Und auf mir ... hat er auch einen Smiley gezeichnet.“ Sie schauderte, als sie sich an die blutige Zeichnung auf ihrem Bauch erinnerte

„Das ist richtig“, stimmte Brandon zu und drückte ihre Hand aufmunternd. „Allerdings hat er auch ein Silberamulett in der Form einer Spirale zurückgelassen.“ Aus seiner Tasche zog er sein Handy und zeigte ihr ein Foto des Amuletts.

„Tatsächlich? Wo haben Sie es gefunden? Der Raum war gestern leer. Ich hätte es sehen müssen.“

„Erinnern Sie sich! Das Handy haben Sie zuerst auch übersehen. Wie ich gestern schon sagte, unser Gehirn funktioniert in Stresssituation anders. Es erhöht die Konzentrationsfähigkeit und blendet dafür alles andere aus“, erläuterte Brandon, ohne ihre eigentliche Frage zu beantworten.

Auch in Taras Wohnung hatten sie den Anhänger in der noch flüssigen Blutlache gefunden. Gemeinsam mit Rafael hatte er jedoch beschlossen, das Detail, wo der Mörder das Amulett deponierte, nicht weiterzugeben. Oftmals waren es die Kleinigkeiten, die die wahren Täter später verrieten.

„Sie wissen also schon, wer der Mörder ist“, schlussfolgerte Tara. „Warum haben Sie ihn noch nicht verhaftet?“

„Leider ist es nicht ganz so einfach“, antwortete Brandon mit den gleichen Worten, die er auch gestern zu seinem Partner gesprochen hatte. „Der Mann, der vor zwanzig Jahren sein Unwesen getrieben hat, sitzt seitdem im Gefängnis. Wir suchen jemanden, der dessen Taten nachahmt.“

„Oh!“

Aufmerksam verfolgte er Taras Regung, doch nichts in ihrer Mimik deutete daraufhin, dass sie die Verbindung zwischen dem Spiralmörder und ihrer Mutter gezogen hatte. Allerdings erinnerte sie sich an den Anfang ihres Gesprächs.

„Sie wollten mir eigentlich sagen, wie meine Mutter gestorben ist, Agent Bucciarelli.“

„Brandon. Bitte sagen Sie Brandon.“ Obwohl es unvernünftig war, wollte er seinen offiziellen Titel nicht von Tara hören. Er wollte ein persönlicheres Verhältnis zu ihr.

Eine plötzliche Unruhe verspürend stand er auf und ging hinüber zum Fenster. Gedankenverloren sah Brandon hinaus. Er wollte nicht nur ein persönliches Verhältnis, erkannte er schlaghaft. Er wollte viel mehr. Etwas, das sie ihm niemals geben würde. Er wollte ihre Absolution.

Unvermittelt waren die Schuldgefühle zurück, die ihm sowohl seine Tante als auch seine Großmutter als Kind eingeimpft hatten und die er auch als Jugendlicher noch intensiv empfunden hatte. Rein analytisch betrachtet war es verrückt. Er hatte keinen Grund, sich schuldig zu fühlen. Er war nicht für die Taten seines Vaters verantwortlich und somit musste ihn auch niemand freisprechen. Doch die innere Gefühlswelt ließ sich nicht immer von der Vernunft leiten. Zu tief saßen die Vorwürfe der Menschen, die bis zu jenem furchtbaren Tag vor zwanzig Jahren seine Familie gewesen waren.

Brandon ahnte schon lange, dass nur die Angehörigen eines Opfers ihm seine Schuldgefühle nehmen konnten. Jemand wie beispielswiese Tara. Wenn er jedoch alleine an den Hass seiner Tante dachte, den sie ihm gegenüber noch immer empfand, dann wusste er, dass er eben dies von niemandem verlangen konnte.

Wie sollte die Tochter eines Opfers jemals etwas anderes in ihm sehen als den Sohn des Mörders ihrer Mutter? Wie sollte sie ihm jemals vergeben können?

Wahrscheinlich werde ich für den Rest meines Lebens damit leben müssen, dachte Brandon. Jetzt sollte er sich allerdings besser auf seinen Job konzentrieren, denn er musste einen Killer fassen und wenn möglich, Taras Erinnerungen zurückrufen.

Alle Gedanken beiseiteschiebend drehte sich Brandon um und lehnte sich mit der Hüfte gegen die Fensterbank. „Ihre Mutter war eines der Opfer des sogenannten Spiralmörders.“

Überrascht weiteten sich Taras Pupillen. „Sind Sie sicher?"

„Leider ja." Brandon konnte sehen, wie es hinter ihrer Stirn arbeitete.

„Warum erinnere ich mich nicht?", fragte sie ihn schließlich in einem niedergeschlagenen Ton.

„Sie waren damals erst sechs Jahre alt. Wahrscheinlich hat man das Meiste von Ihnen ferngehalten."

„Möglich, aber sollte ich nicht zumindest wissen, dass sie ermordet wurde? Ich meine, ich kenne die Todesursache meines Vaters, obwohl ich ihn nie kennengelernt habe."

Verzweifelt fuhr sie sich durch die Haare und krallte ihre Finger in die Kopfhaut. „Etwas stimmt nicht hier drin. Ich weiß, dass ich mich erinnern sollte. Wenn ich an den Tag denke, an dem meine Mutter starb, dann ist da ein Loch. Es fühlt sich nicht an, als ob ich es nie gewusst hätte, sondern eher, als hätte es jemand ausgelöscht."

Ihre Stimme wurde höher und begann sich zu überschlagen. „Es ist das gleiche Gefühl, das ich in Bezug auf vorgestern Nacht habe. Ich meine, ich bin in diesem Schuppen gewesen, ich habe die Mordwaffe in der Hand gehabt. Wo ist meine Erinnerung hin?" Mit einem hilfesuchenden Blick sah sie ihn an.

Mit vier großen Schritten stand Brandon vor ihr und nahm ihre Hände aus den Haaren, bevor er ihren Kopf an seine Brust zog.

„Scht!", beruhigte er sie leise, während er behutsam über ihren Rücken strich. „Alles wird gut."

Er spürte das Zittern, das durch ihren Körper lief und obwohl er wusste, dass es keiner sexuellen Erregung entsprungen war, spürte Brandon wie sein eigener Körper reagierte. Umgehend schloss er die Augen, um ein weiteres Ausmaß zu verhindern, bevor seine Reaktion für alle anderen deutlich sichtbar wurde.

Er dachte an eiskalte Duschen und Einseifen im Schnee, an eingefrorene Kleidungsstücke, die sie früher auf Geburtstagsfesten im Wettspiel, wer sie am längsten anbehalten kann, angezogen hatten und an Eiswürfel in der Pyjamahose, mit denen man im Internat mehr als einmal unsanft aus nächtlichen Träumen geholt worden war. Nichts davon half jedoch. Statt der gedachten Kälte hetzte eine Feuerbrunst durch seinen Körper, die paradoxerweise eine Gänsehaut auf seiner Brust hinterließ. Seine Brustwarzen stellten sich auf und sein Glied ...

Hastig trat Brandon zurück und ging hinüber auf die andere Seite des Küchenblocks. Seine Arme stützte er dabei auf der Arbeitsplatte ab, sodass seine Erektion verdeckt war. Meine Güte, was hatte er sich nur dabei gedacht, Tara in den Arm zu nehmen?

„Haben Sie schon einmal überlegt, einen Psychiater aufzusuchen?“, schlug er vor. Seine Stimme klang ein wenig rauer als normal, aber glücklicherweise schien es Tara nicht aufzufallen.

„Nur weil es verrückt klingt, heißt es nicht automatisch, dass ich auch verrückt bin“, entgegnete Tara und klang dabei ein wenig verärgert. Ihre Reaktion auf Brandon Bucciarellis körperliche Nähe verwirrte sie.

Wie vorhin im Wohnzimmer, als der Agent sie an den Schultern gehalten hatte, war eine angenehme Wärme in ihr aufgestiegen, die alle Verzweiflung sofort vertrieben hatte. An ihrer statt war eine vertrauensvolle Sicherheit getreten, die sie tatsächlich hatte glauben lassen, dass alles wieder gut werden konnte. Gleichzeitig hatte ihr Herzschlag sich beschleunigt und sie hatte ganz bewusst Brandons Duft eingeatmet. Die Stimmen und Geräusche der Spurensicherung waren aus dem Hintergrund verschwunden und sie hatte nichts mehr wahrgenommen, außer der harten Muskulatur des Mannes, der sie sicher in seinen Armen gehalten hatte. Die Stärke des Wunsches, für immer dort zu verweilen, hatte sie erschrocken.

Doch bevor sie ihre Gefühle hatte analysieren können, war Brandon zurückgetreten und hatte einen möglichst großen Abstand zwischen sie gebracht. Offensichtlich war ihm die Berührung unangenehm gewesen. Aber musste er sie deswegen gleich für geisteskrank erklären?

„Ich finde überhaupt nicht, dass es verrückt klingt“, hörte sie Brandons ruhige Stimme erklingen. „Wenn es keinen neurologischen Befund gibt, kann unter Umständen die Psychologie helfen. Sie hat ihre eigenen Methoden ins Unterbewusstsein vorzudringen.“

„Sie meinen Hypnose?“ Mit einem leicht zweifelhaften Unterton in der Stimme versuchte sie ihm zu folgen.

„Zum Beispiel.“

Tara überlegte. „Vielleicht ist es eine gute Idee. Ich denke darüber nach.“

„Machen Sie das und wenn Sie sich dazu entschließen, geben Sie mir Bescheid. Wir haben einen sehr guten Psychologen im Büro. Wenn Sie möchten, mache ich Ihnen den Kontakt."

Im selben Moment steckte Rafael seinen Kopf durch die Tür. „Brandon, kann ich dich einen Moment sprechen? Hallo, Miss Carter."

„Ich bin gleich zurück", versicherte Brandon im Hinausgehen, während er Rafael in Taras Büro folgte. „Was gibt's?"

„Wir müssen eine Entscheidung bezüglich Taralyn Carter treffen. Es wird noch einige Stunden dauern, bis die Kollegen hier fertig sind und du weißt, wie das Haus ausschauen wird, wenn die Spurensicherung weg ist. Ganz abgesehen davon bin ich auch nicht sicher, ob es eine gute Idee ist, wenn sie weiterhin allein in ihrem Haus bleibt."

„Du meinst, der Killer könnte doch sie im Visier gehabt haben und hat die Mexikanerin nur gewählt, weil sie im Gegensatz zu Tara gerade da war?"

„Eigentlich glaube ich nach wie vor, dass unsere Annahme richtig ist und der Kerl sich seine Opfer aus Taras Umfeld aussucht. Aber es ist noch zu früh, um uns endgültig auf diese Variante festzulegen. Außerdem heißt das nicht, dass er seine Kriterien nicht plötzlich ändert. Vielleicht steht Tara einfach nur noch nicht oben auf seiner Liste, sondern weiter unten. In jedem Fall spielt sie eine Schlüsselrolle in seinem kranken Spiel und solange wir nicht wissen, wie ihre Rolle aussieht, sollten wir sie im Auge behalten."

Damit war Brandon einverstanden. Der Gedanke, dass Tara diesem Irren noch einmal in die Hände fallen konnte, gefiel ihm definitiv nicht.

„Was schlägst du vor?", wollte er wissen, doch Rafael hatte noch keinen Plan.

„Keine Ahnung. Wir können Sie kaum bitten, zu einer Freundin zu ziehen."

„Kaum. Damit würden wir dem Mörder das nächste Opfer gleich auf dem Silbertablett servieren. Wir könnten ihr ein Motel vorschlagen", überlegte Brandon, während sich in seinem Gehirn eine ganz andere Idee bildete, die er jedoch sofort verdrängte.

„Das wäre eine Möglichkeit."

„Aber sie gefällt dir nicht", erkannte Brandon am Ton seines Partners.

„Nein. Ich kann dir nicht sagen, warum nicht. Es ist nur ein Bauchgefühl, aber etwas sagt mir, dass sie besser nicht allein sein sollte."

„Was ist mit einem Sicherheitshaus?"

„Geht nicht. Ich habe schon mit dem Chief gesprochen."

„Wenn sie für die nächsten Tage in ein Motel zieht, könnten wir ihr Zimmer nachts vom Parkplatz aus observieren. Wenn wir uns abwechseln, bekommt jeder von uns immer noch ein paar Stunden Schlaf."

„Könnten wir", stimmte Rafael zu und musterte seinen Partner aufmerksam. „Tagsüber wäre sie allerdings immer noch ungeschützt."

„Das ist richtig", stimmte Brandon seufzend zu.

„Es gibt noch eine andere Möglichkeit."

„Und die wäre?", gab Brandon mit hochgezogenen Brauen zurück.

„Du könntest sie mit zu dir nehmen. Du hast ein zweites Schlafzimmer mit eigenem Bad und das Wichtigste: du wohnst in einem bewachten Apartmenthaus."

Für einen Moment verschlug es Brandon die Sprache. Das war vor zwei Minuten exakt sein Gedanke gewesen. Niemals hätte er jedoch vermutet, dass Rafael ebendies vorschlagen würde.

„Das kann nicht dein Ernst sein", stieß Brandon schließlich aus.

„Warum nicht?", gab Rafael gelassen zurück. „Es ist die perfekte Lösung. Auf diese Weise können wir Miss Carters Sicherheit gewährleisten und du kannst sie näher kennenlernen. Das ist es doch, was du willst, oder nicht?"

„Du hast den Verstand verloren. Es ist unethisch ..."

„Was ist daran unethisch, Brandon?", unterbrach ihn Rafael. „Sie ist schließlich keine Verdächtige. Außerdem sage ich nicht, dass du gleich mit ihr ins Bett steigen sollst."

„Rafe!", reagierte Brandon schockiert, aber sein Partner ließ sich nicht aufhalten.

„Du sollst dich mit ihr unterhalten. Vielleicht verschwindet dabei dein Interesse an ihr. Vielleicht intensiviert es sich. Lass es auf dich zukommen. Aber ich sehe, dass sie dich in einer Art und Weise fasziniert, die für die Kürze der Zeit außergewöhnlich ist."

„Du hast dabei nur eine klitzekleine Kleinigkeit vergessen, Rafe."

„Nämlich?"

„Mein Vater hat ihre Mutter getötet."

„Und was kannst du dafür?" Herausfordernd sah Rafael seinem Partner im die Augen.

Seufzend fuhr sich Brandon durch die Haare. Nichts konnte er dafür und dennoch würde sie ihn dafür hassen, dachte er frustriert.

„Gib ihr die Chance für sich selbst zu entscheiden, wie sie mit dieser Information umgehen möchte, Brandon. Das Leben ist zu kurz, um es nur auf oberflächliche Weise zu genießen."

„Sagt der Mann, der seit mindestens drei Jahren keinem weiblichen Wesen auch nur einen zweiten Blick zugeworfen hat."

„Das ist etwas anderes", gab Rafael zurück und verschränkte die Arme vor seiner Brust.

„Ach ja? Wieso?" Provokant blitzten Brandons Augen nun zurück, doch Rafael kam nicht mehr zum Antworten. Von draußen drangen mehrere laute Stimmen zu ihnen herein.

„Tara? Tara!", schrie es laut.

„Sir, bitte beruhigen Sie sich."

„Was ist mit ihr? Ist ihr etwas passiert? Tara? Lassen Sie mich durch!"

„Bitte, Sir, Sie dürfen das Haus nicht betreten.", hielt der Officer den Mann zurück. Dabei musste er jedoch all seine Kraft aufwenden, um sich nicht von dem Hünen beiseiteschieben zu lassen.

„Wayne!", rief Tara aus, als sie aus der Küche trat und ihren Nachbarn vor der Tür stehen sah. Rasch trat sie an dem Polizisten vorbei.

„Tara!" Statt der zuvor mitklingenden Panik klang die Stimme nun erleichtert und Wayne zog sie in seine Arme. „Geht es dir gut? Ich habe mir solche Sorgen gemacht, als ich das ganze Polizeiaufgebot vor deiner Tür gesehen habe." Noch immer hielt er sie fest in seinen Armen.

Tara versuchte sich auf eine höfliche Art und Weise aus der Umarmung zu befreien. Schließlich wollte sie kein Aufsehen erregen, und sie wollte auch Wayne nicht in eine peinliche Situation bringen. Sie wusste, dass er es nur gut meinte. Er hatte sich Sorgen gemacht. Allerdings gefiel ihr diese Nähe nicht. Wayne gab ihr nicht das gleiche Gefühl von Sicherheit und Geborgenheit, das sie in Brandons Umarmung gefunden hatte. Die Situation war ihr unangenehm. Abwehrend legte Tara ihre Handflächen auf seine stahlharte Brust, doch Wayne reagierte noch immer nicht auf ihr Bemühen um eine größere Distanz.

„Wayne, du tust mir weh", sagte sie schließlich.

„Oh, entschuldige." Augenblicklich trat der durchtrainierte Mann einen Schritt zurück. Verlegen kratzte er sich am Kinn. „Das war unangemessen. Verzeih, bitte. Ich war nur so erleichtert, dich zu sehen."

„Schon gut", erwiderte Tara, während sie sich mit den Händen über die Oberarme fuhr.

Aus dem Wohnzimmer heraus beobachteten Brandon und Rafael die Szene.

„Wer ist das?", wollte Rafael wissen.

„Wayne Wilfley, ihr Nachbar, Fitnesstrainer."

„Starke Konkurrenz, Partner", zog Rafael ihn auf, wurde dann aber sofort wieder ernst. „Haben die beiden etwas miteinander?"

„Tara sagt nein."

„Hm! Sieht für mich danach aus, als sähe er das anders."

„Den Eindruck habe ich auch", brummte Brandon und bevor er zu den beiden nach draußen ging, ergänzte er: „Für die nächsten Tage wohnt sie bei mir."

Unwillkürlich musste Rafael grinsen. Mission erfolgreich ausgeführt. Wer hätte gedacht, dass er seinem Freund jemals einen Schubs in die Arme einer Frau geben würde? Er ganz bestimmt nicht. Letztlich wusste kaum jemand besser als er, wie schief die Dinge laufen konnten. Mittlerweile hatte er jedoch genügend Abstand, um differenzieren zu können. Er hatte den Glauben an die Liebe nicht endgültig verloren und er würde sie Brandon von ganzem Herzen gönnen. Vor allem aber hoffte Rafael, dass Tara seinem Freund die Schuldgefühle nahm, die Brandon ganz offensichtlich noch immer mit sich herumschleppte, obwohl er eigentlich wissen sollte, welch großer Unsinn das war.

Allerdings wusste Rafael, dass ein schlechtes Gewissen keinen nachvollziehbaren rationalen Grund brauchte, um sich dauerhaft in einer Seele einzunisten. So viel hatte ihn die eigene Erfahrung gelehrt und das Mindeste, was er tun konnte, war, einem Freund dabei zu helfen, sich von diesen unbegründeten Qualen zu befreien. Zufrieden mit sich selbst folgte Rafael seinem Partner und gesellte sich zu der kleinen Gruppe im Vorgarten.

„Hallo, Wayne! Wo kommen Sie gerade her?“, grüßte Brandon den Nachbarn, der einen irritierten Blick zwischen ihm und Tara hin und herwarf.

„Ich wüsste nicht, was Sie das angeht“, reagierte Wayne ungehalten, doch seine Augen weiteten sich erstaunt, als Brandon ihm seine Dienstmarke entgegenhielt.

„FBI?“, fragte er erstaunt, bevor er sich in seiner ganzen Größe aufrichtete und Brandon herausfordernd anblickte. „Was wollen Sie von Tara?“

„Im Moment möchte ich weniger etwas von Tara als von Ihnen und als Erstes wüsste ich gerne, wo Sie gerade herkommen“, wiederholte Brandon ruhig seine Frage, ohne auf die Provokation einzugehen.

„Aus meinem Studio. Ich habe gearbeitet.“

„Wann haben Sie Ihr Haus verlassen?“

„Heut früh um sieben, wie fast jeden Morgen. Ich habe einige Privatkunden, die vor dem Büro ein individuelles Training buchen.“

„Ich meinte heute Mittag.“

„Heute Mittag?“ Einen Moment lang blickte Wayne ihn irritiert an.

„Sie sind doch am späten Vormittag nach Hause gefahren, um nach Tara zu sehen, nicht wahr?“, erinnerte ihn Brandon.

„Richtig. Aber ich war nicht im Haus. Ich bin ja nur hier gewesen, um mich zu vergewissern, dass es Tara gut geht.“

„Warum hätte es ihr nicht gut gehen sollen?“

„Wie ich heute Morgen schon sagte, es brannte gestern Abend kein Licht bei ihr und ich konnte sie telefonisch nicht erreichen“, antwortete Wayne ungeduldig. Dann wandte er sich seiner Nachbarin zu. „Tara, was macht das FBI hier? Brauchst du Hilfe?“

„Warum sollte Miss Carter Hilfe benötigen?“, mischte sich nun auch Rafael ein.

„Weil das FBI nicht mit einem solchen Aufgebot kommt, um zum Geburtstag zu gratulieren“, entgegnete Wayne ungehalten.

„Sie sind heute Nachmittag also nicht zu Hause gewesen. Habe ich das richtig verstanden?“, versicherte sich Brandon noch einmal, wobei er den Sarkasmus in der Stimme des Mannes überging.

„Nein. Was ist passiert?“

„Miss Carters Reinigungskraft ist in Taras Haus ums Leben gekommen“, erklärte Brandon nüchtern.

„Catalina?"

Der Mann machte einen überraschten Eindruck, aber das konnte gespielt sein.

„Sie kannten sie?", wunderte sich Brandon.

„Ja. Sie reinigt eines meiner Studios. Tara erzählte vor einigen Monaten, dass Catalina einen Job in den Abendstunden braucht, weil sie tagsüber Babysitten muss. Zufällig war ich gerade auf der Suche nach jemandem. Das ist furchtbar. Wie ist es passiert?"

„Sie wurde erstochen", informierte Rafael und augenblicklich wurde Wayne kreidebleich.

„Er...erstochen?", stotterte er.

„Ja. Alles deutet drauf hin, dass sie ihren Mörder selbst ins Haus gelassen hat."

„D...das kann nicht sein", stammelte Wayne, sichtlich geschockt. „Ich ... ich meine, wir leben in einer guten Wohngegend. Hier passieren solche Dinge nicht."

„Offensichtlich doch", korrigierte Rafael die Aussage. „Sie haben also nichts gesehen?"

„Da ich nicht zu Hause gewesen bin, nein. Ich gebe Ihnen meinen Tagesplan. Dort sind alle meine Termine aufgeführt. Sie können jeden Einzelnen meiner Kunden befragen. Sie werden Ihnen bestätigen, dass ich bei ihnen gewesen bin."

„Wir haben Sie nicht nach einem Alibi gefragt, Wayne", stellte Brandon fest. „Ich finde es interessant, dass Sie es sofort anbieten. Hat das einen bestimmten Grund?"

„Nein. Wieso sollte es? Ist es nicht das, was Sie immer früher oder später fragen? Im Fernsehen ist es jedenfalls so. Wenn Sie dann keine weiteren Fragen mehr haben, verabschiede ich mich. Tara, wenn du heute Nacht einen Platz zum Schlafen brauchst ..."

„Braucht sie nicht", unterbrach Brandon den Satz. Er spürte Taras erstaunten Blick, jedoch hielt er seine Augen fest auf den Fitnesstrainer gerichtet. Es war ein Blickduell von Mann zu Mann und er gedachte nicht, es zu verlieren. Schließlich gab Wayne Wilfley nach.

„Tara, du weißt, wie du mich erreichen kannst", wandte er sich ein letztes Mal an seine Nachbarin, bevor er sich umdrehte und in seinem Haus verschwand.

„Ich sehe kurz nach, wie weit die Kollegen mittlerweile sind", bekannte Rafael und entfernte sich ebenfalls.

Verwirrt wandte sich Tara an Brandon. „Warum hat Wayne mir einen Platz zum Schlafen angeboten? Moment. Warten Sie. Er denkt, dass ich heute Nacht nicht in meinem Haus bleiben kann, richtig?“

„Offensichtlich schaut Ihr Nachbar eine Menge Krimis im Fernsehen. In dieser Sache hat er allerdings recht. Bevor die Spurensicherung nicht fertig ist, kann die Tatortreinigung nicht rein und solange können Sie nicht in Ihrem Haus leben. Unabhängig davon sollten Sie die nächsten Tage jedoch ohnehin besser an einem sicheren und für den Täter unbekannten Ort wohnen.“

„Und wo sollte das sein, Agent Bucciarelli?“, fragte Tara argwöhnisch.

„Brandon.“

„Wie bitte?“

„Sie wollten mich Brandon nennen.“

„Richtig. Also, Brandon, nachdem Sie Wayne gesagt haben, dass ich sein Angebot nicht brauche, nehme ich an, dass Sie bereits eine Alternative gefunden haben.“

„Das habe ich. Ich würde es allerdings vorziehen, wenn wir dies nicht auf offener Straße diskutieren würden. Wie wäre es, wenn Sie ein paar Sachen zusammenpacken und wir uns auf den Weg machen?“

„Wer sagt, dass mir Ihr Angebot gefällt?“

„Ich fürchte, im Augenblick mangelt es an Wahlmöglichkeiten.“

„Ich habe zumindest eine.“

Brandon warf einen Blick hinüber zum Haus ihres Nachbarn. „Sie meinen Wayne Wilfley?“

Herausfordernd nickte Tara.

„Würden Sie Wilfleys Angebot denn gerne annehmen?“ Fragend musterte Brandon die Frau vor ihm aufmerksam. Hatte er Tara Carter verkannt? Hatte er etwas falsch interpretiert? Sein Herz schlug einen Tick schneller, während er auf ihre Antwort wartete.

Es war schon verrückt. Noch vor ein paar Minuten hatte er sich gegen Rafaels Vorschlag gewehrt, und im Grunde war er noch immer nicht davon überzeugt, dass es eine gute Idee war, dennoch sendete alleine die Vorstellung, dass Tara sein Angebot ablehnen könnte, einen Vorboten tiefer Traurigkeit. Die Spannung in seinem Inneren stieg.

Endlich schüttelte sie langsam den Kopf. „Auf keinen Fall. Lieber würde ich auf der Straße schlafen.“

Erleichtert atmete Brandon auf und grinste. „Nun, ganz so schlimm wird es hoffentlich nicht werden.“

KAPITEL 11

„Dies ist Ihr Apartment?“, wunderte sich Tara, wobei sie das ‚Ihr’ besonders betonte.

„Ja. Im Augenblick erschien es meinem Partner und mir als die beste Lösung“, erklärte Brandon. „Es ist ja auch nur für ein paar Tage und Sie haben Ihr eigenes Schlafzimmer.“

„Nehmen Sie öfter Leute mit Erinnerungslücken aus Ihren Fällen bei sich auf?“ Sie weigerte sich, das Wort ‚Opfer’ zu verwenden.

„Nein“, antwortete Brandon, während er ihr ernst in die Augen blickte. „Es ist das erste Mal.“

Die Atmosphäre zwischen ihnen änderte sich plötzlich. Die Umwelt verschwand und Tara nahm nur noch den Mann vor sich wahr. Sie sah seine dunklen Augen und registrierte zum ersten Mal die kleinen Fältchen unter ihnen. Kamen sie vom Lachen oder hatten die grausamen Bilder, die er Tag für Tag in seinem Beruf sah, sie im Laufe der Zeit hinterlassen?

Automatisch fragte sie sich, wie Brandon es schaffte, die ständige Konfrontation mit dem Bösen zu verarbeiten. Sie würde das niemals können. Sie brauchte das Schöne, das Gute, die Unschuld. Deshalb war sie Kinderbuchillustratorin geworden. Sie liebte die Geschichten für die Kleinen, in denen grundsätzlich das Gute über das Böse siegte. Sie wollte am liebsten alles Schlimme aus ihrem Leben verbannen. Sie sah keine Krimis, keine Horrorfilme, keine Thriller. An manchen Tagen musste sie sich sogar regelrecht dazu zwingen, die Nachrichten anzuschauen. Meistens las sie sie nur im Internet, denn dort konnte sie die Bilder ausblenden. Der Gedanke an das ganze Blut in ihrem Haus ließ sie erschaudern. Sie war nicht sicher, ob sie jemals wieder dorthin zurückkehren konnte.

„Hey! Ist Ihnen kalt? Ich kann die Heizung anschalten, wenn Sie möchten.“

Brandons leise besorgte Stimme drang an Taras Ohr. Überrascht stellte sie fest, dass er plötzlich direkt vor ihr stand.

Seine warmen Hände rieben zärtlich über ihre Oberarme und seine Augen blickten sie besorgt an.

Tara schluckte. Sie spürte das dringende Bedürfnis nach Wärme. Aber es war keine Heizungswärme, die ihr fehlte. Sie brauchte etwas anderes. Sehnsüchtig wünschte sie, dass Brandon sie noch einmal in seine Arme schließen würde wie er es am Nachmittag in ihrer Küche getan hatte. Sie war sich sicher, dass er die Kälte in ihr vertreiben konnte. Doch das war unangemessen. Ein Killer hatte ihre beiden Leben für eine kurze Zeitspanne miteinander verknüpft. Sobald er gefasst war, würde jedoch jeder von ihnen wieder seinen eigenen Weg weitergehen und das war auch gut so.

Wenn Tara eines in ihren sechsundzwanzig Jahren gelernt haben sollte, dann dass man am Ende immer alleine war. Der Tod hatte ihren Vater, ihre Mutter, ihre Pflegeeltern und nun auch Hannah geholt. Keiner der Menschen, die sie in ihrem Leben geliebt hatte, war ihr geblieben. Tränen schossen in ihre Augen und Tara wandte sich schnell ab. Sie wollte nicht, dass Brandon sie sah.

Um ihre Gedanken abzulenken, schaute sie sich interessiert in dem großen Raum um, in dem die Küche gleich integriert war. Es war eine moderne Wohnung mit modernen Möbeln. Die Küchenzeile war aus schwarzem Lack und eine schwarze Granitplatte umrahmte Spüle und Herd. Ein achtzig Zentimeter hoher Wasserhahn aus Chrom war der Blickfang. Abgrenzend zum Wohnraum gab es eine Theke aus dem gleichen Material, an der vier schwarze Barhocker standen. Die Ledercouch sowie das Sideboard waren ebenfalls schwarz. An einer Wand hing ein zwei mal zwei Meter großes Bild, das in verschiedenen Weißtönen gemalt war. Lediglich ein winziges, auf dem Kopf stehendes Strichmännchen war ein wenig rechts von der Mitte in einem anderen Farbton gezeichnet. Es war ebenfalls schwarz. Kurzum, der Raum war der krasse Gegensatz zu Taras Haus. Es gab keine Farbe, kein Durcheinander in irgendeiner Ecke und keine Persönlichkeit.

„Es ist ein elegantes Apartment. Ich hätte Sie eher für einen lässigeren und ländlichen Typen gehalten“, stellte Tara fest.

Achselzuckend ging Brandon zu dem riesigen amerikanischen Kühlschrank aus Edelstahl hinüber und füllte zwei Gläser mit Wasser.

„Die Wohnung liegt günstig zum Büro, hat einen automatischen Reinigungsservice und im fünften Stock gibt es einen gut ausgestatteten Fitnessraum mit einem Pool. Wenn ich will kann ich jeden Morgen eine Einkaufsliste am Empfang abgeben und finde die Sachen am Abend in meinem Kühlschrank. Das Gleiche gilt für schmutzige Hemden und Anzüge. Es vereinfacht mein Leben, wenn ich mir während einer Ermittlung keine Gedanken um die Öffnungszeiten von Supermärkten und Reinigungen machen muss."

„Mit anderen Worten Ihr Leben ist nur Arbeit und kein Vergnügen."

„Ganz so extrem würde ich es nicht sehen", beschwichtigte Brandon. „Aber es ist viel Arbeit. Das ist richtig."

„Hat Ihre ..." Verlegen biss sich Tara auf die Lippe. Das hier sollte sie besser nicht fragen. Es ging sie nichts an. Allerdings war sie neugierig und sie wollte es wissen. Kurz entschlossen fuhr sie fort. „Hat Ihre Lebensgefährtin nichts dagegen, wenn ich über Nacht hier bleibe?"

Einen Moment lang sah Brandon sie einfach nur stumm an und Tara hatte das Gefühl, dass er versuchte einzusortieren, warum sie fragte. Unweigerlich verspürte sie das Bedürfnis sich zu rechtfertigen, sich eine Ausrede einfallen zu lassen, um nicht zugeben zu müssen, dass sie ihn als Mann anziehend fand, doch sie widerstand dem Drang und wartete seinen Blick haltend auf eine Antwort.

„Es gibt keine feste Freundin", äußerte Brandon schließlich und begann, das Essen, das sie auf dem Nachhauseweg von einem chinesischen Schnellimbiss mitgenommen hatten, auf der Theke auszupacken. Fragend hielt er die beigelegten Stäbchen in die Höhe. „Sind die in Ordnung für Sie oder hätten Sie lieber eine Gabel?"

„Ich kann die Stäbchen nehmen", antwortete Tara und setzte sich auf einen der Hocker.

Brandon reichte ihr einen Teller, dann nahm er ihr gegenüber Platz. „Erzählen Sie mir etwas von Ihrer Schwester?", bat er sie.

„Von Hannah? Was wollen Sie wissen?"

„Was war sie für ein Mensch?"

„Sie war eine lebensfrohe Person, ständig gut gelaunt und sie hat das Leben immer von seiner positiven Seite gesehen, obwohl sie jeden Tag im Krankenhaus mit viel Leid konfrontiert worden ist."

„In welcher Abteilung hat sie gearbeitet?"

„Auf der Kinderkrebsstation."

„Das war sicherlich nicht einfach."

„Nein. Aber sie war eine Kämpfernatur und die Kinder haben das gemerkt. Sie hat nie aufgegeben, und sie hat ihre Kraft auf die Eltern übertragen."

„Hatte sie eine feste Beziehung?"

Tara überlegte einen Moment. Schließlich entschied sie sich zur Wahrheit. „Ich weiß nicht, ob man es eine Beziehung nennen kann. Für mich klang es mehr nach einer Affäre. Niemand durfte davon wissen, doch wir hatten keine Geheimnisse voreinander und sie wusste, dass ich es für mich behalten würde."

Brandon wurde hellhörig. Seiner Erfahrung nach lohnte es sich immer genau hinzuhören, wenn die Wörter Affäre und Geheimnis in einem Atemzug genannt wurden. „Warum musste die Romanze verborgen bleiben? War der Mann verheiratet?"

„Soviel ich weiß, nicht. Er war ein Facharzt aus der Klinik, der auf die nächste freie Oberarztstelle hoffte. Tara sagte, dass er die Position nicht riskieren wolle."

„Das verstehe ich nicht. Kommt es nicht öfter vor, dass Ärzte und Krankenschwestern miteinander anbändeln?"

„Keine Ahnung. Vielleicht war beiden klar, dass es nur etwas zeitlich Begrenztes ist."

„War Hannah der Typ dafür?"

„Nein, eigentlich nicht", gestand Tara. „Aber sie hat seinen Wunsch respektiert. Ich weiß nicht, ob sie heimlich gehofft hat, dass sich mit der Zeit etwas Ernstes und Offizielles daraus entwickelt, aber für den Moment war es für sie in Ordnung."

„Sie haben den Mann also nie kennengelernt?"

„Nein."

„Kennen Sie seinen Namen?"

„Lester. Den Nachnamen weiß ich leider nicht, aber er ist Neurochirurg, denn Hannah hat ihn über einen Patienten kennengelernt, der einen Hirntumor hatte. Warum interessieren Sie sich für ihn?"

„Reine Neugier. Das kommt mit meinem Beruf automatisch", erklärte Brandon ausweichend. „Machen Sie öfter gemeinnützige

Projekte wie das, über das Max Chaplin heute Morgen mit Ihnen gesprochen hat?“

„Ich versuche immer etwas an die Gesellschaft zurückzugeben. Die Samosas haben es Hannah und mir vorgelebt und ich glaube, meiner Mutter hätte es gefallen.“ Tara stockte einen Moment, ehe sie fortfuhr. „Im verlegerischen Bereich mache ich es zum ersten Mal, allerdings hatte ich auch nicht viele freie Kapazitäten. In den letzten Monaten habe ich gemeinsam mit einem großen Teil des Personals und mit Hilfe einiger Eltern die Räume der Kinderkrebsstation in Hannahs Krankenhaus gestaltet. Als Hannah dort angefangen hat zu arbeiten, fand sie die weißen Wände frustrierend und sie hat sich dafür eingesetzt, sie farbenfroh streichen und sie mit fröhlichen Zeichnungen verzieren zu dürfen.“

„So wie die Wand in Ihrem Arbeitszimmer?“, erkundigte sich Brandon interessiert.

„Nicht ganz so aufwendig, aber so ähnlich.“

„Es hat eine ganze Weile gedauert, bis sie das Okay der Klinikleitung hatte, aber wie ich schon sagte: Wenn sich Hannah einmal etwas in den Kopf gesetzt hatte, hat sie nicht aufgegeben.“ Ein trauriges Lächeln erschien auf ihrem Gesicht, als sie an ihre Schwester dachte.

„Es war ein zeitintensives Projekt“, fuhr Tara schließlich fort, „da wir immer nur ein Zimmer nach dem anderen in Angriff nehmen konnten und das natürlich auch nur, wenn es einmal für einige Tage leer stand. Außerdem musste das ganze Material finanziert werden. Die Verwaltung hat natürlich kein Budget dafür zur Verfügung gestellt und so mussten wir schauen, wie wir an kostengünstige, aber dennoch gute Farben kommen. Manager sehen immer nur den Gewinn, der sich in Zahlen ausdrückt, nicht die Wirkung auf die Seele.“

„Das ist leider nur allzu oft wahr“, musste Brandon zustimmen, als ihm plötzlich etwas anderes einfiel. „Sie sagten eben, dass auch das Personal mitgestrichen hat. Kann es sein, dass dieser Lester das Projekt damals ebenfalls unterstützt hat?“

„Als Hannah mir von ihm erzählte, habe ich sie das Gleiche gefragt, doch sie hat es verneint. Sie meinte, dass wir uns definitiv noch nie begegnet seien. Es war ja auch nicht seine Station.“

„Aber sicherlich wird er mitbekommen haben, wer die Gestaltung in der Hand hatte. Ich finde es schwer vorstellbar, dass Hannah ihm nicht zumindest stolz von Ihnen erzählt hat.“

„Keine Ahnung“, gestand sie achselzuckend, während Brandon bereits überlegte, ob der Mann vielleicht noch andere Gründe gehabt hatte, Hannah Winthrop, zu verführen als ausnahmslos reine sexuelle Lust.

Tara unterdrückte ein Gähnen und Brandon musterte sie kritisch. „Sie sehen müde aus.“

„Das bin ich auch.“

„Kommen Sie, ich zeige Ihnen Ihr Schlafzimmer.“

„Sollen wir nicht noch schnell aufräumen?“ Fragend deutete Tara auf die leeren Styroporverpackungen.

„Das mache ich gleich. Es ist ja nicht viel.“

„Vielen Dank für das Essen.“

„Kein Problem“, winkte Brandon ab und führte sie in einen angrenzenden Flur, von dem aus zwei Zimmer abgingen. Er öffnete die rechte Tür. „Es ist ein einfaches Gästezimmer, aber das Bett ist bequem. Die Tür dort drüben führt ins Bad. Es sollte mit allem Nötigen ausgestattet sein. Nehmen Sie sich bitte alles, was Sie brauchen. Die Handtücher sind frisch, aber wenn Sie etwas vermissen, rufen Sie einfach. Ich schlafe gegenüber.“

„Danke!“, bemerkte Tara, während sie beobachtete, wie Brandon die Tasche mit ihren Sachen auf dem kleinen Tisch in der Sitzecke abstellte.

„Gute Nacht, Tara!“, nickte er und verließ mit großen Schritten den Raum. Gemeinsam mit Tara in einem Schlafzimmer zu stehen, war keine gute Idee, stellte Brandon insgeheim fest. Es fiel ihm schon schwer genug, seine Fantasie im Zaum zu halten, wenn er sie nur ansah. Sie auch noch vor einem großen, weichen Bett stehen zu sehen, war ein Bild, das er zusätzlich nicht auch noch brauchte.

„Gute Nacht!“, flüsterte Tara ein wenig irritiert zurück, nachdem sich die Tür bereits hinter ihm geschlossen hatte.

Warum war Brandon plötzlich so kurz angebunden gewesen und war regelrecht aus dem Zimmer geflüchtet? Letztlich war es Brandons Idee gewesen, sie herzubringen. Wenn er sie nicht in seinem Apartment haben wollte, wieso hatte er sie dann mitgenommen? Genau wissend, dass sie keine Antwort auf ihre Fragen finden würde, sah sie sich neugierig um.

Das Zimmer enthielt ebenso wenig Schnickschnack wie der Wohnraum. Das Bett sah mit seinen dicken weißen Kissen jedoch gemütlich aus und mit einem Mal wollte sie nichts mehr als unter die weiche Decke kriechen und alles vergessen. Rasch nahm sie eine schnelle Dusche, dann stieg sie ins Bett und war in weniger als einer Minute eingeschlafen.

KAPITEL 12

Brandon räumte die beiden Teller in die Spülmaschine und warf die Reste des Essens in den Mülleimer. Dabei glitt sein Blick durch die Wohnung.

Tara hatte recht. Dies hier passte eigentlich nicht zu ihm. Es war ein Yuppieapartment und er war alles andere als ein Yuppie. Bislang hatte es für ihn jedoch keine Rolle gespielt, denn am Ende schlief er nur hier und dafür war es so wie er vorhin gesagt hatte: Es war einfach eine für ihn komfortable Lösung.

Bis er am Morgen Taras Zuhause gesehen hatte, war ihm nicht einmal bewusst gewesen, dass er etwas vermisste. Vielleicht sollte er anfangen, sich darüber Gedanken zu machen, ob es nicht Zeit für eine Veränderung war. Doch im Augenblick hatte er Wichtigeres zu erledigen. Erst einmal musste er einen weiteren Psychopathen fassen.

Entschlossen klappte Brandon seinen Laptop auf und ging auf die Seite des St. Joseph Krankenhauses. Er klickte auf die Seite der Neurologie und fand unter der Auflistung der Ärzte den gesuchten Namen: Dr Lester Jefferson. Das Foto zeigte einen sonnengebräunten Mann mit blonden Haaren, die er in einem typischen Popperlook trug. Sein Gesicht hatte eine schmale Form, die zu seinem schlanken Körperbau passte. Er hatte nicht unbedingt ein schönes Gesicht, aber ein charismatisches und Brandon konnte nachvollziehen, dass eine Frau ihn attraktiv fand.

Brandon klickte auf die Biographie des Arztes und überflog die Eckdaten. Geboren und aufgewachsen in Houston, Studium in Harvard, promoviert in Harvard und seit zwei Jahren zurück in Houston. Das Tempo, in dem er seine berufliche Ausbildung durchlaufen hatte, ließ auf einen ehrgeizigen Mann schließen.

Entschlossen mehr über Dr Lester Jefferson erfahren zu wollen, surfte Brandon durch das Netz. Er fand den Namen im Zusammenhang mit einigen Artikeln in Fachzeitschriften sowie sein Bild auf den Seiten einiger Golfturniere, die für gemeinnützige Zwecke ausgetragen worden waren. Alles in allem gewann Brandon den Eindruck, dass dieser Mann sein mediales Image im Detail inszenierte.

Lange betrachtete er ein Foto, das den Arzt im Arm mit einer großen schlanken Blondine zeigte. Es war vor einem halben Jahr am Eingang des letzten Medizinballes aufgenommen worden. Jefferson trug einen schwarzen Smoking und seine Begleiterin ein langes grünes Abendkleid, dessen Farbe exakt den Smaragden in ihrer Halskette und in ihren Ohrringen entsprach. Sie war keine klassische Schönheit, aber ihre Haltung verriet ein großes Selbstbewusstsein.

Brandon vermutete, dass sie aus einer Familie mit altem Geld stammte. Das Paar strahlte sich an und seinem Bauchgefühl folgend kopierte Brandon das Bild in sein Fotoprogramm. Mit wenigen Klicks schnitt er das Gesicht der Frau aus und gab es anschließend bei Google ein. Zwei Sekunden später hatte er die Identität der Frau. Alexandra Ashford.

Ashford. Ashford. Wo hatte Brandon diesen Namen gerade gelesen? Zügig glitten seine Finger über die Tastatur bis er wieder auf der Seite der Klinik war. Sofort fanden seine Augen, wonach er gesucht hatte. Professor Norton Ashford, Leiter der neurologischen Abteilung.

Interessant, fand Brandon. Lester Jefferson schlief mit der Krankenschwester Hannah Winthrop, während er gleichzeitig die Tochter des Chefs ausführte. Wer von den beiden Frauen die vermeintlich bessere Partie war, brauchte nicht lange diskutiert zu werden. Jetzt verstand Brandon auch, warum der Mann seine Beziehung zu der Krankenschwester unter allen Umständen hatte geheim halten wollen.

Brandons Gedanken schweiften zurück zu Tara. Sie hielt sich großartig. Er war nicht sicher, ob er sich dermaßen gut im Griff hätte, wenn er eine solch einschneidende Erinnerungslücke hätte wie sie.

Mit siebzehn Jahren hatte er aufgrund zu hohen Alkoholkonsums einmal einen Filmriss gehabt und sich daraufhin geschworen, dass ihm das nie wieder passieren würde. Es war entsetzlich gewesen, am Morgen in seinem Bett aufzuwachen und nicht zu wissen, wie man dorthin gekommen war. Seine Kumpels hatten ihn damals ausgelacht und ihm vorgeworfen nichts zu vertragen. Nach dem dritten Tequila hätte er mit einer ihm unbekannten Frau auf dem Tisch getanzt, hatten sie ihm erzählt, und noch während des fünften Tequilas wäre er schnarchend auf dem Boden eingeschlafen. Sie hätten ihn nach Hause tragen müssen, hatten sie amüsiert berichtet. Brandon hingegen hatte nichts Lustiges an der Geschichte gefunden und hatte seitdem nicht mal mehr ein Glas des Schnapses getrunken.

Brandon erinnerte sich an das Versprechen, das er Tara am Nachmittag in ihrer Küche gegeben hatte. Er hatte ihr versprochen zu helfen und ihr einen Kontakt zu Allan zu machen, falls sie psychologische Hilfe in Anspruch nehmen wollte. Allein die Tatsache, dass Allan King für das FBI arbeitete, besagte schon, dass er einer der besten Psychologen war, die im Land arbeiteten. Brandon wusste jedoch auch aus eigener Erfahrung, dass der Mann gut war.

Bereits bei ihrer ersten Begegnung hatte der Psychologe Brandons Innerstes zutage gefördert, obwohl dieser sich fest vorgenommen hatte, dem Mann nichts von seinem Vater zu erzählen. Schließlich war es seine Eignungsuntersuchung gewesen, und er hatte diesen Job um alles in der Welt haben wollen. Nach dreißig Minuten hatte Allan jedoch gewusst, was er wissen wollte. Bis heute war es Brandon schleierhaft, wie der Psychologe das angestellt hatte.

Über die letzten zwei Jahre hatte er einige Male auf Allans Couch gesessen. Es war ein Standardverfahren, dass jeder Agent nach extrem belastenden Fällen, nach dem Gebrauch der Schusswaffe oder spätestens nach drei Monaten ein psychologisches Gespräch führen musste. Alle Agenten hassten diese Termine. Im Laufe der Zeit hatte Brandon jedoch nicht nur gelernt, den Psychologen zu respektieren, sondern die beiden Männer hatten auch eine persönliche Beziehung zueinander entwickelt. Es war keine Freundschaft im herkömmlichen Sinn, aber es war mehr als die übliche professionelle Beziehung zwischen Agent und Psychologe. Brandon vertraute dem Mann und bereits das war eine Seltenheit unter den Kollegen.

Nach einem Blick auf die Uhr beschloss Brandon, Allan zu Hause anzurufen. Selbst wenn Tara sich gegen eine Konsultation entscheiden sollte, konnte ihm der Psychologe vielleicht einen Tipp geben, wie er ihr am Besten helfen konnte und wenn Tara den Kollegen tatsächlich treffen wollte, so waren alle vorbereitet. Es war also ein Anruf, bei dem er nur gewinnen konnte. Bereits nach dem zweiten Klingeln hörte Brandon die Stimme des Mannes.

„King."

„Hey, Allan. Hier ist Brandon. Störe ich dich gerade oder hast du ein paar Minuten für mich?"

„Für dich habe ich immer Zeit. Um ehrlich zu sein, habe ich bereits auf deinen Anruf gewartet."

„Tatsächlich? Warum?"

„Es hat sich selbst in unserem Stock schon herumgesprochen, dass der Spiralmörder einen Nachfolger hat."

„Das ist richtig", gestand Brandon. „Aber deswegen rufe ich nicht an, das heißt, es betrifft schon den Fall, aber es geht nicht um mich direkt."

„Worum geht es?"

In wenigen Worten fasste Brandon die Situation um Taralyn Carter zusammen. „Die Neurologen sagen, dass medizinisch alles in Ordnung ist. Ihrer Ansicht nach blockiert ihre Psyche einfach diese beiden Ereignisse, also den Tod ihrer Mutter und den ihrer Schwester."

Es dauerte eine ganze Weile bis der Psychologe schließlich wieder sprach. „Theoretisch ist es wahrscheinlich möglich, aber, ehrlich gesagt, glaube ich nicht, dass ihre Psyche blockiert. Es wäre absolut ungewöhnlich, dass zwei Ereignisse, die zeitlich derart weit auseinanderliegen, von dem Unterbewusstsein verdrängt werden. Es wäre normal, wenn sie sich nur an vorgestern Nacht nicht erinnern könnte. Die Ereignisse in dem Schuppen müssen traumatisch gewesen sein, und es kommt vor, dass unser Unterbewusstsein uns vor den eigenen Erinnerungen schützen will."

Der Mann machte eine kurze Pause, ehe er fortfuhr. „Es irritiert mich auch, dass sie gestern Abend noch unter einer völligen Amnesie gelitten hat und heute Morgen mit einem so gut wie intakten Gedächtnis aufgewacht ist."

„Willst du damit sagen, dass sie simuliert hat?" Die Frage hatte Brandon Überwindung gekostet, denn er wollte sich nicht vorstellen, dass Tara etwas anderes als ein Opfer im Spiel dieses krankhaft besessenen Copymörders war.

„Nein. Ich will damit sagen, dass Miss Carter Symptome aufweist, die den Verdacht nahelegen, dass jemand nachgeholfen hat."

„Du meinst, jemand hat gezielt dafür gesorgt, dass sie diese beiden Ereignisse vergisst?", hakte Brandon ungläubig nach.

„Ohne dass ich die Frau gesehen habe, kann ich es natürlich nicht mit Sicherheit behaupten, aber es besteht die Möglichkeit.“

„Nur um sicherzugehen, dass ich dich richtig verstehe, Allan. Du redest von einem Neutralisator wie es die ‚Men in Black‘ in dem gleichnamigen Film verwenden, richtig?“

„Sei nicht albern, Brandon. Es gibt kein Gerät, das mit ein paar Lichtblitzen Erinnerungen auslöschen kann. Dieses Blitzdings ist eine Hollywooderfindung“, wehrte der Psychologe ab. Er wurde aber sofort wieder ernst. „Es gibt allerdings ein Enzym, das für die Speicherung von Inhalten in unser Langzeitgedächtnis verantwortlich ist. Vor Jahren sollte eine Studie beweisen, dass die Merkfähigkeit bei vermehrter Produktion dieses Enzyms erhöht wird. Interessanterweise fand man jedoch heraus, dass eine zu hohe Konzentration von CaMKII Erinnerungen löscht oder blockiert.“

„Ca... was?“

„CaMKII. Es ist die Abkürzung für Kalzium-Calmodulinabhängige Proteinkinase Zwei. Nach dieser Entdeckung hat man weitere Experimente durchgeführt. Angeblich mit dem Ziel ehemaligen Soldaten, die unter extremen posttraumatischen Belastungsstörungen leiden, helfen zu können.“

„Verstanden. Aber woher weiß das Enzym beim Verabreichen, welche Erinnerung es ausradieren soll? Wenn ich es richtig verstanden habe, sollen ja alle anderen Memoiren erhalten bleiben.“

„Das bleiben sie auch. Zunächst müssen sie jedoch schlafen gelegt werden. Anschließend wird der Patient gedanklich in die bedrohte Situation versetzt. Für einen Soldaten bedeutet es beispielsweise, dass er mental in das Kriegsgebiet zurückkehren muss. Bei starker PTBS werden diese Erinnerungen auch durch das zuvor verabreichte Medikament hervortreten. Im Moment des Flashbacks wird dann das Enzym injiziert.“

„Es wird gespritzt?“

„Das ist die einzige mir bekannte Möglichkeit.“

„Dann müsste Tara eine Einstichwunde haben“, überlegte Brandon laut.

„Wenn sie keine Glatze hat, wirst du sie kaum finden, denn die Moleküle werden direkt ins Gehirn gespritzt.“

„Für mich klingt das alles wie aus einem ziemlich schlechten Science-Fiction Film.“

„Da gebe ich dir recht. Es würde allerdings ihre Symptome erklären, denn das zuerst gegebene Betäubungsmittel löst sich im

Laufe von vierundzwanzig Stunden auf. Auch ihre Beschreibung von einem Loch im Gehirn und dass es sich anfühlt, als hätte jemand ihren Speicher gelöscht ist typisch nach der Gabe von CaMKII."

„Das würde erklären, warum sie sich nicht an den Notruf erinnern konnte und stattdessen die Nummer auf der Visitenkarte gewählt hat", überlegte Brandon laut.

„Für die ersten Stunden ist der Zugriff auch auf tiefverankerte Erinnerungen nicht möglich", bestätigte King.

„Aber wie passt der Tod ihrer Mutter hier rein?"

„Dafür habe ich noch keine Erklärung. Vielleicht hat der Tod der Schwester die gleiche Emotion hervorgerufen wie der Tod der Mutter. Sie hat schließlich beide Personen geliebt."

„Warum erinnert sie sich dann noch an den Tod der Pflegeeltern? Mit ihnen war sie ebenfalls stark verbunden."

„Wie gesagt, Brandon, ich weiß es nicht. Ich kann nur Vermutungen anstellen. Wenn Miss Carter jedoch bereit ist, mich zu sehen, bin ich vielleicht in der Lage mehr herauszufinden."

„Lässt sich dieses Enzym im Nachhinein nachweisen?"

„Da es ein vom Körper selbst produzierter Stoff ist und die erhöhte Dosis schnell absorbiert wird: Nein."

„Was ist mit den Erinnerungen, Allan? Sind sie wirklich unwiderruflich gelöscht?"

„Schwer zu sagen. Es hängt von der Dosis und der individuellen Reaktion ab. Stell es dir wie eine ausradierte Schrift vor. Auf den ersten Blick sind die Buchstaben auf dem Notizzettel weg. Wurden sie jedoch zuvor mit entsprechendem Druck aufgeschrieben, so lassen sie sich durch vorsichtiges Schraffieren mit einer Bleistiftspitze wieder hervorrufen."

„Du könntest also die Erinnerung von vorgestern Nacht für Tara wiederbringen?"

„Eventuell."

„Du klingst nicht überzeugt", stellte Brandon fest.

„Ich bin nicht sicher, ob es eine gute Idee ist. Die einzige Möglichkeit besteht in einer Hypnose und dabei müsste ich tiefer in ihre Psyche eindringen als üblich. Es gibt jedoch eine unsichtbare Grenze, Brandon. Eine Grenze, die die Natur gezogen hat und die kein Mensch jemals überschreiten sollte. Wenn sich Erinnerungen dahinter verbergen, hat das einen Grund."

„Du vergisst dabei allerdings, dass sich Taras Erinnerungen nicht freiwillig an diesen Ort zurückgezogen haben. Sie wurden dorthin gezwungen."

Allan King seufzte. „Das ist richtig."

„Vorausgesetzt Tara möchte die Erinnerungen zurück, wäre es dann nicht besser, sie hätte dich als behandelnden Therapeuten anstatt irgendeinen Scharlatan, der nicht weiß, was er tut?"

„Du weißt, wie man kämpft, Brandon."

„Ich bin beim FBI, Allan", erinnerte ihn der Agent grinsend, denn er wusste, dass er den Mann überzeugt hatte.

„In Ordnung. Wenn Miss Carter es wirklich will, werde ich es versuchen. Aber sei dir darüber im Klaren, dass ich sie über jedes Risiko aufklären werde."

„Ich würde nichts anderes von dir erwarten."

„Nun möchte ich allerdings wissen, wie es dir bei dieser ganzen Geschichte geht", wechselte der Psychologe auf direkte Weise das Thema.

„Gut", erklärte Brandon, besann sich dann jedoch eines Besseren. Allan musste er nichts vormachen. „Das glaube ich zumindest. Im Moment komme ich auf jeden Fall zurecht. Rafe und ich waren heute Mittag bei der Schwester meiner Mutter. Sie hasst mich und macht mich noch immer dafür verantwortlich, dass sie ihr Leben damals vor zwanzig Jahren neu ausrichten musste."

„Du weißt, dass du diese Schuld nicht annehmen musst." Der Psychologe ließ die Tatsache wie eine Frage klingen.

„Ja, ich weiß, und ich glaube, ich habe dieses Kapitel tatsächlich hinter mir. Ich habe heute Morgen mit Rafe gesprochen. Das hätte ich längst tun sollen. So entsetzlich dieser Fall auch ist, und er wird ganz sicher auch in den nächsten Tagen für mich persönlich nicht einfach werden, so kann ich doch eines sagen: Ich habe heute gelernt, dass ich zu mir stehen kann."

„Das ist gut, Brandon. Siehst du das auch in Bezug auf Miss Carter so?"

Erschrocken fuhr Brandon zusammen. Dann fluchte er innerlich. Das war typisch Allan. Wenn man sich auf etwas verlassen konnte, dann darauf, dass der Mann kein Blatt vor den Mund nahm und einen genau dann mit seinen tiefsten Ängsten konfrontierte, wenn man es am wenigsten erwartete.

„Was meinst du damit?", gab Brandon zurück, um Zeit zu gewinnen. Zwar wusste er, dass der Psychologe diesen Zug durchschaute, aber er brauchte dennoch einen Moment, um sich zu überlegen, wie er mit der Frage umgehen wollte.

„Hast du ihr gesagt, wer dein Vater ist?“

„Noch nicht.“

„Warum nicht?“

„Verdammt, Allan, ich habe dich nicht angerufen, um darüber mit dir zu diskutieren“, reagierte Brandon ungehalten.

„Ich weiß“, erwiderte der Psychologe ruhig. „Aber wenn wir schon gerade telefonieren, können wir uns auch eine Minute länger Zeit nehmen und darüber reden. Also, warum hast du sie nicht darüber aufgeklärt? Denkst du nicht, dass sie ein Recht auf die ganze Wahrheit hat.“

„Natürlich hat sie das. Es ist aber nicht so einfach.“

„Was ist daran kompliziert?“

„Sie brauchte für die nächsten Tage einen sicheren Ort und es war kein Schutzhaus frei.“

„Willst du damit sagen, dass sie bei dir wohnt?“

Zum ersten Mal seit Brandon den Mann kannte, hörte er Verwunderung in seiner Stimme.

„Im Gästezimmer, ja. Ist das ein Problem?“, fragte Brandon herausfordernd.

„Für mich nicht“, antwortete der Psychologe in gewohnt neutralem Tonfall.

„Rafe hat nur ein Schlafzimmer. Insofern kann sie nicht bei ihm übernachten“, rechtfertigte sich Brandon noch einmal.

„Ich weiß.“

Etwas in der Stimme ließ Brandon aufhorchen. Nicht zum ersten Mal hatte er das Gefühl, dass der Psychologe mehr über seinen Partner wusste. Aber wunderte ihn das? King kannte wahrscheinlich alle Geheimnisse.

„Du hast Angst vor ihrem Urteil“, sprach der Mann direkt aus, was Brandon die ganze Zeit versucht hatte zu vermeiden.

Als ob ich gegen King jemals eine Chance gehabt hätte, dachte Brandon frustriert und atmete tief aus. „Wenn du ohnehin alles weißt, warum fragst du dann erst?“

„Weil es nicht wichtig ist, ob ich es weiß oder nicht. Entscheidend ist, dass du es für dich erkennst.“

„Ja, ich fürchte mich vor ihrer Reaktion“, gab Brandon verärgert zu. „Bist du jetzt zufrieden?“

„Du magst sie, richtig?“, bohrte der Psychologe ruhig weiter, ohne auf den provokanten Tonfall einzugehen.

„Ja, ich mag sie und jetzt lass es gut sein, Allan. Ich melde mich bei dir, sobald ich mit Tara gesprochen habe.“

„Mach das“, lenkte der Psychologe ein. „Pass auf dich auf, Brandon.“

„Immer.“ Frustriert legte Brandon das Telefon zur Seite und fuhr sich durch die Haare. Er fühlte sich erschlagen. Gespräche mit Allan King hinterließen oft dieses Gefühl. Der Mann zwang einen dazu, sich seinem Innersten zu stellen und das war oftmals schwieriger als einen Killer zu fassen.

Gerade überlegte er ins Bett zu gehen, als in seinem Posteingang ein Mail von Rafael aufpoppte. Rasch öffnete er es und überflog die Informationen, die sein Partner über den Verleger Max Chaplin zusammengestellt hatte. Überrascht pfiff er durch die Zähne.

‚Interessant’ tippte Brandon und schickte die Antwort zurück. Dann griff er erneut nach seinem Handy und rief Rafael an, um ihm von seinem Gespräch mit Allan zu berichten.

Nicht nur Max Chaplin war gerade auf der Liste der Verdächtigen ganz nach oben gerückt. Auch Hannahs heimlicher Freund, Dr Lester Jefferson, stand recht weit oben. Ein Neurochirurg wusste doch mit Sicherheit über die Wirkung von CaMKII Bescheid.

KAPITEL 13

Unruhig warf sich Tara im Bett hin und her. *Nein. Nein. NEIN. Nicht noch einmal zustechen. Bitte nicht.*

Verzweifelt steckte sie die Faust in den Mund und biss zu. Sie durfte nicht schreien. Er hatte gesagt, dass sie nicht schreien durfte. Er redete mit ihr, aber sie konnte ihn nicht verstehen. Sie hörte nur das dumpfe Röcheln.

‚Schön' las sie von seinen Lippen und beobachtete, wie er seine Hände in dem Blut wusch. Dann kam er auf sie zu.

Sie wehrte sich. Sie strampelte. Ihre Beine verfingen sich in der Bettdecke und sie kämpfte stärker.

Nein, schrie es abermals in ihr, doch es kam kein Ton über ihre Lippen. Stattdessen biss sie noch stärker in ihre Faust. Sie fühlte seine Hände auf ihrem Körper und schlug um sich. Dann wachte sie auf.

Schweißgebadet lag sie im Bett. Die Bettdecke war zusammenknüllt zwischen ihren Beinen, das Kopfkissen hatte sie auf den Boden geworfen. Schweratmend setzte sich Tara auf. Ihr Kopf schmerzte. Es war ein dumpfer Schmerz, der ihren ganzen Kopf füllte. Instinktiv wusste Tara, dass er nicht von alleine wieder gehen würde. Im Gegenteil. Er würde sich bis zur Übelkeit steigern, wenn sie keine Tablette nahm.

Sie wollte Brandon nicht wecken, doch vielleicht hatte er eine Packung Paracetamol in einer Küchenschublade. Kurz entschlossen stand sie auf und schlich über den kleinen Flur zum Wohnzimmer. Als sie die Tür öffnete, wurde sie von dem noch brennenden Licht geblendet. Automatisch schloss sie die Augen.

Aus dem Augenwinkel registrierte Brandon die Bewegung der Tür, und er hob seinen Blick. Für einen kurzen Moment verschlug es ihm die Sprache, als er Tara in einer schmalgeschnittenen Jerseyhose und einem Spaghettiträgertop im Türrahmen stehen sah.

Die Frau hatte eine Modelfigur. Ihre Beine reichten in den Himmel und ihre Kurven ... nein, daran durfte er definitiv nicht denken. Rasch beendete er das Gespräch mit Rafael und ging zu ihr hinüber.

Sie war blass und ihr Haar war im Ansatz feucht. Ihre Augen wirkten wieder einmal übergroß, doch das Blau war trüb und glich dem Grau von gestern Nachmittag, als er sie am Krankenbett besucht hatte.

„Albtraum?“, fragte er in einem verständnisvollen Tonfall und Tara nickte vorsichtig.

„Setzen Sie sich. Ich hole Ihnen ein Glas Wasser“, bot Brandon an.

„Haben Sie vielleicht auch eine Paracetamol oder eine andere Schmerztablette?“

Prüfend musterte er sie noch einmal. „Haben Sie Kopfschmerzen?“

„Ja.“

„Wie schlimm sind sie?“

Tara musste lächeln. Es rührte sie, dass sich der Mann ernsthaft Sorgen um sie machte. „Es sind nur einfache Kopfschmerzen“, beruhigte sie ihn. „Mit einer Tablette werden sie vergehen.“

„Sind Sie sicher? Wir können jederzeit ins Krankenhaus ...“

„Brandon, lassen Sie mich erst eine normales Schmerzmittel versuchen. Wenn es nicht hilft, können wir immer noch weitersehen.“

Einen Moment überlegte er, dann gab er nach. „Einverstanden. Aber Sie versprechen, dass Sie ehrlich zu mir sind.“

„Ich verspreche es.“

„Sind Tylenol in Ordnung?“

„Perfekt.“

Tara schluckte die blau-rote Kapsel und lehnte sich auf der Couch zurück.

Brandon setzte sich in einigem Abstand neben sie. „Was haben Sie geträumt?“

Tara dachte kurz über die Frage nach, bevor sie vorsichtig den Kopf schüttelte. „Ich weiß es nicht mehr.“

„Sie können sich an gar nichts mehr erinnern? Nicht einmal mehr an ein Fragment?“

„Nein. Ich weiß nur, dass es furchtbar war. Ich wollte schreien, aber es ging nicht.“ Sie warf einen Blick auf ihre Hand und sah erstaunt auf den Abdruck ihrer Zähne in der Haut.

Brandon folgte ihrem Blick. Als er die Bissspuren sah, erschrak er und nahm ihre Hand in seine. Zärtlich fuhr er mit einem Finger über die Zahnabdrücke.

Trotz der Vertiefungen war ihre Haut samtweich. Ihre Hand war warm und sandte hunderttausend kleine Blitzschläge über seinen Arm in seinen Körper. Sein Herz kam aus dem Rhythmus, aber es interessierte Brandon nicht. Er fühlte eine spannungsgeladene Erregung in seinem Magen, die sich immer weiter verstärkte und auf einmal war es nicht mehr genug, diese seidene Haut nur mit den Fingerspitzen zu fühlen. Er wollte sie an seinen Lippen spüren, wollte sie mit all seinen Sinnen ertasten.

Unsicher sah er auf und blickte direkt in Taras erweiterte Pupillen. Das Grau darin war verschwunden. Stattdessen wurden sie von intensivem Ozeanblau umrahmt. Ohne den Blick zu lösen, hob er ihre Hand an seine Lippen.

Gefühlte tausend Volt durchfuhren ihn im Moment der Berührung und Brandon musste gegen den Reflex ankämpfen, die Augen zu schließen. Er war jedoch froh, dass er dem Drang widerstanden hatte. Ansonsten wäre ihm entgangen, wie sich Taras Pupillen noch einige Millimeter weiter vergrößert hatten. Auch die Reaktion ihrer Lippen hätte er verpasst, die sich vor Überraschung ein Stück geöffnet hatten.

Ja, sie war überrascht, aber sie fühlte zweifellos die gleiche erregte Neugier wie er. Langsam ließ er seine Zungenspitze über ihren Handrücken gleiten und musste dann doch die Augen schließen.

Als hätte jemand einen Staudamm geöffnet, rauschte unvorhergesehen sein ganzes Blut in seinen Unterleib. Die Erde schien sich unter ihm zu drehen und ihn mit in den Strudel hineinzuziehen. Verzweifelt riss er die Augen wieder auf und stellte fest, dass er noch immer fest auf dem Sofa saß. Noch immer hielt er Taras Hand und noch immer glitt seine Zungenspitze über ihre Haut. Allerdings fuhr sie gerade an ihrem Zeigefinger entlang und ehe Brandon wusste, was er tat, schlossen sich seine Lippen um ihre Fingerkuppe.

Wow! Wann hatte er jemals eine derart immense Reaktion auf eine solch kleine Berührung gefühlt?

Noch nie, beantwortete sich Brandon die Frage sofort, bevor er sich vorbeugte und seine Zunge über Taras Lippen gleiten ließ.

Regungslos saß Tara da und ließ sich von den urplötzlich entstehenden Gefühlen durchfluten. Die anfängliche Überraschung wurde von einem Gefühl der Wärme vertrieben, zu dem sich eine unglaubliche Leichtigkeit gesellte. Es war ein schönes Gefühl.

Sie glaubte auf einer unberührten Sommerwiese zu stehen, auf der bunte Schmetterlinge in der Luft tanzten. Sonnenstrahlen kitzelten ihre Haut und eine leichte Brise fuhr durch ihr Haar. In der Ferne hörte sie das leise Rauschen eines Bachs. Die Ruhe hielt jedoch nicht an. Plötzlich verwandelte sich der kleine Wasserlauf vor ihrem geistigen Auge in einen reißenden Fluss, der sie mit sich riss, doch Tara hatte keine Angst. Vielmehr wollte sie wissen, was hinter der nächsten Biegung lag.

Sie spürte Brandons Berührungen auf ihrer Haut und jeder nächste Zentimeter brannte bereits heiß vor Erwartung, bevor seine Zunge darüber glitt. Als er plötzlich an ihrer Fingerkuppe saugte war es, als würden sich zehntausende allerfeinster Nadelspitzen in ihren Körper bohren. Es schmerzte jedoch nicht. Vielmehr kribbelte es aufgeregt in ihren Adern. Aber Tara ahnte, dass das Gefühl in Schmerz wechseln konnte, wenn ihr Körper nicht das bekam, wonach er verlangte.

Oh, sie hatte Beziehungen gehabt. Auch sexuelle Freundschaften. Und sie hatte den Austausch körperlicher Zärtlichkeit genossen. Doch keine dieser Erfahrungen hatte sie auf das vorbereitet, was sie in diesem Moment empfand. Niemals hatte sie eine nächste Berührung derart heiß ersehnt. Sie sah, wie Brandon seinen Oberkörper nach vorne beugte. Sie wusste, dass er sie küssen würde, dennoch traf sie das über sie hereinbrechende Gefühl unvorbereitet.

Sie hatte damit gerechnet, dass die Berührung seiner Lippen ihr Verlangen stoppen würde. Sie hatte gedacht, dass es genügen würde, wenn sie ihn einmal auf ihrem Mund gespürt hatte, aber das Gegenteil war der Fall. Ihre Lippen brannten und ein Schauer lief ihren Rücken herunter, während sie versuchte, sich auf seine Zungenspitze zu konzentrieren, die ihre Lippen entlangfuhr. Ihr Herz schlug kräftig gegen ihre Rippen, als wolle es sie daran erinnern, dass sie etwas tun müsse.

Sie sollte das abbrechen, durchfuhr es sie kurz. Sie befand sich an einem Punkt in ihrem Leben, an dem sie nicht noch mehr Unsicherheit brauchte. Allerdings fühlte es sich nicht unsicher an. Es fühlte sich gut an.

Federleichte Küsse schwebten über ihre Unterlippe und zerplatzten wie Seifenblasen wenn sich Brandons Mund weiterbewegte. Taras Gedanken verloren sich in unendlichen Weiten. Sie konnte sich nicht länger konzentrieren. Es zählte nur das Hier und Jetzt. Doch das war zu wenig.

Ihre innere Spannung hatte einen Punkt erreicht, an dem sie reagieren musste. Sie konnte ihre Ungeduld nicht länger im Zaum halten. Sie ertrug es nicht länger, dass diese wunderbar weichen Lippen wieder fort waren, ehe sie das neue Gefühl vollständig in sich aufgesaugt hatte. Sie wollte ihn richtig spüren. Vollständig spüren. Die ganze Zeit spüren.

Tara schloss die Augen und presste ihre Lippen auf Brandons. Gleichzeitig stieg ihre Zunge in das Spiel ein. Er schmeckte nach Kaffee und Pfefferminz. Eine ungleiche, aber reizvolle Kombination.

Brandon durchfuhr ein Donnergrollen. Es fühlte sich an, als würde ein schwerer Felsbrocken durch ihn hindurchrollen. Erstaunt verharrte er für den Bruchteil einer Sekunde, um festzustellen, dass der Stein die ganze Zeit den Eingang zu einem geheimnisvollen Land versperrt hatte. Auf einmal war es taghell, obwohl es auch zuvor nicht dunkel gewesen war und plötzlich konnte Brandon nicht mehr widerstehen. Er konnte nicht mehr nur nippen. Er wollte alles.

Seine linke Hand legte sich um Taras Taille und zog sie näher zu ihm heran, während seine rechte Hand unter ihre Haare fuhr und ihren Kopf in einer Position hielt, die seiner Zunge den bestmöglichen Spielraum gab. Er forderte Tara zu einem Tanz heraus. Es war ein Tanz, den er geglaubt hatte in- und auswendig zu kennen. Doch er registrierte sehr schnell, dass hier etwas Neues auf ihn wartete. Die Musik mochte die Gleiche sein, doch die Schritte waren anders. Harmonischer. Schöner. Perfekter.

Er forderte, er gab, er führte, er folgte. Es war das Wechselspiel zweier Tänzer im Einklang. Sie waren ein ideales Paar und es war eben dieser letzte Gedanke, der Brandon zurück auf die Erde holte. Er und Taralyn Carter waren kein perfektes Paar. Sie waren alles andere als das. Abrupt brach er den Kuss ab und stand auf. Er musste Abstand zwischen sie bringen.

Brandon brauchte nicht zu Tara hinüberzusehen, um zu wissen, dass sie nicht verstand, was gerade passiert war. Er tat es dennoch.

Unverständnis spiegelte sich in ihrem Gesicht. Dabei waren ihre Wangen noch von einer leichten Röte überzogen, ihre Lippen waren geschwollen und der Schleier der Erregung hatte sich noch nicht vollständig aus ihren Augen zurückgezogen. Sie war das aufregendste Geschöpf, das Brandon jemals gesehen hatte.

Frustriert fuhr er sich durch die Haare und ärgerte sich über sich selbst. Wie hatte er es nur so weit kommen lassen können? Unruhig lief er im Raum auf und ab.

„Es tut mir leid, Tara. Ich hätte nicht ...“ Mist. Mist. Mist. Wie sollte er ihr das alles nur erklären?

„Schon gut. Ich verstehe“, bemerkte Tara, während sie sich im Schneidersitz auf die Couch setzte und ihr Top nach unten zog, obwohl es nicht verrutscht gewesen war.

Ihre Stimme war ruhig gewesen, doch Brandon wusste, dass er sie verletzt hatte. Dabei war das das Letzte, was er gewollt hatte. Schließlich blieb er abrupt stehen. „Nein, du verstehst es nicht. Du kannst es nicht verstehen. Es liegt nicht an dir. Es ist die Situation.“

„Glaube mir, ich verstehe es. Du musst es mir nicht extra erklären“, unterbrach Tara ihn. Sie wollte weder einen Vortrag über ethisch-moralisches Grundsatzverhalten eines Agenten im Dienst hören noch das typische ‚Bitte versteh das nicht falsch, aber ich bin kein Typ für eine feste Beziehung’.

Was sie betraf, so hatte sie gerade den besten Kuss ihres Lebens erlebt und auch wenn er sich nie wiederholte, würde sie ihn gerne in schöner Erinnerung behalten. Sie wollte seine Magie nicht mit irgendeiner belanglosen Floskel zerstören. „Ich gehe besser ins Bett. Es ist schon spät ...“

In drei Schritten war Brandon bei ihr.

Überrascht sah sie ihn an, als er sich neben sie setzte und ihre Hand nahm. „Bitte, warte noch einen Moment.“

„W...warum?“ Plötzlich hatte Tara einen Kloß im Hals und sie wusste, dass Brandons Gesichtsausdruck ihn hervorgerufen hatte. Nie zuvor hatte sie einen solchen Blick gesehen. Es spiegelten sich so viele Emotionen darin, dass sie nicht einmal den Hauch einer Ahnung hatte, in welche Richtung sie ihn deuten sollte. Es machte ihr Angst.

Brandon ließ ihre Hand wieder los und rutschte auf dem Sofa ein Stück nach hinten. Bei dem, was er zu sagen hatte, erschien ihm die Nähe nicht richtig. Tara musste frei entscheiden können, wie sie zu ihm stehen wollte. Am liebsten hätte Brandon dieses Gespräch nie geführt. Doch er hatte keine Wahl und je länger er es aufschob, desto schlimmer wurde es. Es war bereits jetzt schon viel zu spät. Er hätte sie niemals küssen dürfen, ohne dass er zuvor alle Karten auf den Tisch gelegt hatte.

„Brandon?“ Unsicher sah sie ihn an.

„Wir haben heute Nachmittag über den Mörder deiner Mutter gesprochen“, begann er hastig. „Insgesamt hat der Mann siebzehn Frauen getötet.“

Erschrocken sog Tara die Luft ein. „Siebzehn?“

„Ja. Er ist einer der grausamsten Serienkiller der letzten hundert Jahre. Er ist auch einer der intelligentesten, weshalb es solange gedauert hat, den Mann zu fassen. Franco Fogelberg ist ein Psychopath wie er im Lehrbuch steht. Grausam, brutal und ohne jedes Mitgefühl auf der einen Seite und schlau genug auf der anderen, um sich in der Gesellschaft als rechtschaffenes Mitglied integrieren zu können. Er hat das Spiel der Tarnung als liebender Familienvater, zuverlässiger Nachbar und Freund perfekt beherrscht“

„Er hatte Kinder?“

„Einen Sohn.“ Brandon schluckte, aber er widerstand dem Drang, den Blick abzuwenden. Fest sah er Tara in die Augen, während sein Herz in seinem Brustkorb so hart schlug, dass es regelrecht wehtat. „Mich.“

Es dauerte einige Sekunden, bis die Bedeutung der Worte in Taras Gehirn sank. Brandon erkannte den exakten Moment, als sich ihre Pupillen derart weiteten, dass sie fast die gesamte Iris verschluckten. Entgeistert setzte sie sich auf. „Dein Vater ist der Spiralmörder?“

Stumm nickte Brandon.

„Dann hat dein Vater meine Mutter ...“ Taras Brustkorb hob und senkte sich in einem zu schnellen Tempo. Auch ihre Gedanken überschlugen sich. Sie musste etwas falsch verstanden haben. Brandons Worte waren nicht möglich. Sie waren einfach vollkommen unmöglich.

„Du hast mich geküsst.“ Fassungslos starrte sie den Mann vor sich an. „Ich habe dich geküsst. Wie konntest du, Brandon?“

Ein Schmerz, so scharf wie ihn nur die Klinge eines Messers hinterlassen konnte, durchfuhr ihn. Reglos ertrug er jedoch das

Brennen und Ziehen. Ihre Reaktion war nicht verwunderlich. Sie war nicht einmal unverständlich. Sie war normal.

„Es tut mir leid, Tara“, flüsterte Brandon. „Es tut mir ehrlich leid. Wenn ich es rückgängig machen könnte ...“

„Warum?“

Irritiert sah er sie an.

„Warum hast du es getan? Warum hast du mich geküsst?“, verlangte sie zu wissen.

„Ich habe dich nicht benutzt, Tara, wenn es das ist, was du hören willst. Ich habe dich vom ersten Augenblick an begehrt. Damals wusste ich noch nicht, wer du bist und doch habe ich mich zu dir hingezogen gefühlt. Es mag dir zu jenem Zeitpunkt entgangen sein. Schließlich warst du verängstigt. Du hast unter Schock gestanden. Doch später hast du die gleiche Anziehungskraft gespürt. Zwischen uns pulsiert etwas Außergewöhnliches. Ich weiß, dass ich meinen Gefühlen niemals hätte nachgeben dürfen. Nicht bevor ich dir nicht von meiner Verbindung zu Fogelberg erzählt hatte, aber glaube mir, es war nicht geplant. Die Kraft zwischen uns war plötzlich so stark, dass ich nicht widerstehen konnte. Sie hat mich überrollt.“

„Hat dein Vater das auch so ausgedrückt, nachdem er diese armen Frauen getötet hat? War das seine Entschuldigung? Dass ihn die Kraft überrollt hat?“

Plötzlich schnitt das Messer nicht mehr nur über Brandons Haut. Vielmehr stach es aus heiterem Himmel blitzartig zu. Spitz und scharf bohrte sich die Klinge direkt in seinen Herzmuskel, um sich am Ende noch einmal umzudrehen. Der Schmerz nahm Brandon die Luft zu atmen.

Tara sah, dass sie Brandon verletzt hatte, und sie erkannte an dem Blick seiner Augen, dass es keine oberflächliche Wunde war. Sie hatte Brandon tief getroffen und diese Erkenntnis änderte auch ihre Emotion. Zu Beginn war alles in ihr taub gewesen. Sie hatte nichts gespürt, gar nichts. Dann waren die Gefühle jedoch langsam zurückgekehrt.

Das Entsetzten war zuerst zu spüren gewesen, danach die Enttäuschung, dann der Ärger, die Wut. Jetzt schmerzte es nur noch. Allerdings wusste sie nicht, was am meisten wehtat. War es die Tatsache, dass Brandon ihr nicht früher vertraut hatte? War es sein Betrug? Denn als einen solchen empfand sie den Kuss nun.

Oder war es das Wissen, dass sie für Brandons Schmerz verantwortlich war?

Ihre Worte waren unangemessen und unfair gewesen. Das hatte er nicht verdient. Ja, er hatte einen Fehler gemacht. Er hätte sie von Anfang an über die Verbindung ins Bild setzen müssen. Aber das war auch sein einziger Fehler gewesen. Nicht er war der Serienmörder, sondern sein Vater.

Tara konnte nur ahnen, wie schwer es für ihn gewesen sein musste, als die Wahrheit über seinen Vater ans Licht gekommen war. Wie lebte es sich mit einem solchen Elternteil? Wie hatte die Umwelt reagiert? Mit Sicherheit hatte er keine einfache Kindheit gehabt.

„Es tut mir ehrlich leid, Tara“, wiederholte Brandon noch einmal, bevor er aufstand und sich mit dem Rücken an die Theke zur Küchenzeile lehnte. „Ich verspreche dir, dass ich alles tun werde, um diesen zweiten Spiralmörder zu fassen. Ich werde nicht ruhen, bis er hinter Schloss und Riegel sitzt. Außerdem versichere ich dir, dass sich das eben auf der Couch niemals wiederholen wird.“

„Wie alt bist du damals gewesen?“, fragte Tara, ohne auf seine Worte einzugehen.

Verdutzt sah er sie an. Er hatte nicht damit gerechnet, dass sie darüber reden wollte. „Zehn“, antwortete er jedoch wahrheitsgemäß.

„Und niemand hat etwas geahnt?“

„Niemand.“ In knappen Worten beschrieb er die Situation und wie er ins Internat gekommen war.

„Was war mit deiner Mutter? Wie ist sie damit umgegangen?“

Einen Moment sah er Tara schweigend an, bevor er ihr erklärte: „Meine Mutter war sein letztes Opfer.“

„Er hat deine Mutter ... Oh, Brandon!“ Entsetzt sah sie ihn an.

„Schon gut“, unterbrach er tonlos. „Wir haben alle verschiedene Rollen in unserem Leben inne. Ich bin eben nicht nur der Sohn eines Mörders, sondern auch der eines Opfers. Ich kann dir sagen, das Ersteres weitaus schwieriger ist.“

Er klappte seinen Laptop zu und räumte ihn zur Seite. „Sind deine Kopfschmerzen besser?“

Es war eine Frage, die Tara zeigte, welch aufmerksamer Mann Brandon war. Trotz allem, was sich in der letzten halben Stunde ereignet hatte, hatte er ihr Befinden nicht vergessen. Allerdings fehlte seiner Stimme der fürsorgliche Ton, den sie bisher von ihm gehört hatte und der sie von innen heraus wärmte. Sie vermisste ihn.

„Sie sind weg“, erklärte sie, während sie ebenfalls aufstand.

„Gut. Ich werde gegen sieben ins Büro fahren. Schlaf solange du kannst und fühl dich wie Zuhause. Der Kühlschrank ist nicht voll, aber für morgen früh sollte es reichen. Wenn es dir recht ist, hole ich dich am frühen Nachmittag ab. Ich würde gerne mit dir in Hannahs Wohnung fahren.“

Eine tiefe Traurigkeit erfüllte Tara mit einem Mal. Es waren rein sachliche Informationen gewesen, die Brandon ihr mitgeteilt hatte und er hatte sie nicht unfreundlich gesprochen. Allerdings hatte seinen Worten jede Emotion gefehlt, und Tara hatte das Gefühl, etwas Entscheidendes verloren zu haben.

Mit zögerlichen Schritten ging sie auf ihn zu. „Ich möchte mich bei dir entschuldigen, Brandon. Meine Worte vorhin waren taktlos und unpassend. Leider kann ich sie nicht zurücknehmen, aber ich möchte dir sagen, dass ich sie nicht so gemeint habe. Sie sind mir in meiner ersten Wut und Enttäuschung rausgerutscht.“

Brandon nickte. „Ich verstehe das.“

„Ich hoffe, du kannst mir verzeihen.“

„Sicher.“ Er fühlte sich erschöpft. Leer. Er wollte alleine sein und sich zumindest für einen Moment dem Schmerz, den er immer noch fühlte, hingeben. „Wir sehen uns dann morgen.“

Mit einer Hand auf seinem Unterarm hielt Tara ihn auf. Unmöglich konnte sie ihn so gehen lassen. „Du hattest recht. Zwischen uns ist mehr als nur Sympathie“, stieß sie hervor. „Ich ... ich weiß nur nicht, ob wir ... ob ich ...“ Oh, warum musste das nur so schwer sein? „Ich meine, ich weiß, dass du nichts für deinen Vater kannst. Du bist auch nicht wie er. Mein Kopf weiß das. Ich ... denke, ich brauche nur einfach etwas Zeit, um das Ganze zu verarbeiten. Um zu sehen, was ich will. Im Moment ist alles ein solches Chaos. Es sind so viele unterschiedliche Emotionen im Spiel. So viele extreme Emotionen.“

Ein fast flehentlicher Blick traf Brandons Augen und er wusste, dass Tara in diesem Moment ebenso litt wie er. Doch leider gab es nichts, womit er ihren psychischen Schmerz lindern konnte. Es kostete ihn immense Kraft, die Frau vor ihm nicht einfach in seine Arme zu ziehen und ihr zu versprechen, dass alles gut werden würde. Doch er hatte ihr ein Versprechen gegeben und das würde er unter keinen Umständen brechen. Er würde sich von ihr fernhalten.

Aufmunternd versuchte er sie anzulächeln. „Ich weiß, dass es viel ist, Tara, und ich werde dich nicht unter Druck setzen. Ich weiß sehr gut, dass sich nicht jedes Gefühl rational wegdiskutieren lässt. Wenn du mich nicht in deiner Nähe ertragen kannst, ist das in Ordnung."

„Das ist es ja, Brandon, ich weiß nicht, ob es so ist. Vielleicht möchte ich dich in meiner Nähe haben", rief Tara verzweifelt aus.

Ein Funken Hoffnung brannte in Brandon auf, den er jedoch sofort versuchte zu ersticken. Er durfte nicht träumen. Allerdings ließ sich das kleine Flämmchen auch nicht mehr vollständig löschen. Ein wenig Glut blieb zurück.

„Dann bin ich hier, Tara", lächelte er sie zaghaft an. „Es ist deine Entscheidung."

Vorsichtig nahm er ihre Hand von seinem Arm und drückte sie kurz, bevor er in sein Schlafzimmer verschwand. Glücklicherweise hielt sie ihn dieses Mal nicht auf.

Erschlagen lehnte sich Brandon mit dem Rücken an die Tür. Das war das emotional schwierigste Gespräch gewesen, das er je geführt hatte, erkannte er. Viel schlimmer konnte die Begegnung mit seinem Vater kaum werden.

Unsicher sah Tara ihm nach. Brandon hatte den Ball in ihr Spielfeld gelegt. Was sollte sie jetzt tun?

Am besten würde sie zunächst einmal zurück ins Bett gehen. Schließlich hatte sie jede Menge Dinge, über die es nachzudenken galt und das tat sie am besten in einem ausgeschlafenen Zustand. Morgen Vormittag war sie alleine. Das war eine ideale Gelegenheit, die Sachen gedanklich auseinander zu sortieren.

KAPITEL 14

Der Verleger Max Chaplin erhob sich hinter seinem Schreibtisch. Mit gerunzelter Stirn sah er den beiden FBI-Agenten, die seine Sekretärin gerade in sein Büro führte, entgegen. Es war offensichtlich, dass er überlegte, wo er Brandon schon einmal gesehen hatte.

„Guten Morgen, Mr Chaplin", reichte Rafael dem Mann die Hand, bevor er seinen Ausweis hervorzog. „Mein Name ist Rafael McAdams. Das ist mein Partner Agent Brandon Bucciarelli. Ich glaube, Sie sind ihm bereits gestern Morgen im Krankenhaus begegnet."

„Ah, richtig", erinnerte sich der Mann plötzlich und deutete auf die beiden Stühle vor seinem Schreibtisch. „Nehmen Sie Platz. Was kann ich für Sie tun?"

„Arbeiten Sie jeden Sonntag?", erkundigte sich Rafael interessiert.

„Normalerweise ist das Büro an den Wochenenden geschlossen. Am Mittwoch startet jedoch die große internationale Buchmesse in Miami, und dafür haben wir in den Tagen vorher immer jede Menge zu organisieren und vorzubereiten. In den letzten Jahren hat es sich eingebürgert, dass wir an dem davorliegenden Samstag und Sonntag arbeiten. Dafür schließen wir den Verlag sowohl am Tag vor als auch am Tag nach Thanksgiving. Lediglich unsere Telefonzentrale ist dann besetzt. Es ist eine Regelung, die unseren Mitarbeitern entgegenkommt. Aber Sie sind sicherlich nicht gekommen, um sich mit mir über unsere Arbeitszeiten zu unterhalten." Erwartungsvoll sah er die beiden Männer an.

„Das ist richtig. Sie sagten gestern, dass Sie einen Freund in der Klinik besucht haben", kam Brandon direkt zur Sache. „Ich hoffe, es geht ihm besser?"

„Ja, das tut es. Es war nur ein kurzer Besuch."

„Würden Sie uns freundlicherweise den Namen Ihres Freundes verraten?"

Argwöhnisch musterte Chaplin den Agenten. „Wieso ist das für Sie von Interesse?“

„Reine Routine. Wir möchten einfach nur nachprüfen, ob er tatsächlich der Grund ist, warum Sie gestern in dem Krankenhaus gewesen sind.“

„Welchen Grund sollte ich sonst gehabt haben?“

„Der Name Ihres Freundes, Mr Chaplin“, erinnerte ihn Rafael höflich, aber bestimmt, daran, dass sie noch immer auf die Antwort warteten.

Einen Moment lang starrte der Verleger ihn stumm an. Dann stellte er die Ellenbogen auf der Tischplatte auf. „Robert Fowler.“

„Vielen Dank“, erwiderte Rafael gelassen, während er den Namen notierte.

„Würden Sie mir jetzt sagen, was das Ganze soll?“ In Chaplins Stimme lag eine fordernde Dominanz.

„Vor ungefähr zehn Jahren haben Sie ein Buch mit dem Titel ‚Serienkiller – Hintergründe, Emotionen, Fakten’ herausgegeben. Sagen Sie, Mr Chaplin, wie kommt man auf eine solche Idee?“ Offen sah Brandon den Verleger an, der wieder für einige Sekunden schwieg. Offensichtlich überlegte er, ob er die Frage beantworten sollte. Schließlich lehnte er sich in seinem Stuhl zurück.

„Das ist ganz einfach. Ich bin Geschäftsmann und damals war der Fall Clive Johnson in aller Munde. Der Mann hat enormes Aufsehen erregt.“

„Johnson hat fünfzehn junge Mädchen über Tage hinweg zu Tode gefoltert. Keine von ihnen war älter als siebzehn“, erinnerte sich Brandon.

„Das ist richtig. Interessanterweise war er gleichzeitig Vater zweier pubertierender Töchter. Der Mann hatte ein unauffälliges Aussehen und galt als ruhiger und besonnener Mann. Er war Buchhalter in einem mittelständischen Unternehmen und absolut verhaltensunauffällig. Es war jemand, den man auf den ersten Blick sympathisch fand.“

„Es klingt, als wären Sie fasziniert von dem Mann.“ Argwöhnisch betrachtete Brandon den Mann.

„In gewisser Hinsicht stimmt das. Die Menschen haben sich gefragt, wie ein solch netter Mann zu derart grausamen Taten fähig sein kann. Johnson ging es gut. Er führte ein solides Leben. Er hatte eine nette Frau, zwei hübsche Töchter, ein Haus, ein Auto, einen guten Job."

„Und Sie haben den Menschen die Antwort auf ihre Frage gegeben?", erkundigte sich Rafael.

„Ich habe mich mit den Leben von neun Mehrfachmördern beschäftigt und ihre Biographien aufgeschrieben. Ich habe keine Schlüsse gezogen."

„Sie haben diesen Männern eine Plattform der Aufmerksamkeit geschenkt", stellte Brandon angewidert richtig.

„Wie ich schon sagte, ich bin Geschäftsmann. Ich verlege Bücher nicht zu meinem Vergnügen. Das Thema war topaktuell."

„Ich hoffe, Sie haben Ihren Profit gemacht", äußerte Rafael sarkastisch.

„Es war in Ordnung."

„Haben Sie die Recherchen alleine durchgeführt?", brachte Brandon das Thema zurück auf eine sachliche Ebene.

„Ich hatte Hilfe von zwei Lektoren. Ansonsten hätte es zu lange gedauert und auf Grund der Aktualität waren wir ein wenig unter Zeitdruck."

„Wer hat sich mit dem Leben von Franco Fogelberg auseinandergesetzt?"

„Dem Spiralmörder? Das war ich. Aber jetzt, meine Herren, möchte ich endlich wissen, was das alles soll." Herausfordernd blickte der Mann Rafael und Brandon nacheinander an.

Es war Rafael, der schließlich das Wort ergriff. „Bestimmte Hinweise in einem aktuellen Fall lassen uns vermuten, dass sich der Täter vor seinem ersten Opfer intensiv mit Fogelberg auseinandergesetzt hat."

„Mein Gott. Wollen Sie damit etwa sagen, dass in dieser Stadt ein Serienmörder frei herumläuft?"

Chaplin hatte die Worte noch nicht richtig zu Ende ausgesprochen, als seine Augen sich plötzlich weiteten.

Entsetzt richtete er seinen Blick auf Brandon. „Was hat Tara damit zu tun? Es ist doch ganz sicher kein Zufall gewesen, dass Sie gestern an ihrer Seite waren. Ist sie in Gefahr? Geht es ihr gut?"

„Selbstverständlich geht es ihr gut", erwiderte Brandon. „Machen Sie sich über jede freie Mitarbeiterin Ihres Unternehmens so viele Gedanken?"

„Natürlich würde ich mir über jede Mitarbeiterin Gedanken machen, wenn ich sie in der Begleitung des FBI sehen würde."

„Aber Miss Carter ist trotzdem etwas Besonderes, richtig?", hakte Brandon nach. Giftige Galle sammelte sich in seiner Magengrube, doch er riss sich zusammen, sich nichts von seiner persönlichen Aversion gegenüber dem Mann anmerken zu lassen. Zumindest nicht, was Tara betraf. Das wäre unprofessionell. Was er hingegen von Chaplins Buch hielt, stand auf einem anderen Blatt Papier.

Der Verleger überlegte einen Moment. Dann nickte er. „Ja, das ist sie."

„Wie ist Ihre Beziehung zu ihr?"

„Was meinen Sie damit, Agent Bucciarelli?" Herausfordernd sah der ältere Mann ihn an.

„Wie gut kennen Sie Miss Carter?", mischte sich Rafael ein.

Langsam wandte Chaplin den Kopf ihm zu. „Ich kenne Tara schon sehr lange. Sie hat bereits während ihrer Ausbildungszeit kleinere Aufträge für uns erledigt."

„Ist das üblich?"

„Wenn jemand gut ist, interessiert mich der Abschluss nicht. Tara hat sich damals bei mir beworben und ihr außergewöhnlich lebendiger Illustrationsstil hat mir gefallen. Wir brauchten eine Zeichnerin, sie brauchte Geld. So einfach war das."

„Mit anderen Worten: Sie hatten nie ein persönliches Interesse an ihr?", vergewisserte sich Rafael noch einmal.

„Kein sexuelles, nein. Ich bin seit zwanzig Jahren glücklich verheiratet."

„Wie fand Ihre Frau Ihr plötzlich intensives Interesse an brutalen Serienmördern?"

„Ich lasse meine geschäftlichen Dinge im Büro."

„Das heißt, Sie haben nicht mit ihr über Ihre Recherchen gesprochen?", wunderte sich Brandon.

Chaplin seufzte. „Doch. In diesem speziellen Fall schon. Es war kein einfaches Thema und ich muss zugeben, dass es nicht leicht war, diesen Menschen gegenüberzusitzen und zu wissen, was sie getan haben."

„Sie sind im Gefängnis gewesen?"

„Ja, wir haben mit jedem Einzelnen dieser neun Männer persönlich gesprochen."

„Auch mit Franco Fogelberg?"

„Selbstverständlich."

Brandon und Rafael sahen sich kurz an. Sie würden seine komplette Besucherliste anfordern müssen. Die letzten zwölf Monate waren vielleicht nicht ausreichend. Außerdem brauchten sie dringend ein Exemplar dieses Buches.

„Wie ist dieses Gespräch verlaufen?“, erkundigte sich Brandon.

„Es war irgendwie ... unheimlich“, erinnerte sich Chaplin. „Die anderen Mörder beschrieben, dass sie während der Tat nicht sie selbst gewesen seien. Zwei hatten es als eine Art Trancezustand beschrieben, aus dem sie irgendwann erwacht seien. Sie meinten, dass sie sich nie direkt an die Tat erinnern konnten, sondern jedes Mal nur das Ergebnis gesehen hatten. Sie wirkten fast erleichtert, dass sie im Gefängnis saßen.“

Nach einer kurzen Pause fuhr der Mann fort. „Mit Fogelberg war es anders. Er wusste zu jedem Zeitpunkt sehr genau, was er tat und ich hatte den Eindruck, dass er jede Minute genossen hatte. Seine Augen blickten die ganze Zeit eiskalt und berechnend. Nur zweimal hatten sich überhaupt Emotionen darin gezeigt. Das war zum einen in den Momenten, in denen er von dem Blut der Opfer gesprochen hatte und zum anderen, als er von seinem Sohn berichtet hat.“

Plötzlich glaubte Brandon zwei Hände an seinem Hals zu spüren, die langsam immer fester zudrückten. „Was hat er von ihm erzählt?“

„Er verstand nicht, dass er seinen Sohn nicht sehen konnte. Er meinte, dass es ihm leidtäte, ihn im Stich gelassen zu haben. Schließlich brauche ein Sohn einen Vater und er sei immer ein guter Vater gewesen. Allerdings hatte ich dabei nicht das Gefühl, dass er seine Taten bereue, sondern nur dass es ihm leidtat, einen Fehler gemacht zu haben, wodurch man ihn überhaupt nur gefasst hatte. Ich erinnere mich, dass ich ihn gefragt habe, ob er nicht verstehen könne, dass man das Kind nicht zu ihm ließe.“

„Was hat er geantwortet?“, presste Brandon mühsam hervor, nachdem Chaplin in Gedanken versunken war.

„Er sagte, dass die Menschen nicht verstehen würden, wie stark die Bindung zwischen Vater und Sohn ist. Es sei eine natürliche Beziehung, die sich nicht durchtrennen ließe und sobald sein Sohn alt genug wäre, würde er von alleine zu ihm zurückkehren. Sein Sohn würde ihn verstehen.“

Chaplin schüttelte sich. „Ich werde seine Worte nie vergessen. Ebenso wenig wie den eiskalten Schauer, der mir bei seinem Ton den Rücken herunterlief. Damals dachte ich, der Mann sei verrückt. Aber was ist, wenn er am Ende recht behalten sollte? Vielleicht führt tatsächlich sein Sohn seine Verbrechen fort."

„Das sind nicht belegte Schlussfolgerungen, für die es zum jetzigen Zeitpunkt keinerlei Hinweise gibt!", urteilte Rafael vehement. Er wusste, dass seine Worte eine Gratwanderung waren. Zum einen musste er verhindern, dass der Verleger irgendwelche Gerüchte in die Welt setzte, zum anderen durfte er ihm keinen Hinweis auf die wahre Identität von Fogelbergs Sohn geben. Zügig wechselte er das Thema. „Wir brauchen ein Exemplar Ihres Buches."

„Wieso?" Sofort wurde Chaplin wieder misstrauisch.

„Weil wir wissen müssen, ob Sie darin etwas geschrieben haben, was nicht zuvor bereits in der Presse stand."

„Das Buch wird schon lange nicht mehr aufgelegt, aber im Archiv müsste es noch ein oder zwei Exemplare geben."

„Wie viele Exemplare wurden damals verkauft?"

Chaplin zuckte mit den Achseln. „Dreißig- oder vierzigtausend, vermute ich. Ich müsste im System nachschauen lassen, wenn Sie es genau wissen wollen."

„Dreißig- oder vierzigtausend?" Entgeistert starrte Brandon ihn an. „Haben Sie in Ihrem Beitrag auch von Fogelbergs Familie erzählt?"

„Ich habe sie mit Sicherheit erwähnt. Schließlich ging es in dem Buch ja darum, die familiären Hintergründe dieser Männer aufzuzeigen. Ich erinnere mich, dass ich damals versucht habe, den Jungen ausfindig zu machen, das heißt eigentlich war er damals schon kein Junge mehr, eher ein Teenager. Er muss mindestens vierzehn, fünfzehn oder sogar schon sechzehn gewesen sein."

„Aber Sie haben ihn nicht gefunden?" Interessiert sah Brandon den Verleger an.

„Nein. Der Name des Kindes ist nach Fogelbergs Verhaftung ziemlich schnell geändert worden und es hieß, dass der Junge nicht mehr in Houston leben würde. Ich habe damals nicht weiter nachgeforscht. Schließlich wollte ich nicht über ihn berichten, sondern über Fogelberg. Aber ich denke wirklich, dass Sie dieser Spur nachgehen sollten. Vielleicht ist er tatsächlich in die Fußstapfen seines Vaters getreten."

„Mr Chaplin, was haben Sie in der Nacht von Donnerstag auf Freitag gemacht?", fragte Brandon den Mann hart und direkt. Es reichte ihm. Die Unterstellung war eine Unverschämtheit, doch er ahnte, dass sie dem entsprach, was die meisten Menschen nur zu gerne schlussfolgern würden.

„Ich bin zu Hause gewesen und früh ins Bett gegangen."

„Kann Ihre Frau das bezeugen?", hakte Rafael nach.

„Leider nein. Sie ist Donnerstagmorgen mit einer Freundin zu einem verlängerten Wellnesswochenende gefahren. Das macht sie jedes Jahr, da sie weiß, dass ich die Tage vor der Buchmesse ohnehin kaum zu Hause sein werde. Wieso wollen Sie das wissen?"

„Beantworten Sie bitte einfach nur die Fragen, Mr Chaplin. Wo sind Sie gestern Nachmittag gewesen?"

„Hier im Büro natürlich."

„Irgendwelche Zeugen?"

„Zeugen? Sie meinen außer den dreihundert Beschäftigten?"

„Wir brauchen individuelle Namen. Hatten Sie beispielsweise eine Besprechung?"

„Nein, gestern nicht."

„Vielleicht hat Ihre Sekretärin Ihnen einen Kaffee hereingebracht?"

„Sie hatte gestern frei."

„Mit anderen Worten, Sie haben kein festes Alibi", stellte Brandon fest.

„Wenn ich gewusst hätte, dass ich eines brauche, hätte ich ein Meeting angesetzt. Glauben Sie mir."

„Das glauben wir sofort, Mr Chaplin", bestätigte Rafael ironisch und verabschiedete sich. „Vergessen Sie nicht, uns über Ihren genauen Aufenthaltsort zu informieren, wenn Sie die Stadt verlassen."

„Was meinst Du, Brandon?", fragte Rafael, nachdem sie eine halbe Stunde später mit einem Exemplar des Buches wieder im Auto saßen. „Glaubst du, Chaplin hat etwas mit den beiden Morden zu tun?"

„Keine Ahnung. Er kann uns eine Menge verschwiegen haben. Wer weiß schon, was Fogelberg ihm in jenen Tagen wirklich im Detail erzählt hat."

„Es wäre möglich, dass er damals doch mehr über Fogelbergs Sohn und damit über dich herausgefunden hat."

„Möglich ist alles. Als Verleger hätte er aus dieser Information jedoch ganz anders Kapital schlagen können."

„Es sei denn, er hat sie intuitiv zurückgehalten oder vielleicht sogar erst viel später ausgegraben. Es war nicht zu übersehen, dass insbesondere Fogelberg auf ihn eine ganz besondere Faszination ausgeübt hat. In manchen Menschen schlummert die Liebe zum Morden jahrelang in ihrem Innern, bis sie sie schließlich nicht mehr unterdrücken können und zur Tat schreiten."

„Das ist richtig. Ich möchte dieses Kapitel seines Buches über Fogelberg auf jeden Fall lesen."

„Kein Problem. Wir machen im Büro eine Kopie, dann haben wir beide für heute Abend eine Bettlektüre", erwiderte Rafael, während er seinen Partner prüfend musterte. „Wie geht es dir, Brandon?"

„Meinst du abgesehen davon, dass Chaplin mich unter Generalverdacht gestellt hat und Tara nicht weiß, ob sie mich als Sohn des Mörders ihrer Mutter in ihrer Nähe erträgt?" Laut atmete Brandon aus. „Tut mir leid, Rafe. Das war ungerecht."

„Schon gut. Ich kann mir vorstellen, dass die Situation belastend ist. Wenn du möchtest, kann ich morgen früh allein zu Fogelberg fahren."

„Nein, vielen Dank. Wir fahren gemeinsam. Diesem Gespräch muss ich mich stellen. Ich wollte nur, wir hätten einen früheren Termin bekommen."

„Heute gibt es sicherheitsbedingte Systemüberprüfungen in der Haftanstalt, wodurch keine Besuche möglich sind. Wir sollten allerdings nachher noch einmal anrufen. Der Direktor soll uns eine komplette Liste aller Besucher der letzten zwanzig Jahre sowie eine Kopie jeglicher Korrespondenz fertigmachen lassen."

„Gute Idee. Dann fahren wir jetzt zu Kevin. Wahrscheinlich wird sich mein Cousin heute genauso wenig darüber freuen, mich zu sehen, wie er vor einigen Jahren davon begeistert war, dass ich ihn angerufen habe."

„Weißt du, was mich gestern bei deiner Tante gewundert hat, Brandon? Es ist mir erst gestern Abend aufgefallen, als ich unseren Besuch bei ihr noch einmal in Gedanken durchgegangen bin."

„Was hat dich irritiert?"

„Sie hat dich sofort erkannt. Sie hat nicht eine Sekunde gezögert. Ich meine, es ist zwanzig Jahre her, dass sie dich das letzte Mal gesehen hat und damals bist du zehn Jahre alt gewesen. Auch wenn ich nie ein Kinderbild von dir gesehen habe, bin ich mir doch ziemlich sicher, dass du dich im Laufe der Jahre ganz schön verändert hast. Theoretisch hatte Kevins Mutter keinen Anlass mit dir zu rechnen. Im Grunde hast du praktisch aus heiterem Himmel vor ihr gestanden. Dennoch hat sie sofort gewusst, wer du bist."

Brandon überlegte. „Ich habe sie mit ihrem Namen angesprochen, wenn ich mich recht erinnere."

„Du hast sie ‚Willow' genannt, aber nicht ‚Tante Willow' und in ihrem Gesicht stand kein Fragezeichen. Glaube mir, sie hatte überhaupt kein Problem, dich gedanklich einzusortieren. Das ist nur möglich, wenn sie dich in ihrem Kopf präsent hatte. Wenn plötzlich und unerwartet jemand vor dir steht, an den du zwanzig Jahre lang nicht gedacht hast, dann braucht dein Gehirn einen Moment Zeit. Du zögerst. Du schaust genau. Du überlegst. Nichts davon hat deine Tante getan. Ich wette, dass sie mehr über dich weiß, als du glaubst."

„Sie hasst mich, Rafe."

„Das mag durchaus der Fall sein, Brandon. Nachdem, was ich gestern gesehen und gehört habe, stimme ich dir in diesem Punkt sogar vollkommen zu. Du weißt allerdings ebenso gut wie ich, dass Hass kein Gefühl ist, das Gleichgültigkeit mit sich bringt. Du bist ihr nicht egal. All die negativen Gefühle, die sie Fogelberg entgegenbringt, hat sie auf dich projiziert."

„Du verdächtigst sie tatsächlich als Mörderin?"

„Nicht alleine, nein. Aber als Mittäterin kann ich sie mir durchaus vorstellen. Sie hat Kenntnis über entscheidende Details, und sie ist völlig verbohrt in ihrer Wahrnehmung. Es würde einem Täter nicht schwerfallen, sie entsprechend zu manipulieren und sie für seine Zwecke zu benutzen."

Sacht bremste Brandon den Wagen vor dem großen schmiedeeisernen Tor und sah gedankenverloren durch die schwarzen Gitterstäbe auf die dahinterliegende Auffahrt.

„Vielleicht hast du recht, Rafe. Es ist ein durchaus vorstellbares Szenario", gab er schließlich zu und ließ das Seitenfenster hinunter, als der Wachmann in der dunkelblauen Uniform an sein Auto trat.

„Haben Sie einen Termin, Sir?", erkundigte sich der junge Mann.

„Sagen Sie Mr Peters bitte, dass Brandon hier ist."

„Ich benötige Ihren vollständigen Namen?" Herausfordernd sah ihn der Mann mit den kurzen roten Haaren an. Er hatte eine bullige Figur und auf jeden Fan hätte er in seiner Uniform durchaus einschüchternd gewirkt.

Brandon hielt seinem Blick jedoch unbeeindruckt stand. „Geben Sie Kevin nun Bescheid, oder muss ich ihn selbst anrufen?"

KAPITEL 15

Kevin empfing die beiden Agenten wartend an der Haustür. Sein Blick war jedoch alles andere als einladend. Er trug eine kurze Sporthose sowie ein Shirt der Houston Texans mit dem Markenzeichen des Stierkopfs in den Farben blau, rot und weiß auf der Brust. Um seinen Hals lag ein gerolltes Handtuch.

„Hallo, Kevin. Tut mir leid, dass wir dein Training stören", grüßte Brandon und hielt seinem Cousin die Hand entgegen.

Der Footballer zögerte einen Moment, bevor er sie nahm. „Hallo, Brandon. Was willst du?"

Brandon schluckte. Als Kind hatte er lange unter dem Kontaktverlust zu seinem Cousin gelitten. Schließlich waren sie neun Jahre lang wie Geschwister aufgewachsen. Obwohl Brandon nur einige Monate älter war, hatte er immer zu Kevin aufgeschaut. Schon damals hatte Kevin eine kräftige Statur gehabt und war in allen Sportarten unschlagbar gewesen. Der unangefochtene Kinderstar war er jedoch auf dem Footballfeld gewesen. Stolz hatte Brandon seinen Cousin bei jedem Spiel angefeuert. Als Dank hatte ihm Kevin später zu Hause einige seiner Tricks gezeigt, und sie hatten anschließend gemeinsam mit ihren Eltern im Garten gegrillt. Es waren schöne unbeschwerte Nachmittage gewesen.

Es war interessant, dass die Ablehnung seines Cousins auch heute noch schmerzte, obwohl Brandon seit Jahren nicht mehr an Kevin gedacht hatte. Allerdings wurde ihm in diesem Moment wieder einmal bewusst, dass er im Grunde genommen alleine auf der Welt war. Sicher, Brandon hatte Freunde, allen voran Rafe, aber er hatte keine Familie. Jetzt war allerdings kaum der richtige Zeitpunkt für Sentimentalitäten.

„Dürfen wir reinkommen? Das ist übrigens mein Partner Rafael McAdams."

„Hallo, Mr Peters", grüßte Rafael freundlich.

Der Sportler musterte ihn kurz. „Nennen Sie mich Kevin." Dann wandte er sich wieder an Brandon. „Wird es lange dauern?"

„Ich denke nicht."

„Gut. Gehen wir in die Küche."

Brandon und Rafael folgten dem bulligen Mann durch die mit hellem Marmor ausgelegte Eingangshalle in eine große Wohnküche. Der Raum maß mindestens fünfzig Quadratmeter und bodentiefe Fenstertüren führten in einen traumhaft angelegten Garten, dessen Zentrum ein großer, eckiger Swimmingpool bildete. Die Küchenfront war aus hellem Holz und wirkte durch eingeschnitzte Vertiefungen und schmiedeeiserne Griffe recht rustikal. In der Mitte gab es einen großen Küchenblock, an dem die drei Männer Platz nahmen.

„Wollt ihr einen Kaffee? Oder Wasser?", bot Kevin an, wobei sein Ton weniger einladend wirkte als die Worte.

„Nein, danke", entschieden sich Brandon und Rafael dementsprechend auch dagegen.

„Ich gehe davon aus, dass dieses Treffen das Einzige zwischen uns ist", bekannte Kevin. „Wenn die Presse jemals herausfindet, aus welcher Familie ich stamme, ist das mein Ende. Ich habe vielleicht noch zwei, maximal drei aktive Jahre vor mir. Mach mir das nicht kaputt, Brandon."

„Ich habe nicht vor, dir in irgendeiner Form zu schaden, Kevin. Warum sollte ich?", erwiderte Brandon.

„Keine Ahnung. Weil du mir meinen Erfolg neidest? Zerstörung liegt schließlich in der Natur deiner Familie."

Gefasst sah Brandon seinem Cousin in die Augen, obwohl es in ihm brannte. Er wusste nicht, ob vor Wut oder vor Enttäuschung. Aber es spielte letztendlich auch keine Rolle. Er konnte die Menschen nicht dazu zwingen, ihn als eigene Person zu sehen und ihn aufgrund seiner Taten und Handlungen zu beurteilen.

„Das war unterhalb der Gürtellinie, Kevin", stellte er lediglich ruhig fest.

Der Sportler senkte für einen Moment den Blick, dann sah er Brandon wieder an. „Du hast recht. Entschuldige."

Brandon nickte einmal kurz als Zeichen, dass er die Entschuldigung annahm. Ehrlicherweise musste er zugeben, dass ihn die Reaktion seines Cousins erstaunte. Damit hatte er nicht gerechnet.

„Kevin", lenkte Rafael die Aufmerksamkeit auf sich, „ich nehme an, dass Sie mit Ihrer Mutter gesprochen haben und wissen, warum wir hier sind."

„Sie hat mich gestern angerufen und mir erzählt, dass der Spiralmörder zurück sei. Stimmt das?" Kevin klang ehrlich entsetzt.

„Leider ja. Präzise ausgedrückt ist es natürlich nicht der selbe Mann, denn Sie wissen genauso gut wie wir, dass Franco Fogelberg im Gefängnis sitzt. Aber es ist jemand, der seine Methode verwendet und sein Zeichen am Tatort hinterlässt."

„Eine Spirale."

„Richtig. Derjenige weiß jedoch nicht nur alles über die Morde. Er weiß ebenfalls über Brandon Bescheid. Dies ist allerdings kein allgemein bekanntes Wissen und es lässt sich auch nicht einfach googlen, was aus Fogelsbergs Sohn geworden ist."

Kevin erbleichte. „Sie glauben, dass ich etwas mit der Sache zu tun habe? Sie sind verrückt."

„Im Moment glauben wir noch gar nichts. Wir gehen lediglich verschiedenen Spuren nach und sprechen mit den Menschen, die Brandons Vergangenheit kennen. Sie haben mitbekommen, dass sein Name damals in Bucciarelli geändert worden ist, richtig?"

„Um ehrlich zu sein habe ich damals gar nicht viel mitbekommen. Ich erinnere mich, wie meine Mutter mir sagte, dass etwas ganz Entsetzliches passiert sei und ich nicht mehr mit Brandon spielen dürfe. Das habe ich zuerst nicht verstanden, aber ich musste meiner Mutter hoch und heilig versprechen, dass ich meinen Cousin nicht mehr treffen würde. Doch selbst wenn ich gewollt hätte, hätte ich in jenen Tagen gar keine Gelegenheit gehabt, Brandon zu sehen. Unser Haus war tagelang von Reportern und Journalisten umlagert gewesen. Ich konnte nicht einmal aus dem Fenster sehen, geschweige denn das Haus verlassen."

Gedankenverloren blickte Kevin in die Ferne. „Meine Eltern haben sich die ganze Zeit gestritten, bis mein Vater irgendwann gegangen ist. Er hat sich nicht einmal von mir verabschiedet und ich habe erst wieder von ihm gehört, als ich meinen ersten Werbevertrag unterzeichnet hatte. Aber das ist eine andere Geschichte. Ich bin damals jedenfalls ziemlich schnell ins Internat geschickt worden und Mum hat mir eingebläut, dass ich niemals jemandem von unserer Verbindung zum Fogelbergzweig der Familie erzählen dürfe."

„Wann haben Sie von Brandons neuem Namen erfahren?"

„Erst als er mich eines Tages anrief. Das muss vor sieben Jahren gewesen sein. Ich war nicht sehr freundlich am Telefon." Unsicher sah Kevin zu seinem Cousin hinüber.

„Du hast mir sehr deutlich zu verstehen gegeben, dass du keinen Kontakt zu mir möchtest", bestätigte Brandon.

„Das Gespräch hat mich noch wochenlang verfolgt. In meinem geheimsten Innern hätte ich dich sehr gerne wiedergesehen, aber das hätte ich meiner Mutter nicht antun können. Sie hätte es niemals verstanden."

„Das hast du heute allerdings ebenso wenig gezeigt", bemerkte Brandon trocken.

„Du hast keine Ahnung, wie es ist. Für Willow hat sich damals alles geändert."

Für mich auch, aber das spielt anscheinend keine Rolle, dachte Brandon verletzt, während Kevin weitersprach.

„Ihre Ehe war am Ende, sie hat mich ins Internat geben müssen und für dessen Kosten hart gearbeitet. Unser Haus hat den gesamten Wert verloren, denn niemand wollte mehr dort wohnen. Sie hat ihre eigenen Träume aufgeben müssen und am Ende meinen Traum einer Profikarriere zu ihrem gemacht. Ich verdanke ihr einen großen Teil meines Erfolges."

„Was sich auch für sie ausbezahlt zu haben scheint. Ich nehme mal an, dass du ihr das Haus gekauft hast, in dem sie heute lebt."

„Ja, das habe ich. Ich zahle ihr auch regelmäßig eine bestimmte Summe, aber ich glaube, dass sie eigentlich gehofft hat, mit mir zusammen hier zu leben. Doch das könnte ich nicht."

„Warum nicht?", hakte Rafael nach.

„Verstehen Sie mich nicht falsch. Ich liebe meine Mutter und ich bin ihr sehr dankbar für alles, was sie für mich getan hat. Aber sie ist voller Hass. Sie sieht immer nur das Negative und hat es nie geschafft, die Vergangenheit hinter sich zu lassen."

„Spricht sie über Brandon?"

„Nachdem ich ihr von dem Anruf erzählt habe, hat sie einige Wochen über dich geschimpft." Mit einem bedauernden Blick sah Kevin hinüber zu Brandon. „Und dann noch einmal später, als du beim FBI angefangen hast. Sie fand es unglaublich, dass sie Leute wie dich dort anstellen."

„Leute wie mich?" Fragend zog Brandon eine Augenbraue in die Höhe und registrierte zufrieden, dass Kevin zumindest soviel Anstand hatte, verlegen zu erröten.

„Das waren ihre Worte, nicht meine. Ich erinnere mich noch, dass wir damals einen heftigen Streit hatten. Ich widerspreche ihr nicht sehr oft, denn es hat meistens ohnehin keinen Sinn, aber an diesem Punkt konnte ich nicht nachgeben. Sie wollte damals tatsächlich bei der Bundesbehörde anrufen und ihnen deinen

Geburtsnamen geben. Ich habe sie gebeten, die Vergangenheit endlich ruhen zu lassen, doch davon wollte sie nichts hören."

„Wie haben Sie sie von ihrem Vorhaben abgebracht?"

„Ich habe ihr damit gedroht, dass sie mich nie wiedersieht, wenn sie das tatsächlich durchzieht. Außerdem würde ich ihr sämtliche finanziellen Zuwendungen streichen. Es war das erste Mal, dass ich mich ihr widersetzt habe", seufzte Kevin.

Mit einem Mal begriff Brandon, dass auch sein Cousin noch immer in der Vergangenheit gefangen war. Ebenso wenig wie er selbst konnte Kevin die Doktrinen, die er als Jugendlicher immer und immer wieder gehört hatte, vergessen. Auch wenn er heute neunundzwanzig Jahre alt und ein großer Footballstar war, der sein Leben selbstständig lebte, war er dennoch nicht vollkommen frei. Noch immer hielt seine Mutter den Schlüssel zu einem Teil seiner Selbst in der Hand.

„Sie braucht professionelle Hilfe, Kevin", stellte Brandon fest.

„Glaubst du, ich weiß das nicht?", fuhr sein Cousin verzweifelt auf. „Ich habe ihr mehrfach Termine bei den unterschiedlichsten Psychotherapeuten gemacht. Bei jungen, alten, männlichen, weiblichen. Anfangs habe ich sie sogar persönlich hingebracht, doch es war immer das Gleich. Nach ein paar Mal ist sie nicht mehr erschienen. Das Problem ist einfach, dass du niemanden zu einer Therapie zwingen kannst. Du kannst die Hand solange ausstrecken, wie du willst. Wenn jemand keine Hilfe will, dann wird er sie nicht ergreifen."

Das ist richtig, dachte Brandon traurig. „Hast du jemals mit jemanden über mich gesprochen? Oder hat dich mal jemand nach mir gefragt?"

„Nein. Wer sollte mich auch auf dich ansprechen? Offiziell gibt es nur meine Mutter und mich. Ich habe einen ziemlich guten Agenten, der alle persönlichen Fragen im Vorfeld abwehrt. Ich habe hin und wieder eine heiße Affäre, das hält die Medien bei Laune und verhindert, dass sie nach anderen Skandalen graben."

„Ist das der Grund, warum du nie eine ernste Beziehung hattest?"

„Bislang habe ich nie das Bedürfnis danach gehabt. Außerdem ist mein Leben ziemlich reglementiert. Der Verein entscheidet über neunzig Prozent meiner Zeit." Kevins Gesicht verzog sich zu einem sarkastischen Grinsen. „Und soviel ich weiß, gibt es auf dieser Welt keine Frau, die freiwillig die zweite Geige spielt."

Automatisch grinste Brandon zurück. Das war wahrscheinlich richtig.

Für einen kurzen Moment hatte Brandon das Gefühl, dass er wieder zehn Jahre alt war und sich mit seinem Cousin hinter dem großen Holunderbusch im Garten seiner Eltern versteckte, weil sie etwas Verbotenes ausgefressen hatten.

„Hast du Franco jemals besucht?“, wurde Brandon wieder ernst.

„Einmal. Es ist schon Jahre her.“ Kevin schien einen Moment zu überlegen, bevor er weitersprach. „Als deine Mum und Großvater starben, habe ich die ganzen Zusammenhänge gar nicht richtig verstanden. Ich habe nicht kapiert, warum dein Vater plötzlich weg war und noch weniger, warum ich weg musste und niemandem etwas sagen durfte. Aber ich bin ja auch erst neun gewesen. Ein Kind.“

Kevin stand plötzlich auf. „Möchtet ihr vielleicht doch einen Kaffee?“

Rafael und Brandon verständigten sich mit einem kurzen Blick, dann nickte Brandon. „Gerne.“

Während Kevin drei Tassen Kaffee eingoss und Milch und Zucker auf den Tisch stellte, erzählte er weiter.

„Während der Pubertät wurde ich plötzlich neugierig. Ich wollte wissen, was damals genau passiert war. Ich habe meine Mutter gefragt. Doch sie hat mir nur die Fakten gesagt. Ich hatte noch hundert weitere Fragen, aber sie wollte nicht mit mir darüber reden. Sie sagte immer nur, dass ich froh sein solle, im Internat zu sein, wo niemand mich mit dem Namen Fogelberg in Verbindung bringt. Ich dürfe mein Schicksal auf keinen Fall herausfordern, daher solle ich meinen Mund halten und dich meiden wie die Pest.“

Unschlüssig drehte der Sportler die Tasse in seinen Händen. „Damals habe ich angefangen, auf eigene Faust zu recherchieren.“

„Sie haben Fogelberg gegooglet?“, hakte Rafael nach.

„Ja, aber es gab nicht viele alte Presseberichte im Netz. Vor zwanzig Jahren hatten nur wenige Zeitungen eine eigene Webseite und im Nachhinein wurden diese Berichte nicht zur Verfügung gestellt. In der Bibliothek war ich erfolgreicher. Dort gab es im Archiv Aufzeichnungen über die Verhandlung und zufälligerweise bin ich dort auf ein Buch gestoßen. Ich weiß nicht mehr genau, wie der Titel lautete, aber es beschäftigte sich mit den Biografien einiger Serienkiller. Darunter war auch Franco gewesen.“

„Hieß das Buch zufällig ‚Serienkiller – Hintergründe, Emotionen, Fakten'?", konkretisierte Rafael den Titel.

„Das kann sein. Ja, ich glaube, so hieß es. Es war ein schwarz-weißes Cover mit einer grellen orangefarbenen Schrift."

Rafael warf Brandon einen bedeutenden Blick zu, bevor er sich wieder auf Kevin Peters konzentrierte, der bereits weiter erzählte.

„Ich war sechzehn und ich weiß noch wie heute, wie mich der Bericht geschockt hat. Trotz allem was ich über Franco gehört hatte, war er irgendwo in meiner Erinnerung immer noch der lachende Onkel gewesen, der uns auf dem Rasen durchgekitzelt und mit uns gezeltet hat. Erst als ich in dem Buch die Bilder von zwei seiner Opfer gesehen habe, habe ich das ganze Ausmaß des Grauens wirklich verstanden. Außerdem ..." Er schluckte.

„Außerdem?", forderte Rafael ihn auf, weiterzusprechen.

„Außerdem gab es in dem Buch ein Foto von Franco, auf dem seine Augen ... ich weiß nicht, wie ich es beschreiben soll, ... aber der Ausdruck in seinen Augen war völlig anders, als ich ihn in Erinnerung hatte."

„Inwiefern ‚anders'?"

„Eiskalt und gleichzeitig voller Leidenschaft. Ich weiß, das klingt verrückt, aber ich schwöre, dass sich beides darin spiegelte. Der Ausdruck veränderte sein Gesicht und ich hatte den Eindruck, dass mich plötzlich ein völlig Fremder anstarrte. Das Bild hat mich nächtelang nicht losgelassen."

„Haben Sie damals mit jemandem darüber gesprochen?"

„Nein, aber eines Tages wusste ich, dass ich Fogelberg noch einmal sehen musste, wenn ich diese Bilder in meinem Kopf loswerden wollte."

„Das heißt, auch Ihre Mutter wusste nichts davon?"

„Wo denken Sie hin? Sie hätte mich wahrscheinlich auf der Stelle gesteinigt. Ich konnte ihr weder von dem Buch noch von meinem Besuch im Gefängnis erzählen."

„Was ist mit deinem Vater, Kevin? Siehst du ihn hin und wieder?", erkundigte sich Brandon.

„Nein. Ich schicke ihm Geld, damit er mich in Ruhe lässt."

„Er erpresst Sie", bemerkte Rafael trocken, doch Kevin zuckte nur mit den Achseln.

„Es ist mir egal, wie man es nennt. Es ist keine Summe, die mir wehtut und meine Mutter lässt es ruhig schlafen."

„Glaubst du wirklich, dass es deiner Karriere schaden würde, wenn herauskäme, dass Franco dein angeheirateter Onkel ist?“, fragte Brandon nach.

„Keine Ahnung. Vor zehn oder zwölf Jahren bestimmt. Heute wahrscheinlich nicht mehr. Aber meine Mutter würde den Skandal nicht überleben. Ich kann ihr das nicht antun. Brandon, du wirst uns doch hier raushalten, oder?“

Mit angehaltenem Atem wartete Kevin auf die Antwort.

„Im Moment wüsste ich nicht, was dagegen spricht“, gab Brandon nach kurzer Überlegung zurück. „Solange weder du noch Willow mit den aktuellen Mordfällen in Zusammenhang steht, gibt es keinen Grund eure Namen öffentlich zu nennen.“

„Ich habe noch eine Frage, Kevin“, mischte sich Rafael noch einmal ein. „Es ist reine Routine, aber wir müssen Sie das fragen. Was haben Sie in der Nacht von Donnerstag auf Freitag gemacht?“

„Nichts“, kam die Antwort zurück. „Ich hatte eine Erkältung und durfte daher seit Mittwoch nicht mehr trainieren. Ich war also zu Hause. Die Mannschaftsärzte nehmen es ziemlich genau mit der Gesundheit. Seit dem Herztod von Mika Gordon vor zwei Jahren, der auf eine nicht auskurierte Erkältung zurückzuführen war, verstehen sie keinen Spaß mehr. Der kleinste Schnupfen und man sitzt auf der Bank.“

„War jemand bei Ihnen?“

„Natürlich nicht. Glauben Sie, ich wollte jemanden anstecken? Außerdem war Sex das Letzte, wonach mir der Sinn stand. Ich bin früh ins Bett und habe zwölf Stunden durchgeschlafen.“

„Was war gestern Nachmittag?“

„Gestern war ich zum ersten Mal wieder in meinem Kraftraum. Gegen fünf kam dann mein Masseur.“

„Aber bis dahin waren Sie allein im Haus?“

„Ja. Warum fragen Sie?“

„Wie ich schon sagte, es ist reine Routine“, versicherte Rafael und erhob sich. „Falls wir noch Fragen haben, melden wir uns.“

„Ich hoffe, dass das nicht der Fall sein wird“, erwiderte Kevin, während er die beiden FBI-Agenten hinausbegleitete.

„Das hoffen wir auch“, entgegnete Rafael und entriegelte das Auto.

„Mach’s gut, Kevin“, verabschiedete sich Brandon und hielt seinem Cousin erneut die Hand entgegen. Dieses Mal nahm er sie sofort.

„Du auch, Brandon.“

Brandon wollte gerade ins Auto steigen, als Kevin noch einmal seinen Namen rief. Überrascht sah er auf.

„Würdest du gerne einmal zu einem Spiel der Texans kommen?“

Ergriffen stand Brandon für einige Sekunden wie angewurzelt auf der Stelle. Dann schluckte er. „Das würde ich sehr gerne. Vielleicht, wenn der Fall abgeschlossen ist.“

Kevin nickte. „Ich ruf dich an. Erreiche ich dich über die offizielle FBI-Zentrale?“

„Ja, aber ich schick dir meine Kontaktdaten“, versprach Brandon. Dann stieg er ein.

„Alles in Ordnung?“, erkundigte sich Rafael mit einem Seitenblick auf seinen Partner, nachdem sie das Gelände des Footballspielers verlassen hatten.

„Ja, ich denke schon.“

„Das war ein emotionales Wiedersehen.“

„Das kannst du laut sagen. Am liebsten würde ich erst einmal zwei Stunden im Fitnessraum abtauchen.“

„Da wäre ich sofort dabei. Nur dumm, dass noch ein Riesenberg an Arbeit vor uns liegt. Aber wie wäre es, wenn wir zwischendurch was essen?“, bot Rafael eine Alternative an.

„Gute Idee. Ich sterbe vor Hunger. Allerdings sollten wir irgendwo etwas mitnehmen und bei mir essen.“

„Bei dir?“

„Mein Kühlschrank ist nicht gerade gefüllt mit Essensvorräten und ich vermute, dass Tara ebenfalls Hunger hat. Außerdem habe ich ihr versprochen, sie am Mittag abzuholen, um mit ihr gemeinsam in die Wohnung ihrer Schwester zu fahren. Ich möchte zu gerne wissen, wie intensiv Hannahs Beziehung zu diesem Neurochirurgen Lester Jefferson gewesen ist.“

„Du willst wissen, ob seine Zahnbürste bei ihr im Bad steht“, grinste Rafael.

„Zum Beispiel.“

„Okay. Dann lass uns durch irgendeinen Drive-Through fahren und dann setz ich dich bei dir zu Hause ab. Da ich dich heute früh abgeholt habe, bist du dann auch mobil und kannst zu Miss Winthrops Wohnung fahren.“

„Was machst du in der Zwischenzeit?“

„Ich fahre zuerst ins Büro und stoße einige Dinge an, wie die Unterlagen, die wir aus dem Gefängnis brauchen. Anschließend fahre ich ins Krankenhaus und überprüfe Max Chaplins Alibi. Außerdem mache ich uns einen Termin mit Jefferson für morgen früh. Am besten, bevor wir zu Fogelberg fahren. Einverstanden?"

„Passt. Könntest du vielleicht auch Taras Nachbarn Wayne Wilfley überprüfen? Mein Bauchgefühl sagt mir, dass er etwas zu verbergen hat."

„Bist du sicher, dass dein Bauchgefühl nicht nur einer guten Portion Eifersucht entsprungen ist? Immerhin hat der Typ einen Körper, den nicht viele Frauen von der Bettkante stoßen würden."

„Wenn Tara etwas mit dem Kerl hätte anfangen wollen, hätte sie es längst getan", erwiderte Brandon resolut. Insgeheim musste er allerdings zugeben, dass die Frage nicht ganz unberechtigt war. Der Mann stand auf Tara und das gefiel ihm ganz und gar nicht.

„Das stimmt", lenkte Rafael ein und verzichtete darauf, seinen Partner weiter aufzuziehen. „Außerdem wollte ich ihn ohnehin überprüfen. Mir kam sein Alibi gestern einfach zu schnell."

„Mir auch. Fahr dort drüben zu dem mexikanischen Schnellimbiss. Die Burritos sind genial."

KAPITEL 16

„Hi!“, grüßte Brandon und blieb einen kurzen Moment in der Tür stehen. Erstaunt blickte er auf seine Küchentheke, die er am Morgen frei von jeglichen Gegenständen hinterlassen hatte und von deren Oberfläche nun kein Zentimeter mehr zu sehen war. Papiere in allen Größen und Formen stapelten sich darauf, Stifte, Pinsel und Farben lagen kreuz und quer herum und auf einer Ecke balancierte Taras Computer.

„Hi! Bitte entschuldige das Chaos. Ich räume sofort alles auf“, beeilte sich Tara zu versichern und schob hastig einige Blätter übereinander. „Ich wusste nicht, dass du schon kommst, sonst hätte ich ...“

„Hey, kein Problem“, beschwichtigte Brandon sie und stellte die beiden Tüten mit dem Essen neben die Spüle.

„Das ist hübsch“, urteilte er, während er ein Blatt zu sich herumdrehte und es genauer betrachtete. „Ein schlagzeugspielender Baum. Das ist mal etwas Neues.“

„Gefällt es dir wirklich?“, hakte Tara kritisch nach. „Ich habe auch noch einen Tintenfisch, einen Eisbären oder einen Berner Sennenhund als Schlagzeuger.“ Nacheinander legte sie ihm die Bilder vor.

„Hm“, überlegte Brandon. „Das ist wirklich schwierig. Sie sind alle schön. Aber ich glaube, der Baum gefällt mir letztlich doch am besten.“

„Gut. Dann wird es der Baum“, entschied Tara.

„Weil er mein Favorit ist?“ Überrascht sah er sie an.

„Klar.“

„Aber ich habe überhaupt keine Ahnung vom Zeichnen.“

„Kinder auch nicht. Sie schauen sich ein Bild an, und es gefällt ihnen oder es gefällt ihnen nicht. Das ist das schöne an Kunst. Sie ist subjektiv.“

„Hast du Hunger?“, wechselte Brandon das Thema.

„Oh, ich habe ganz vergessen zu frühstücken“, fiel Tara plötzlich auf. „Ich habe nur eine Tasse Kaffee getrunken und dann habe ich sofort angefangen zu zeichnen. Das passiert mir öfter. Über die Illustrationen vergesse ich ganz die Zeit."

Absichtlich verschwieg sie, dass sie am Morgen nichts hatte essen können. Ihr Magen war wie zugeschnürt gewesen. Sie war erst gegen fünf Uhr morgens eingeschlafen und selbst dann war es ein unruhiger Schlaf gewesen. Immer wieder hatten die Bilder in ihren Träumen gewechselt.

Einmal hatte sie in Brandons beschützenden Armen gelegen und einen leidenschaftlichen Kuss erlebt, der ihre Atemfrequenz verdoppelt hatte, während sich kurz darauf sein Gesicht in eine dunkle Maske verwandelt hatte und er ihr einen silbernen Dolch ins Herz gestoßen hatte. Wie aus einem Springbrunnen war das Blut aus ihr herausgesprudelt.

Dann hatte sie plötzlich in einer Badewanne voller Schaum gelegen. Angenehm warm hatte das Wasser ihren Körper umspült, über den Brandon einen weichen Schwamm hatte gleiten lassen. Im Traum hatte sie die Augen geschlossen und sich auf die Welle der Lust konzentriert, die sie unweigerlich erfasst hatte. Als sie die Augen wieder geöffnet hatte, war der Schaum verschwunden gewesen und das Wasser hatte sich in dickflüssiges Blut verwandelt. Schreiend war Tara aufgewacht.

Es war zwar erst kurz nach acht gewesen, doch die Lust am Schlafen war ihr vergangen. Stattdessen war sie aufgestanden und hatte lange darüber nachgedacht, wie sie sich Brandon gegenüber verhalten sollte. Die Information über seinen Vater hatte sie in der Nacht kalt erwischt. Sie hatte auf sie eine ebenso extreme Wirkung gehabt wie Brandon selbst. Nur dass die Anziehungskraft zwischen ihnen alles andere als kühl war.

Noch immer verstand sie ihre eigene Reaktion nicht. Noch nie hatte sie derart auf einen Mann reagiert und selbst jetzt, nach allem, was sie von Brandon erfahren hatte, begann ihr Herz zu stolpern, wenn sie an ihn dachte. Das Interessante war, dass sie keine Angst vor ihm hatte. Im Gegenteil. Sie fühlte sich in seiner Gegenwart sicher. Konnte ihr Gefühl sie trügen? War sie zu vertrauensselig? Schließlich wusste sie so gut wie nichts über Brandon Bucciarelli.

Irgendwann hatte Tara das Denken aufgegeben und angefangen zu zeichnen. Sie hatte gewusst, dass sie im Augenblick keine Lösung auf all ihre Fragen finden würde. Dementsprechend hatte sie auch arbeiten können. Spontan hatte sie beschlossen, dass sie einfach die Zeit für sich entscheiden lassen würde. Vielleicht würden sich auf diese Weise auch die letzten beiden großen Lücken ihres Gedächtnisses schließen.

„Ich habe Burritos mitgebracht“, unterbrach Brandon ihre Gedanken. „Du magst hoffentlich mexikanisches Essen?“

„Gibt es jemanden, der das nicht mag? Hast du Hühnchen?“

„Hühnchen, Steak und Vegetarisch.“

„Klingt perfekt.“

Brandon wartete, bis Tara ihre Zeichenutensilien zur Seite geräumt hatte und reichte ihr die mit dem Hühnerfleisch gefüllte Tortilla. Er war erleichtert, dass die Atmosphäre zwischen ihnen nicht verkrampft war. Sie war vielleicht ein wenig reserviert, aber nicht unterkühlt.

Die dunklen Ringe unter ihren Augen verrieten ihm, dass Tara in der letzten Nacht nicht gut geschlafen hatte. Damit hatte er allerdings auch nicht gerechnet. Es hätte ihn eher verwundert, wenn es so gewesen wäre. Dennoch tat es ihm leid. Nach allem, was sie durchgemacht hatte, hätte ihr eine erholsame Nacht gutgetan. Er musste sich zusammenreißen, sie nicht zu berühren. Zu gerne hätte er wenigstens seine Hand auf ihre gelegt. Ihre Finger waren zart und lang. Es waren Hände, die er mit einer Pianistin assoziierte.

„Spielst du Klavier?“ Brandon zuckte innerlich zusammen, als er sich die Frage stellen hörte. Er hatte nicht vorgehabt, sie laut auszusprechen.

„Nein, aber ich wollte es immer lernen“, gestand Tara. „Ich glaube, meine Mum hat Klavier gespielt. Zumindest erinnere ich mich, dass in unserem Wohnzimmer ein schwarzer Flügel gestanden hat. Sie hat versprochen, dass sie mir eines Tages zeigt, wie man darauf spielt.“

Traurig lächelte sie Brandon an. „Aber dann kam alles anders. Die Samonas hatten kein Klavier und ich war froh, dass ich dort ein neues Zuhause gefunden hatte. Ich wollte nicht nach etwas fragen, das so teuer ist. Wahrscheinlich hätten sie es mir sogar ermöglicht, aber es erschien mir irgendwie nicht richtig. Wie war dein Vormittag?“

In wenigen Worten berichtete Brandon ihr von seinem Besuch bei Chaplin und seinem Cousin.

Zweifelnd schüttelte Tara den Kopf. „Du glaubst, dass Max etwas mit der Sache zu tun hat? Das kann ich mir nicht vorstellen.“

„Ich weiß noch nicht, was ich glauben soll“, gestand Brandon müde. Nicht nur Tara hatte eine kurze Nacht gehabt. „Ich hoffe, dass uns ein Besuch bei Fogelberg weiterhilft.“

„Du willst deinen Vater besuchen?“ Erschrocken sah sie ihn an.

„Ich habe keine Wahl.“

Brandon hielt ihren Blick. Daher entging ihm nicht, wie sich das Erstaunen in ihren Augen in eine feiste Entschlossenheit verwandelte. Sofort war seine Müdigkeit verschwunden, und er war hellwach. Eine düstere Vorahnung beschlich ihn. Was immer sie im Schilde führte, es würde ihm nicht gefallen.

„Ich möchte mitkommen“, hörte er sie da auch schon sagen.

„Wie bitte?“ Entgeistert starrte er sie an.

„Ich möchte mitkommen“, wiederholte sie entschieden.

„Bestimmt nicht“, lehnte Brandon geradeheraus ab.

„Wieso nicht?“, fragte sie ruhig zurück.

„Das kommt nicht infrage.“ Vehement schüttelte er den Kopf.

„Warum nicht?“

„Warum?“

Zum ersten Mal flackerte ihr Blick, und sie wirkte unsicher. „Ich muss ihm in die Augen sehen.“

„Warum?“, wiederholte Brandon seine Frage und dieses Mal war er völlig ruhig. „Du willst ihn mit mir vergleichen. Richtig?“

Verlegen senkte sie ihren Blick, doch dann nickte sie ergeben. „Ich weiß, dass du nicht so sein kannst wie er. Du kannst nichts mit ihm gemein haben. Aber ich kenne dich nicht, Brandon. Ich weiß nichts von dir. Ich ...“ Tara stockte.

„Schon gut. Ich verstehe das.“

„Wirklich? Dann verstehst du mehr als ich. Denn ich weiß, dass du anders bist. Trotzdem habe ich das Bedürfnis es mit meinen eigenen Augen zu sehen. Ich weiß nicht, warum es so ist. Ich schäme mich für meine Reaktion heute Nacht. Dennoch habe ich Angst.“

Befangen presste sie ihre Lippen aufeinander und Brandon wusste mittlerweile, dass es eine typische Geste für sie war, wenn sie verlegen war. Das Gespräch war nicht einfach für sie.

Verständnisvoll blickte er Tara an, obwohl sein Herz bleischwer in seinem Brustkorb lag. Der einzige Unterschied zur letzten Nacht bestand darin, dass es dieses Mal kein gleißend stechender Schmerz war, den er fühlte. Vielmehr war es ein dumpfer Schmerz, der sich vielleicht nicht einfacher, aber dennoch besser ertragen ließ. Er wünschte sich nichts sehnlicher als Taras Vertrauen, doch er verstand ihre Zurückhaltung. Er verstand sie wirklich.

„Tara, ich kann deine Gefühle nachvollziehen, aber der Mann ist eine Bestie." Alles in ihm widersetzte sich dem Gedanken, dass Fogelberg auch nur so viel wie einen Blick auf sie werfen konnte.

Das Böse gegen das Gute, fuhr ihm durch den Kopf. *Beides in seiner reinsten Form.*

„Der Mann ist ein Serienmörder", rief er ihr ins Gedächtnis, in der Hoffnung, dass das Aussprechen der grauenvollen Wahrheit sie von ihrem Vorhaben abbringen würde. „Er hat mehr als drei Jahre lang unerkannt gemordet, Tara. Neununddreißig Monate, um genau zu sein."

„Er hat mir meine Mutter genommen. Ich will wissen, warum", beharrte sie auf ihrer Forderung. Entschlossen setzte sie sich auf. „Entweder nimmst du mich mit oder ich beantrage einen Besuchstermin. Jedes Gefängnis hat schließlich offizielle Besuchszeiten."

Lange sah Brandon sie an. „Was versprichst du dir davon?"

„Ich weiß es nicht", gestand sie leise. „Aber ich möchte ihn sehen. Bitte!"

Eine weitere lange Minute verging. Dann seufzte Brandon und nickte. „In Ordnung."

KAPITEL 17

Mit Tränen in den Augen betrachtete Tara ein Foto, das sie und ihre Schwester in New York zeigte. Glücklich lachten sie am Times Square in die Kamera. Das Bild war vor zwei Jahren aufgenommen worden, als sie mit Freunden über Silvester in die Stadt an der Ostküste geflogen waren. Es waren unbeschwerte Tage gewesen, die sie alle in vollen Zügen genossen hatten.

Traurig stellte Tara den Bilderrahmen zurück auf die Konsole und sah hinüber zu Brandon, dessen Blick sie auf sich spürte. Seit einer halben Stunde waren sie in Hannahs Apartment und immer wieder versicherte sich der Agent stumm, dass es ihr gut ging. Sie war dankbar für seine Fürsorge, denn sie nahm ihr die Spitze des Gefühls alleine zu sein.

Es war keine einfache Situation für Tara, sich in der Wohnung der Schwester aufzuhalten und zu wissen, dass sie Hannah nie wiedersehen würde. Nie wieder würden sie gemeinsam lachen, sich gegenseitig Halt geben oder bei Liebeskummer in Jogginghose und weitem T-Shirt eine Riesenpackung Pralinen auf der Couch vertilgen. Das Leben war unfair. Warum hatte der Täter Hannah getötet? Hätte er nicht sie wählen können?

Wenn Tara sich umblickte, glaubte sie, dass ihre Schwester jeden Moment zur Tür hereinkommen musste. Auf der Spüle in der Küche stand ein benutzter Kaffeebecher mit einem Löffel darin, eine aufgeschlagene Zeitschrift lag auf dem Tisch. Im Korb neben der Waschmaschine im Bad lag weiße Spitzenunterwäsche und in der Trommel der Maschine befand sich noch immer feuchte dunkle Wäsche. Im Wohnzimmer lagen zwei geöffnete Rechnungen mit einem Notizzettel, auf dem ‚am Wochenende überweisen' stand.

Nein, ihre Schwester hatte nicht vorgehabt zu sterben. Wütend fuhr sich Tara mit einer Hand über die Augen, um sich die Tränen fortzuwischen. Wieder begegnete ihr Blick dem Brandons. Dem Mann entging wirklich nichts. Tara musste zugeben, dass der Agent behutsam vorging. Er wühlte nicht durch Hannahs Sachen, sondern nahm sich die Zeit, die Dinge rücksichtsvoll und mit

Bedacht anzusehen. Aus jeder seiner Geste sprach Respekt. Respekt vor Hannah, Respekt vor ihrem Eigentum und letztendlich auch Respekt vor ihr als engster Angehöriger.

„Das ist ein schönes Bild“, sprach Brandon leise, während er neben Tara trat.

„Ja. Wir waren mit Freunden für vier Tage in New York. Wir haben so viel Spaß gehabt.“

„Behalte die schönen Erinnerungen, Tara. Sie sind wichtig. Am Anfang tun sie weh, aber später sind sie eine unbezahlbare Bereicherung.“

Sie nickte unter den stummen Tränen, die sie nicht länger zurückhalten konnte und wünschte, Brandon würde sie in seine Arme ziehen und sie einfach nur festhalten. Mit absoluter Gewissheit wusste sie, dass er seine Kraft auf sie übertragen konnte. Das hatte er bereits mehrfach getan und sie sehnte sich nach dem Gefühl von Geborgenheit, das er in ihr hervorrufen konnte.

Oh, warum nur hatte sie ihn in der Nacht mit seinem Vater vergleichen müssen? Wie hatte sie das nur tun können? Wie hatte sie auch nur für eine Sekunde annehmen können, dass er ihm ähnlich war? Sie wollte ihre Hand ausstrecken, wollte ihn berühren, doch etwas in ihrem Inneren hielt sie zurück. Sie kämpfte mit sich, doch der Moment war ohnehin schon vorbei.

Aufmunternd nickte Brandon ihr zu. Dann wandte er sich ab und ging in Hannahs Schlafzimmer.

Nur unter Anstrengung war es ihm gerade gelungen, Tara nicht in die Arme zu schließen. Ihre Trauer sowie ihr verzweifelter Versuch, diese zu unterdrücken, taten ihm in der Seele weh. Brandon wünschte sich nichts mehr, als für sie da sein zu dürfen, doch das war nicht seine Entscheidung. Es war ihre.

Brandon hatte allerdings gespürt, dass es immer schwieriger für ihn wurde, den Abstand zwischen ihnen zu ertragen. Daher hatte er sich umgedreht und war aus dem Raum gegangen. Am Ende war er ja auch hier, um zu arbeiten.

Vorsichtig zog er eine Nachttischschublade auf. Eine Packung Taschentücher, eine Packung Ibuprofen, aus der zwei Tabletten fehlten und ein Handyladekabel lagen darin. In der zweiten Schublade befand sich ein Buch. ‚Hochzeit im Krankenhaus’, ein Liebesroman.

„Hannah hat diese Groschenromane geliebt“, hörte er Taras leise Stimme hinter ihm erklären.

„Ist nichts verkehrt daran, oder?“ Fragend drehte er sich um.

„Nein, wahrscheinlich nicht“, antwortete sie zögernd. Seine Meinung wunderte sie offensichtlich.

„Wir alle brauchen ab und zu etwas heile Welt. Wenigstens die Menschen, die ständig das Grauen und den Tod um sich haben. Die Arbeit auf einer Kinderkrebsstation ist nicht einfach. Ich kann verstehen, dass man nach Feierabend keine Lust mehr auf eine schwere Bettlektüre hat. Hat Hannah auch für sich von einem Arzt als Mann geträumt?“

„Der Beruf war ihr egal. Sie wollte einfach nur einen Mann, der sie liebt und mit dem sie irgendwann eine Familie gründen kann. Aber noch war sie nicht so weit. Sie wollte zuerst Oberschwester werden.“

„Hast du zufällig einen Kalender gefunden“, erkundigte sich Brandon, während er den Kleiderschrank öffnete.

„Nein. Ich kann mir auch nicht vorstellen, dass sie einen hatte. Für ihre Termine hat sie seit Jahren nur die Kalenderfunktion ihres Handys benutzt. Was suchst du zwischen ihren Kleidern?“ Es klang interessiert, nicht anschuldigend.

„Sachen, die nicht Hannah gehören“, erklärte Brandon ruhig.

„Sachen, die nicht Hannah gehören?“ Verständnislos sah sie ihn an. „Woher willst du wissen, ob sie einen Rock oder ein Kleid von einer Freundin geliehen hat?“

Unwillkürlich musste Brandon schmunzeln. „Ich suche nicht nach einem Rock oder einem Kleid, Tara. Ich hatte eher etwas mehr Männliches im Sinn.“

Tara errötete. „Ach so! Findest du etwas?“

„Nein. Im Badezimmerschrank gibt es eine benutzte zweite Zahnbürste sowie einen männlichen Rasierer und ein Zedernholzduschgel, obwohl in der Dusche eine Flasche mit Pfirsichduft steht. Aber das sind die einzigen Hinweise auf einen männlichen Besucher.“

Brandons Handy klingelte.

„Hi, Rafe, was gibt's“, grüßte er seinen Partner und zog kurz darauf erstaunt eine Augenbraue in die Höhe. „Das ist in der Tat interessant. Ich schlage vor, wir treffen uns dort ... Lass mich überlegen ...“ Brandon warf einen Blick auf seine Uhr. „Sagen wir in einer halben Stunde? ... Ja, in Ordnung ... Mach ich. Bis gleich.“

„Neuigkeiten?“, erkundigte sich Tara.

„Rafael und ich müssen noch einmal mit deinem Nachbarn Wayne Wilfley reden. Ich setze dich auf dem Weg bei mir ab ...“

„Wie wäre es, wenn ich mitfahren würde? Ich könnte in meinem Haus auf dich warten. Außerdem könnte ich dann noch das ein oder andere einpacken. In dem Chaos habe ich gestern nicht an alles gedacht.“

Brandon überlegte einen Moment. Was sprach dagegen? Die Tatortreinigung hatte ihm vor drei Stunden eine SMS mit der Information geschickt, dass sie fertig war. Das Haus sollte also dementsprechend sauber sein. Das Gespräch mit dem Fitnesstrainer würde nicht lange dauern und er war nebenan. Was sollte also passieren?

„Einverstanden“, stimmte er schließlich zu und hielt ihr die Schlafzimmertür auf. „Lass uns gehen!“

„Hallo, Wayne!“, grüßten Rafael und Brandon den Sportsmann dreißig Minuten später, als er ihnen die Tür öffnete.

Verdutzt sah Wilfley die beiden Agenten eine Sekunde an, bevor sich sein Gesichtsausdruck in Schrecken verwandelte. Sehr schnell schien er sich jedoch wieder zu fangen und sich in das Unvermeidbare zu ergeben.

„Kommen Sie rein!“, brummte er.

„Sie haben mit uns gerechnet“, stellte Rafael fest.

„Früher oder später.“

„Wieso haben Sie uns dann nicht direkt von Ihrer Vergangenheit erzählt?“, wollte Brandon wissen.

„Warum sollte ich? Ich habe meine Strafe verbüßt. Es ist erledigt oder zumindest sollte es das sein“, fügte er missgestimmt hinzu.

„Nun, ich halte es durchaus für eine interessante Information, dass Sie Ihre Ex-Freundin mit einem Messer bedroht haben, wenn im Haus Ihrer Nachbarin eine Frau erstochen aufgefunden wird“, bemerkte Brandon trocken.

„Ich habe nichts damit zu tun“, erklärte der Trainer.

„Sind Sie da sicher? Sie haben doch ein Auge auf Miss Carter geworfen“, schaltete sich Rafael ein.

„Was hat das damit zu tun?“

„Vielleicht nichts, vielleicht eine Menge. Das wollen wir herausfinden, Wayne“, klärte ihn Brandon auf. „Also, fangen wir noch einmal an. Die Situation ist die: Ihre Nachbarin gefällt Ihnen. Allerdings besteht von Taras Seite kein Interesse an einem mehr als nachbarschaftlichen Verhältnis. Ist das so weit korrekt?“

Der Fitnesstrainer machte eine kurze Handbewegung, die in Brandons Augen mehr Zustimmung als Ablehnung bedeutete.

„In der Vergangenheit sind Sie mit Zurückweisungen nicht besonders gut umgegangen“, erinnerte er den Mann fortfahrend.

„Das war etwas völlig anderes.“

„Was genau war daran anders, Wayne?“

„Melanie wollte mich heiraten und dann hat sie plötzlich diesen anderen Typen kennengelernt. Sie hat mich vor allen Freunden bloßgestellt.“

„Und das war Grund genug, ihrer Verlobten ein Messer an den Hals zu halten?“

Wayne Wilfley atmete tief durch, bevor er Brandon direkt in die Augen sah. „Nein, das war es nicht. Ich habe mich von meinen Gefühlen leiten lassen und einen Fehler gemacht. Dafür habe ich ein halbes Jahr im Gefängnis gesessen und achtzehn Monate eine Therapie gemacht, über die ich zum Sport gekommen bin. Ich habe mich unter Kontrolle.“

Für einen langen Moment sahen sich die beiden Männer einfach nur an. Schließlich löste Brandon den Blickkontakt.

„Kennen Sie Miss Carters Schwester?“, erkundigte sich Rafael.

„Hannah? Ich habe sie ein paar Mal gesehen. Einmal hat sie mit Tara und mir gegessen.“

„Fanden Sie sie ebenfalls attraktiv?“

„Sie ist eine schöne Frau, aber nicht mein Typ. Warum fragen Sie?“

„Hannah wurde in der Nacht von Donnerstag auf Freitag erstochen.“

„Das ist ja entsetzlich. Die arme Tara. Wie geht es ihr? Ich muss zu ihr. Ist sie wieder zu Hause?“

Statt zu antworten, stellte Brandon eine Frage. „Wo sind Sie in der Nacht von Donnerstag auf Freitag gewesen?“

Nachdenklich runzelte Wayne die Stirn. „Ich war zu Hause. Mein letzter Termin endete um acht. Danach bin ich direkt hierher gefahren.“

„Zeugen?“

„Nein.“

„Das ist eine nette kleine Dolchsammlung“, lobte Rafael, während er vor einem schmalen gläsernen Kasten an der Wand stand und die darin befestigten fünf Messer begutachtete.

„Mein Vater hat alte Stichwaffen gesammelt. Als er starb hat meine Mutter die meisten von ihnen verkauft. Diese wollte ich jedoch unbedingt behalten. Es waren seine Lieblingsstücke. Sie stammen aus Asien.“

„Konnte Ihr Vater damit auch umgehen?“

„Selbstverständlich. Er hatte den fünften Meistergrad in japanischer Messerkampfkunst.“

„Ich nehme an, dass er Ihnen die Sportart ebenfalls beigebracht hat?“

Der Fitnesstrainer warf Rafael einen feindseligen Blick zu. „Er hat es versucht, aber ich war ein hoffnungsloser Fall.“

„Dennoch war das Messer Ihre Wahl, als sie Ihre Freundin aufgesucht haben.“

„Es war keine bewusste Wahl. Das Messer lag herum und ich habe es ergriffen.“

„Haben Sie was dagegen, wenn wir die Dolche mitnehmen?“, erkundigte sich Brandon.

„Allerdings! Warum sollten Sie sie überhaupt mitnehmen wollen?“

„Um zu untersuchen, ob sie in der letzten Zeit benutzt worden sind. Blutspuren lassen sich zwar wegwischen, aber sie lassen sich nur schwer vollständig vernichten.“

„Dann sage ich es Ihnen besser gleich. Neulich habe ich eines einem Freund geliehen. Er ist Jäger und brauchte ein Messer, weil er seine Jagdmesser zum Schärfen abgegeben hatte.“

„Sie haben ein Erbstück zum Filetieren verliehen?“

Wayne zuckte die Achseln. „Dem Messer ist es egal und ich wusste, dass ich es wiederbekomme.“

„Tierisches Blut unterscheidet sich von Menschlichem. Wenn Sie nichts zu verbergen haben, wo ist das Problem? Wieso wollen Sie uns die Waffen nicht mitgeben?“, hakte Rafael noch einmal nach.

„Weil Sie mir etwas anhängen wollen.“

„Niemand will Ihnen etwas anhängen, Wayne. Wenn Sie unschuldig sind ...“

„Ich bin unschuldig.“

„Dann haben Sie nichts zu befürchten.“

„Haben Sie mein Alibi überprüft? Ich kann Catalina gestern Nachmittag nicht getötet haben."

„Catalina vielleicht nicht, aber Hannah", unterstrich Brandon.

„Oh, Himmel, von mir aus nehmen Sie den Kasten mit", winkte Wayne verzweifelt ab. „Aber bringen Sie ihn mir wieder."

„Glaubst du seine Story?", wollte Rafael von Brandon wissen, während er den Messerkasten in den Kofferraum seines Wagens legte und seinem Partner die Kopien des Fogelbergkapitels aus dem Buch von Max Chaplin reichte.

„Keine Ahnung. Ich weiß nicht mehr, was ich glauben soll und was nicht. Es könnte wirklich einfach Zufall sein. Genauso gut ist es aber auch möglich, dass er eben auf einen solchen Gedankengang von uns spekuliert. Ich bin mir allerdings ziemlich sicher, dass keiner dieser Dolche die Mordwaffe ist."

„Das vermute ich auch. Wir lassen sie dennoch untersuchen. Wir haben morgen um halb neun einen Termin bei Dr Jefferson. Um zwölf können wir dann Fogelberg treffen."

„Tara will mit."

„Was?" Entgeistert blieb Rafael stehen, während Brandon ihm alles erklärte.

„Ein Stück weit kann ich ihre Beweggründe nachvollziehen. Trotzdem halte ich es für keine gute Idee."

„Ich auch nicht. Der Gedanke, dass sie alleine zu ihm fährt, gefällt mir jedoch noch weniger."

„Okay, wir nehmen Sie mit. Aber ich möchte, dass wir einen Teil des Gesprächs alleine mit ihm unter sechs Augen führen."

Dankbar nickte Brandon. „Das werden wir. Kommst du noch mit rein?"

„Ich sage kurz Hallo, dann muss ich los. Ich habe noch einen Termin."

„Oho! Etwas Privates?", neckte Brandon.

„Privat ja, aber nicht das, was du denkst."

„Es dreht sich also nicht um eine Frau?"

Rafael seufzte in Gedanken. Wenn manche Sachen doch nur nicht so furchtbar kompliziert wären. Glücklicherweise öffnete Tara in diesem Moment die Tür, und er wurde einer Antwort enthoben.

„Ich sehe, hier ist alles wieder sauber." Zufrieden blickte Rafael sich um. Das Wohnzimmer roch nach frischer Farbe und

Bohnerwachs. Ansonsten gab es keine Spur mehr von der grausamen Tat, die sich hier zugetragen hatte.

„Ja. Es ist fast noch ordentlicher als zuvor."

„Hast du die Sachen gefunden, die du noch mitnehmen wolltest?", erkundigte sich Brandon.

„Oh! Wie ich sehe seid Ihr zum persönlichen Du übergegangen", bemerkte Rafael zufrieden schmunzelnd. „Wenn niemand was dagegen hat, schließe ich mich an." Einladend hielt er Tara seine Hand entgegen. „Ich bin Rafael oder kurz Rafe."

„Taralyn oder kurz Tara", erwiderte sie sofort.

Zum ersten Mal wurde Brandon bewusst, dass er und Tara das ‚Sie' hinter sich gelassen hatten. Wann war das passiert?

Es muss in der Nacht gewesen sein, überlegte er. Wahrscheinlich nach dem Kuss. Hätten sie darüber reden müssen? In Gedanken zuckte er mit den Achseln. Es wäre wohl eher merkwürdig gewesen, wenn sie sich nach diesem intensiven Kuss weiter gesiezt hätten. Das Leben war im Moment kompliziert genug. Offensichtlich hatte Tara kein Problem mit dem Du. Warum sollte er also etwas sagen?

„Seid ihr sicher, dass ich nicht hierbleiben kann?" Unsicher sah Tara von Rafael zu Brandon hinüber. Im Grunde wollte sie die Nacht nicht in ihrem Haus verbringen. Sie war sich nicht einmal sicher, ob sie überhaupt jemals wieder hier wohnen wollte. Die Bilder von gestern hatten sich unwiderruflich in ihr Gedächtnis eingebrannt. Niemals würde sie das ganze Blut vergessen können, geschweige denn Catalina auf dem Boden ihres Badezimmers. Heute war sie froh darüber, dass Brandon darauf bestanden hatte, sie nur das Gesicht sehen zu lassen. Allerdings wollte sie Brandon auch nicht zur Last fallen. Er sollte ihren Aufenthalt in seinen eigenen Wänden nicht als obligatorische Pflicht empfinden.

„Ich würde es für keine gute Idee halten, wenn du im Moment alleine bist, Tara", reagierte Rafael ruhig. „Die Situation hat sich seit gestern nicht geändert. Wir wissen immer noch nicht, worauf der Täter letztendlich abzielt. Aber wir sind ganz sicher, dass sein Spiel noch nicht zu Ende ist."

„Wenn du jedoch lieber woanders wohnen möchtest, kannst du das sagen", meldete sich Brandon. „Wir können eine Alternative finden."

Die Worte taten weh, aber er wusste, dass er Taras Wunsch nach einer größeren Distanz zwischen ihnen entsprechen würde.

Ein Blick in sein Gesicht genügte Tara allerdings, um zu wissen, dass er die falschen Schlüsse gezogen hatte. Es war verwunderlich, wie gut sie in der Kürze der Zeit gelernt hatte, seine Gedanken zu lesen. Sie wusste, Brandon glaubte, dass sie die Nacht nicht mit ihm verbringen wolle, weil sie ihm nicht vertraute. Doch das war nicht der Fall und das Letzte, was sie gewollt hatte, war ihn zu verletzen. Oh, warum musste nur alles so kompliziert sein?

„Ich möchte nicht lieber woanders bleiben", beeilte sie sich zu versichern. „Ich möchte nur nicht, dass du meinetwegen, deine Pläne umwerfen musst. Als du gestern Morgen aus dem Haus gegangen bist, hast du schließlich nicht geplant, am Abend mit einem Gast für mehrere Tage zurückzukehren."

„Nein, das habe ich nicht, aber ich habe auch keine Pläne, die ich umorganisieren müsste. Du bist also herzlich willkommen zu bleiben. Ich verstehe jedoch, wenn du unter den gegebenen Umständen eine andere Wohnungssituation bevorzugst. Es ist deine Entscheidung."

Er warf einen Blick auf sein Handy und wischte rasch über den Bildschirm. Dann sprach er ins Telefon: „Hey, warte bitte! Ich brauche nur eine Sekunde!", bevor er sich noch einmal an Tara wandte. „Ich muss kurz telefonieren. Überleg es dir in der Zwischenzeit."

Mit großen Schritten verließ Brandon das Haus und zog die Tür hinter sich zu. Frustriert lehnte er sich an die Hauswand und steckte das Telefon in die Jackentasche. Noch nie hatte er einen Anruf vorgetäuscht, doch er hatte einen Grund gebraucht, das Haus unauffällig verlassen zu können.

Tief atmete er die kühlere Abendluft ein. Tagsüber brannte die Sonne noch immer heiß vom Himmel herunter. Morgens und abends wurde es jedoch schon merklich kühler. Vielleicht kam es ihm aber auch nur so vor, weil er innerlich fror. Nie zuvor war ihm die Meinung eines Menschen so wichtig gewesen. Abgesehen die von Rafael, natürlich. Aber das war etwas anderes. Mit ihm verband ihn eine jahrelange Freundschaft. Tara hingegen kannte er gerade erst seit drei Tagen. Doch sie hatte ihn zweifelsfrei im Sturm erobert.

Jahrelang war er mit schönen, attraktiven Frauen ausgegangen, aber keine hatte er vermisst, nachdem sie gegangen war. Tara hingegen vermisste er, obwohl er sich im gleichen Raum wie sie aufhielt. Sie konnte nur zwei Meter von ihm entfernt stehen und es war zu weit weg.

Die Haustür öffnete sich und automatisch trat Brandon einen Schritt von der Wand weg.

„Alles wieder okay?“, fragte Rafael.

„Ja, ich war gerade fertig.“ Brandon stoppte an dieser Stelle. Er musste seinem Partner nichts vormachen. Rafael wusste genau, dass es keinen Anruf gegeben hatte. Sich den Tatsachen stellend änderte er seinen Ton. Er wurde ruhiger und ernster. „Ja, es ist alles in Ordnung. Ich brauchte nur eine Minute. Es ist nicht einfach, wenn die Taten meines Vaters ihren Schatten auf mich werfen.“

Aufmunternd legte Rafael ihm eine Hand auf die Schulter. „Ich glaube nicht, dass Tara dir nicht vertraut, Brandon.“

„Ach, nein?“, gab er sarkastisch zurück. „Wie würdest du es nennen?“

„Ich bin der festen Überzeugung, dass sie dich als genau den Menschen sieht, der du bist. Aber sie hat Angst und kannst du ihr das wirklich verdenken nach allem, was sie erlebt hat? Ihre langjährige Haushaltshilfe, die quasi zu ihrer kleinen Familie zählte ist tot. Ihre Schwester wurde erstochen, und sie selbst hat eine Erinnerungslücke von fast achtzehn Stunden. Aber sie weiß, dass sie die Todeswaffe in der Hand gehabt hat.“

Rafael machte eine bedeutungsvolle Pause, bevor er fortfuhr. „Dann erfährt sie von dem Tod ihrer Mutter, an den sie sich ebenfalls nicht mehr erinnern kann und sie hört, wer dein Vater ist. Ganz ehrlich, Brandon, ich finde, es grenzt an ein Wunder, wie gut sie sich dafür hält. Das ist schon eine ganze Menge, was dieses zarte Wesen in kurzer Zeit verkraften muss und bei allem darfst du nicht vergessen, dass sie alleine ist. Sie hat keine Eltern oder Geschwister, die sie um Rat fragen könnte. Dabei ist sie gerade mal sechsundzwanzig.“

Verzweifelt fuhr sich Brandon durch die Haare. „Du hast natürlich recht. Die gleichen Worte habe ich mir selbst auch schon mehrfach gesagt. Ich wollte nur, ich könnte ihr helfen.“

„Du hilfst ihr, indem du den Mörder findest und indem du Geduld hast. Du magst sie, Brandon, aber ich bin nicht sicher, ob das der einzige Grund ist, warum dir ihr Vertrauen so wichtig ist.“

Erstaunt sah Brandon seinen Freund an. „Nicht?“

„Nein" Ernst schüttelte Rafael seinen Kopf. „Was du dir eigentlich wünschst, Brandon, ist ihre Vergebung. Obwohl du keinen Grund hast, fühlst du dich schuldig für das, was dein Vater diesen Frauen angetan hat. Du hast selbst gesagt, dass das ein Grund für deine Berufswahl gewesen ist. Du verspürst das dringende Bedürfnis, etwas gutmachen zu müssen. Dabei spielt es keine Rolle, dass es dafür keine Rechtfertigung gibt. Rational betrachtet weißt du, dass dein Bedürfnis Unsinn ist, aber du kannst es nicht vollkommen abstellen. Es gelingt dir für eine Weile, aber nicht vollständig und letztendlich wünschst du dir nichts mehr, als davon frei zu sein."

Während der letzten Sätze war Rafaels Stimme ins Tonlose abgedriftet. Es war fast, als spräche er aus eigener Erfahrung. Jetzt räusperte er sich jedoch, und seine Stimme wurde wieder fester.

„Du hoffst, dass Tara dir diese Freiheit schenken kann. Wenn sie dir als Tochter eines Opfers vertraut, wenn sie dich losgelöst von deinem Vater als eigene Persönlichkeit akzeptiert, dann kannst auch du dich endgültig von ihm lösen."

Hatte Rafael recht? Ging es wirklich darum?, überlegte Brandon und musste zugeben, dass sein Partner ins Schwarze getroffen hatte. Er hatte es sich selbst bislang nicht in dieser ganzen Komplexität eingestehen können, aber jedes Wort war richtig.

„Woher weißt du diese Dinge?" Brandons Stimme klang heiser.

„Keine Ahnung, wo ich das aufgeschnappt habe. Wahrscheinlich habe ich in einem Buch darüber gelesen", antwortete Rafael ausweichend. „Vielleicht habe ich gestern einen Fehler gemacht, als ich dir vorgeschlagen habe, Tara mit zu dir zu nehmen. Ich habe dabei die Gewalt der Emotionen unterschätzt, die dadurch entstehen können."

„Du glaubst, ich bin nicht Profi genug, um trotzdem meine Arbeit zu machen?" Wütend funkelten Brandons Augen.

„Das habe ich nicht gesagt, und das glaube ich auch nicht. Allerdings musst selbst du zugeben, dass es die Dinge nicht gerade erleichtert."

„Es war von Anfang an klar, dass es ein emotional schwieriger Fall ist. Dabei spielt Taras Aufenthalt in meiner Wohnung nur eine untergeordnete Rolle. All diese Gefühle wären früher oder später ohnehin aufgetaucht. Ich habe das im Griff."

„Wunderbar. Dann ist ja alles in bester Ordnung. Bekommst du den Rest heute Abend geregelt, wie immer sich Tara auch entscheidet? Ich würde meinen Termin nur ungern absagen."

„Geh nur. Ich habe alles im Griff." Am Ende war es schließlich egal, ob Tara die Nacht bei ihm oder einem Kollegen verbrachte. Hauptsache, sie war in Sicherheit.

„Prima. Dann treffen wir uns morgen früh um viertel nach acht am Haupteingang des St. Joseph Krankenhauses."

„Bis dann", verabschiedete sich Brandon und kehrte allein ins Haus zurück.

Tara stand zunächst mit dem Rücken zu ihm und sah hinaus in den Garten. Als sie die Tür hörte, drehte sie sich jedoch sofort um.

Sofort war Brandon klar, dass er sich draußen nur selbst belogen hatte. Es war ihm nicht einerlei, wo Tara nächtigte. Er wollte sie in seiner Nähe haben. Am liebsten in seinem Bett, aber das war ein gar zu großer Traum. Für den Moment würde es auch die gleiche Wohnung tun.

Er brauchte nicht lange über Rafaels Worte nachzudenken, um zu wissen, dass sein Freund recht hatte. Tara hatte die Macht, die Schuld seines Vaters von seinen Schultern zu nehmen. Doch wenn Rafael glaubte, dass dies der einzige Grund für die Attraktivität zwischen ihnen war, dann irrte er sich. Brandon brauchte nur einen Blick auf Taras schlanken Körper mit den sexy Kurven sowie einen langen Blick in ihre Augen, um sofort zu wissen, dass mehr zwischen ihnen war als Schuld und Sühne. Es war auch mehr als körperliche Leidenschaft. Diese Frau interessierte ihn. Sie faszinierte ihn. Er wollte alles über sie wissen. Alles. Und er würde es erfahren. Er würde seinen Vater nicht zwischen ihn und seine Traumfrau kommen lassen. Nicht, wenn er es verhindern konnte.

„Hast du dich entschieden?", erkundigte sich Brandon, wobei er die Luft anhielt.

„Ja", nickte Tara. „Wenn es dir wirklich nichts ausmacht, würde ich gerne mit zu dir kommen." Unsicher knetete sie wieder ihre Lippen umeinander und Brandon musste lächeln. Er begann diese Geste zu lieben.

„Im Gegenteil", erwiderte er glücklich. „Ich freue mich."

„Weil du keinen Kollegen bitten musst und es so weniger Aufwand ist?"

Ihre Mimik zeigte, dass diese Frage kein Scherz, sondern eine ernsthafte Frage für sie war. Sofort wurde auch Brandon wieder ernst und trat auf sie zu. Einen Schritt vor ihr blieb er stehen.

„Nein, Tara, ich freue mich, weil ich gerne Zeit mit dir verbringe. Für mich hat sich zwischen uns nichts geändert. Ich möchte dich immer noch kennenlernen."

Er zwinkerte ihr zu, vergrößerte den Abstand jedoch wieder zwischen ihnen und ließ seine Stimme wieder leicht und locker klingen. „Sollen wir essen gehen oder auf dem Weg nach Hause was mitnehmen?"

„Ich habe noch ein paar Sachen in meinem Kühlschrank gefunden, die nicht mehr allzu lange haltbar sind. Wenn du möchtest, können wir etwas kochen oder vielmehr, ich kann kochen als kleines Dankeschön."

„Wir kochen zusammen. Ich weiß, wie man eine Zwiebel schält und ein paar Spaghetti kocht. Wenn es darüber hinausgeht, brauche ich eine Anleitung, aber ich bin zuversichtlich, dass ich jeden Auftrag ausführen kann."

„Keine Sorge", lachte Tara. „Unter den Umständen machen wir Pasta. Das ist einfach und geht schnell."

„Prima Idee."

KAPITEL 18

Brandon fuhr gerade in die Tiefgarage seines Apartmenthauses, als sein Handy den Eingang einer Nachricht meldete. Er parkte, dann öffnete er die Datei. Es war ein Foto.

„Verdammt!“, fluchte er und schlug mit der Hand auf das Lenkrad.

„Was ist los?“, fragte Tara.

„Es gibt ein neues Opfer“, antwortete Brandon wütend und zeigte ihr das Bild einer Küche.

Wie die Aufnahme aus Taras Wohnung am Tag zuvor war der Raum blutverspritzt und an einer Wand war das für den Mörder typische Smiley zu sehen. Erneut vibrierte das Telefon in Brandons Hand. Es war eine Textnachricht des gleichen Absenders.

‚Miss Carter ist als Nächstes dran!’, las Brandon. Sobald er den Sinn der Worte erfasst hatte, drehte er das Handy weg, doch es war zu spät. Tara hatte den Satz ebenfalls gelesen. Ihre Unterlippe zitterte und sie drückte die Hände in ihrem Schoß fest gegeneinander.

„Er wird dir nichts tun“, versicherte Brandon und legte eine Hand auf ihre. Zum Teufel mit seinem Versprechen. Er musste seine Worte verstärken, damit sie sie nicht nur aufnahm, sondern auch glaubte. Erleichtert registrierte er, dass sie weder zusammengezuckt war, noch ihre Hände weggezogen hatte.

„Ich werde es nicht zulassen, Tara. Er weiß, dass er keine Chance hat, an dich heranzukommen. Daher beginnt er mit solchen Psychospielen. Sie sind seine Waffe. Er will dir Angst machen.“

Langsam drehte Tara ihren Kopf zu ihm. Große, mit Schrecken geweitete Augen sahen ihn an. „Was ist, wenn er dieses Opfer nur umgebracht hat, weil er mich nicht bekommen hat? Vielleicht hat er auch Catalina nur getötet, weil ich nicht zu Hause gewesen bin?“

„Nein, das glaube ich nicht.“

„Was ist, wenn du dich irrst?“

„Ich irre mich nicht, Tara, denn ich bin gut in meinem Job“, erklärte Brandon voller Überzeugung. „Der Kerl ist intelligent und folgt einem Plan, den er im Vorfeld bis ins Detail ausgearbeitet hat. Er führt keine spontanen Handlungen aus."

„Aber woher wusste er, dass Catalina am Samstag in meiner Wohnung sein würde? Sie kommt normalerweise nie am Wochenende."

„Ich vermute, dass er ihr gefolgt ist. Es war für ihn reiner Zufall, dass sie zu dir gefahren ist und sich dann auch noch alleine in deinem Haus aufgehalten hat. Glaube mir, wenn ich dir sage, dass er bislang genau die drei Menschen getötet hat, die er zuvor als Opfer ausgewählt hat. Dir hat er eine andere Rolle zugedacht und bisher standst du nicht auf seiner Tötungsliste."

„Jetzt schon."

„Ja. Allerdings ist ihm von Anfang an klar gewesen, dass wir Sicherheitsmaßnahmen einleiten werden. Er weiß, dass du nicht mehr ohne Schutzbegleitung bist."

Ernst sah er ihr in die Augen. „Versprich mir, Tara, dass du nicht alleine aus dem Haus gehst oder die Tür öffnest, wenn es klingelt. Versprich mir, dass du nur meinen oder Rafaels Anweisungen folgst. Egal was passiert, egal was jemand zu dir sagt."

Langsam nickte sie.

„Gut. Dann kann dir auch nichts passieren."

„Aber wenn er so schlau ist, wie du sagst, warum macht er es sich dann so schwer? Wieso hat er nicht einfach all diese Frauen und auch mich umgebracht? Das wäre doch viel einfacher gewesen. Du hast selbst gesagt, dass Fogelberg über drei Jahre unerkannt gemordet hat. "

„Hier geht es um etwas anders. Fogelberg hatte Spaß am Morden. Er liebte das Blut und hat sich daran ergötzt. Und obwohl dies in gewisser Weise ganz sicher auch auf diesen Mörder zutrifft, so ist es doch nicht sein Leitmotiv. Ich weiß noch nicht, was ihn letztendlich antreibt, aber er will, dass wir über ihn Bescheid wissen. Er ist überzeugt davon, dass er schlauer ist als wir und genau das ist sein Fehler. Er unterschätzt mich."

Nach einer kurzen Pause fuhr Brandon fort. „Er hat mich nicht als Ermittler in sein Spiel hineingezogen, Tara. Vielmehr hat er seine Strategie um meine Funktion herum aufgebaut. Er wollte uns beide zusammenbringen und das hat er getan. Er benutzt mich ebenso wie er dich benutzt. Doch es ist uns bewusst und deshalb spielen wir mit offenen Augen. Wir sind ihm vielleicht noch nicht den entscheidenden Schritt voraus, aber wir hinken auch nicht so weit hinterher wie er annimmt."

Aufmunternd drückte Brandon ihre Hände, bevor er den Motor wieder startete. „Du weißt nicht zufällig, in welchem Haus sich diese Küche befindet, oder?", erkundigte er sich, während er rückwärts ausparkte.

„Leider nicht, aber du glaubst, dass das Opfer wieder jemand ist, der mir nahesteht. Richtig?"

„Ich fürchte es, ja", seufzte Brandon.

„Willst du nicht Rafael anrufen?"

„Später. Er hat heute Abend einen privaten Termin, der ihm wirklich wichtig ist. Ich gebe ihm Bescheid, wenn ich mehr weiß. Im Augenblick kann er ohnehin nichts machen."

„Wo fahren wir hin?"

„Ins Büro. Unsere Technik hat ein Computerprogramm, mit dem sie die Daten des Fotos auslesen kann."

„Du meinst, deine Kollegen können herausfinden, wo das Bild aufgenommen wurde?", wunderte sich Tara.

„Genau. Das Programm kann die GPS-Daten aus dem EXIF-Bereich des Bildes ziehen."

„Ich wusste nicht, dass das geht."

„Die meisten Menschen wissen es nicht, aber in der digitalen Welt bleibt einfach nichts unsichtbar."

Vierzig Minuten später gab Brandon die Adresse des Tatorts in das Navigationsgerät seines Wagens ein.

„Dann sehen wir uns das mal an", entschied er und warf einen Blick zu Tara hinüber, die regungslos auf den kleinen Bildschirm starrte, der Straße und Hausnummer des Zielortes angab.

„Was ist los?", wollte er wissen

„Ich kenne das Haus", antwortete sie entsetzt und hob ihren Blick. „Es ist das Haus meiner Mutter."

Für eine Sekunde verschlug es Brandon die Sprache, während es in seinem Kopf bereits ratterte. Der Kerl hatte einen weiteren Bogen in die Vergangenheit geschlagen. Was hatte er vor? Warum hatte er Taras Haus ausgewählt und nicht sein Elternhaus oder das eines anderen Opfers? Wieso stand Tara im Mittelpunkt all seiner Taten?

„Weißt du, wer heute dort wohnt?", erkundigte er sich.

„Nein. Das Haus stand lange leer. Irgendwann gab es eine Kaufanfrage. Ich muss damals fünfzehn oder sechzehn gewesen sein. Jedenfalls war ich alt genug, um befragt zu werden, ob ich verkaufen wolle oder nicht. Wenn ich mich recht erinnere, waren es Leute aus Iowa, die beruflich nach Houston gezogen sind und Bekannte in der Straße hatten. Jim und Karen sind damals mit mir hingefahren, aber ich wollte nicht hineingehen. Das weiß ich noch wie heute. Ich stand davor und sagte, dass ich es nie wieder betreten wolle. Daraufhin wurde das Haus verkauft."

„Du musst auch heute nicht hineingehen, Tara. Ich habe bereits ein Team der Spurensicherung angefordert. Jemand kann mit dir draußen warten, während ich mich drinnen umsehe und die Dinge organisiere. Wenn sich das bewahrheitet, was wir befürchten, werde ich auch Rafe informieren. Er kann übernehmen, und wir fahren nach Hause."

„Nein, ich komme mit. Du solltest allerdings losfahren. Ansonsten stellt sich diese Frage gar nicht erst."

Brandon musste grinsen. Taras Entschlossenheit gefiel ihm. Hatte sich der erste Schreck gelegt, ging sie die Sachen pragmatisch an. Sie mochte vielleicht einen Moment brauchen, um eine neue Situation zu analysieren und zu akzeptieren, aber sie besaß definitiv einen hohen Resilienzfaktor. Dementsprechend hatte Brandon auch nichts anderes erwartet, als dass sie fünfundzwanzig Minuten später vor dem Haus ihre Schultern straffte und dann gefasst über die Türschwelle trat.

Brandon blieb an ihrer Seite und trotzdem er konzentriert die Umgebung in sich aufnahm, behielt er jede ihrer Reaktionen im Auge.

„Atme, Tara!", erinnerte er sie sanft, als er merkte, dass sie vergaß Luft zu holen.

Verlegen sah sie zu ihm hinüber. Sie standen in einem quadratischen Eingangsbereich, in dem eine weiße Holztreppe nach oben führte. Rechts von ihnen ging eine Tür in die Gästetoilette ab, die Brandon sofort überprüfte. Der Raum war leer. Vor ihnen gab es einen offenen Durchbruch, der den Blick in den großzügigen Wohn-Essbereich freigab. Vorsichtig trat Tara ein und sah sich um.

Zwei braune Samtsofas standen in einem rechten Winkel zueinander. Vor ihnen befand sich ein dunkler Holztisch. An der Wand hing ein überdimensional großer Fernseher. Die Hausmauer der linken vorderen Ecke des Raumes war in einem Halbrund nach außen gezogen. Darin stand ein runder Esstisch mit fünf Stühlen. Auf dem Tisch stand eine Vase mit getrockneten Rosen.

„Alles in Ordnung?“, erkundigte sich Brandon.

„Ja, ich denke schon.“

„Erinnerst du dich an etwas? Du warst immerhin noch ziemlich klein, als du hier gelebt hast.“

Sie überlegte kurz. „Es sah anders aus, als wir hier gewohnt haben. Aber ich glaube, dass weiß ich nur, weil ich ein altes Fotoalbum habe. Richtige Erinnerungen habe ich nicht. Aber ...“

„Aber?“, forderte Brandon sie auf, als die Pause anhielt.

„Ich weiß nicht. Es ist einfach ein merkwürdiges Gefühl.“

„Was ist merkwürdig daran?“

„Ich glaube, ich war hier glücklich. Gleichzeitig habe ich aber das Gefühl, dass das nicht richtig ist. Als ob die Erinnerung falsch sei und ich etwas anderes empfinden sollte.“

Verwirrt runzelte Brandon die Stirn.

„Ich weiß, das klingt verrückt“, gestand Tara seufzend. „Gerade frage ich mich auch, warum ich damals nicht mit Jim und Karen in das Haus gegangen bin, wenn ich hier glücklich war.“

„Mit fünfzehn oder sechzehn sieht man die Dinge aus einer anderen Perspektive. Emotional gesehen ist die Pubertät eine ohnehin schwierige Phase. Ich kann verstehen, dass du das Haus oder den Besuch des Hauses als Stress und Belastung empfunden hast. Ich werde einen Blick in die Küche werfen. Warum wartest du nicht hier?“

„Da ich das Foto gesehen habe, weiß ich, was mich erwartet. Ich kann also ebenso gut mitkommen“, entschied Tara und drehte sich nach links.

Die Küche war vom Wohn-Essbereich ebenfalls mit einem großen Durchbruch versehen. Wie in Taras Haus gab es auch hier einen Mittelblock, in den der Gasherd integriert war. Dahinter gab es eine Küchenwand mit Schränken und Spüle, in der sich Teller und Tassen türmten.

Tara nahm das gesamt Layout jedoch nur in seiner Oberflächlichkeit war. Ihr Auge konzentrierte sich vielmehr auf all das Blut, dass sich von dem hellen Fliesenboden besonders gut abhob. Das Bild, das sich ihr bot, mochte das Gleiche wie das auf Brandons Handy sein, aber die Realität hatte dennoch eine wesentlich stärkere Wirkung.

„Glaubst du, sie ist in der Badewanne?“, flüsterte Tara. Sie brachte es nicht fertig von einer Leiche oder einem Körper zu sprechen.

Auf der Fahrt hierher hatte Brandon zuerst mit einem Kollegen telefoniert, der ihm gesagt hatte, dass das Haus einem Ehepaar gehörte: Jennifer und Peter Fox. Weitere Nachforschungen hatten ergeben, dass das Paar seit einem Jahr geschieden war. Für Peter war eine Adresse in einem anderen Stadtteil von Houston hinterlegt. Anschließend hatte Brandon versucht, Jennifer telefonisch zu erreichen. Er hatte es sowohl auf dem Festnetzanschluss, als auch über ihre Mobilnummer probiert. Wie zu erwarten gewesen war, hatte Mrs Fox jedoch keinen der Anrufe entgegengenommen.

„Hat der Garten einen Pool?“, wollte Brandon wissen.

„Ich glaube schon.“

„Dann vermute ich die Leiche eher dort“, erklärte er und schritt durch das Esszimmer hinaus in den Garten. Frustriert sah er wenig später auf den Boden des Schwimmbeckens, auf dem der Leichensack lag. Warum hatte er wieder einmal recht behalten müssen?

„Hallooo? Wir sind da“, ertönte die Stimme des Pathologen von drinnen nach draußen.

„Hallo, Craig“, grüßte Brandon kurz darauf, als der Mann neben ihn trat.

„Wie ich sehe, überlässt du es dieses Mal uns, das Opfer zu bergen.“ Es war der typisch sarkastische Ton, in dem die Kollegen der Gerichtsmedizin ihre Arbeit verrichteten, um das Grauen, was sie tagtäglich sahen, zumindest zu einem Teil von ihren Seelen fernzuhalten.

„Ich kann es mir nicht leisten, mehr als ein Paar Schuhe im Monat zu ruinieren“, gab Brandon entsprechend ironisch zurück. Dann wurde er wieder ernst. „Hast du eigentlich schon herausgefunden, warum das Blut, in das er das Amulett legt, immer noch flüssig ist?“

„Meine erste Vermutung war richtig. Er hat dem Blut Antikoagulanzien zugeführt. Das sind sogenannte Gerinnungshemmer, durch die das Blut seinen flüssigen Zustand behält. Warum diesem Verrückten das so wichtig ist, müsst ihr herausfinden.“

„Vermutlich spielt er mit der flüssigen Konsistenz. So wie er die Leichen anschließend ins Wasser legt, legt er das Amulett in das Blut“, überlegte Brandon laut.

„Möglich. Er reibt die Körper ja auch mit dem Blut ein. Das geht natürlich auch einfacher, wenn es flüssig ist.“

„Der Spiralmörder liebte Blut. Es versetze ihn in Ekstase, hat er nach seiner Festnahme zu Protokoll gegeben. Es sei schöner als jeder Orgasmus.“

„Kranker Typ!“

„Das kannst du laut sagen“, stimmte Brandon zu, bevor er zu dem aktuellen Fall zurückkehrte. „Mitch hat mir übrigens ein Bild von Mrs Fox’ Greencard auf mein Handy geschickt. Mit etwas Glück können wir sie damit identifizieren. Ruf mich, wenn ihr so weit seid.“

„Mache ich“, versprach der Chefpathologe und wies seine Leute an, die Leiche aus dem Wasser zu holen.

Eine dreiviertel Stunde später traf Rafael am Tatort ein.

„Warum hast du mich nicht sofort angerufen?“, warf er Brandon vor.

„Ich hatte den Eindruck, dass dein Termin wichtig war und ich habe dich bis jetzt nicht gebraucht. Die Tote ist Jennifer Fox, einundvierzig Jahre alt, keine Kinder, seit einem Jahr geschieden. Sie arbeitet in einer Bank und ist den Nachbarn nach eine ruhige Zeitgenossin. Natürlich hat keiner in der Straße etwas gesehen oder gehört. Das Schloss war unversehrt. Mögliche Kratzer stammen von mir, das heißt, sie hat ihren Mörder höchstwahrscheinlich selbst hereingelassen.“

„In der Kürze der Zeit hast du schon eine ganze Menge Informationen zusammengetragen.“

„Wie gesagt, bis jetzt bin ich gut ohne dich klar gekommen.“

„Warum hast du mich überhaupt gerufen? Den Rest hättest du auch noch hinbekommen.“

„Ich will Tara von hier wegbringen“, erklärte Brandon leise und deutete mit dem Kopf zur Couch, wohin sie sich zurückgezogen hatte, um nicht im Weg zu sein. „Sie braucht Ruhe und nicht noch mehr Stress. Das hier war einmal das Haus ihrer Mutter. Sie hat ihre ersten sechs Jahre hier gelebt.“

Überrascht zog Rafael eine Augenbraue in die Höhe. „Das ist interessant. Damit bekommt das Ganze eine noch wesentlich persönlichere Note als bisher. Hier kopiert nicht nur jemand die Morde und verbindet Menschen aus Fogelbergs früheren Fällen miteinander, sondern er kehrt auch an die Originaltatorte zurück. Das ist schon ein gewaltiges Insiderwissen."

„Ich habe nachgeforscht, Rafe. Von Fogelbergs siebzehn Opfern hatten sieben Kinder. Aber nur Tara und ich spielen für unseren Mörder eine Rolle. Warum? Ich meine, ich kann verstehen, dass ich als sein Sohn von besonderem Interesse für ihn bin, aber wieso Tara?"

„Vielleicht finden wir morgen eine Antwort darauf, wenn wir mit Fogelberg sprechen."

„Hoffentlich. Wir brauchen dringend Antworten. Wir haben bereits drei tote Frauen zu viel. Lass uns die Vierte verhindern."

„Das werden wir mit allen Kräften versuchen."

„Rafe, er hat mir eine SMS geschickt." Stumm hielt er seinem Partner die Nachricht, dass Tara das nächste Opfer werden würde, entgegen.

Nachdem Rafael die Worte gelesen hatte, sah er langsam wieder auf. Selten hatte Brandon ein solch erzürntes Feuer in den Augen seines Freundes brennen sehen.

„Es wird kein viertes Opfer geben", korrigierte Rafael seine Aussage resolut, bevor seine Stimme wieder ruhiger wurde. „Bring sie nach Hause, Brandon. Ich räume hier auf."

„Danke!"

„Kein Thema! Du hättest mich früher rufen sollen."

KAPITEL 19

Innerlich seufzte Brandon, während er den letzten Teller in die Spülmasche räumte und sie schloss. Was sollte er jetzt machen? Einerseits liebte er Taras Gesellschaft und konnte sich nichts Schöneres vorstellen, als mit ihr zusammen zu sein. Andererseits war die Atmosphäre während des Essens alles andere als locker gewesen. Er konnte ihre Gefühle verstehen. Ihre Angst, ihre Trauer, ihre Suche nach Antworten. Und auch wenn er ihr diese Dinge nicht vollständig abnehmen konnte, so war er doch sicher, dass er ihr zumindest helfen könnte, einen Teil davon zu tragen. Wenn sie ihn denn ließe. Doch statt ihr mit einer Umarmung oder einem Kontakt, und sei er noch so klein, zu zeigen, dass er für sie da war und dass er sie unter allen Umständen vor allem Bösen beschützen würde, hatte er verzweifelt versucht, ein Thema zu finden, über das sie sich hätten unterhalten können.

Tara hatte sich allerdings nicht unterhalten wollen und hatte dementsprechend recht einsilbig geantwortet. Schließlich hatte Brandon aufgegeben. Das daraufhin entstandene Schweigen mochte sie vielleicht nicht als unangenehm empfunden haben, doch er hatte keine Lust, den Rest des Abends in dieser Stimmung zu verbringen. Aber wie würde sie es auffassen, wenn er sich in sein Schlafzimmer zurückzog? Würde sie das Gefühl haben, nicht willkommen zu sein? Das wollte er auf keinen Fall, denn es entsprach nicht der Wahrheit.

Brandon war froh, dass sie da war. Er wünschte nur, dass sie sich ihm gegenüber mehr öffnen würde und vor allem wünschte er zu wissen, wie er sich verhalten sollte. Sollte er vorschlagen, gemeinsam einen Film anzusehen? Noch bevor er eine endgültige Entscheidung getroffen hatte, erhob sich Tara.

„Es tut mir leid, Brandon“, entschuldigte sie sich geknickt. „Ich bin heute Abend keine gute Gesellschafterin. Bitte denke nicht, dass es an dir liegt, denn das stimmt nicht. Es liegt ganz alleine an mir. Wahrscheinlich brauche ich nur einfach etwas Schlaf.“

Nein, Sweetheart, was du brauchst ist eine Umarmung, dachte Brandon, als er ihren Gesichtsausdruck sah.

Auf einmal fühlte sich sein Herz zentnerschwer an. Dementsprechend anstrengend war auch das Pumpen. Langsam und hart versuchte es, das plötzlich zähflüssige gewordene Blut durch die Adern zu pressen.

„Fühl dich bitte wie zu Hause und mach das, worauf du Lust hast", forderte er sie lächelnd auf. „Wenn du schlafen möchtest, dann schlafe. Wenn du fernsehen möchtest, dann such dir einen Film aus. Wenn du reden möchtest, sprich mit mir und wenn du einfach nur da sitzen möchtest, dann ist das auch in Ordnung. Es gibt keinen Plan für heute Abend."

„Danke", flüsterte sie leise und drehte sich um, um sich zurückzuziehen. Doch schon nach der Hälfte des Weges blieb sie stehen und sah ihn wieder an. „Weißt du, was ich am liebsten tun würde?"

„Was?"

„Mich von dir in den Arm nehmen lassen." Ihr Blick wurde plötzlich unsicher und sie sah verlegen nach unten.

Doch Brandon brauchte nicht mehr. Mit vier Schritten stand er vor ihr und zog sie an sich. Seine linke Hand legte sich um ihre Taille, während seine rechte unter ihr Haar kroch und ihren Kopf hielt.

„Es wird alles gut. Ich verspreche es", flüsterte er in ihr Ohr und atmete den Duft ihres Shampoos ein. „Du bist nicht alleine."

Tara fühlte Brandons Herzschlag an ihrer Brust. Fest und gleichmäßig schlug es bum, bum-bum, bum-bum. In seiner eintönigen Beständigkeit hatte es eine besänftigende Wirkung, und sie schloss die Augen. Brandon roch nach Zedernholz, Vanille und Zimt. Doch es war kein süßer Duft. Es war ein zweifellos männlicher Duft, der zu ihm passte. Er vermittelte Erdverbundenheit, Stärke und Solidität. Eigenschaften, die sie liebte und die sie brauchte.

Die grausamen Bilder von toten Frauengesichtern und Räumen voller Blut, die die ganze Zeit vor ihrem inneren Auge getanzt hatten, begannen sich langsam aufzulösen. Ebenso die Furcht vor dem, was sie ihrer Schwester angetan haben könnte. In ihrem tiefsten Innern konnte sich Tara nicht vorstellen, dass sie diesen Dolch in Hannahs Körper gestochen hatte. Doch die letzte Gewissheit fehlte ihr. Sie konnte sich nicht erinnern und das machte sie wahnsinnig.

Sie wusste nicht, wie lange sie mit Brandon engumschlungen in seinem Wohnzimmer gestanden hatte, aber mit jeder Minute war die Kraft in sie zurückgekehrt und Tara wusste, dass sie eine Entscheidung treffen musste. Wenn Sie nicht wollte, dass Angst und Unsicherheit sie um den Verstand brachten, dann musste sie aktiv werden. Sie durfte nicht einfach nur dasitzen und warten. Vorsichtig löste sie sich aus der Umarmung.

Sofort trat Brandon einen Schritt zurück. Auch wenn er Tara noch Stunden hätte festhalten können, versuchte er nicht, sie zu halten. „Besser?“

„Viel!“, versicherte sie. „Vielen Dank.“

„Immer wieder gerne. Das weißt du.“

Nachdenklich nickte Tara, während sie sich auf den Rand des Sofas setzte.

„Sag mir, was du auf dem Herzen hast. Vielleicht kann ich helfen“, bot Brandon an und setzte sich neben sie.

„Du hast gestern von der Möglichkeit einer Hypnose erzählt. Ich glaube, ich würde das gerne ausprobieren. Ich habe zwar ein bisschen Angst vor dem, was ich dann sehen werde, aber diese Ungewissheit halte ich nicht länger aus.“

„Das verstehe ich. Es ist normal, dass du dich davor fürchtest. Aber ich garantiere dir, dass Allan einer der besten Psychotherapeuten ist. Er weiß, was er tut.“

Geistesabwesend ließ sich Brandon noch einmal sein Telefonat mit dem Mann durch den Kopf gehen. *Ich bin nicht sicher, ob es eine gute Idee ist ... Ich müsste tiefer in ihre Psyche eindringen als üblich ... Es gibt Grenzen, die kein Mensch jemals überschreiten sollte.*

„Was ist los, Brandon? Du siehst besorgt aus?“ fing Tara seine Stimmung sofort auf.

„Ich habe bereits mit Allan King telefoniert“, gestand er schließlich.

„Obwohl du nicht wusstest, wie ich mich entscheiden würde?“, wunderte sie sich.

„Ich habe ihn nicht angerufen, um mit ihm Therapiemöglichkeiten für dich zu besprechen.“

„Aber ihr habt über Hypnose gesprochen?“

„Es hat sich im Laufe des Gesprächs ergeben, ja.“ Brandon seufzte. „Der Grund meines Anrufs war, dass ich seinen medizinischen Rat brauchte.“

„Du wolltest wissen, ob meine Erinnerungslücken real sind oder ob ich sie simuliere“, schlussfolgerte Tara enttäuscht.

„Nein, das wollte ich nicht“, widersprach Brandon sofort. „Ich habe niemals an deiner Ehrlichkeit gezweifelt. Ich wollte allerdings wissen, wie es dazu kommen kann.“

„Keiner der Ärzte im Krankenhaus hatte eine Erklärung.“

„Allan schon.“

Verblüfft sah sie ihn an. „Tatsächlich?“

In den folgenden Minuten gab Brandon ihr eine Zusammenfassung der Vermutung des Psychiaters und erläuterte ihr die Wirkung des Enzyms CaMKII. „Es ist nicht grundsätzlich unmöglich Erinnerungen wieder hervorzuholen, Tara, aber es ist nicht ungefährlich. Es birgt Risiken“, endete er schließlich.

„Das spielt keine Rolle. Wenn du sagst, dass Allan King weiß, was er tut, dann vertraue ich ihm“, erklärte sie entschieden.

Tatsächlich?, wunderte sich Brandon. Hieß dass, dass sie ihm ebenfalls vertraute? Das musste es, oder?

„Außerdem wüssten wir dann, wer der Täter ist.“ Ihre Stimme klang auf einmal aufgeregt. „Überleg einmal, Brandon, ich muss ihn mit Sicherheit gesehen haben.“

„Tara, ich möchte nicht, dass du deswegen irgendein Risiko eingehst. Rafael und ich finden den Kerl.“

„Ich weiß. Aber wenn ich mich erinnern würde, ginge es schneller.“

„Noch wissen wir nicht, ob Allan die Erinnerungen überhaupt hervorholen kann“, bremste er ihre Begeisterung.

„Aber ein Versuch ist es wert. Wann hat er Zeit?“ Erwartungsvoll sah sie ihn an.

„Ich rufe Allan an. Okay?“

„Danke!“ Mit leuchtenden Augen beugte sie sich vor und gab ihm einen spontanen Kuss auf die Wange.

Selbst überrascht von ihrer Handlung hielt sie beim Zurückziehen inne. Ihr Gesicht war nur Zentimeter von seinem entfernt. Dann lächelte sie verlegen. „Was würdest du heute Abend tun, wenn ich nicht hier wäre?“, fragte sie.

Brandon zuckte mit einer Schulter. „Arbeiten, vermutlich!“

„Dann arbeiten wir. Würde es dir etwas ausmachen, wenn ich drüben an deiner Theke zeichne?“

„Überhaupt nicht!“, bemerkte Brandon und stellte kurz darauf fest, dass es ihm mit Tara im selben Raum viel besser gefiel die Unterlagen durchzusehen als wenn er alleine wäre.

Nachdem er mit der Zusammenfassung der Protokolle fertig war, hatte er sich Max Chaplins Text über Franco Fogelberg vorgenommen und das war keine leichte Lektüre. Selbst wenn Brandon keine persönliche Beziehung zu dem Mann gehabt hätte, wäre der Überblick über dessen Leben und Taten keine einfach Kost gewesen. Es war ihm unerklärlich, dass es Menschen gab, die freiwillig ein solches Buch lasen.

Lange besah sich Brandon das Foto, von dem sein Cousin Kevin gesprochen hatte. Unter dem Bild stand: ‚Der Angeklagte und die Geschworenen sehen Fotos der Opfer’.

Als ‚eiskalt und gleichzeitig voller Leidenschaft’ hatte Kevin Francos Augen beschrieben und Brandon musste ihm recht geben. Genau das traf es. Es war unverkennbar, dass dieser Mann kein Mitgefühl hatte. Er verspürte keine Reue. Vielmehr konnte man den Eindruck gewinnen, dass Fogelberg die Euphorie, die er während der Tat empfunden hatte, noch einmal erlebte. Es graute Brandon.

Erneut sah er zu Tara hinüber, so wie er es in der vergangenen Stunde immer wieder getan hatte. Für einen kurzen Augenblick hatte er sie zwischendurch beobachtet und den Anblick genossen.

Manchmal lächelte sie, manchmal runzelte sie unzufrieden die Stirn und manchmal begegneten sich ihre Blicke. In diesen Momenten begann sein Herz schneller zu schlagen, sein Blut erhitzte sich und sein Hals schnürte sich wie bei einem Teenager zu.

In Taras Augen sah er die gleichen Symptome. Sie begehrte ihn ebenso wie er sie und plötzlich verspürte er eine Zuversicht, die ihm Hoffnung gab. Taras Kopf brauchte vielleicht noch etwas Zeit, aber ihr Bauch hatte seine Entscheidung bereits getroffen und die war zu seinen Gunsten ausgefallen.

Unvermittelt verspürte Brandon eine Leichtigkeit, die ihn beflügelte. Die Worte auf dem Papier verschwammen vor seinen Augen, und er musste den nächsten Absatz dreimal lesen, um den Inhalt aufzunehmen.

„Du siehst angestrengt aus.“

Erschrocken zuckte Brandon zusammen. Er war so tief in seinen Gedanken versunken gewesen, dass er nicht bemerkt hatte, wie Tara zu ihm getreten war.

„Entschuldige, ich wollte dich nicht erschrecken. Was liest du da?"

„Es ist ein Ausschnitt aus einem Buch von Max Chaplin, das sich mit Serientätern beschäftigt. Ein Kapitel hat er dem Spiralmörder gewidmet."

„Oh!", staunte Tara. „Das hätte ich ihm nicht zugetraut. Sind das wahre Tatortfotos?" Fragend deutete sie auf die Bilder, die auf einer kopierten Seite zu sehen waren. Eines war eine Großaufnahme der Spirale, das andere zeigte den blutigen Tatort.

„Ja, sie stammen aus dem Haus seines neunten Opfers."

„Hmm", murmelte Tara nachdenklich, während sie das Papier in ihrer Hand drehte.

„Worüber denkst du nach?"

„Ich bin nicht ganz sicher. Vielleicht irre ich mich, aber war die Spirale, die du mir in meiner Küche gezeigt hast, nicht linksdrehend?"

Grübelnd schob Brandon die Augenbrauen in der Mitte zusammen. Dann nahm er sein Handy in die Hand und öffnete seinen Fotospeicher.

„Du hast recht", stimmte er zu, als er ein Bild des Amuletts vom ersten Tatort ansah. Rasch überprüfte er die Anhänger, die der Täter an den beiden anderen Tatorten zurückgelassen hatte. „Alle Spiralen drehen sich nach links."

„Es könnte Zufall sein", überlegte Tara.

„Unwahrscheinlich. Dieser Täter überlässt nichts dem Zufall", schüttelte Brandon den Kopf und lobte sie bewundernd. „Du hast ein wirklich gutes Auge."

Verlegen errötete Tara, was Brandon insgeheim entzückend fand. „Glaubst du, es hat eine Bedeutung?", erkundigte sie sich.

„Mit Sicherheit", bestimmte Brandon, während er bereits dabei war seinen Laptop hochzufahren.

„Die Spirale gehört zu den ältesten Symbolen des Lebens und steht für Bewegung und Kraft. Bei den alten Kelten stand sie auch für Wasser, weshalb man davon ausgegangen ist, dass Fogelberg seine Opfer nach der Tat ins Wasser gelegt hat. Er selbst hat sich meines Wissens nie zu der Symbolik geäußert", erzählte er unterdessen.

Hastig huschten seine Finger über die Computertastatur. Zuerst gab er sein Kennwort ein, dann öffnete er seinen Internetbrowser und suchte nach dem Bedeutungsunterschied von Spiralen.

„Die rechtsdrehende Spirale gilt als Symbol der Schöpfung. Der Beginn liegt in der Mitte und symbolisiert das innere Leben. Der Weg führt dann hinaus zur äußeren Seele“, fasste Brandon zusammen. „Dem entgegengesetzt steht die linksdrehende Spirale, die zum Anfang zurückführt. Sie versinnbildlicht das Ende und den Tod.“

„Der Tod war immer der Mittelpunkt von Fogelbergs Taten“, überlegte Tara laut. „Wenn er für sich bewusst die rechtsdrehende Spirale gewählt hat, muss er die Symbolik auf sich als Person bezogen haben. Stand auf der einen Seite nicht irgendetwas von dem Weg der Suche zur freien Entfaltung?“

„Ja, bei der rechtsdrehenden Spirale. Die Suche nach dem eigenen Ich“, bestätigte Brandon.

„Mit anderen Worten Fogelberg hat sich nur während der Morde im Einklang mit sich selbst befunden.“

„Dann hat er die Morde nie als falsch empfunden, sondern sein normales Alltagsleben als Zwangsweste angesehen“, schlussfolgerte Brandon entsetzt.

„Du meinst, er hat seine Taten nie bereut. Aber gibt es denn überhaupt Serienmörder, die ihre Taten bedauern?“

„Viele. Die meisten folgen einem Trieb oder einer Sucht, die stärker ist als das Wissen um gesellschaftliche Werte und Traditionen. Dieser Tätertyp weiß durchaus, was richtig und falsch ist und er bereut seine Tat im Anschluss, sobald das Hochgefühl nachlässt. Häufig beschreiben diese Menschen sich als zu schwach, um gegen ihre Besessenheit anzukämpfen und hassen ihr eigenes Unvermögen. Einige sind letzten Endes sogar froh, wenn sie gefasst werden und es vorbei ist. “

„Erwarten sie etwa Mitleid für das, was sie getan haben?“ Verachtung stand in Taras Gesicht.

„Ich habe keine Ahnung, was letztendlich in ihren Köpfen vor sich geht. Aber tatsächlich ist das Plädieren auf Unzurechnungsfähigkeit eine häufig angewandte Strategie der Anwälte, um ihre Mandanten vor dem Gefängnis zu bewahren, denn zweifelsohne lebt es sich in einer geschlossenen psychiatrischen Einrichtung angenehmer als in der Gemeinschaft von anderen Mördern und Schwerverbrechern.“

„Es tut mir leid, aber ich glaube, ich bin nicht barmherzig genug, um derart großzügig zu sein."

„Das kann ich verstehen. Es geht mir ebenso."

Tara überlegte einen Moment, bevor sie zu der Symbolik der Spirale zurückkehrte. „Weißt du, was ich nicht verstehe, Brandon? Dieser heutige Mörder kopiert Fogelbergs Taten bis ins Detail. Warum hat er nicht auch seine Spirale übernommen? Immerhin ist das ein wesentliches Detail."

„Das ist eine gute Frage", gestand er, während er konzentriert darüber nachdachte. Noch einmal stellte er gedanklich die Bedeutung der beiden Spiralen einander gegenüber und urplötzlich kannte er den Grund.

Aus dem Nichts war er in seinen Kopf geschossen, doch Brandon wusste mit absoluter Gewissheit, dass er richtig lag. Er musste all seine Muskeln anspannen, um ein Zittern seines Körpers zu verhindern. Doch er spürte, wie ihm die Farbe aus dem Gesicht fiel, weil all sein Blut nach unten rauschte.

„Brandon, was ist los?", klang Taras besorgte Stimme aus weiter Ferne an sein Ohr und er spürte ihre Hand auf seinem Unterarm.

Doch erst als die Wärme ihrer Hand durch den Stoff seines Hemdes drang, gelang es ihm, sich aus seiner Schockstarre zu befreien.

„Was ist los?", wiederholte Tara ihre Frage, atmete dabei aber erleichtert auf, als Brandon sie wieder ansah. „Du hast mich zu Tode erschreckt."

„Das tut mir leid. Entschuldige. Ich habe nur gerade etwas verstanden."

„Und was?"

Brandon schluckte. „Es ist Fogelberg. Er steckt hinter allem."

Unverständnis spiegelte sich in Taras Augen. „Ich verstehe nicht. Ich denke, er sitzt im Gefängnis."

„Ich verstehe es auch noch nicht. Aber ich weiß, dass er die Fäden in der Hand hält."

„Wie soll das gehen?"

„Er kann die Morde nicht selbst ausführen", grübelte Brandon. „Dementsprechend muss er jemanden gefunden haben, der dies für ihn erledigt. Aber er dirigiert diesen Jemand und die Spirale hat nicht der ausführende Mörder ausgesucht, sondern Fogelberg selbst."

„Das ist verrückt."

„Denk nach, Tara. Es passt alles ganz genau. Die Spirale führt zum Anfang zurück. Zu ihm und seinen Morden, die er auf diese perfide Weise noch einmal erlebt. Er geht den Weg rückwärts bis zum Ende. Dabei ist ihm bewusst, dass man seinen ausführenden Helfer irgendwann enttarnen wird. Er weiß, dass er alles noch so gut planen kann, doch am Ende ist er darauf angewiesen, dass sein Mann hier draußen jede seiner Anweisungen befolgt. Die kleinste Abweichung kann dazu führen, dass wir ihn fassen, bevor Fogelberg sein Finale hat. Darum hat er keine siebzehn Morde geplant, sondern nur diese drei vor dem großen Schluss."

„Du meinst, ich bin nicht nur sein nächstes, sondern auch sein letztes Opfer?"

„Ich habe es noch nicht zu Ende gedacht, aber ich bin mir ziemlich sicher, dass ich bislang richtig liege."

„Warum macht er das? Was ist sein Motiv?"

„Er hält sich für schlau, was er zweifellos auch ist. Sonst hätte er sein Doppelleben nicht so lang unerkannt führen können", sprach Brandon laut mit sich selbst. „Er hasst es, wegen eines kleinen Fehlers verurteilt worden zu sein und er will uns zeigen, dass er selbst aus einer fünf Quadratmeter großen Zelle noch in der Lage ist, sein Spiel zu spielen und dabei über Leben und Tod zu entscheiden. Er sieht sich als den allmächtigen Lenker."

Nachdenklich stand Brandon auf und ging in seinem Wohnzimmer auf und ab. „Er kündigt dich als sein nächstes Opfer an. Das ist eine Handlung, die er noch nie zuvor getan hat. Warum tut er das, obwohl er weiß, dass ich dies unter allen Umständen verhindern werde? Was erreicht er damit?"

Unvermittelt blieb Brandon stehen. „Es geht ihm nicht um dich, zumindest nicht alleine. Er hat noch ein anders Ziel."

Fragend beobachtete ihn Tara. „Worum geht es ihm noch?"

„Es geht ihm darum, offene Enden zu verzurren und ein offenes Ende bin dabei ich. Ich bin ein Teil von ihm, doch ich habe mich von ihm abgewandt. Damit habe ich in seinen Augen kein Recht auf ein Leben. Meine Mutter war vor zwanzig Jahren sein letztes Opfer und seinen Sohn hat er als letzten Toten in seiner aktuellen Serie vorgesehen."

„Du glaubst, er will dich töten?" Fassungslosigkeit sprach aus ihrer Stimme.

„Ich weiß es, Tara", erwiderte Brandon, während er seinen Blick auf sie richtete. „Noch weiß ich nicht, warum er dich ausgewählt hat, denn auch andere seiner Opfer hatten Töchter. Doch er weiß, dass er über dich an mich herankommt und er will seine Familie auslöschen. Er sieht in mir Anfang und Ende zugleich."

Konzentriert dachte Tara über Brandons Schlussfolgerung nach. „Vielleicht hast du recht."

„Vielleicht ist meine Argumentation falsch. Aber ich weiß, dass Fogelberg der Kopf hinter dieser Mordserie ist", sprach Brandon mit überzeugter Stimme. „Ich fühle es, und mein Gefühl hat mich noch nie getrogen."

KAPITEL 20

Auf dem Weg zur neurologischen Station, wo sie Lester Jefferson finden würden, erzählte Brandon seinem Partner von seiner Überzeugung, dass Fogelberg im Hintergrund die Fäden zog.

„Prima. Dann müssen wir jetzt nur noch herausfinden, wie und mit wem Fogelberg unbemerkt von allen Gefängniswärtern mit der Außenwelt kommuniziert“, bemerkte Rafael sarkastisch.

„Im Ernst, Rafe. Ich bin mir absolut sicher, dass Franco dahintersteckt.“

„Ich bestreite gar nicht die Logik hinter deiner Schlussfolgerung, Brandon. Aber der Mann hatte in den letzten zwölf Monaten keine Besucher, wenn wir von dem Anwalt mal absehen, den ich übrigens überprüft habe.“

„Und?“

„Der Mann sowie die Kanzlei, für die er arbeitet, sehen absolut sauber aus, wie nicht anders zu erwarten war.“

„Wir brauchen eine Liste aller Leute, die Fogelberg jemals besucht haben.“

„Die bekommen wir heute Mittag.“

„Weißt du, wie oft die Zellen durchsucht werden?“

„Fünfzig- bis sechzigmal im Jahr und immer unangekündigt.“

„Das macht ungefähr einmal die Woche“, kombinierte Brandon.

„Und nie ist etwas bei ihm gefunden worden.“

„Es hilft nichts, wir müssen uns seine Zelle selbst ansehen“, seufzte Brandon.

„Glaubst du wirklich, dass wir etwas finden, was professionelle Wärter übersehen haben? Diese Leute arbeiten zum Teil seit Jahrzehnten im Gefängnis. Sie kennen alle Verstecke.“

„Du weißt selbst, dass manchmal ein neuer Blickwinkel hilft.“

„Okay, wir sehen uns seine Zelle an. Vorausgesetzt, der Direktor erteilt uns seine Erlaubnis. Wir werden aufpassen müssen, dass er sich nicht von uns auf die Füße getreten fühlt. Aber ganz unabhängig davon sollten wir auch all unsere anderen Verdächtigen nicht aus den Augen verlieren. Im Moment haben wir eine ganze

Menge Leute mit Verdachtsmomenten. Da wäre Chaplin, der sich ausführlich mit Fogelbergs Taten auseinandergesetzt und ihn persönlich interviewt hat und der im Übrigen zwar tatsächlich einen kranken Freund in der Klinik besucht hat, allerdings wegen Zeitmangel weniger als fünf Minuten geblieben ist. Dann hätten wir deine liebreizende Tante sowie deinen Cousin, die beide Fogelberg besucht haben und natürlich Taras Nachbarn Wayne mit seinen Vorlieben zu Messern. Nicht zuletzt hätten wir auch noch Dr Jefferson. Ich bin gespannt, was der Mann uns zu erzählen hat."

„Ich auch", seufzte Brandon. „Denn ehrlich gesagt, schlägt mein Instinkt noch bei keinem der Aufgezählten Alarm. Wie geht es dir? Hast du einen Favoriten?"

„Nein, auch nicht", gestand Rafael. „Im Moment wäre ich schon zufrieden, wenn wir zumindest schon mal jemanden hätten, den wir etwas intensiver ins Kreuzverhör nehmen könnten."

„Mal sehen, vielleicht haben wir mit Hannahs heimlichem Geliebten Glück", hoffte Brandon, bevor er an die Tür des Sekretariats klopfte und eintrat, um sie anzumelden.

„Was kann ich für Sie tun, meine Herren?", erkundigte sich der Neurochirurg wenig später, nachdem die beiden Agenten vor seinem Schreibtisch Platz genommen hatten.

„Wie gut kannten Sie Hannah Winthrop?", kam Rafael direkt zur Sache.

Unmerklich weiteten sich Lesters Augen. „Sie meinen Schwester Hannah von der Kinderkrebsstation?"

Bestätigend nickte Rafael.

„Nun, ich habe sie hin und wieder gesehen, wenn ich einen kleinen Patienten auf ihrer Station behandelt habe und sie Dienst hatte. Warum fragen sie?"

„Sie haben nur hier im Krankenhaus miteinander zu tun gehabt?", wunderte sich Brandon und hakte übertrieben freundlich nach. „Sind Sie da sicher? Wir hatten den Eindruck gewonnen, dass Sie auch eine Beziehung außerhalb Ihrer Dienste miteinander verbunden hat."

Es war dem jungen Arzt anzusehen, dass ihm die Aussage nicht gefiel. Um Zeit zu gewinnen, veränderte er seine Sitzposition und er legte ein Bein über das andere. Dann setzte er sich plötzlich aufrecht hin.

„Was bedeutet ‚verbunden hat'? Warum verwenden Sie die Vergangenheit? Was will überhaupt das FBI von Hannah?" Herausfordernd sah Jefferson zwischen Brandon und Rafael hin und her.

„Sagen Sie, wenn wir uns irren, aber sind dies nicht Ihre Sachen?" Nacheinander legte Brandon drei durchsichtige Tütchen mit jeweils einer Zahnbürste einem Rasierer und einem Duschgel auf den Schreibtisch.

Lester Jefferson erbleichte. „Wo haben Sie die her?"

Süffisant lächelte Rafael. „Ich denke, Sie wissen, dass Sie diese in Hannahs Apartment stehen hatten. Wenn Sie möchten, ordnen wir gerne einen DNA-Test an. Doch da wir alle das Ergebnis kennen, dachten wir, dass wir uns die Durchführung sparen können. Diese Dinge gehören doch Ihnen, oder?"

Der Arzt schloss für eine Sekunde die Augen, dann nickte er, bevor er Rafael entschlossen ansah. „Wieso sind Sie hier? Und warum interessieren Sie sich für Hannah? Sie ist eine hervorragende Schwester."

„Das stellen wir überhaupt nicht in Abrede."

„Was machen Sie dann hier?"

„Miss Winthrop wurde vergangenen Freitag ermordet aufgefunden", klärte Brandon den Mann auf.

„Ermordet?" Die Stimme des Arztes klang ungläubig. „Sie ist tot?"

„Leider ja", bestätigte Brandon, während er den Mann aufmerksam beobachtete. Seine Mimik wirkte überrascht, aber das konnte gespielt sein. „Haben Sie sich nicht gewundert, dass sie seit mehr als drei Tagen nichts von ihr gehört haben?"

„Nein. Wir hatten keine feste Beziehung."

„Was hatten Sie dann, Dr Jefferson?", fragte Brandon interessiert nach.

„Wir hatten ... nun ... wir haben uns hin und wieder getroffen und etwas Spaß miteinander gehabt."

„Sie meinen, Sie hatten eine Affäre", brachte es Brandon auf den Punkt.

„Wenn Sie es so nennen wollen."

„Haben Sie sich immer dann gesehen, wenn Alexandra Ashford keine Zeit hatte?" Aufmerksam beobachte Brandon, wie sich die Miene des Mannes versteinerte.

„Meine Beziehung zu Miss Ashford geht Sie gar nichts an“, reagierte Jefferson aggressiv.

„Sie haben also eine Beziehung zu der Tochter Ihres Chefs“, stellte Rafael zufrieden fest. „Wusste Hannah davon?“

Leicht irritiert drehte der Arzt ihm den Kopf zu. „Nein. Es ist auch nicht so, wie Sie denken?“

„Wie ist es dann?“ Brandons Stimme klang immer noch freundlich.

„Es ist ...“ Verzweifelt fuhr sich der Mann durch die Haare. „... schwierig.“

„Meiner Erfahrung nach sind diese Dinge meistens recht einfach“, widersprach Rafael. „Lassen Sie mich zusammenfassen, wie ich das Ganze sehe. Im nächsten Jahr wird es eine freie Oberarztstelle geben, auf die sich alleine aus dem internen Bereich mindestens neun Ärzte bewerben werden, ganz zu schweigen von der Vielzahl an externen Bewerbern. Im Zuge Ihrer weiteren Karriereplanung möchten Sie diese Position unbedingt besetzen. Nun steht auf der einen Seite eine hübsche und sehr attraktive Krankenschwester, auf der anderen Seite die Tochter des Chefarztes. Rein sexuell betrachtet ist diese nicht ganz so anziehend wie die Schwester, aber dafür mit entsprechend einflussreichem Vitamin B ausgestattet.“

Leicht lehnte sich Rafael dem Arzt über den Tisch entgegen. „Doch warum sollten Sie sich für eine der beiden Frauen entscheiden, wenn Sie doch im Grunde beide haben können? Beide Frauen verkehren in völlig verschiedenen gesellschaftlichen Zirkeln. Insofern müssen Sie sich keine Gedanken darüber machen, dass sie sich jemals zufällig über den Weg laufen würden. Das Leben ist schön. Sie haben mit einem perfekten Körper Sex, während Sie sich gleichzeitig die begehrte berufliche Stelle sichern. Was bitte ist daran kompliziert?“

Stumm saß Jefferson in seinem Schreibtischsessel.

„Kompliziert wird es erst“, übernahm Brandon die Gesprächsführung, „wenn die Schwester die heimliche Affäre mit Ihnen in eine offizielle Beziehung überführen möchte. Ist es das, was passiert ist, Dr Jefferson? Wollte Hannah Winthrop nicht länger Ihre heimliche Geliebte sein? Oder wurde Ihnen die Sache zu heiß und Sie wollten die Affäre mit Hannah beenden? Hat sie gedroht, Sie auffliegen zu lassen?“

„Nein! So ein Unsinn!“ Entschieden schüttelte Jefferson den Kopf.

„Was von beidem?“ Herausfordernd starrte Brandon den Mann an.

„Beides, natürlich. Ich gebe zu, es war nicht die feine englische Art, mit zwei Frauen gleichzeitig auszugehen, aber Hannah war einfach unwiderstehlich. Sie war so lebensfroh, so positiv. Sie hat eine unglaubliche Energie versprüht und mich beflügelt. Es war jedoch immer klar, dass aus uns nie etwas Dauerhaftes werden konnte.“

„Warum nicht?“, wollte Rafael wissen, woraufhin er von Lester Jefferson sofort mit einem Blick bedacht wurde, der seine Intelligenz infrage stellte.

„Ist das Ihr Ernst? Die Neurochirurgie ist eines der am härtesten umkämpften Felder in der Medizin und Professor Ashford ist einer der besten Ärzte mit einem weltweiten Renommee. Wenn ich es zu etwas bringen will, muss ich mich in den entsprechenden Kreisen bewegen.“

„Und seine Tochter ist die Eintrittskarte“, ergänzte Rafael trocken.

„Sie tun gerade so, als ob das verwerflich wäre. Ich mag Alexandra schließlich. Sie ist amüsant, sympathisch und interessant.“

„Verwerflich ist es dann, wenn sie die Menschen benutzen, ohne dass diese davon wissen“, erklärte Rafael.

„Und widerlich, wenn sie alles andere auch noch haben wollen und sie nach Strich und Faden betrügen“, ergänzte Brandon.

„Sie hatten also nicht vor, die Beziehung zu einer der beiden Damen zu lösen?“, hakte Rafael nach.

„Sicher hatte ich das.“

„Und das wäre dann natürlich Hannah gewesen?“ Interessiert sah Brandon ihn an und Lester atmete laut aus.

„Ich mochte Hannah. Ich habe gerne Zeit mit ihr verbracht. Sie war einfach ein wunderbarer Mensch.“

„... der leider nicht die richtigen Beziehungen für Sie hatte“, fügte Brandon ein wenig verächtlich hinzu.

Wütend starrte der Arzt ihn an, doch er schwieg zu der Schlussfolgerung.

„Kennen Sie Miss Winthrops Schwester?“, änderte Brandon plötzlich das Thema, woraufhin Jefferson seine Stirn in Falten legte.

„Nein, warum sollte ich? So wie Sie meine Beziehung zu Hannah analysiert haben, sollte Ihnen klar sein, dass sich alles nur zwischen uns beiden abspielte.“

„Sie wissen also nichts über Taralyn Carter?“, hakte Brandon noch einmal nach.

„Natürlich weiß ich, dass die Zeichnungen auf der Kinderstation von ihr stammen. Das weiß jeder hier im Klinikum. Aber das war es auch schon. Mein Interesse galt Hannah, nicht ihrer Schwester.“

„Wo sind Sie in der Nacht von Donnerstag auf Freitag gewesen, Dr Jefferson?“ Rafaels Stimme wurde jetzt bestimmter.

„Ich weiß nicht. Ich muss nachdenken.“

Geduldig gaben Brandon und Rafael dem Mann Zeit.

Schließlich hob Jefferson seinen Blick. „Ich war mit Hannah verabredet.“

Verdutzt hob Brandon eine Augenbraue. „Wo?“

„Bei ihr zu Hause. Wir haben uns immer in ihrer Wohnung getroffen. Ich habe gegen sieben bei ihr geklingelt, aber sie hat nicht aufgemacht.“

„Und Sie haben sich keine Gedanken gemacht?“

„Doch. Nein. Also ich habe mich schon zuerst gewundert, aber es kann schließlich immer etwas in der Klinik sein, sodass man nicht rechtzeitig Feierabend machen kann.“

„Hat es Sie nicht gewundert, dass Hannah Ihnen nicht zumindest abgesagt hat?“

„Im ersten Moment nicht, nein. Wenn ein Notfall dazwischen kommt, hat man in unserem Beruf keine Zeit zunächst noch stundenlang zu telefonieren und in unserem Fall konnte Hannah auch nicht eine andere Schwester bitten, für sie Bescheid zu geben.“

„Weil niemand von Ihnen wissen durfte“, vergewisserte sich Brandon, woraufhin der Arzt nickte.

„Ist es öfter vorgekommen, dass Hannah zu vereinbarten Zeiten nicht zu Hause war?“, erkundigte sich Rafael.

„Nein, es war das erste Mal. Deshalb habe ich später noch einmal angerufen, aber auch hier ist sie nicht rangegangen.“

„Auf Hannahs Telefon war kein Anrufeingang", korrigierte Brandon.

„Ich habe auf ihrem Handy angerufen", berichtigte Lester. „Ich wusste, dass sie das Wochenende frei hat und dachte mir, dass sie vielleicht spontan weggefahren sei."

„Hatten Sie nicht auch am letzten Wochenende dienstfrei?", tat Rafael unsicher.

„Doch. Aber ich war mit Alexandra verabredet."

„Kann sie das bestätigen?"

„Sicher."

„Waren Sie die ganze Zeit zusammen?"

„Wir haben Samstagabend mit ihren Eltern gegessen und haben am Sonntagmorgen eine schnelle Runde Golf gespielt. Neun Loch, um genau zu sein. Gegen zwei habe ich Alexandra dann nach Hause gebracht, da sie noch eine Präsentation für heute fertigmachen musste."

„Was ist mit Samstagmorgen und Samstagnachmittag?", hakte Brandon nach. Der Arzt hätte sich mit seinem Ärztekittel problemlos in Taras Krankenhaus unter das Personal mischen und ihren Entlassungsbrief gegen das Foto tauschen können.

„Samstagfrüh habe ich ausgeschlafen. Entgegen weitverbreiteter anderslautender Meinungen müssen auch Ärzte hin und wieder schlafen. Anschließend habe ich meinen privaten Papierkram zu Hause erledigt. Auch das muss hin und wieder sein."

„Mit anderen Worten, Sie haben für die besagten Zeiten kein Alibi", betonte Rafael kühl.

Misstrauisch runzelte sich die Stirn des Arztes. „Wieso sollte ich ein Alibi brauchen? Ich habe Hannah nichts getan. Ich habe sie seit mehr als einer Woche nicht einmal mehr gesehen?"

„Sagt Ihnen die Abkürzung CaMKII etwas?", wechselte Brandon das Thema.

„Kalzium-Calmodulinabhängige Proteinkinase. Es ist ein Enzym, das Erinnerungen vom Kurzzeitgedächtnis ins Langzeitgedächtnis transferiert. Wieso interessiert Sie das?"

„Wird es nicht auch bei posttraumatischen Belastungsstörungen als Therapie eingesetzt?"

„Möglich. Ich bin Neurochirurg, kein Psychiater."

„Aber Sie könnten ein Medikament ins Hirn eines Menschen injizieren, oder nicht?"

In einer selbstbewussten Geste lehnte sich der Mann auf dem Tisch nach vorne. „Wenn Sie mir nicht langsam sagen, worum es hier eigentlich geht, ist unser Gespräch an dieser Stelle beendet."

„Wir können uns gerne im Dezernat weiter unterhalten, Dr Jefferson", äußerte Brandon unbeeindruckt.

„Dann werde ich meinen Anwalt mitbringen."

„Wenn Sie der Ansicht sind, dass Sie einen brauchen, sollten Sie das tun. Wir erwarten Sie morgen früh um neun." Im Aufstehen legte Brandon seine Visitenkarte auf den Schreibtisch.

„Um neun habe ich Visite", erhob Lester Einspruch.

„Dann verlegen Sie sie", riet Brandon. „Ansonsten schicken wir um fünf nach neun eine Streife vorbei, die Sie persönlich zu uns bringt. Ich bin sicher, dass Ihre um die Oberarztstelle konkurrierenden Kollegen von diesem Schauspiel begeistert wären."

„Was meinst du?", erkundigte sich Rafael, während er mit Brandon durch das Klinikum lief.

„Er ist ein arroganter Mistkerl."

„Keine Frage, aber ist er auch ein kaltblütiger Mörder?"

„Keine Ahnung", gestand Brandon. „Er wirkte überrascht, als er von Hannahs Tod erfuhr und auch betroffen. Den Eindruck eines todtraurigen Liebenden hat er dennoch nicht bei mir hinterlassen."

„Bei mir auch nicht. Wenn Allan mit der Gabe dieses Enzyms wirklich recht hat, dann ist Lester einer unserer Hauptkandidaten."

„Tara hat heute Abend um sechs einen Termin bei Allan. Sie will versuchen, die Erinnerungen unter Hypnose wiederzufinden."

„Wirst du sie begleiten?"

„Das hatte ich vor."

„Gut. Bei der Gelegenheit kannst du Allan nochmal fragen, wie schwierig es wirklich ist, diesen Stoff zu spritzen. Ich werde in der Zwischenzeit herausfinden, ob es eine Verbindung zwischen Jefferson und Fogelberg gibt."

„Glaubst du, wir hätten ihn nach Fogelberg fragen sollen?"

„Nein. Das machen wir morgen früh. Heute hätte er uns dazu ohnehin nichts gesagt. Morgen erfahren wir mehr und wer weiß, wenn er unser Mann ist, erwähnt er den Namen dann vielleicht sogar von selbst."

„Träumer!“, befand Brandon, grinste seinen Partner dabei aber kameradschaftlich an. „Es wundert mich, dass die Presse den Bogen noch nicht gespannt hat. Eigentlich hatte ich damit gerechnet, dass spätestens heute Morgen die Medien voll sein würden mit alten und neuen Berichten über den Spiralmörder.“

„Bisher wird nur über die Morde berichtet, aber weder das Amulett noch die Spirale werden erwähnt. Wir haben die Tatortsicherung also wirklich gut im Griff.“

„Offensichtlich hat auch keiner unserer bisher Befragten mit der Presse gesprochen“, folgerte Brandon.

„Hoffentlich bleibt das in den nächsten Stunden so“, meinte Rafael trocken. „Apleton hat für morgen Vormittag eine Pressekonferenz angesetzt. Dann wird es mit der Ruhe ohnehin vorbei sein, aber ich verstehe, dass er eine Stellungnahme nicht länger hinauszögern kann.“

Mittlerweile hatten sie den Ausgang erreicht und Brandon sah seinen Partner schelmisch an.

„Was ist?“, runzelte Rafael unverständig die Stirn.

„Na, was schon? Haben wir den Kerl bis dahin, oder nicht?“

„Bis morgen Vormittag?“,

„Wieso nicht? Wo ist dein Ehrgeiz geblieben, Partner? Es ist mehr als drei Monate her, dass wir den letzten Kerl vor der ersten offiziellen Pressemitteilung hatten. Es wird langsam Zeit, dass wir Apleton daran erinnern, wer das beste Team in seinem Stall ist.“

Rafaels Augen begannen zu funkeln. „Na, dann los! Du holst Tara, dann treffen wir uns vor dem Gefängnis!“

KAPITEL 21

Franco Fogelberg trug einen orangefarbenen Overall und schwarze Halbschuhe. Seine Fußgelenke waren mit einer Eisenkette verbunden, die ihrerseits an einen einzementierten Eisenring im Boden befestigt war. Handschellen umringten seine Handgelenke. Doch nichts davon schien ihn zu stören. Gelassen saß er in dem zwölf Quadratmeter großen Raum und wartete. Als sich die Tür öffnete, richtete er sich auf und sah seinen Besuchern interessiert entgegen.

„Ich warte vor der Tür auf Sie," informierte der Gefängniswärter Brandon, Rafael und Tara. „Wenn Sie fertig sind, klopfen Sie, dann lasse ich Sie hinaus. Wenn es einen Notfall gibt, egal welcher Art, drücken Sie diesen roten Knopf." Dabei deutete er auf einen großen roten Kreis, der hinter einer Glasscheibe neben der Tür angebracht war.

„Vielen Dank!" Während sich die Tür hinter dem Wärter schloss, atmete Brandon tief durch. Dann wandte er seine Aufmerksamkeit dem Mann im Raum zu, dessen Gene er zu fünfzig Prozent in sich trug.

Während sich alle auf den unbeweglichen, im Boden befestigten Stühlen niederließen, musterte Fogelberg seinen Sohn unverhohlen. Dann verzog sich sein Mund zu seinem hämischen Grinsen. Ehe er jedoch etwas sagen konnte, ergriff Rafael das Wort.

„Mr Fogelberg", zog er die Aufmerksamkeit des Mannes auf sich. „Ich bin FBI-Agent McAdams, das ist mein Kollege Agent Bucciarelli und dies ist Miss Carter."

„Ich weiß, wer sie ist", erklärte Fogelberg, bevor er sie lächelnd ansah. „Sie sind Ihrer Mutter wie aus dem Gesicht geschnitten. Genauso schön wie Linda."

Brandon spürte, wie sich Taras Körper neben ihm versteifte, obwohl er seine Augen fest auf Fogelberg gerichtet hielt. Er wunderte sich kurz, wie sehr er im Einklang mit ihr war und fragte sich dabei einmal mehr, ob es wirklich eine gute Idee gewesen war, sich von Tara überreden zu lassen, sie zu diesem Gespräch mitzunehmen. Inständig hoffte er, keinen folgenschweren Fehler begangen zu haben, aber nun war es ohnehin zu spät Aufmerksam musterte er den Mann vor sich.

Sein Vater war erst fünfundfünfzig Jahre alt. Insgesamt wirkte er jedoch gut zehn Jahre älter. Sein Gesicht war von tiefen Furchen durchzogen und seine Haut hatte einen eher grauen Farbton. Ein Eindruck, der durch die kurzrasierten weißen Haare noch verstärkt wurde. Seine braunen Augen hingegen wirkten hellwach und lebendig.

„Mr Fogelberg, wie Sie sicherlich gehört haben, gab es in den letzten Tagen drei ermordete Frauen in Houston", lenkte Rafael die Aufmerksamkeit auf sich zurück.

„Wir sehen hier drinnen nur überregionale Nachrichten, aber einer der anderen Insassen hatte gestern Besuch und hat davon erzählt", berichtete Fogelberg. Dann richtete er seinen Blick wieder auf Tara. Genussvoll taxierte er ihr Gesicht, dann ihre Brüste.

„Gefällt Ihnen, was Sie sehen?", klang Taras Stimme plötzlich bestimmt durch den Raum.

Erleichtert registrierte Brandon, dass sie sich nicht einschüchtern ließ. Die Erkenntnis half ihm, die unbändige Wut, die er in sich verspürte, im Zaum zu halten. Wenn es nach ihm gegangen wäre, hätte sein Vater niemals auch nur den kleinsten Blick auf Tara erhaschen dürfen.

Fogelberg hingegen tat die Bemerkung mit einem Achselzucken ab. „Ein schöner Körper ist hübsch anzusehen, aber er birgt für mich keinen sexuellen Reiz." Langsam hob er seinen Blick. „Etwas anderes ist es mit dem, was darunter fließt. Der rote Saft des Lebens. Ja, das ist eine Verlockung, der ich nur schwer widerstehen kann. Ihre Mutter hatte wunderschönes Blut. Die meisten Menschen glauben, Blut sei immer gleich, aber das stimmt nicht. Es ist völlig unterschiedlich."

„Das reicht!", unterbrach Rafael scharf, woraufhin Fogelberg nur verschmitzt grinste.

Brandon warf einen Blick auf Tara. Sie war ein wenig blasser, aber ansonsten zeigte sie keinerlei Reaktion. Er wusste jedoch, dass die Worte sie nicht unberührt gelassen hatten. Allein die Ruhe in Fogelbergs Stimme ließ das Grauen in seinen Magen einziehen, ganz zu schweigen von den Worten selbst, und er hatte in seinem Leben häufiger mit diesen Bestien zu tun als Tara.

Spontan presste er unter dem Tisch sein Knie an ihres. Wenn sie ihr Bein wegziehen wollte, so würde er es respektieren. Aber er wollte ihr zumindest die Möglichkeit eines Kontakts geben. Erleichtert atmete Brandon auf, als sie den Druck erwiderte. Erst in diesem Moment wurde ihm bewusst, dass er den Kontakt ebenso für sich hergestellt hatte.

Zum ersten Mal seit zwanzig Jahren saß er seinem Vater gegenüber. Es war ein Moment, den er ebenso lang gefürchtet hatte. Vor allem seit letzten Freitag. Seitdem sich dieses in ferner Zukunft liegende fiktive Datum in einen konkreten Termin am Montagmittag verwandelt hatte, war eine gewisse Angst vor der Begegnung in ihm gewachsen.

Immer wieder hatte sich Brandon gefragt, was er empfinden würde. Würde er einen Teil des Mannes in sich selbst sehen? Wider Erwarten zeigte sich jedoch keine innere Regung in ihm. Selbst die anfängliche Nervosität, die vor allem der Ungewissheit über das, was ihn emotional erwartete, geschuldet gewesen war, war verschwunden. Brandon saß einem fremden Mann gegenüber und ein Blick in dessen Augen reichte ihm, um sicher zu wissen, dass er mit diesem Menschen so wenig gemein hatte wie mit jedem anderen Killer, den er und Rafael in den vergangenen Jahren verhaftet hatten. Mit einem Schlag wusste Brandon, wer er selbst war und er wusste, dass er keinen Grund hatte, sich zu schämen oder sich schuldig zu fühlen. Es gab auch keinen Grund anzunehmen, dass er sich eines Tages in ein solches Monster verwandeln würde wie es hier vor ihm saß.

Schlagartig bedauerte Brandon, dass er Franco Fogelberg nicht schon vor Jahren besucht hatte. Es hätte ihm viele schlaflose Nächte erspart, denn dann hätte er bereits damals verstanden, dass er keinen Grund hatte, sich zu verstecken. Er war Brandon Bucciarelli und wenn jemand herausfand, dass Franco Fogelberg sein biologischer Vater war, dann konnte er getrost von heute an mit den Achseln zucken und antworten: ‚Ja, und?'

„Interessiert Sie nicht, warum wir hier sind?", hörte Brandon die Stimme seines Partners.

Im Vorfeld hatten sie vereinbart, dass Rafael zu Beginn den Hauptteil des Verhörs führen würde. Dies hatte sowohl Brandon die Möglichkeit eingeräumt, sich emotional zu orientieren als auch die Chance eröffnet, Fogelberg aus seinen wohlgeplanten

Spielzügen zu locken, denn sie gingen beide davon aus, dass es Brandon war, mit dem sich der Insasse messen wollte.

„Sie werden es mir schon sagen, Agent McAdams. Ich habe es nicht eilig. Hier drinnen hat man viel Zeit, wissen Sie?"

„Viel Zeit zum Nachdenken, nehme ich an."

„Auch!" Fogelbergs Blick schwenkte hinüber zu Brandon.

„Diese drei Frauen wurden von einem Täter getötet", sprach Rafael erneut.

„Tatsächlich?", gab Fogelberg zurück, ohne den Agenten anzusehen.

„Einem Täter, der die Frauen auf Ihre Weise aufschneidet, sie ausbluten lässt und ins Wasser legt. Am Tatort hinterlässt er Ihr Zeichen. Eine Spirale."

Dieses Mal sah Fogelberg zu Rafael hinüber. „Interessant."

„Ärgert Sie das nicht?"

„Warum sollte es? Offensichtlich teilt jemand meine Leidenschaft. Ich hoffe, dieser Jemand hat ebenso viel Vergnügen dabei wie ich es gehabt habe." Erneut lächelte er Tara zu.

„Er kopiert Sie und kehrt dabei auch an Ihre Schauplätze zurück. Gestern Abend hat er eine Frau ermordet, die dieser Tage in Linda Carters Haus gewohnt hat."

„Linda!", wiederholte Fogelberg verklärt und sah abermals Tara in die Augen. „Mit ihr hatte ich ganz besonderen Spaß. Ich erinnere mich an jedes Detail. Wenn Sie möchten, kann ich Ihnen davon erzählen." Auf Taras Antwort wartend hielt er inne.

Er weiß es, durchfuhr es Brandon. *Er weiß, dass sie sich nicht an den Tod ihrer Mutter erinnert.* Unbewusst presste er sein Knie wieder stärker an Taras.

„Können Sie sich vorstellen, wer ein Interesse daran hat, in Ihre Fußstapfen zu treten, Mr Fogelberg?", fragte Rafael nun ganz direkt.

„Woher sollte ich, Agent McAdams? Ich sitze seit zwanzig Jahren hinter diesen Mauern. Die Wärter entscheiden, was ich esse, wie lange ich dusche, wann ich an die Luft gehe. Sie bestimmen, welche Nachrichten ich höre, welchen Film ich sehe und gesetzt den Fall ..." Fogelberg richtete seine Augen auf Brandon. „... ich würde Briefe oder Anrufe erhalten, was ich übrigens nicht tue, ..." Er sah wieder zu Rafael. „... dann würden sie jedes Wort zensieren. Sagen Sie mir, Agent McAdams, woher soll ich eine Ahnung haben, was außerhalb dieser Mauern vorgeht? Das dort draußen ist schon lange nicht mehr meine Welt. Es ist Ihre und dieser Mörder ist ganz allein Ihr Problem."

„Das ist zweifellos richtig", bestätigte Rafael. „Dies ist jedoch nicht der erste Fall eines Copy-Mörders in der Geschichte und die meisten Täter ärgert es, wenn dilettantische Nachahmer ihren Ruf benutzen."

„Wie Sie sehen, bin ich an dieser Stelle großzügig. Außerdem, wenn ich es richtig verstanden habe, ist nichts dilettantisch an diesem Täter. Er scheint sehr gut recherchiert zu haben."

„Zweifellos. Er verwendet die gleichen Schnitte, die gleiche rechtsdrehende Spirale, die gleiche Methode mit den Leichensäcken."

Fogelbergs Reaktion auf die rechtsdrehende Spirale war fast unmerklich. Doch so beiläufig, wie Rafael die Worte hatte klingen lassen, waren sie nicht gewesen. In Wahrheit war es ein im Voraus geplanter Schachzug gewesen. Daher nahmen sowohl Rafael als auch Brandon, die erweiterten Pupillen und das kurze nach hinten gerichtete Zucken der Schultern wahr.

„Nachahmer, die mit einer solchen Präzision arbeiten, vergöttern ihr Idol. Wir vermuten daher, dass es irgendwann einmal einen Kontakt zwischen Ihnen und diesem neuen Spiralmörder gegeben hat", fuhr Rafael nach einer kurzen Pause fort. „Es könnte ein früherer Insasse sein, aber es ist auch genauso gut möglich, dass er sie einfach einmal besucht hat."

Fogelbergs Blick wanderte wieder zu Brandon und dieses Mal spiegelte sich der Hass in seinen Augen. „Ich bekomme keinen Besuch."

„Es könnte durchaus Jahre zurückliegen", erläuterte Rafael. „Was ist mit Max Chaplin? Erinnern Sie sich an den Verleger?"

Verächtlich schnaubte Fogelberg durch die Nase. „Ihm ging es nur ums Geschäft. Er wollte Geld mit meiner Story verdienen. Als er das erste Mal hier war, war ich noch so wütend über die Verurteilung, dass ich ihm tatsächlich ein paar Dinge verraten habe. Nicht viel, aber offensichtlich doch genug, dass er daraus ein Kapitel für sein Buch gestrickt hat. Als er einige Jahre später jedoch eine ganz Biographie über mich schreiben wollte, habe ich ihm ziemlich deutlich gesagt, wo er sich seine Seiten hinstecken kann."

„Max Chaplin hat sie also zweimal besucht", versicherte sich Rafael noch einmal.

„Ja. Sagen Sie, nur aus reiner Neugier, Sie haben nicht vielleicht ein Tatortbild dabei?“

„Damit Sie sich daran ergötzen können?“

„Wollen Sie nun, dass ich Ihnen helfe oder nicht?“

Rafael tat, als müsse er überlegen, dann holte er schließlich sein Telefon hervor und rief die Fotoserie auf, die sie für Fogelberg vorbereitet hatten. Sie zeigte vier Bilder des letzten Tatorts, von denen das dritte Bild bearbeitet war. Statt der linksdrehenden Spirale lag nun ein rechtsdrehendes Symbol auf dem schwarzen Tuch der Beweisaufnahme.

Bereits beim Betrachten des ersten Bildes begannen Fogelbergs Augen zu glänzen. Seine Hände zuckten und begannen zu schwitzen.

„Es sind andere Möbel, aber ich erkenne den Blick in den Garten. Das ist Lindas Wohnzimmer“, sagte er zu Tara. „Jene Nacht ist unvergesslich für mich.“

Rasch wischte Rafael durch die nächsten Bilder. Als das dritte Bild erschien, fokussierte Fogelberg die Spirale. Seine Augen wurden eiskalt und sein angespannter Kiefer verriet, wie fest er die Zähne aufeinanderbiss, um seine innerliche Wut zu unterdrücken.

„Haben Sie etwas gesehen, dass uns weiterhelfen könnte?“, erkundigte sich Rafael.

„Leider nicht, Agent McAdams“, stieß Fogelberg hervor und versuchte unter Anstrengung seine Stimme ruhig zu halten. „Es sieht so aus, als hätte der Täter mich gründlich studiert.“

„Offensichtlich ärgert es Sie doch, dass er Sie kopiert“, stellte Rafael fest.

„Mich ärgern ganz andere Sachen“, erklärte Fogelberg, während seine Augen Brandon anblitzten. „Zum Beispiel, dass mein eigen Fleisch und Blut hier vor mir sitzt und seinen Mund nicht aufbekommt. Oder hast du deiner kleinen Freundin etwa verschwiegen, wer du wirklich bist?“

„Ich habe keinen Grund etwas zu verschweigen“, erwiderte Brandon mit fester Stimme. „Ich bin Brandon Bucciarelli.“

„Oh ja, richtig“, lachte Fogelberg höhnisch auf. „Gemeinsam mit deiner Tante konnte das Jugendamt damals nicht schnell genug deinen Namen ändern und dich wegschicken. In den ersten Jahren hatte ich sogar Verständnis dafür. Ich wusste, dass sie dir meine Briefe nicht sofort zustellen würden, sondern erst wenn du älter wärst. Doch auch Jahre danach hast du dich nicht gemeldet.“

„Es mag eine neue Erkenntnis für dich sein, aber ein Serienmörder ist nicht gerade ideales Vatermaterial“, bemerkte Brandon.

„Das eine hat mit dem anderen nicht das Geringste zu tun. Ich war dir zehn Jahre lang ein guter Vater. Ich habe dich geliebt, aber du hast dich von mir abgewandt. So wie deine Mutter, als sie es heraufgefunden hat. Doch sieh, wie es mit ihr geendet ist.“

„Ist das eine Drohung, Franco?“ Ruhig hielt Brandon Fogelbergs Blick.

„Du kannst es leugnen solange du willst, aber du kannst es nicht ändern. Du bist ein Teil von mir. Du hast sogar einen Beruf erwählt, in dem du ständig mit Blut und Mord konfrontiert wirst. Du liebst es ebenso wie ich. Heute mag es dir genügen, die Werke der anderen zu sehen, doch eines Tages wird das nicht mehr reichen und du wirst die Seite wechseln. Du bist wie ich.“

Brandon wollte gerade zu einer Antwort ansetzen, als er Taras Hand auf seiner spürte.

„Sie irren sich!“, widersprach sie mit überzeugter Stimme. „Brandon ist nicht im Geringsten wie Sie.“ Dann erhob sie sich. „Ich warte draußen.“ Sie ging hinüber zur Tür und klopfte. Sofort öffnete sich der Ausgang.

„Miss Carter“, rief Fogelberg ihr nach und Tara stockte. „Wenn ich Sie wäre, würde ich gut auf mich aufpassen. Ich habe zwar keine Ahnung, wie dieser Täter tickt, aber wenn ich an seiner Stelle wäre, hätte ich ein Auge auf Sie geworfen.“

Ohne sich noch einmal umzusehen, ging Tara weiter und die Tür schloss sich hinter ihr.

Mit verschränkten Unterarmen beugte sich Brandon auf dem Tisch nach vorne. „Lassen wir die Charade, Franco. Wir wissen alle drei, dass du hinter diesen Morden steckst. Es gibt keinen neuen Spiralmörder. Es gibt immer noch nur dich.“

Eine Sekunde lang schien es, als hätte es Fogelberg die Sprache verschlagen. Dann begann er zu grinsen. „Das ist eine wirklich interessante Theorie. Kannst du mir vielleicht auch verraten, wie ich das angestellt haben soll? Offensichtlich ist dir entgangen, dass ich keinen großartigen Kontakt zur Außenwelt habe.“

„Das weiß ich noch nicht. Aber verlass dich darauf, dass ich es herausfinden werde.“

Laut lachte Fogelberg auf und lehnte sich in seinem Stuhl zurück. „Da bin ich wirklich gespannt.“

„Ich versichere Ihnen, dass Franco Fogelberg keinen einzigen nicht genehmigten Gegenstand in seiner Zelle haben kann“, wiederholte der Gefängnisdirektor zum zweiten Mal.

„Mr Mannings, Gefangene schmuggeln immer wieder Ware in diese Mauern. Das war schon immer so, und das wird auch immer so bleiben“, erläuterte Brandon, wobei sein Geduldsfaden immer dünner wurde.

„Das ist korrekt. Allerdings geschieht das meiste davon mit unserem Wissen. Wir sind schließlich nicht dumm, Agent Bucciarelli. Wir bekommen es durchaus mit, wenn eine Packung Zigaretten oder ein altes Playboyheft seinen Weg in die Zellen findet. Es sind harmlose Dinge, die die Ordnung der Gemeinschaft auf friedliche Weise regeln. Jede Gruppe hat ihre Rangfolge und auf diese Weise steht nicht ausschließlich der mit den größten Muskeln, sondern auch der mit den besten Beziehungen oben auf der Liste.“

„Vielleicht ist auf diese Weise auch noch etwas anderes hereingekommen.“

„Selbst wenn dem so wäre, Agent Bucciarelli, hätten wir es mittlerweile gefunden. Wir führen konstant Zellendurchsuchungen durch.“

„Niemand unterstellt Ihnen, dass Ihre Männer nicht gründlich arbeiten. Aber ich sage Ihnen, wie immer es Franco Fogelberg auch anstellt: Er kommuniziert mit der Außenwelt.“

Nachdenklich rieb sich Brandon über das Kinn, bevor er fortfuhr. „Wissen Sie, was ich nicht verstehe, Mr Mannings? Warum lassen Sie uns nicht einfach einen Blick in Fogelbergs Zelle werfen? Natürlich können wir einen offiziellen Durchsuchungsbefehl für seine Zelle beantragen, aber das kostet Zeit. Sie hingegen können jederzeit eine Durchsuchung anordnen und brauchen dafür nicht einmal einen Grund anzugeben. Lassen Sie uns zusehen. Am Ende stehen Sie mit Ihren Leuten doch auf der gleichen Seite wie mein Partner und ich.“

„Also gut. Ich halte es zwar immer noch für Zeitverschwendung, aber wenn Sie dann beruhigter sind, kommen Sie mit. Ich habe nichts zu verbergen.“ Mit einer genervten Handbewegung deutete er ihnen an, ihm zu folgen. Während sich Rafael sofort anschloss, wandte sich Brandon an Tara.

„Wartest du hier bei Mannings Sekretärin auf uns? Ich möchte nicht, dass du durch die Zellenblocks läufst. Diese Männer haben zum Teil seit Jahren keine Frau aus Fleisch und Blut mehr gesehen, geschweige denn, dass sie schon jemals einer mit deiner Schönheit begegnet wären."

Das zuerst erschienene Fragezeichen in Taras Gesicht verwandelte sich in Verständnis und Tara nickte errötend.

„Ich bin so schnell wie möglich zurück", versprach Brandon und folgte Rafael mit großen Schritten.

Auf Brandons Bitte hatte man Fogelberg vorerst noch nicht in seine Zelle zurückgeführt. Er wartete noch immer im Verhörraum darauf, dass ihn jemand abholte und das kam den Männern nun entgegen.

Aufmerksam verfolgten Rafael und Brandon, wie zwei von Mannings Leuten den kleinen Raum durchkämmten. Sie durchblätterten jede der drei Zeitschriften sowie die beiden Bücher, die im Regal standen. Sie zogen das Bett ab, drehten die Matratze um und verschoben das Bett. Einer zog sich Handschuhe an und tastete die Toilette sowie deren Spülkasten ab. Anschließend untersuchte er den Siphon des Waschbeckens.

„Ihre Leute arbeiten gründlich!", lobte Rafael, während er beobachtete, wie der andere Wärter einen Becher mit drei Stiften auf dem Tisch auskippte.

„Das habe ich Ihnen doch gesagt", entgegnete der Direktor selbstzufrieden.

Insgesamt dauerte die Durchsuchung der fünf Quadratmeter etwas mehr als zwanzig Minuten.

„Fertig, Sir!", verkündete der ältere der beiden Männer schließlich. „Die Zelle ist sauber!"

„Danke, Benjamin. Ihr könnt dann eure Aufsichtspositionen wieder einnehmen", bat Direktor Mannings und beide Wärter zogen sich zurück.

Kopfschüttelnd trat Brandon in die Zelle und sah sich konzentriert um. Sein Bauchgefühl sagte ihm, dass sie etwas übersahen. Nur was? In der letzten halben Stunde war jeder Gegenstand umgedreht worden. Nichts befand sich mehr an seinem ursprünglichen Platz. Die Wände bestanden aus glattem Beton. Jede noch so kleine Verletzung der Wand wäre aufgefallen und dennoch musste Fogelberg ein Versteck für sich gefunden haben. Wenn Brandon nur wüsste, was er versteckte.

„Er muss mit unserem Täter draußen kommunizieren“, überlegte Brandon in einer Lautstärke, dass zwar Rafe und der Direktor, aber keiner der anderen Insassen, ihn verstehen konnten. „Dementsprechend muss er einen Weg gefunden haben, Nachrichten nach draußen zu schmuggeln. Offensichtlich erhält er selbst keine Nachrichten, oder nur wenige. Zumindest kann er seit Freitag keine erhalten haben, denn ansonsten hätte er gewusst, dass wir ihn mit der rechtsdrehenden Spirale angelogen haben.“

„Direktor Mannings, wie sieht Fogelbergs Tagesablauf aus?“, wollte Rafael wissen.

„Im Detail kann ich Ihnen das nicht auswendig sagen. Da müssten wir in seine Akte schauen, aber wenn ich mich recht erinnere ist er montags und donnerstags jeweils eine Stunde im Fitnessraum, samstags spielt er im Hof Fußball und an drei Tagen der Woche ist er in der Handywerkstatt. Ich glaube, dienstags, donnerstags und freitags.“

„Handywerkstatt?“, wiederholten Brandon und Rafael gleichzeitig, während sich der gleiche verdutzte Gesichtsausdruck auf beiden Gesichtern ausbreitete.

„Es ist eines unserer Arbeitsprojekte, die wir schon seit fünfzehn Jahren betreiben. Wir reparieren kaputte Displays von allen gängigen Handy- und Tabletmodellen. Es dauert für die Kunden zwar ungefähr zwei Tage statt einer Stunde bei einem örtlichen Anbieter, aber dafür kostet es auch nur ein Viertel.“

„Seit wann arbeitet Fogelberg dort?“

„Von Anfang an. Er gehörte sogar zu der Gruppe, die das Projekt vorgeschlagen hat, als es darum ging, die Arbeits- und Resozialisierungsmaßnahmen zu erweitern.“

Ungläubig starrte Brandon den Mann an. „Sie geben Ihren Häftlingen Handys in die Hand? Sind Sie von allen guten Geistern verlassen?“

„Handys, die keine SIM-Card enthalten. Es lässt sich also nicht mit ihnen telefonieren“, rechtfertigte sich der Direktor.

Gedankenverloren nahm Brandon einen Bleistift vom Tisch auf und drehte ihn zwischen seinen Händen. Abrupt hielt er inne und betrachtete den Stift genauer. „Seht euch das an!“

„Was ist los?“ Neugierig traten Rafael und der Direktor näher.

„Das ist kein Radiergummi“, erkannte Rafe als er auf die weiche dunkle Schaumstoffmasse am Ende des Bleistifts drückte.

„Was ist es dann?“ Verständnislos sah Direktor Mannings zwischen den Agenten hin und her.

„Das ist eine Soft Touchmasse, mit der die Eingabe auf Touchdisplays genauer und schneller erfolgen kann als mit den Fingern. Außerdem hinterlässt er keine Fingerabdrücke.“

Ungläubig schüttelte Mannings seinen Kopf. „Das ergibt keinen Sinn. Wo will Fogelberg so etwas benutzen? Die Handys werden nur zweimal angeschaltet. Einmal vor der Reparatur, um sicherzugehen, dass wirklich nur das Glas kaputt ist und einmal nach der Reparatur zur Kontrolle. Außerdem habe ich Ihnen doch schon gesagt, dass kein Gerät in der Werkstatt eine SIM-Card enthält.“

„Jetzt seien Sie einmal ehrlich zu sich selbst, Direktor Mannings“, bat Brandon so ruhig es ihm möglich war. „Bei aller Gründlichkeit, die Sie uns bei der gerade gesehenen Durchsuchung vorgeführt haben, glauben Sie nicht, dass Ihre Leute tatsächlich so etwas Kleines wie eine SIM-Card übersehen haben könnten?“

„Selbst wenn dem so wäre, und ich sage nicht, dass es so ist, dann nützt Fogelberg die Karte trotzdem nichts. Die Handys sind schließlich mit einem individuellen Code gesichert. Aber wahrscheinlich wollen Sie mir als Nächstes erzählen, dass der Mann unter die Entschlüsselungsexperten gegangen ist.“

Fassungslos schüttelte Brandon den Kopf. Wie konnte ein Mensch nur derart naiv sein? „Fogelberg braucht keine Codes zu knacken. Er musste nur warten, bis ein ganz bestimmtes Handy zur Reparatur eingesendet wurde. Wie viele Leute arbeiten in der Werkstatt? Acht? Zehn?“

Mannings Gesichtsausdruck sagte ihm, dass er richtig lag. „Ich würde sagen, das ist überschaubar. Fogelberg weiß ungefähr, wann das Handy kommt und fischt es sich aus dem Berg zu reparierender Handys heraus. Er tauscht das Glas, lässt das Telefon unauffällig in seiner Tasche verschwinden und geht zur Toilette. Dort schiebt er die Karte ins Gerät und schreibt seine Nachricht.“

„Aber er kann sie immer noch nicht senden, denn er kommt nicht in unser WLAN-Netz“, informierte der Direktor.

„Wenn er eine Prepaid-Karte hat, braucht er das auch nicht“, mischte sich Rafael ein. „Er sendet die SMS ganz normal über ein öffentliches Netz und damit an Ihren Servern vorbei. Anschließend kehrt er in die Werkstatt zurück und legt das Handy zu den reparierten Geräten.“

„Theoretisch braucht er nicht einmal eine SIM-Card“, korrigierte Brandon ihren bisherigen Gedankengang.

„Du hast recht“, stimmte Rafael aufgeregt zu, der verstand, worauf Brandon hinaus wollte. „Er muss die Nachricht gar nicht senden. Er tippt sie einfach ins Handy ein und speichert sie dort. Das Telefon kehrt per Post zu seinem Empfänger zurück und damit erreicht auch die Nachricht ihren Adressaten. Es ist ganz einfach.“

„Auf diese Weise könnte er auch Informationen erhalten. Vielleicht weiß er nur nichts von der Spirale, weil er seit Freitag noch kein Telefon bekommen hat“, kombinierte Brandon. „Der Täter kann das Handy frühestens nach der Tat, also Freitagmorgen, abgeschickt haben. Dementsprechend erhält Fogelberg es am Dienstag, wenn er das nächste Mal in der Werkstatt arbeitet.“

„Wir brauchen eine Auflistung aller Handys sowie wer welches Telefon repariert hat. Außerdem brauchen wir alle Adressen, an die die Geräte versendet worden sind“, ordnete Rafael an.

„Und die Werkstatt muss für die nächsten Tage geschlossen werden. Kein Handy verlässt in den nächsten Tagen das Haus. Ich bin ziemlich sicher, dass Fogelbergs Komplize am Freitag ein Telefon zur Post gebracht hat“, ergänzte Brandon.

Aschfahl im Gesicht lehnte sich Direktor Mannings an eine Wand. „D...das geht nicht“, stotterte er.

„Was geht nicht?“, hakte Brandon unverständig nach. „Dass Sie die Handys unbearbeitet lassen?“

„Nein. Das geht selbstverständlich“, antwortete Mannings ungeduldig. „Ich meine, ich kann Ihnen keine solche Auflistung geben. Wir notieren nicht, wer welches Handy in der Hand hat. Schließlich sind wir kein Dienstleistungsunternehmen, das seine Angestellten bonifiziert. Da es noch nie Beschwerden gab, haben wir darin bis heute keine Notwendigkeit gesehen.“

„Ich glaube es nicht“, murmelte Brandon, bevor er sich laut erkundigte: „Aber Sie speichern die Adressen in Ihrem System, oder?“

„Schon, aber ...“

Brandon ahnte Böses. „Aber?“

„Die Telefone werden nicht von Privatpersonen eingeschickt.“

„Sondern?“, fragte Rafael, hörbar verärgert.

„Wir haben ein Abkommen mit einer Drogeriekette. Sie nehmen die Handys an und senden Sie an uns. Dafür erhalten Sie eine monatliche Pauschale. Dementsprechend senden wir die Geräte auch an die jeweilige Filiale zurück."

„Mit anderen Worten, Sie haben keinen einzigen Namen zu einem Telefon", schlussfolgerte Brandon tonlos. Fassungslos sah er seinen Partner an.

Auch Rafael konnte nur verärgert mit dem Kopf schütteln. „Eine Handyreparaturwerkstatt in einem Hochsicherheitstrakt eines Gefängnisses. Das ist wirklich die blödsinnigste Idee, die ich jemals gehört habe."

„Wer hätte denn ahnen können ...", versuchte sich der Direktor verzweifelt zu rechtfertigen.

„Dass auch Verurteilte ein Handy bedienen können?", führte Brandon die Frage sarkastisch zu Ende, bevor er sie sich auch mit dem gleichen ironischen Unterton direkt beantwortete. „Ja, damit konnte wirklich niemand rechnen."

„Damit nützen uns auch die ganzen Handys nichts", stellte Rafael fest. „Solange wir nicht wissen, wem jedes Telefon gehört und wir auch keine Geschichte der Geräte haben, können wir uns auf keines konzentrieren. Wir kommen nicht einmal an die Daten ran, solange die Handys gesperrt sind."

Frustriert klopfte Brandon mit den Fingerspitzen auf die Tischplatte. Unvermittelt begann er mit einem Mal zu grinsen. „Aber Fogelberg kann es für uns entsperren."

„Sie glauben tatsächlich, dass Fogelberg Sie freiwillig zu dem Handy führt", reagierte der Direktor, doch keiner der beiden Agenten beachtete ihn im Moment.

„Du hast recht. Das könnte funktionieren", strahlte plötzlich auch Rafael. „Wir brauchen nur zwei oder drei Kameras."

„Könnte mich bitte mal jemand aufklären?", verlangte Mannings.

„Fogelberg wird uns nicht freiwillig zu dem Handy führen", bemerkte Brandon. „Wir lassen ihn in dem Glauben, dass wir nach wie vor im Dunkeln tappen und alles wie gewohnt weiterläuft. Tatsächlich schicken wir Ihnen jedoch am Nachmittag ein paar Kollegen vorbei, die sowohl in der Handywerkstatt als auch im Toilettenbereich Kameras anbringen. Dann müssen wir nur noch darauf warten, dass Fogelberg das Telefon für uns findet. Vorausgesetzt, Sie sind einverstanden, Direktor Mannings."

„Selbstverständlich. Ich werde Sie in jeder Hinsicht unterstützen."

„Das ist gut zu wissen."

„Werden Sie beide morgen hier sein?"

„Wir haben morgen Vormittag noch einen Termin. Vermutlich werden daher zunächst zwei Kollegen von uns kommen und wir übernehmen dann später."

„Gut. Senden Sie mir die Namen per Mail, damit ich am Empfang Bescheid geben kann. Gibt es sonst noch etwas, worin ich Sie unterstützen kann?"

Im selben Augenblick erschien Fogelberg in Begleitung eines Aufsehers.

„Ah, wie ich sehe hast du meine Zelle durchsucht." Fogelbergs Stimme klang neutral. Seine Augen hingegen fokussierten Brandon eiskalt. „Hast du etwas gefunden?"

„Nein, aber das heißt nicht, dass ich aufgebe", entgegnete Brandon gelassen.

„Alles andere hätte mich auch enttäuscht", bemerkte Fogelberg mit einem herausfordernden Funkeln in den Augen. Dann trat er in die Zelle und wartete darauf, dass sich die Tür hinter ihm schloss und ihm durch die Gitterstäbe die Hand- und Fußschellen abgenommen wurden. „Du kannst deinen Namen ändern, Sohn, aber nicht, wer du bist."

KAPITEL 22

„Sie verstehen, Tara, worin die Risiken bestehen?“, vergewisserte sich der Psychologe Allan King noch einmal.

„Es wäre möglich, dass ich die geweckten Erinnerungen nicht verarbeiten kann und es zu einer posttraumatischen Belastungsstörung kommt“, wiederholte Tara. „Aber dann wäre ich bereits nach dem Tod meiner Mutter in psychologischer Behandlung gewesen und ich bin mir ganz sicher, dass das nicht der Fall war.“

„Der Tod Ihrer Mutter war tragisch. Das ist keine Frage. Aber letzte Woche haben Sie sehr wahrscheinlich den Mord an Ihrer Schwester direkt miterlebt. Dies ist nicht nur ein ganz neues Ausmaß, sondern es kommt auch noch zu dem tragischen Verlust in Ihrer frühen Kindheit hinzu. Es kann durchaus sein, dass Sie den Tod Ihrer Mutter damals gut verarbeitet haben. Wenn wir jetzt jedoch beide Ereignisse zurückholen, ist das Glas voller als vorher und niemand von uns weiß, ob diese Menge für Sie ebenfalls noch zu schlucken ist.“

„Merken Sie dies nicht im Laufe der Sitzung?“

„Ich spüre Grenzwerte, aber letztlich ist es immer eine Gratwanderung. Bestimmte Wege müssen Sie zu Ende gehen, auch wenn sie schmerzhaft sind. Ansonsten schwirren Erinnerungsfragmente in Ihrem Kopf, die mehr Unheil anrichten können als das gesamte Trauma. Unter Umständen brauchen Sie eine länger ausgerichtete Therapie. Sind Sie darauf vorbereitet?“

Schweigend nickte Tara. „Werde ich mich erinnern, wenn ich aufwache?“

„Sie werden nicht schlafen“, erklärte Allan. „Sie werden sich in einem wachen Bewusstseinszustand befinden, in dem ihre Wahrnehmung zielgerichtet auf die zeitliche Phase um den Tod Ihrer Mutter sowie auf besagte Nacht letzte Woche gelenkt wird. An alles, was Sie dabei hören, sehen und empfinden, werden Sie sich erinnern.“

„Okay!“ Tara atmete tief ein. „Bleiben wir hier?“ Gemeinsam mit Brandon saß sie in einer Sitzecke im Büro des Psychologen.

„Sie können sitzen, wo Sie möchten. Ich schlage Ihnen jedoch den gemütlichen Sessel in der Ecke dort drüben vor." Mit der Hand deutete King auf einen großen roten Ohrensessel aus weichem Samt, der in der Nische am Fenster stand. Er hatte eine Fußstütze, die sich nach oben klappen ließ und wirkte in der Tat kuscheliger als der kühle Ledersessel, auf dem sie gerade saß.

Zögernd warf sie einen Blick hinüber zu Brandon, der ihr die ganze Zeit gegenübergesessen hatte und ihr nun aufmunternd zunickte.

„In Ordnung. Ich nehme den Sessel", verkündete sie. Noch einmal atmete sie tief durch, dann durchquerte sie zielstrebig den Raum und nahm auf dem roten Samt Platz.

Allan King setzte sich auf einen Hocker neben sie. „Ist es in Ordnung, wenn ich Ihre Hand nehme, Tara?"

Hastig nickte sie, während ihr Blick den Brandons suchte.

Der Psychologe folgte ihren Augen. „Brandon kann draußen auf Sie warten, wenn Ihnen das lieber ist."

„Das mache ich gerne, Tara. Kein Problem", hakte Brandon sofort ein und erhob sich.

„Nein, ich denke ..." Mit einem fast flehentlichen Blick bedachte sie den Psychologen. „Wenn es Ihnen nichts ausmacht ... Könnte Brandon dann auch hier drinnen warten?"

„Ich habe nichts dagegen. Es ist ganz allein Ihre Entscheidung. Und Brandons, natürlich", fügte er am Ende hinzu.

„Würde es dir etwas ausmachen zu bleiben?", wandte sie sich noch einmal an ihn. Auf einmal wollte sie nicht alleine in diesem Raum sein. Sie wollte sich nicht alleine ihren Erinnerungen stellen.

„Wenn du möchtest, dass ich bleibe, bleibe ich, Tara. Wenn du möchtest, dass ich gehe, gehe ich."

„Ich hätte gerne, dass du bleibst", antwortete sie mit fester Stimme, woraufhin Brandon zuversichtlich lächelnd wieder Platz nahm.

Wäre Taras Entscheidung anders ausgefallen, hätte er diese ebenfalls respektiert. So war es ihm jedoch um ein Vielfaches lieber. Er vertraute Allan King. Dennoch widerstrebte es seinem Beschützerinstinkt, Tara aus den Augen zu lassen.

„Dann fangen wir an", verkündete der Psychologe und legte seine Hand auf die Innenseite ihres Handgelenks, sodass seine Finger ihren Puls fühlten.

Mit ruhiger Stimme bat er Tara, sich mental an einen Ort zu begeben, an dem sie sich sicher und wohl fühlte. Sie sollte sich vorstellen, wie es dort aussah, wie es roch, was sie fühlte.

Brandon sah, wie sich ein Lächeln auf Taras Gesicht ausbreitete. Offensichtlich hatte sie sich einen schönen Ort ausgesucht. Zu gerne hätte er gewusst, wo sie sich gedanklich gerade befand. Eines Tages würde er sie danach fragen. Es gab noch so viele Dinge, die er nicht von ihr wusste und gerne erfahren wollte. Aber nach dem Besuch im Gefängnis war er voller Hoffnung, dass Tara ihnen beiden diese Chance einräumen würde.

Sie vertraute ihm. Das hatte sie ihm auf der Rückfahrt gesagt und es war die wichtigste Voraussetzung für alles, was folgen konnte. Gerade lebte sie den entsprechenden Beweis. Sie hatte ihn in ihrer Nähe haben wollen. Sie hatte ihn nicht weggeschickt. Nun war er an der Reihe. Er musste sich ihres Vertrauens würdig erweisen. Er musste den Mörder ihrer Schwester finden. Den Mann, der Tara auf Franco Fogelbergs Anweisung hin in diesen Albtraum versetzt hatte.

Zielstrebig drängte Brandon seine Gedanken in den Hintergrund und konzentrierte sich wieder auf Kings Stimme. Offensichtlich befragte der Psychologe sie zu ihrer Mutter.

„Erinnern Sie sich an Ihre Mutter, Tara? Was war sie für eine Frau?“

„Sie war schön. Alle Kinder haben immer gesagt, wie schön meine Mutter ist. Es gab nur uns beide, aber sie war immer für mich da. Wir haben viel gelacht. Jeden Nachmittag haben wir gezeichnet oder gemalt und sie hat mir vorgelesen. Jeden Abend hat sie mich mit einer anderen Geschichte zu Bett gebracht.“

Kein Wunder, dass Tara sich später entschieden hat, Kinderbücher zu illustrieren, dachte Brandon.

„Doch eines Tages hat sich das geändert. Eines Tages war sie nicht mehr da“, leitete King behutsam über. „Wer hat Ihnen vom Tod Ihrer Mutter berichtet?“

Leicht runzelte sich Taras Stirn. „Es musste mir niemand davon erzählen. Ich bin dabei gewesen.“

Überrascht sah der Psychologe hinüber zu Brandon, der, ebenfalls ahnungslos, erschrocken den Kopf schüttelte.

Tara war dabei gewesen? Weder in den Ermittlungs- noch in den Gerichtsunterlagen hatte etwas von einem Kind am Tatort gestanden. Hastig überschlugen sich seine Gedanken. Die Polizei war damals aufgrund eines Phantombildes auf Fogelberg gestoßen. Auf wessen Angaben dieses Bild angefertigt worden war, war in den Unterlagen nicht erwähnt worden. Der Zeugenname war verschlossen worden. Da im Nachhinein genügend Beweise gefunden worden waren, um Fogelberg die Morde eindeutig nachzuweisen, war die Anklage der Staatsanwaltschaft auch vor Gericht ohne die Zeichnung ausgekommen.

Zum ersten Mal wurde Brandon bewusst, dass er sich nie Gedanken darüber gemacht hatte, wo dieses Phantombild überhaupt hergekommen war. War es möglich, dass Tara die Zeugin gewesen war? Sie war damals sechs gewesen. Ihr Alter wäre Grund genug gewesen, ihre Identität unter Verschluss zu halten. Aber konnte ein sechsjähriges Kind ein so genaues Abbild eines Mannes wiedergeben? Normalerweise sicherlich nicht, aber ein Kind mit Taras zeichnerischer Begabung vielleicht schon. Interessiert wandte Brandon seine Aufmerksamkeit wieder Allan und Tara zu.

„Sie haben Ihre Mutter tot aufgefunden?“, hakte Allan vorsichtig nach.

„Nein, ich ... ich musste zusehen“, korrigierte Tara.

Sichtlich erschrocken von der neuen Wendung brauchte der Psychologe eine Sekunde, bis er sich für den nächsten Schritt entschieden hatte.

„Erzählen Sie mir von dem Abend, Tara.“

„Ich habe ferngesehen. Normalerweise hat meine Mutter mit mir geschaut, aber an diesem Abend war sie in der Zeit im Bad gewesen und hat sich umgezogen. Als sie wiederkam, hatte sie ein hübsches Kleid an. Sie hatte sich die Haare hochgesteckt und war geschminkt. Während sie mich ins Bett brachte, hat sie mir erklärt, dass sie noch Besuch bekommen würde. Es sei ein Arbeitskollege, mit dem Sie noch etwas fertigstellen müsse und das sei ohnehin langweilig für mich. Dann hat sie mir eine Geschichte vorgelesen und ich bin eingeschlafen.“

„Aber dann sind Sie wieder aufgewacht“, stellte Allan King fest.

Unruhig rutschte Tara auf dem Sessel hin und her. Ihr Gesicht nahm einen gestressten Ausdruck an.

„Ein Schrei hat mich geweckt“, sprach sie schließlich weiter. „Ich habe gerufen, aber meine Mum ist nicht gekommen. Also bin ich aufgestanden und die Treppe hinuntergegangen. Die Stufen haben unter meinen Füßen geknarrt."

Fast unmerklich begannen ihre Lippen zu zittern. „Ich bin ins Wohnzimmer, und dort lag sie auf dem Boden. Sie trug nur noch ihre Unterwäsche und blutete überall."

Sich plötzlich aufrichtend schrie Tara mit einem ungerichteten Blick in die Ferne: „Mama?"

„Tara, Sie sind nicht in dem Wohnzimmer", erinnerte King sie bestimmt. „Sie sehen Bilder aus der Vergangenheit. Es ist, als würden Sie in einem Fotoalbum blättern. Lehnen Sie sich zurück, und machen Sie es sich bequem."

Der Psychologe wartete bis sich Tara wieder ein wenig entspannt und eine natürliche Sitzposition eingenommen hatte. Sobald er sie jedoch gedanklich wieder in das Wohnzimmer geführt hatte, kehrte der Stress für sie zurück.

„Meine Mutter schrie, dass ich weglaufen solle, doch der Mann griff mich am Arm. Er musterte mich und nahm mich auf den Schoß."

Komm, setz dich! Bleib ruhig hier! Ich habe noch nie einen Zuschauer gehabt, aber warum nicht? ... Du brauchst wirklich keine Angst zu haben. Dir passiert nichts. Ich liebe Kinder. Ich habe einen Sohn. Er ist ein bisschen älter als du und ein wirklich schlauer Kerl. Ich bin sicher, du bist auch gut in der Schule. Du gehst doch schon in die Schule, oder? ... Magst du Biologie? Es ist eines der interessantesten Fächer. Komm, ich zeige dir den menschlichen Körper.

„Der Boden war kalt. Ich hatte Angst und ich wollte, dass meine Mum aufstand und mich zurück ins Bett brachte, aber sie bewegte sich nicht mehr. Der Mann schnitt ihren Oberkörper auf und klappte die Haut zurück. Dann zeigte er mir das Herz, die Lungen, die Leber. Er wollte, dass ich die Organe anfasse, aber ich habe mit dem Kopf geschüttelt. Ich weiß nicht, wie lange ich mit ihm im Wohnzimmer gewesen bin, aber irgendwann hat er mich zurück ins Bett gebracht. Er hat mir versprochen, sich um meine Mum zu kümmern und wenn ich gleich schliefe, würde sie mich am nächsten Morgen wecken. Dann hat er mir ein Schlaflied gesungen."

Schlaf, Kindchen, schlaf!
Dein Vater hüt' die Schaf.
Die Mutter schüttelts Bäumelein,
da fällt herab ein Träumelein.

Schlaf, Kindchen, schlaf!

Regungslos saß Brandon einige Meter entfernt. Nur allzu gut konnte er sich an die Abende erinnern, an denen ihn sein Vater zu Bett gebracht hatte. Franco hatte ihm immer ein Gute-Nacht-Lied gesungen. Schlaf, Kindchen, schlaf! Er hatte eine angenehm sonore Stimme gehabt, die ihn als Kind jedes Mal mit einem wohlbehüteten Gefühl in einen sicheren Schlaf hatte hinübergleiten lassen.

Niemals hätte er es damals für möglich gehalten, dass sein Vater zu solch barbarischen Taten, wie er sie ausgeführt hatte, in der Lage wäre. Wenigstens hatte er Tara nichts getan. Zumindest nicht in körperlicher Hinsicht. Psychisch war es eine andere Geschichte.

Allein ihr Aufschrei von vorhin war Brandon durch Mark und Bein gegangen. All das Entsetzen, das sie in jenem Moment vor zwanzig Jahren empfunden haben musste, hatte darin gelegen. Wenn er geahnt hätte, dass sie damals im Haus gewesen war, hätte er diese Hypnose niemals so leichtfertig vorgeschlagen oder zumindest hätte er Allan gewarnt. Der Psychologe schien vorhin mindestens ebenso entsetzt gewesen zu sein wie er.

Allerdings verstand Brandon plötzlich Dinge, die bislang keinen Sinn ergeben hatten, wie beispielsweise Taras gestrige Bemerkung in dem Haus, als sie meinte, das Gefühl zu haben, dass sie eigentlich etwas empfinden müsste. Ebenso war ihm jetzt auch klar, warum sie mit sechzehn das Haus nicht hatte betreten wollen, sondern ihre Zustimmung zum Verkauf ohne eine weitere Besichtigung gegeben hatte.

Auf einmal verstand er auch, warum Tara zu Fogelbergs Opfer geworden war. Selbst wenn es ihm niemand explizit gesagt hatte, hatte der Mann Eins und Eins zusammenzählen können. Er wusste, dass Tara diejenige gewesen war, die ihn der Phantombildzeichnerin beschrieben hatte. Sie war der Grund, warum die Polizei ihn schlussendlich gefasst und überführt hatte.In seinem kranken Hirn machte Fogelberg Tara dafür verantwortlich, dass er seinen Sohn verloren hatte. Als Rache hatte er ihr die Schwester genommen und hatte perfiderweise das Szenario vor zwanzig Jahren wiederholt. Er hatte sie zuschauen lassen.

Damals hatte er Tara nicht töten können. Sei es, dass er den Mord an einem Kind tatsächlich nicht fertig gebracht hatte oder dass er fälschlicherweise darauf vertraut hatte, dass ein sechsjähriges Kind ihn nicht so detailliert beschreiben könne, als dass die ermittelnden Detectives damit hätten etwas anfangen können. Was immer der Grund gewesen sein mag, heute war Fogelberg auf Nummer sicher gegangen und hatte zu einem Mittel gegriffen, dass ihm ihr Schweigen sicherte. Mit CaMKII hatte er sie vergessen lassen, was sie gesehen hatte.

Er hatte sie das Trauma ihrer Kindheit noch einmal erleben lassen und ihr dann das Enzym verabreicht. Daher hatte Tara auch den Tod ihrer Mutter vergessen gehabt. Doch Fogelberg rechnete nicht damit, dass sie sein Spiel vorzeitig durchschaut hatten. Noch immer ging er davon aus, dass er sich durch die Spritze die notwendige Zeit für das Finale seines Spiels erkauft hatte. Wenn es Allan King jedoch gelang, neben den alten Erinnerungen auch die von vergangener Woche zurückzuholen, dann würde Tara den Mörder ihrer Schwester identifizieren können. Der Rest wäre dann für ihn und Rafael nur noch ein Kinderspiel.

Die Aussicht darauf, Fogelbergs Komplizen zu verhaften, belebte Brandon mit neuer Motivation. Es wäre ihm nur lieber gewesen, wenn Tara dafür die Geschehnisse nicht noch einmal in ihrem Kopf durchleben müsste.

„Wie fühlen Sie sich, Tara?“, erkundigte sich der Psychologe.

„Müde.“

„Das ist normal“, gab er zu. „Sollen wir aufhören oder sollen wir schauen, ob wir gemeinsam herausfinden, was in der Nacht zu Freitag passiert ist?“

„Ich will nicht aufhören“, entschied Tara, obwohl ihr Gesichtsausdruck das Gegenteil besagte.

Kritisch musterte Allan King sie, doch dann fuhr er mit ruhiger Stimme fort. „Denken Sie an letzten Donnerstag, Tara. Sie sind zu Hause und haben gerade die Illustrationen zu einem neuen Buch beendet. Wie fühlt sich das an?“

„Gut“, antwortete sie sofort, wobei sie glücklich lächelte. „Es sind schöne Zeichnungen geworden.“

„Das glaube ich. Erinnern Sie sich, was Sie danach gemacht haben?“

„Meine Schwester hat mich angerufen, und wir haben uns spontan zu einem Kaffee im Park verabredet. Wir haben gelacht“, erzählte Tara gelöst.

„Waren Sie die ganze Zeit alleine?“

Ihre Stirn kräuselte sich. „Zuerst schon. Wir sind durch den Park gelaufen, und dann sind wir in ein Kaffee gegangen. Dort haben wir jemanden getroffen.“ Sie machte eine Pause.

„Wen haben Sie getroffen?“

„Ich kann ihn nicht sehen.“ Missfallend runzelte sie die Stirn.

„Es war aber ein Mann?“

„Ja, ich glaube schon.“ Ihre Atmung beschleunigte sich. „Mir ist schlecht.“

„Atmen Sie ganz ruhig, Tara. Sie sind in Sicherheit.“

„Meine Schwester liegt bewegungslos auf dem Boden“, stieß sie hervor. „Das Licht ist furchtbar grell. Es tut weh.“

„Tara, wo sind Sie jetzt?“

„Ich weiß es nicht.“ Deutlich hob und senkte sich Taras Kehlkopf beim Schlucken.

„Sie sind nicht mehr im Park.“

Vehement schüttelte sie den Kopf. „Alles ist voller Blut. Hannahs Blut. In ihrem Brustkorb steckt ein Messer. Er will, dass ich es herausziehe.“

„Langsam, Tara. Sie rennen durch die Zeit“, versuchte King sie zu beruhigen. Fragmente des Geschehens drangen an die Oberfläche, aber es fehlten die Verbindungsstücke. Der Psychologe wusste nicht, ob sie noch in ihrem Unterbewusstsein festhingen oder ob Tara sie übersprang, weil andere Bilder dominanter waren. Auf jeden Fall musste er die Geschwindigkeit drosseln.

„Er sagt, wenn ich ihr helfen will, muss ich es herausziehen ...“, fuhr Tara fort.

„Hat seine Stimme einen auffälligen Akzent? Oder einen besonderen Tonfall?“, versuchte der Psychologe in der Szene zu bleiben, doch Tara hatte nur Zeit für eine einsilbige Antwort.

„Nein.“ Dann redete sie weiter, wobei sich ihre Worte überschlugen. „Er droht, ihre Kehle durchzuschneiden, wenn ich das Messer nicht herausziehe. Das kann ich nicht zulassen.“ Schluchzend legte sich ihre rechte Hand um ihre linke Faust. „Ich muss es holen.“

Kings Stimme wurde energischer. „Warten Sie einen Moment, Tara, und treten Sie einen Schritt zurück. Gut. Jetzt lösen Sie Ihre Hände ... Das machen Sie prima. Ich werde wieder Ihre Hand nehmen. Einverstanden?“

Sie nickte.

„Erzählen Sie, was dann passiert ist“, bat der Psychologe.

„Ich habe das Messer angefasst und ... und es herausgezogen, so wie er es verlangt hatte. Aber da sprudelte das Blut plötzlich. Es regnete Blut. Ich presste meine Hände auf die Wunde und flehte ihn an, Hannah zu helfen, aber er lachte nur."

„Wer lachte?"

Keine Antwort. Nur stumme Tränen flossen an ihren Wangen herunter.

„Tara, wer war noch mit Ihnen in dem Raum?"

Brandon drückte seine Fingernägel in die Handflächen, während er gleichzeitig seine Backenzähne so fest aufeinanderpresste, dass sein Kiefer schmerzte. Er wollte Tara aus diesem Albtraum ziehen, aber er wusste, dass er nicht intervenieren durfte. Doch es fiel ihm schwer, stumm zuzusehen.

„Ich kenne ihn."

„Wer ist es, Tara?"

„Ich kann nicht ... ich kann ihn nicht sehen", schluchzte sie. „Ich weiß, dass er da ist. Ich kann ihn hören, ich sehe ihn, aber ich kann ihn nicht beschreiben. Ich kann sein Aussehen nicht fassen. Er ist wie ein körperloser Geist mit verschiedenen Masken. Ich sehe die Erregung und den Triumph in seinem Gesicht. Er berauscht sich an Hannahs Tod, an ihrem Blut."

Blanker Horror stand in ihrem Gesicht. „Er hat mich mit Hannahs Blut eingerieben. Es war ein weicher Schwamm. Immer wieder hat er ihn in Hannahs offenen Bauch getaucht und ihn dann über meinen Körper gerieben. Er hat gestöhnt und gesagt, dass er niemals gedacht hätte, dass es sich so wunderbar anfühlen würde."

Es schüttelte sie und Verzweiflung begann ihre Stimme zu dominieren. „Ich will das nicht mehr fühlen. Ich will, dass es aufhört. Bitte."

„In Ordnung, Tara", beruhigte Allan sie sofort. „Es ist alles gut. Sie sehen nur das, was Sie sehen möchten. Sie entscheiden ganz allein. Keiner zwingt Sie zu etwas. Lassen Sie uns eine Pause machen und kehren Sie an den Ort vom Anfang zurück. Gehen Sie dorthin, wo Sie sich wohl und sicher fühlen."

Anstrengung breitete sich auf ihrem Gesicht aus und ihre Atmung wurde schneller und oberflächlicher. „Ich kann nicht."

„Doch, Sie können!", erwiderte Allan King in einem entschiedenen Ton.

„Nein!", widersprach Tara. „Meine Beine bewegen sich nicht. Ich kann mich gar nicht bewegen."

„Tara! Denken Sie an einen schönen Ort!“, befahl der Psychologe laut und gab ihr ein Bild als Hilfe an die Hand. „Denken Sie an eine schöne Blumenwiese. Sie liegen auf einer Decke und Sie hören das leise Rauschen eines Baches, in dem kleine Fische fröhlich spielen.“

„Es ist alles weiß. Es piekst. Ah!“ Unvermittelt fasste sich Tara an den Hinterkopf. Mein Gehirn wird gespült. Es schwimmt.“

„Okay, Tara, wir gehen schwimmen“, ging Allan King sofort auf ihre Assoziation ein. „Aber Sie bleiben an meiner Seite. Sie machen genau das, was ich sage. Das Wasser ist an dieser Stelle gefährlich. Schon viele Schwimmer haben sich hier überschätzt. Sie hören auf meine Stimme. Einverstanden?“ Laut und deutlich drang die Stimme des Psychologen durch den Raum. Sie hielt eine Autorität, der niemand leicht zu widersprechen wagte. Auch auf Tara verfehlte sie ihre Wirkung nicht.

„J...ja.“

„Dann lassen Sie uns ins Wasser gehen.“

Selbst aus den drei Meter Entfernung sah Brandon die feinen Schweißperlen auf Allans Stirn. Ebenso registrierte er, dass der Mann seine Armbanduhr im Auge behielt, während er gleichzeitig jede Reaktion Taras aufnahm.

Das hier war keine normale Sitzung mehr, erkannte Brandon. Etwas war schiefgelaufen und der Psychologe machte sich ernsthaft Sorgen. Die Erkenntnis traf Brandon wie ein Faustschlag in der Magengrube. Nur seiner enormen Selbstdisziplin war es zu verdanken, dass er nicht direkt aufgesprungen und zu Tara hinübergelaufen war. Sein Verstand wusste, dass er die Situation damit nur verschlimmern würde. Im Moment konnte er nichts weiter tun als hoffen, dass Allan die Lage im Griff hatte.

Grundsätzlich vertraute er King auch. Aber was war, wenn der Mann dieses Mal überfordert war? Schlussendlich war auch Allan King nur ein Mensch. Von Anfang an hatte er darauf hingewiesen, dass es Risiken gab. Die gesamte Wirkung von CaMKII war noch lange nicht erforscht.

Verzweifelt beobachtete Brandon, wie der Psychologe sich darum bemühte, Tara aus den Tiefen ihres Unterbewusstseins zurückzuholen. Oh Gott, warum hatte er nur jemals dieser Sitzung zugestimmt?, fragte er sich stumm. Wenn Tara etwas passierte, würde er sich ein Leben lang Vorwürfe machen. Es wäre seine Schuld.

„Sehr gut, Tara. Und jetzt schwimmen wir zurück. Für heute waren wir lange genug im Wasser“, hörte er Allans Stimme. Sie klang wieder völlig ruhig und ein Blick in das Gesicht des Psychologen zeigte Brandon, dass auch die Anstrengung in seiner Mimik sich wieder aufgelöst hatte.

Von einer enormen Sorge befreit atmete Brandon auf.

„Schauen Sie, Tara, am Ufer wartet Brandon auf uns. Sollen wir zu ihm schwimmen?“

Als Tara nickte, deutete der Psychologe ihm an, zu ihnen herüberzukommen. Mit seinen Augen forderte er ihn auf, einen Stuhl mitzubringen. „Gleich sind wir da. Noch einen Zug, dann können sie schon stehen. Spüren Sie den Sand unter Ihren Füßen?“

Wieder nickte Tara.

„Es fühlt sich gut an, wieder den Boden zu fühlen. Genießen Sie den Kontakt, solange Sie möchten und wenn Sie genug haben, steigen Sie aus dem Wasser und laufen Sie zu Brandon hinüber.“ Langsam nahm der Psychologe seine Hand von Taras Puls und wischte sich mit dem Arm über die Stirn. Die Anstrengung der letzten Viertelstunde war ihm anzusehen.

Besorgt sah Brandon ihn an. „Geht es dir gut?“

„Ja, aber dies hier hat mich wirklich herausgefordert“, gab Allan zu.

„Was ist mit Tara? Wird es Nachwirkungen geben?“

„Mit Sicherheit. Zum einen muss ihre Psyche das Erlebte verarbeiten. In den letzten Tagen haben sie die Ereignisse in jener Nacht nicht beeinflusst, weil sie sich nicht erinnern konnte. Das hat sich jetzt geändert. Zum anderen haben wir leider keinen deutlich gezogenen Schlussstrich. Die Weigerung ihres Unterbewusstseins die Identität des Täters preiszugeben, wird sie beschäftigen. Tagsüber wird sie verzweifelt versuchen, sich zu erinnern. Nachts werden die Träume sie jagen.“

„Ich habe ihn nicht identifiziert“, bemerkte Tara frustriert und zog die Aufmerksamkeit der beiden Männer damit auf sich.

„Hallo, Tara. Wie geht es Ihnen? Müde?“, erkundigte sich Allan King.

„Ja. Und enttäuscht. Wieso habe ich seinen Namen nicht sagen können? Oder ihn wenigstens beschreiben können?“

„Hey, das war nicht das erste Ziel der Hypnose“, erinnerte sie Brandon lächelnd. „In erster Linie ging es darum, dass du deine Erinnerungen zurückerhältst.“

„Aber das schloss die Identität des Täters mit ein“, reagierte Tara trotzig.

„Es wäre ein nettes Beiwerk gewesen“, stimmte Brandon zu. „Aber letztlich brauchen Rafael und ich keine Hilfe.“ Aufmunternd zwinkerte er ihr zu.

„Wieso habe ich nichts über ihn sagen können, wenn ich ihn doch gesehen habe?“ Niedergeschlagen sah sie den Psychologen an.

„Sie haben heute viel geleistet, Tara, aber Sie dürfen keine Wunder erwarten. Ihr Unterbewusstsein hat den Mann verdrängt und das sollten Sie akzeptieren. Es gibt Dinge, die entscheidet unser Körper für uns und wenn ich eines in meinen vielen Berufsjahren gelernt habe, dann ist es, dass wir diese Signale nicht außer Acht lassen sollten.“

„Heißt dass, dass ich nicht mehr selbst entscheiden kann, was ich will?“ Sie klang verärgert und deprimiert zugleich.

„Es heißt, dass man manchmal Geduld haben muss. Sie werden sich erinnern. Aber heute war nicht der richtige Zeitpunkt.“

„Und wann wird dieser sein?“

„Das kann ich Ihnen nicht sagen, Tara. Aber ich weiß, dass Sie es nicht erzwingen können. Das Beste, was sie machen können, ist nicht darüber nachzudenken.“

„Würde eine zweite Hypnose helfen?“

„Das ist möglich.“

„Können wir es dann noch einmal versuchen?“

Nachdenklich musterte sie der ältere Mann, bevor er schließlich nickte. „Wenn Sie das möchten, können wir es wiederholen.“

„Jetzt?“

Unwillkürlich musste der Psychologe lächeln. „Nein, jetzt brauchen Sie Erholung, Tara. Das geht mit Hypnose Hand in Hand. Ich schlage vor, wir sehen uns in zwei oder drei Tagen wieder. Wenn Sie ausgeruht sind, rufen Sie mich übermorgen an. Dann sehen wir uns am Abend. Einverstanden?“

„Einverstanden.“

„Gut. Dann gehen Sie jetzt mit Brandon nach Hause und machen Sie sich einen gemütlichen Abend.“

KAPITEL 23

„Ist alles in Ordnung?“, erkundigte sich Brandon, während er einen Blick auf das weiße Blatt Papier warf, vor dem Tara bereits seit einer halben Stunde mit einem Stift in der Hand saß.

„Ja, ja, alles gut“, erwiderte Tara hastig, legte aber den Stift zur Seite. Seitdem sie zurück in Brandons Wohnung waren, verspürte sie eine innere Unruhe und sie hatte gehofft, diese mit Zeichnen vertreiben zu können. Normalerweise half ihr die kreative Tätigkeit, doch heute hatte sie nicht einmal eine Idee, was sie malen könnte. Immer wieder kreisten ihre Gedanken um die Bilder, die Allan King zutage gefördert hatte.

„Du versuchst, dich an das Gesicht des Mörders zu erinnern“, stellte Brandon in sanften Ton fest und setzte sich neben sie.

Mit zusammengekniffenen Lippen nickte Tara.

„Du weißt, was Allan gesagt hat?“

„Ja, ich weiß. Ich kann es nicht erzwingen, ich soll Geduld haben und so weiter“, brach es frustriert aus ihr heraus. „Aber das ist leichter gesagt als getan. Ich dachte, wenn ich den Mann nicht beschreiben kann, kann ich ihn vielleicht zeichnen, aber es funktioniert nicht.“

Ihre Augen füllten sich mit Tränen. „Ich habe nicht nur zugelassen, dass er meine Schwester ermordet hat, sondern bin jetzt auch noch völlig nutzlos, ihn zu beschreiben. Am Ende hätte ich ihr auch gleich das Messer ins Herz stoßen können.“

Vor Anstrengung ihr Weinen zu verhindern, begannen ihre Schultern und ihr Brustkorb zu zittern. Hastig drehte sie sich weg, doch Brandon zog sie zurück.

„Hey, das ist nicht wahr und das weißt du auch“, widersprach er entschieden. Seine Stimme blieb dabei jedoch warmherzig.

„Ich habe ihr nicht geholfen“, schluchzte sie.

„Du hast alles getan, was du konntest.“

„Ich habe sie verbluten lassen. Wenn ich wenigstens die Waffe nicht herausgezogen hätte, wenn ich gewartet hätte ...“

„Das ist Unsinn, Tara. Das Ende jener Nacht stand von Anfang an fest. Nichts was du getan oder nicht getan hast, hat daran etwas ändern können.“

Tröstend strich Brandon ihr über den Rücken, während Tara herzzerreißend in seinen Armen weinte. Sie hatte keine Kraft mehr, sich den Tränen, dem Schmerz und dem Grauen der Bilder in ihrem Kopf zu widersetzen.

„Es ... es tut mir leid“, stotterte sie schließlich Minuten später. „Normalerweise bin ich nicht so eine Heulsuse.“

„Du bist alles andere als das, Tara“, protestierte Brandon und reichte ihr ein Taschentuch. „Es war ein emotional anstrengender Tag. Du kannst nicht erwarten, dass er keine Spuren hinterlassen hat.“

„Ich weiß“, seufzte sie. „Jetzt sehe ich zu allem Überfluss auch noch ganz schrecklich aus.“

„Deine Augen sind ein wenig gerötet, aber deswegen bist du immer noch wunderschön.“ Intensiv sah Brandon sie an und spürte, dass ihr noch mehr auf der Seele brannte.

„Was ich dir noch sagen wollte ...“, begann Tara da auch schon leise, stockte allerdings sofort wieder.

„Ja?“, half er ihr aufmunternd weiter.

„Es tut mir leid, dass ich dich mit deinem Vater verglichen habe. Das hätte ich niemals tun dürfen.“

„Denk nicht mehr darüber nach. Es ist längst vergessen“, lächelte Brandon. „Ich gebe zu, dass es am Anfang wehgetan hat, aber ich habe es verstanden. Du kanntest mich nicht und nachdem, was du gerade erlebt hattest, war es ein Wunder, dass du nicht sofort gegangen bist.“

„Es tut mir leid“, wiederholte sie flüsternd, währenddessen sie ihren Blick senkte.

Sanft legte Brandon einen Finger unter ihr Kinn und zwang sie damit, ihm wieder in die Augen zu sehen. Er gab ihr einen Moment Zeit, um vorauszusehen, dass er sie küssen würde und einen weiteren Moment, um sich gegebenenfalls zurückzuziehen.

Doch als Tara seinen nächsten Schritt erfasste, sah Brandon in ihrem Blick die gleiche spannungsgeladene Sehnsucht, die auch in ihm tobte.

Seine Hand rutschte von ihrem Kinn an ihre Wange und er wollte sich gerade zu ihr nach vorne beugen, als Zweifel ihn unvermittelt aufhielten.

Wollte Tara diese Nähe zu ihm wirklich oder war sie nur der emotionalen Nachwirkung der Hypnose geschuldet? War er gerade dabei, ihre Verletzlichkeit auszunutzen? Das wollte er auf keinen Fall!

„Küss mich, Brandon!“, flüsterte Tara plötzlich eindringlich, die seine Unsicherheit zu spüren schien.

In Nullkommanichts lösten sich all seine Bedenken auf und Brandon nahm ihren Mund in Besitz. Immer wieder hatte er sich in den letzten Tagen vorgenommen, wenn er ein zweites Mal die Chance bekäme, Tara zu küssen, so würde er noch einmal von vorne anfangen und jede kleine Berührung genießen. So wie beim ersten Mal würde er langsam und zärtlich vorgehen.

Bis ins Detail erinnerte er sich an die Wucht der Emotionen, die damals unerwartet stark über ihn hereingebrochen waren und er hatte sich geschworen, ihnen nicht nachzugeben, sondern vielmehr die typische Anfangsspannung des Kennenlernens und Erforschens des anderen Körpers zu genießen und in die Länge zu ziehen. Als seine Lippen jetzt jedoch Taras Mund berührten, war dies alles vergessen.

Bei der ersten Berührung entzündeten sich hunderttausende kleiner Funken, die in Orkangeschwindigkeit durch seinen Körper flogen. Sie setzten seine Organe in Flammen und binnen weniger Sekunden brannte seine männliche Leidenschaft lichterloh. Instinktiv versuchte Brandon das Feuer in ihm zu löschen und zog Tara auf seinen Schoß. Fest hielt er sie an seinen Körper gepresst und küsste sie, als ob sein Leben davon abhinge.

Seine Hand glitt unter ihr T-Shirt, doch ihre zarte Haut unter seinen Fingerspitzen entfachte das Feuer noch mehr. Mit einer fließenden Bewegung zog er den Stoff über ihren Kopf und ließ ihn auf den Boden fallen. Durch sein Hemd spürte er die perfekte Rundung ihrer prallen Brüste, doch das war ihm nicht genug. Als erstes musste der BH verschwinden. Unbewusst nahm er dessen zartrosa Spitze wahr, doch Brandon hatte keine Zeit, sich damit aufzuhalten. Stattdessen löste er geschickt den Verschluss und fing Taras Brüste in seinen Händen auf.

Leise stöhnte er, als er die warme, weiche Haut in seinen Handflächen spürte. Ihre Brustwarzen waren gehärtet und plötzlich schien ihm nichts verlockender als diese zu kosten.

„Ah!“, seufzte Tara erregt, als Brandons Zunge über ihre Brust tanzte. Fordernd presste sie ihre Hüfte gegen seine Männlichkeit. Er war so hart! Dennoch war der Druck nicht einmal ansatzweise genug. Nicht unten, nicht oben. Nirgendwo. Ihre Brust schmerzte bereits vor Sehnsucht. Sie wollte keinen zärtlichen Walzer. Sie wollte feurigen Tango.

Hungrig drängte sie ihren Busen näher an seinen Kopf und bemerkte erfreut, dass Brandon ihr Bedürfnis verstand. Wohlig stöhnte sie, als sich seine Lippen um ihre Brustwarze schlossen und für eine Sekunde genoss sie das wunderbare Gefühl, das ihren Körper durchströmte.

Die Erleichterung war jedoch nur von kurzer Dauer, denn statt ihre Gier auf Dauer zu befriedigen, stieg diese nur in noch weitere Höhen hinauf. Schnell atmend bog sie ihren Rücken nach hinten und legte den Kopf in den Nacken. Niemals zuvor hatte sie eine derartige sexuelle Lust verspürt.

Taras Hände fummelten an Brandons Hemdknöpfen. Sie wollten seine Haut ebenfalls fühlen. Doch irgendwie reichte die Energie in ihren Fingern nicht. Kraftlos ließ sie die Arme sinken und lehnte sich zurück. Nicht einen Moment dachte sie daran, dass sie keine Lehne im Rücken hatte. Es gab nur Brandon, doch sie zweifelte nicht, dass er sie mit seinen Armen halten würde. Im Augenblick zählte nichts, außer dass ihr Heißhunger nach körperlicher Intimität gestillt werden musste. Seit wann entfachte Sex eine derartige Sucht in ihr?

Brandon spürte, wie Taras Körper vor Leidenschaft zitterte und begriff, dass sie kein romantisches Vorspiel brauchte. Sofort fiel der selbstauferlegte Druck, sich Zeit zu lassen, von ihm ab und er fühlte sich von einer zentnerschweren Last befreit. Auf der einen Seite wollte er zwar jeden Zentimeter von Taras Haut in aller Ruhe erkunden, auf der anderen Seite war er jedoch bereits kurz vor dem Höhepunkt. Und das, obwohl er gerade erst angefangen hatte.

Noch keine Frau hatte ihn bislang an die Grenze seiner Ausdauer gebracht. Aber mit Tara war alles anders. Wenn er es nicht besser wüsste, hätte er gesagt, dass er dieses Spiel zum ersten Mal spielte. Aber auf jeden Fall war es eine neue Variante des altbekannten Spiels.

Brandon spürte Taras Weiblichkeit an seinem hartgeschwollenen Glied und stöhnte. Diesem Druck würde er nicht lange standhalten können. Wenn er Tara allerdings das geben wollte, was ihr Körper im Augenblick so dringend brauchte, musste er schnellstens etwas unternehmen. Seine linke Hand griff unter ihre Haare an ihren Hinterkopf, während sein Arm ihren Rücken stützte. Zeitgleich öffnete seine rechte Hand ihre Jeans. Er hörte, wie sie nach Luft schnappte, als seine Hand in ihren Slip glitt.

Brandon spürte ihre Feuchte an seinen Fingerspitzen und stöhnte. Schnell biss er die Zähne zusammen, doch sein Verlangen hatte bereits Stärken erreicht, die einem Taifun glichen. Irgendwie schaffte er es, ihre Hose über den Po nach unten zu ziehen. Dann stand er auf und hob sie auf die Tischplatte. Er sah ihren überraschten Blick, der jedoch sofort vom Schleier der Leidenschaft überzogen wurde.

„Du bist wunderschön!“, flüsterte er bewundernd mit rauer Stimme und erfreute sich an der leichten Röte, die ihre Wangen überzog. Niemals hatte er eine begehrenswertere Frau gesehen. Er legte ihre Beine auf seine Schultern, dann beugte er sich vor und küsste sie an ihrer intimsten Stelle.

Taras Atem blieb stehen, während ihr Herzschlag davonpreschte. Von jetzt auf gleich brach eine Hitzewelle in ihr aus und in ihrem Kopf entstand eine Vielfalt an bunten Farben, die fortwährend ineinander liefen und immer neue, immer schönere Farbkreationen entstehen ließen. Nie zuvor hatte sie solch ein Gefühl erlebt. Allerdings hatte auch noch kein Mann sie an dieser Stelle geküsst.

In der allerersten Sekunde war es ihr peinlich gewesen und sie hatte Brandon aufhalten wollen, doch noch bevor sie hatte reagieren können, hatte die Emotion sie überwältigt. Selbst wenn sie noch gewollt hätte, wäre es ihr unmöglich gewesen, ihn zu stoppen. Es war einfach zu schön und ihr Körper sehnte sich nach mehr. Er wollte nicht, dass es aufhörte.

Sie lehnte sich auf ihren Unterarmen zurück und überließ sich der Spannung, die sich immer weiter in ihr aufbaute. Ihr Atem kam schneller, ihr Körper begehrte immer schneller immer mehr und sie spürte, wie Brandon ihrem körperlichen Verlangen nachkam. Sie spürte seine Finger in ihr, seine Lippen, seine Zunge auf ihr, doch es war nicht genug.

Wie ein Tornado wirbelte es ihre Begierde immer weiter hinauf und plötzlich wusste sie nicht, ob das, was sie empfand, noch schön war oder ob es nicht vielmehr schmerzte. Hin und her gerissen zwischen beidem, richtete sie sich ein wenig auf und sah ihn flehend an.

„Brandon!“, presste sie hilflos hervor. Dann verlor sie sprichwörtlich den Boden unter den Füßen, und sie schrie leise auf. Eine Welle der Schwerelosigkeit erfasste sie und trug sie in unendliche Weiten davon. Glücklich seufzend gab Tara jeden Widerstand auf und überließ sich den überwältigenden Gefühlen.

Erfahren steuerte Brandon sie durch ihren Orgasmus. Er spürte, die Kontraktionen von Taras Muskeln, er sah die Reaktion ihres Körpers sowie den Glanz der Lust auf ihrem Gesicht. Niemals hatte er etwas Schöneres erlebt als die letzten Minuten, und niemals hatte er sich besser und männlicher gefühlt.

Sofort als er Taras intimste Stelle geküsst hatte, hatte er an ihrer Reaktion gesehen, dass sie dies noch nie getan hatte und es hatte ihn beflügelt. Die Gewissheit, der erste und bislang einzige Mann zu sein, der Tara wirklich kostete, war atemberaubend gewesen. Sie war atemberaubend. Über seine Begeisterung hatte er sogar seine eigenen Bedürfnisse völlig vergessen. In den letzten Minuten hatte einfach nichts eine Rolle gespielt, außer Tara einen unvergleichbaren Moment zu schenken und sie zumindest für eine kurze Zeit die grausamen Ereignisse in ihrem Leben vergessen zu lassen. Ein Blick in ihre glänzenden Augen genügte, um sein männliches Ego in den Himmel zu katapultieren. Wow! Das war mindestens ebenso gut wie ein eigener Orgasmus.

Vorsichtig setzte sich Tara auf. Dabei verwandelte sich die erhitzte Röte auf ihren Wangen in eine Schamesröte. „Es tut mir leid“, lächelte sie verlegen. „Es war egoistisch von mir ...“

„Ich war egoistisch, Sweetheart“, korrigierte Brandon sanft. „Ich wollte dich riechen, kosten, sehen, hören. Ich wollte alles von dir und dabei wollte ich nicht abgelenkt sein.“ Liebevoll küsste er ihre Stirn, ihre Nase, ihre Schläfen, bevor er sich ihrem Mund widmete. Dieses Mal war es ein zärtlicher Kuss, bei dem sich allerdings seine eigene Lust wieder in den Vordergrund drängte.

„Für meinen Geschmack hast du weitaus zu viel an“, bemerkte Tara, als Brandon seine Lippen an ihrem Hals hinuntergleiten ließ. Behände knöpfte sie sein Hemd auf und ließ ihre Fingernägel über seine beeindruckende Brust- und Bauchmuskulatur streichen.

„Wow!“, bemerkte sie anerkennend und beobachtete, wie sein Körper unter ihren Fingerspitzen eine Gänsehaut ausbildete. Sein

Brustkorb hob und senkte sich sichtbar. Neugierig warf Tara einen Blick nach unten und lächelte zufrieden. Die Wölbung in seiner Hose war nicht zu übersehen.

Neckend ließ sie ihre Finger darüberfahren und stellte erstaunt fest, dass sich auch ihr eigener Herzschlag wieder beschleunigte. Auf einmal wollte sie Brandon ebenso nackt sehen wie sie war. Außerdem wollte sie ihn richtig berühren, nicht nur durch den Stoff seiner Hose. Ihre Finger zitterten bereits vor Vorfreude. Allerdings musste sie zuerst noch ein Problem lösen. Seine Jeans besaß keinen Reißverschluss und ihren Fingern fehlte im Augenblick die Kraft, die fünf unter Spannung stehenden Knöpfe zu lösen.

„Zieh dich aus!“, befahl sie daher kurzentschlossen.

Unwillkürlich musste Brandon grinsen. „Wie Sie wünschen, Mylady!“

Rasch entstieg er seiner Hose und zog dabei auch gleich die Socken mit aus. Zum ersten Mal fühlte er dabei eine leichte Unsicherheit. Würde er Tara ebenso gefallen, wie sie ihm gefiel? Doch ein Blick in ihre Augen verriet ihm, dass er sich keine Gedanken machen musste. Sie begehrte ihn. Mehr Sorgen sollte ihm sein akuter körperlicher Zustand bereiten. Wenn er nicht bereits bei ihrer ersten Berührung kommen wollte, sollte er sich besser konzentrieren und versteckte Kräfte mobilisieren.

„Ich bin dran!“, entschied Tara und rutschte vom Tisch. In einer fließenden Bewegung ging sie vor ihm in die Hocke.

Allein ihr Anblick ließ Brandon erstarren. Sie war wirklich das aufregendste Geschöpf auf Erden. Der Druck in seinem Glied stieg an, worüber sich Brandon insgeheim wunderte. Er hätte es nicht für möglich gehalten.

„Nicht hier!“, stieß er unter Anstrengung aus. Kurz entschlossen hob er Tara auf seine Arme und trug sie in sein Schlafzimmer. Vorsichtig legte er sie auf seinem großen King-Size-Bett ab.

Kondom, schoss es Brandon durch den Kopf, und er entschied, es besser gleich zu holen, bevor er es vergaß. Wahrscheinlich war es auch besser, es direkt anzulegen. Aus seiner Nachttischschublade nahm er das schützende Gummi, doch bevor er handeln konnte, nahm Tara es ihm ab.

„Ich kümmere mich darum“, versprach sie und drückte ihn leicht an den Schultern nach hinten.

Brandon verstand und ließ sich in die Kissen gleiten. Er spürte ihre warmen Lippen auf seinem Brustkorb, er spürte, wie sie sich langsam ihren Weg nach unten suchten und er stöhnte, als ihre Zunge über seine Eichel fuhr. Feine Schweißperlen bildeten sich auf seiner Stirn, während seine Männlichkeit den Weg in ihren Mund forderte. Gespannt vor Lust reckte er sich noch ein Stückchen weiter.

Bitte, bitte, lass mich hinein, hörte Brandon ihn innerlich flehen, doch er wusste nicht, ob es eine gute Idee war. Er wollte es. In diesem Moment wollte er sogar nichts anderes, aber er war sich nicht sicher, ob er den Höhepunkt dann noch lange hinauszögern konnte. Es wurde warm. Heiß. Feucht.

„Ooh!", stöhnte er. „Oah!" Das war Wahnsinn! Das war Himmel und Hölle zugleich!

„Oah, Tara!", stieß er aus. Dann änderte sich seine Tonlage. Er würde kommen. Verdammt! Nein!

„Tara! Kondom!", rief er flehend und nahm das Gummi, das sie neben sich auf die Bettdecke gelegt hatte. Wie ein Verdurstender eine Wasserflasche öffnen würde, riss er die Verpackung auf und streifte es über, während Tara seine Lage sichtlich genoss.

Bestimmt schob sie seine Hand zur Seite und nahm seinen Penis in ihre. Die Macht, die sie über seinen Körper hatte, gefiel ihr und hatte auch ihre eigene Lust wieder geweckt.

Während sie sein Glied streichelte, beugte sie sich zu ihm vor, um ihn zu küssen, doch Brandon hatte eine andere Idee. Er zog sie zu sich heran und umschloss ihre Brustwarze mit seinen Lippen, bevor er zärtlich zu saugen begann.

Leise seufzte Tara. Das war unglaublich. In ihrer Scheide begann es zu ziehen und sie spürte, wie sie erneut feucht wurde. Mit einem Mal wollte sie ihn in sich spüren.

Auch Brandon stöhnte vor Lust und plötzlich fuhr ein Zittern durch seinen Körper.

„Tara, es tut mir leid, aber ich kann nicht mehr", presste er hervor und ließ sich zurückfallen.

Verstehend setzte sich Tara auf und ließ sich langsam auf ihm nieder. Dabei nahm sie ihn ganz in sich auf.

„Oah! Du bist unglaublich!", flüsterte Brandon, während er sie leidenschaftlich ansah.

„Du auch!“, gab Tara zurück. Dann ritt sie ihn und innerhalb weniger Sekunden erreichten sie beide ihren gemeinsamen Höhepunkt.

Nachdem sie zusammen geduscht hatten, stand Tara ein wenig unschlüssig in Brandons Schlafzimmer.

„Was ist los?“, erkundigte sich Brandon besorgt. „Warum kommst du nicht zurück ins Bett?“

„Ich weiß nicht, ob du das willst. Ehrlich gesagt bin ich nicht sehr erfahren in diesen Dingen. Ich weiß nicht, wie die Regeln nach solchem Sex sind.“

Unwillkürlich runzelte Brandon die Stirn, schlug aber die Bettdecke einladend zurück. „Komm her, Sweetheart!“

Ein wenig schüchtern kehrte Tara in seinen Arm zurück.

„Solcher Sex?“, wiederholter er fragend. „Kannst du mir erklären, was du damit meinst?“ Seine Stimme klang ein wenig neckend, denn er glaubte eine Vorstellung von dem zu haben, was in Tara vor sich ging. Er mochte zwar nicht wissen, ob sich zwischen ihnen wirklich etwas Ernsthaftes entwickeln würde, aber er war sich ziemlich sicher, dass Tara kein Typ für One-Night-Stands war.

Unschlüssig zuckte Tara mit der Schulter. „Ich weiß nicht, was es war, Brandon.“

„Es war leidenschaftlicher, unglaublich schöner, magischer, wunderbarer, sensationeller Sex, Tara. Es war einzigartig.“ Verwundert bemerkte er, wie Taras Augen wieder zu leuchten begannen und sich die entstandene Anspannung in ihr löste. Hatte sie wirklich gedacht, die letzte halbe Stunde wäre für ihn bedeutungslos?

„Nur damit wir uns richtig verstehen“, erklärte er ernst. „Ich schlafe nicht einfach mit einer Frau. Es bedeutet mir etwas. Du bedeutest mir etwas und wir wissen beide, dass zwischen uns etwas Besonderes ist. Was mich betrifft, so würde ich gerne sehen, wo uns das hinführt.“

Fest sah er ihr in die Augen. Was er zu sagen hatte, fiel ihm nicht leicht, zumal er sich bisher auch noch keine Gedanken darüber gemacht hatte, wie er seine Gefühle ausdrücken sollte. Schließlich hatte er ursprünglich erst den Fall lösen wollen und somit hätte er noch genügend Zeit gehabt, darüber nachzudenken, wie es mit ihm und Tara weitergehen würde. Doch nun hatten sich die Dinge verselbstständigt.

„Ich muss gestehen“, beichtete er, „dass ich bislang noch nie eine feste Beziehung eingegangen bin.“

Überrascht sah Tara ihn an. „Noch nie? Warum nicht?“

„Zu einer Beziehung gehört für mich vor allem Ehrlichkeit. Es darf keine Geheimnisse, keine Tabuthemen geben. Bislang habe ich jedoch noch keine Frau getroffen, der ich von meiner Familie und vor allem von meinem Vater erzählen wollte. Bis heute war ich nicht bereit, mich einem Menschen voll und ganz zu öffnen.“

„Du sagst, ‚bis heute'?“

„Bis zu dir. Dir habe ich von Franco erzählt. Du weißt ganz sicher noch nicht alles über mich, doch du kennst mein dunkelstes Geheimnis.“

„Aber hättest du mir auch ohne die äußeren Umstände davon berichtet?“

Brandon nahm sich einen kurzen Moment Zeit, um über die Frage nachzudenken.

„Wahrscheinlich hätte ich es nicht nach so kurzer Zeit getan“, gestand er. „Allerdings hätte ich dir auch unter den gegebenen Umständen nicht schon Samstagabend von Franco erzählen müssen.“

„Warum hast du es dennoch getan?“, hakte Tara gespannt nach.

„Weil ich von Anfang an eine ehrliche Basis mit dir haben wollte. Es besteht wohl kein Zweifel daran, dass ich dich begehre, aber das ist nicht das Einzige was zwischen uns existiert, zumindest nicht was mich betrifft. Ich habe dich sehr gern, Tara, und ich möchte wirklich liebend gern mehr Zeit mit dir verbringen, um meinen Gefühlen für dich die Chance zu geben, wachsen zu können.“

Fragend sah er sie an. „Was ist mit dir? Was möchtest du?“

„Das Gleiche“, flüsterte sie leise mit Tränen in den Augen.

Prüfend musterte Brandon sie. Wenn sie seine Gefühle teilte, warum war sie dann traurig? Hätte sie sich nicht freuen und erleichtert fühlen sollen wie er? Nachdenklich suchte er nach einer Erklärung und als er sie gefunden hatte, verfluchte er sich innerlich. Was war er doch für ein Egoist. Er hatte die Welt nur aus seiner Perspektive gesehen.

„Es tut dir leid, dass deine Schwester nicht mehr da ist, richtig? Du wünschtest, sie könnte mich kennenlernen und wir könnten alle

Feste und Feiertage im Jahr gemeinsam als Familie feiern. Wahrscheinlich hast du auch ein schlechtes Gewissen, weil Hannah all diese Dinge nicht mehr erleben wird."

Hastig nickte sie. Woher wusste Brandon, was sie dachte, was sie fühlte? Aus Angst, dass sie die Tränen nicht zurückhalten konnte, wenn sie sprach, verzichtete Tara jedoch darauf, ihn zu fragen.

„Komm her, Sweetheart!" Liebevoll zog er sie an sich und stellte wieder einmal fest, wie richtig sich das anfühlte. Tara gehörte in seine Arme. Daran bestand für ihn nicht der geringste Zweifel.

Schon nach wenigen Minuten spürte Brandon, wie ihre Atmung gleichmäßiger und tiefer wurde. Tara war eingeschlafen.

Kein Wunder nach der emotionalen Achterbahnfahrt, dachte Brandon und hoffte dabei, dass es eine traumlose Nacht für sie werden würde. Sie brauchte dringend erholsamen Schlaf.

Wie wäre es wohl, jede Nacht mit Tara einzuschlafen und jeden Morgen mit ihr aufzuwachen?, überlegte er träumerisch und ließ seine Finger mit ihren weichen Haaren spielen. Doch noch bevor Brandon eine Antwort auf die Frage gefunden hatte, fielen auch ihm die Augen zu.

KAPITEL 24

Es war noch dunkel draußen, als Brandon am nächsten Morgen erwachte. 6:37Uhr zeigte die digitale Anzeige seines Weckers. Noch immer hatte er Tara in den Armen und ihre Füße lagen zwischen seinen Beinen. Es fühlte sich gut an. Sehr gut sogar. Auch sein Körper war dieser Meinung. Nur zu gut erinnerte er sich an das Liebesspiel der Nacht, und er zeigte sehr deutlich, dass er überhaupt nichts gegen eine Wiederholung hatte. Im Gegenteil.

Noch während Brandon überlegte, ob er Tara mit sanften Küssen zu einem hingebungsvollen Guten-Morgen-Liebesspiel wecken oder ihr besser noch etwas Schlaf gönnen sollte, leuchtete das Display seines Handys auf.

Schon wach?, schrieb Rafael.

Einen Moment überlegte Brandon die SMS zu ignorieren, doch dann siegte sein Pflichtgefühl. Er hatte fast fünf Stunden geschlafen. Das war mehr, als er sonst in drei Nächten bekam, wenn er einen Serientäter jagte. Mit einem Mal regte sich auch sein schlechtes Gewissen. Sein Partner hatte wahrscheinlich weitaus weniger Schlaf bekommen.

Melde mich in zehn Minuten, sendete Brandon zurück. Dann entzog er sich vorsichtig Taras Körper und deckte sie fürsorglich mit seiner Decke zu. Kurz verharrte sein Blick auf ihrem Gesicht. Im traumlosen Schlaf wirkte sie völlig entspannt. Ganz anders als am Tag, wenn die Realität sie quälte.

Es wird Zeit, dass wir diesen Kerl endlich fassen, dachte Brandon wütend und stand auf. Leise ging er ins Bad und schloss geräuschlos die Tür hinter sich. Rasch sprang er unter die Dusche, putzte die Zähne und rasierte sich. Dann schlüpfte er in seine Jeans vom Vortag und zog ein schwarzes T-Shirt darauf. Fürs Büro konnte er sich später fertigmachen.

Vierzehn Minuten später wählte er Rafaels Nummer mit einer Hand und stellte mit der anderen die Kaffeemaschine an.

„Wie war die Nacht?“, war Rafes erste Frage. Er hatte genügend eigene praktische Erfahrungen mit Allan Kings Sitzungen, um zu wissen, dass die nächsten Nächte nicht unbedingt ein Spaziergang waren.

„Wider Erwarten ruhig“, antwortete Brandon, verzichtete aber darauf seinem Partner zu erzählen, dass er Tara zumindest für einen Teil der Nacht anderweitig beschäftigt hatte. Dafür berichtete er ihm von den Ergebnissen der Hypnose.

„Sie hat den Kerl also nicht beschreiben können“, stellte Rafael frustriert fest.

„Nein. Sie sagte, dass sie ihn kennt, aber das war alles.“

„Das würde allerdings unseren Neurochirurgen als Täter ausschließen. Du sagtest doch, dass sie Lester Jefferson nie gesehen hat, richtig?“

„Zumindest nicht als Freund ihrer Schwester. Vielleicht hat sie ihn aber bei einer anderen Gelegenheit kennengelernt und hat nur die Verbindung nicht gefunden. Ich werde sie noch einmal explizit nach Jefferson fragen, wenn sie wach ist.“

„Das solltest du unbedingt tun, denn ich habe vorhin etwas durchaus Interessantes über ihn herausgefunden.“

„Tatsächlich? Und das wäre?“

„Du glaubst nicht, in welcher Forschungsgruppe unser lieber Freund während seiner Facharztausbildung mitgearbeitet hat.“

Brandon überlegte einen Moment, bevor er erstaunt ausrief. „Das ist nicht dein Ernst. Er hat nicht an diesem Erinnerungsenzym geforscht.“

„Doch! Das Projekt unterlag damals strengster Geheimhaltung. Erst nach Jahren sind die Ergebnisse veröffentlicht worden, aber auch hier hat man sich sehr zurückgehalten. Ich bin nur durch Zufall darauf gestoßen. Der Forschungsauftrag wurde damals von der Regierung an die neurologische Fakultät in Harvard vergeben, doch die Gelder kamen direkt vom Militär. Die Leitung der Studie hatte der Professor, bei dem Jefferson zuerst promoviert und später seine Qualifikation abgelegt hat.“

„Das ist in der Tat interessant. Und du bist sicher, dass es bei dem Projekt um die Wirkung von CaMKII ging?“

„Definitiv. Immer mehr Kriegsveteranen litten an PTBS und der Druck auf die Regierung wuchs von allen Seiten. Da man das Enzym bereits an Mäusen getestet hatte, war man nun bereit für den nächsten Schritt. Die Vergabe an Menschen.“

„Glaubst du, dass die damaligen Forschungsmitarbeiter immer noch der Schweigepflicht unterliegen und Jefferson die Studie deswegen uns gegenüber nicht erwähnt hat?"

„Das wäre möglich. Allerdings ist es mittlerweile in den entsprechenden Kreisen bekannt, dass Harvard daran gearbeitet hat und auch wenn man ein wenig suchen muss, lassen sich doch Informationen darüber finden. Er hätte also zumindest von dem Projekt und seiner Teilnahme berichten können."

„Wir werden ihn auf alle Fälle danach fragen. Ich bin gespannt, was er dazu zu sagen hat", beschloss Brandon.

„Ich auch. Für alle Fälle habe ich seinen Vertrag angefordert, um herauszufinden, wie weit er sich auf irgendeine Schweigeverpflichtung berufen kann. Hast du schon die Mails gecheckt?", wechselte Rafael das Thema.

„Noch nicht. Was ist dabei?"

„Die Untersuchungsergebnisse von Wayne Wilfleys Messerset sind gekommen. Es ist wie Taras Nachbar gesagt hat. An einem Messer befanden sich Blutspuren, aber sie waren eindeutig von einem Tier. Ich denke, wir können den Mann aber ohnehin von unserer Liste streichen. Mein Gefühl sagt mir, dass er mit dieser Sache nichts zu tun hat."

„Das sagt meines auch. Bei dem, was du in den letzten Stunden alles herausgefunden hast, wage ich gar nicht mehr zu fragen, aber hast du zufällig auch noch mit Kevins Vater, Joe Peters, gesprochen?"

„Habe ich, aber er ist definitiv nicht unser Mann. Außer dass sein Sohn ihm hin und wieder etwas Geld schenkt, wie er es ausdrückt, hat er keinen Kontakt zu ihm oder seiner Exfrau. Im Großen und Ganzen deckt sich seine Erzählung mit der deiner Tante. Lediglich die Begründung, warum er seine Familie verlassen hat, hat einen anderen Schwerpunkt. Er berichtet, dass seine Frau mit der Medienflut, die durch die Aufdeckung von Fogelbergs Taten über sie hereingebrochen ist, nicht fertiggeworden sei. Sie wäre völlig ausgerastet und hätte keine Hilfe angenommen. Ihr einziges Ziel sei gewesen, Kevin und dich von Zuhause wegzubringen und das an zwei möglichst weit voneinander entfernt liegenden Orten."

„Und das wollte Joe natürlich unbedingt verhindern", warf Brandon sarkastisch ein.

„Er redet sich die Sache schön und meint, seine Frau hätte ihn damals rausgeworfen. In seinen Augen ist es auch ihre Schuld, dass sein Sohn jeden Kontakt zu ihm ablehnt."

„Was sagt er über Fogelberg?"

„Nicht viel, außer dass er schon immer geahnt hat, dass mit dem Mann etwas nicht stimmt und es gut ist, dass er hinter Schloss und Riegel sitzt. Es war das Übliche, was man zu hören bekommt. Viel Geschwätz mit dummen Plattitüden, aber nichts, was auf verborgene Emotionen hindeutet, die ihn als Komplizen von Fogelberg in Verdacht bringen würden."

„Zumindest haben wir ihn überprüft und können ihn damit definitiv ausschließen."

„Das sehe ich auch so. Warten wir unser Gespräch mit dem Neurochirurgen ab, dann sehen wir weiter. Vielleicht haben wir heute Mittag auch schon Glück mit Fogelberg. Die Kameras sind jedenfalls angebracht und laufen einwandfrei."

„Perfekt."

„Dann sehen wir uns nachher im Büro, oder soll ich dich abholen?"

„Nicht nötig. Solange wir den Kerl nicht haben, will ich kein Risiko eingehen. Daher habe ich mit Tara vereinbart, dass sie in jedem Fall heute in der Wohnung bleibt. Es kann allerdings sein, dass ich ausnahmsweise mal nicht ganz so früh, sondern erst kurz vor neun im Büro bin."

„Kein Problem. Frühstücke in Ruhe mit Tara und sag ihr noch mal, dass sie auf keinen Fall jemandem außer uns die Tür aufmachen soll. Bereite sie auch auf alle erdenklichen Geschichten vor, die sich jemand ausdenken könnte, um sie aus dem Haus zu locken."

„Das habe ich zwar schon, aber ich erinnere sie noch mal. Bis später, Rafe!"

„Bis dann!"

„War das Rafael?" Mit vom Schlaf noch zerzausten Haaren trat Tara ins Wohnzimmer.

Sie trug ein T-Shirt, das gerade das nötigste bedeckte und ihr Anblick verschlug Brandon die Sprache. Daher nickte er nur stumm.

„Du bist früh wach", stellte Tara fest und blieb vor ihm stehen.

Statt einer Antwort beugte er sich zu ihr vor und küsste sie. Unmöglich konnte er ihrem Anblick widerstehen. Ursprünglich sollte es nur ein leichter Guten-Morgen-Kuss werden, doch als sich Taras Körper wie selbstverständlich an seinen schmiegte, waren alle Vorsätze vergessen. Für Brandon zählte nur noch die Befriedigung der Leidenschaft, die ebenso stark wie in der Nacht zuvor in ihm brannte und er spürte, dass es Tara nicht anders erging.

„Brandon!“, flüsterte sie atemlos, als er sie mit dem Rücken an die Wand presste, ihr Shirt nach oben schob und seine Hand ihre Brust umschloss, während sein Mund sie erneut küsste.

„Du hast nicht zufällig ein Kondom mitgebracht?“, fragte er leise und küsste dabei zärtlich ihr Ohrläppchen.

„Vergessen“, stieß sie hervor.

„Dann müssen wir den Wohnzimmersex für heute Abend aufheben“, entschied Brandon und hob sie auf. Sofort umschlangen ihre Beine seine Hüften. Küssend suchte er den Weg ins Schlafzimmer und dachte dabei, dass er sich keinen besseren Start in den Tag denken konnte.

Vierzig Minuten später saßen sie beide angezogen am Frühstückstisch.

„Kaffee?“, erkundigte sich Brandon.

„Gerne“, erwiderte Tara und hielt ihm ihre Tasse entgegen.

„Ich muss sagen, an diese Art von Frühsport könnte ich mich gewöhnen“, gestand Brandon grinsend.

„Tatsächlich?“, neckte Tara.

„Ja! Es ist definitiv besser als Joggen.“

„Und effektiver. Mein Herz hat sich, glaube ich, immer noch nicht richtig beruhigt.“

„Dann brauchst du mehr Übung, Sweetheart“, erklärte Brandon und stahl sich einen Kuss.

„Was machst du heute?“

„Als erstes verhören Rafe und ich noch einmal Hannahs Freund, den Neurochirurgen. Das erinnert mich übrigens daran, dass ich dir noch ein Bild von ihm zeigen wollte. Vielleicht hast du ihn ja doch schon einmal gesehen.“

„Nein, ich denke nicht. Hannah hätte es mir dann mit Sicherheit gesagt.“

„Lass uns trotzdem schauen. Auf der Website des Krankenhauses steht ein Bild von ihm.“ Mit einer Hand drehte Brandon seinen Rechner zu ihm herum und gab die Adresse der Klinik ein. Im selben Moment ertönte ein harmonischer Klingelton.

„Was ist das?“, wollte Tara wissen.

„Das Haustelefon. Vermutlich ist es der Empfang.“ Brandon ging hinüber zur Wohnungstür und nahm den Hörer ab. „Ja? ... Ja, schicken Sie ihn rauf ... Danke!“

Fragend sah Tara ihn an.

„Wir bekommen Besuch von meinem Cousin“, kündigte er an.

„Du hast einen Cousin? Warum hast du noch nichts von ihm erzählt? Bisher hatte ich den Eindruck gewonnen, dass du mehr oder weniger familienlos bist.“

„Das ist auch so. Wir haben praktisch seit zwanzig Jahren keinen Kontakt zueinander. Vorgestern haben wir uns zum ersten Mal wiedergesehen und das auch nur, weil wir ihm in Bezug auf Franco ein paar Fragen stellen mussten.“

„Und wie ist es gelaufen?“

„Zuerst war es schwierig. Nach allem, was passiert war, hat meine Tante mich gehasst. Das tut sie selbst heute noch. Damals hat sie ihrem Sohn jeglichen Kontakt zu mir untersagt. Dementsprechend hat Kevin all die Jahre Abstand gehalten, und ich habe das respektiert, obwohl wir die ersten neun oder zehn Jahre quasi wie Brüder aufgewachsen sind. Im Laufe unseres Gesprächs hat sich die Atmosphäre jedoch geändert und er wollte sich melden.“

„Es würde dir gefallen, wenn ihr euch wieder annähern könntet, richtig?“

„Ich glaube schon, ja. Ich weiß nicht, ob jemals eine neue Freundschaft zwischen uns wachsen kann, aber ich wäre schon glücklich, wenn wir zumindest die Vergangenheit begraben könnten und er mich nicht für die Taten meines Vaters verantwortlich macht.“

„Er ist mittlerweile ein erwachsener Mann. Ich bin sicher, dass er die Einstellung seiner Mutter heute differenzierter beurteilen kann als ihm das als Kind oder Jugendlicher möglich war.“

„Ich hoffe“, seufzte Brandon. „Ach ja, noch eines. Mein Cousin ist übrigens Kevin Peters. Ich weiß nicht, ob du dich für Football interessierst, aber ...“

„Der Quarterback der Texans?“, unterbrach Tara.

„Genau. Du kennst ihn?“

„Klar. Wer kennt Kevin Peters nicht?“

„Wer ist deine Lieblingsmannschaft?“

„Um ehrlich zu sein, interessiert mich der Sport nicht wirklich, aber an den großen und berühmten Sportlernamen kommt man auch als Nicht-Fan nicht vorbei. Schlimm?“

„Überhaupt nicht! Ich finde andere Sportarten auch durchaus interessanter“, gestand Brandon mit einem breiten Grinsen, das keinen Zweifel daran ließ, woran er dabei dachte.

Ein Klopfen an der Tür ersparte Tara die Antwort.

„Hey, Kevin!“ grüßte Brandon seinen Cousin. „Das ist eine Überraschung so früh am Morgen.“

„Ich war gerade auf dem Weg zum Training und dachte, ich bring dir schnell ein paar Karten für das Spiel am Sonntag vorbei. Erst wollte ich sie nur in deinen Briefkasten werfen, aber dann dachte ich, das ist vielleicht ein bisschen unpersönlich und so habe ich beschlossen, zumindest zu schauen, ob du noch zu Hause bist. Ich will dich aber nicht aufhalten.“

„Kein Problem. Zehn Minuten habe ich noch. Komm herein!“ Einladend öffnete Brandon die Tür.

„Oh, du hast Besuch. Ich will wirklich nicht stören.“

„Du störst nicht. Das ist Taralyn Carter. Tara, das ist mein Cousin Kevin.“

„Hallo! Schön, Sie kennenzulernen.“ Höflich reichte Kevin ihr zur Begrüßung die Hand.

„Gleichfalls.“ Automatisch verglich Tara die beiden Männer.

Kevin war nur wenig größer als Brandon, hatte aber eine wesentlich bulligere Statur. Im Gesicht war zwar eine familiäre Ähnlichkeit zu erkennen, doch der Ausdruck des Sportlers war ein völlig anderer.

Charakterlich sind die beiden grundverschieden, schlussfolgerte Tara für sich und stellte überrascht fest, dass sie eine Aversion gegenüber dem Mann hatte. Normalerweise urteilte sie nicht schnell über Menschen, die sie nicht kannte, aber Kevin Peters war ihr unsympathisch. Noch immer sah ihr der Mann in die Augen und Tara hatte den Eindruck, dass er etwas in ihrem Blick suchte.

Auch Brandon fiel Kevins ungewöhnlich langer Blick auf und seine Pupillen verengten sich.

„Entschuldigen Sie“, bat Kevin schließlich und trat einen Schritt zurück. „Für einen Augenblick dachte ich, dass wir uns schon einmal begegnet seien.“

„Nicht, dass ich wüsste“, verneinte Tara.

„Möchtest du einen Kaffee?“, erkundigte sich Brandon.

„Wenn du noch einen hast, gerne. Aber du musst nicht extra einen für mich aufsetzen.“ Interessiert sah er sich um. „Nett hast du es.“

„Es ist weder so groß noch so exklusiv wie bei dir, aber für mich reicht es“, erklärte Brandon, während er seinem Cousin eine Tasse reichte.

Dankend nahm Kevin den Kaffee entgegen. Dann legte er einen Umschlag auf die Theke. „Es sind zwei VIP-Karten für die Haupttribüne. Damit kommst du auch in den Spielerbereich. Wenn du Lust hast, können wir uns dort nach dem Spiel noch auf einen Drink treffen.“

„Das wäre schö...“, nickte Brandon, wobei der letzte Buchstabe im Geschepper der umfallenden Tasse unterging.

„Ooh! Entschuldigung!“, rief Kevin aus und sprang gleichzeitig mit Tara erschrocken auf. „Ich bin aber auch wirklich ein Tollpatsch! Es tut mir so leid!“

Schwarzer Kaffee rann über die Tischplatte und tropfte auf den Boden.

„Hast du einen Lappen, Brandon? Oh nein, ich habe auch Ihr Shirt bekleckert“, jammerte der Quarterback zu Tara.

„Kein Problem. Ich ziehe mir schnell etwas anderes an“, winkte Tara ab. Mit einem Blick versicherte sie sich, dass Brandon zurechtkommen würde, dann verschwand sie. „Ich bin gleich zurück.“

„Es tut mir wirklich leid!“

„Hör auf, Kevin. Es ist nichts passiert. Taras Shirt kann man waschen und der Boden ist schnell gewischt. Siehst du, es ist gleich nichts mehr zu sehen.“ Rasch ging Brandon in die Hocke und wischte mit einem Haushaltstuch alles auf. Dann holte er eine neue Tasse aus dem Schrank.

„Danke!“, erwiderte Kevin, als er den neuen Kaffee entgegennahm. Dann hielt er Brandon seine Tasse zum Anstoßen entgegen. „Es ist zwar kein Glas, aber ich freue mich, dass wir uns wiedergetroffen haben.“

Intensiv sah Brandon seinem Cousin in die Augen, bevor er seine Tasse aufnahm und anstieß. „Ich mich auch, Kev."

In dem Moment, als Brandon den Kaffee schluckte, wusste er, dass etwas nicht stimmte. Der Geschmack war anders. Bitter. Süß. Überrascht sah er auf seine Tasse, dann zu seinem Cousin und es war Kevins Blick, der Brandon mit einem Schlag die richtige Schlussfolgerung ziehen ließ. Während er die Flüssigkeit aufgewischt hatte, hatte sein Cousin ihm etwas in den Kaffee gegeben.

Entsetzt sprang Brandon auf, doch seine Beine trugen ihn nicht mehr sicher. Fest krallten sich seine Hände an der Tischplatte fest. Was hatte Kevin ihm gegeben? Und warum? Tara! Er musste sie warnen. Brandons Atem kam schneller und Schweiß brach aus seinen Poren.

„Wa-as?", stieß er unter Anstrengung hervor.

„Was ich dir gegeben habe?", fragte Kevin gelassen nach, während er Brandon mit einem ironischen Grinsen beobachtete. „Es ist nur ein leichtes Sedierungsmittel oder schnell wirkende K.-o.-Tropfen, ganz wie du willst. Also nichts worüber du dir Gedanken machen müsstest. Ich verspreche dir, dass du zum großen Finale wieder wach sein wirst."

Brandon biss die Zähne aufeinander und versuchte die Wut in ihm zu bündeln. Vielleicht konnte er mit ihr noch einmal seine Kräfte mobilisieren. Er fixierte Kevin und trat einen großen Schritt auf ihn zu. Dabei ließ er den Tisch los und befahl seinen Händen das Shirt seines Cousins zu ergreifen. Doch sie griffen ins Leere. Kevin war einen Schritt zurückzugetreten.

Brandons Fuß berührte den Boden, doch er konnte sein Gewicht nicht halten. Brandon stolperte, verlor das Gleichgewicht und fiel auf den Boden. Schwer atmend versuchte er sich mit den Händen abzustützen, doch auch seine Ellenbogen knickten ein. Seine Muskeln erschlafften und die Sicht vor ihm verschwamm. Hart traf seine Schulter auf dem Boden auf.

„Wa-rruuhm?" Brandons Sprache fing an zu schlurfen.

„Nun, das ist ganz einfach", erklärte Kevin ruhig, während er Brandons Hände auf dem Rücken fesselte. „Ich musste auf Nummer sicher gehen. Du bist stark und außerdem kampferfahren. Das Risiko war zu groß. Mit deiner kleinen Freundin ist es etwas anderes. Sie ist ein leichtes Opfer."

Mit letzter Kraft begann sich Brandon zu wehren. Er versuchte sich hin und her zu wälzen und mit seinen Füßen zu treten, doch Kevin lachte nur.

„Gib auf, Brandon, und sieh der Wahrheit ins Gesicht! Du hast verloren!“

KAPITEL 25

Zum wiederholten Mal sah Rafael auf die Uhr. Zwei Minuten vor neun. Wo blieb Brandon nur. Bereits seit zehn Minuten saß Lester Jefferson mit seinem Anwalt in dem kleinen Besprechungsraum neben Chief Apletons Büro und wartete. Brandon hatte zwar gesagt, dass er erst gegen neun da sein würde, aber so knapp war normalerweise nicht seine Art.

Unruhig griff Rafe zu seinem Handy und wählte Brandons Nummer. Sofort sprang der Anrufbeantworter an. Verdutzt sah er auf den Bildschirm. Wieso ging Brandon nicht ran? War er in einem Funkloch? Oder telefonierte er gerade und hatte aus Versehen die Anklopffunktion ausgeschaltet? In beiden Fällen würde er sich gleich zurückmelden. Allerdings konnte Rafe den Neurochirurgen nicht mehr länger warten lassen und inhaltlich konnte er das Verhör auch alleine führen. Er zögerte noch einmal, dann nahm Rafael kurz entschlossen das Aufnahmegerät sowie sein Handy und begab sich in den Besprechungsraum.

„Guten Morgen!", grüßte er freundlich und schloss die Tür hinter sich, bevor er sich bei dem Anwalt vorstellte.

„Ich werde unser Gespräch aufzeichnen. Wenn Sie möchten, kann ich Ihnen die Aufnahme kopieren und zusenden lassen", bot er an.

„Nicht nötig", antwortete Douglas Brown. „Ich werde mein eigenes Gerät mitlaufen lassen."

Zustimmend nickte Rafael. Seitdem es Handys mit großer Speicherkapazität gab, taten dies einige Anwälte. Abschätzend musterte er Brown. Der Mann war um die fünfzig, trug einen teuren maßgeschneiderten Anzug und hatte eine leicht arrogante Ausstrahlung, aber das war nichts Ungewöhnliches. Die Prägung auf seiner Visitenkarte war exklusiv und ließ auf eine der teureren Kanzleien in der Stadt schließen.

„Mein Mandant sagte mir, dass Sie ihn verdächtigen, im Zusammenhang mit dem Tod der Krankenschwester Hannah Winthrop zu stehen."

„Verdächtigen ist nicht ganz korrekt", widersprach Rafael. „Wir haben ihn allerdings deswegen aufgesucht und ihm einige Fragen zu Miss Winthrop gestellt."

„Die Dr Jefferson auch alle wahrheitsgemäß beantwortet hat. Er weiß nichts über die Umstände, die zum Tod dieser jungen Frau geführt haben und vor allem hat er nichts damit zu tun."

„Um das zu klären, sitzen wir hier zusammen", entgegnete Rafael kühl, bevor er seine Aufmerksamkeit dem Neurochirurgen zuwandte.

„Dr Jefferson, als Agent Bucciarelli und ich gestern bei Ihnen gewesen sind, haben wir Sie nach dem Enzym mit der geläufigen Abkürzung CaMKII gefragt. Sie vermittelten uns den Eindruck, dass Sie dieses als körpereigenen Stoff kennen, aber mit der externen Vergabe nicht vertraut sind. Möchten Sie diese Vorstellung heute vielleicht korrigieren?"

Unruhig rutschte Lester Jefferson auf seinem Stuhl umher.

„Während seiner Ausbildung hat mein Mandant an einer Harvard-Studie teilgenommen", sprach Douglas Brown. „Dabei ging es um den Einsatz dieses Enzyms bei posttraumatischen Belastungsstörungen. Allerdings musste er damals mit einer Unterschrift sein Schweigen versichern."

„Ich nehme an, Sie beziehen sich auf dieses Dokument?" Fragend schob Rafael eine Kopie des Vertrags über den Tisch, die er vor einer halben Stunde erhalten hatte. „Darin steht, dass Sie jederzeit über alle freigegebenen Daten sprechen dürfen. Es gab also keinen Grund, Ihr Wissen vollständig zu verleugnen."

„Es ist lange her, dass ich dieses Papier unterzeichnet habe. Ich wusste nicht mehr, wie der genaue Wortlaut war", verteidigte sich Jefferson.

„Mein Mandant hat sich mittlerweile erkundigt, in welchem Rahmen er über die Wirkung dieses Enzyms berichten darf. Ehrlich gesagt verstehe ich jedoch nicht, was dies mit dem Tod der Krankenschwester zu tun hat. Soweit ich weiß war die Todesursache eine andere, oder irre ich mich?"

„Nein, das ist korrekt. Allerdings gab es eine Zeugin."

„Eine Zeugin?", fragte der Anwalt irritiert. „Aber warum machen wir dann nicht einfach eine Gegenüberstellung mit meinem Mandanten? Auf diese Weise wird sich seine Unschuld sehr schnell herausstellen."

„Leider ist es nicht so einfach, Mr Brown“, seufzte Rafael. „Die Zeugin kann sich nämlich an nichts mehr erinnern, weil ihr der Mörder ...“

„... CaMKII injiziert hat“, beendete der Neurochirurg entsetzt den Satz.

„So ist es“, bestätigte Rafael. „Ich bin sicher, Sie verstehen, dass Sie damit als Liebhaber, der ein großes Interesse daran hatte, die Beziehung geheimzuhalten, nicht nur ein Motiv, sondern auch das nötige Wissen um Wirkung und Vergabe des Enzyms hatten.“

„Aber warum hätte ich CaMKII verabreichen sollen? Warum hätte ich überhaupt eine Zeugin haben sollen? Ich verstehe das alles nicht. Ich habe Hannah nicht umgebracht. Ich hätte ihr niemals wehtun können.“

„Was fällt Ihnen zu Franco Fogelberg ein?“

„Franco Fogelberg?“, wiederholte der Arzt nachdenklich und schüttelte dabei seinen Kopf. „Sollte mir der Name etwas sagen? War er ein Proband der Harvard-Studie? Dann kann ich Ihnen gleich sagen, dass ich keine Auskünfte über ihn geben darf.“

„Nein, er war kein Proband. Sind Sie sicher, dass Ihnen der Name nichts sagt?“

„Dr Jefferson ist zu jung, um ihn zu kennen“, deklarierte der Anwalt und wandte sich an seinen Mandanten. „Franco Fogelberg war einer der grausamsten Serienmörder der Geschichte. Er sitzt seit ...“ Der Mann stockte kurz und warf einen fragenden Blick zu Rafael. „... zwanzig Jahren im Gefängnis?“

„Zwanzig Jahre ist richtig“, nickte Rafael.

„Nein, ich kenne den Mann nicht. Tut mir leid. Aber wenn er im Gefängnis sitzt, was hat er dann hiermit zu tun?“

„Nun, Dr Jefferson, so wie es aussieht haben wir einen Täter, der Fogelbergs Taten kopiert.“

„Der Spiralmörder ist zurück?“ Entsetzt starrte der Anwalt ihn an.

„Nicht Fogelberg, aber jemand, der ihn kennt und jemand, der dieses Enzym kennt. Wie schwierig ist es, dieses CaMKII zu verabreichen?“, wandte sich Rafael wieder an den Arzt.

„Wenn man keine Hemmungen hat, jemandem eine Nadel in die Kopfhaut zu stechen, ist es relativ einfach. Ich meine, man muss nicht eine bestimmte kleine Stelle finden, sondern kann es einfach in das Kleinhirn injizieren. Das Enzym verteilt sich zunächst dort und wird dann nach und nach vom Hippocampus aufgesaugt. Dort laufen die Informationen zusammen und werden vom Kurzzeit- in das Langzeitgedächtnis übertragen."

„Wie schwierig ist es, an das Enzym heranzukommen?"

„Keine Ahnung. Es ist natürlich rezeptpflichtig und fällt darüberhinaus auch noch unter das Betäubungsmittelgesetz. Nicht jeder Arzt hat eine Berechtigung BTM-Rezepte auszustellen."

„Aber Sie könnten es?"

Einen langen Moment sah Jefferson Rafael an. Dann nickte er. „Ja, das könnte ich."

„Und haben Sie in der Vergangenheit ein Rezept mit CaMKII ausgestellt, Dr Jefferson?"

Dieses Mal antwortete der Arzt sofort. „Nein, Agent McAdams, das habe ich nicht."

„Haben Sie in der letzten Zeit mit jemandem über das Enzym gesprochen?"

„Das letzte Mal bei meinem Vorstellungsgespräch mit Professor Ashford."

„Ich dachte, das Thema unterlag der Geheimhaltung", konterte Rafael.

„Es war ein allgemeines Gespräch. Ich hatte mich zuerst gewundert, dass Professor Ashford mich auf das Enzym angesprochen hatte, aber wir haben nur über die körpereigene Produktion gesprochen. Vielleicht hat er etwas von der Studie gehört und wollte wissen, ob ich schweigen kann. Wir haben das Thema auch nur am Rande mit zwei oder drei Sätzen diskutiert", erklärte Jefferson, bevor er die Stirn runzelte.

„Möchten Sie Ihre Gedanken vielleicht mit uns teilen, Dr Jefferson?", schlug Rafael vor, dem die Reaktion nicht entgangen war.

„Ich weiß nicht, ob es wichtig ist."

„Alles ist wichtig", entschied Rafael und warf erneut einen Blick auf sein Handy. Warum meldete sich Brandon nicht? Wo steckte er bloß?

„Ich habe vor zwei Jahren einmal einen Fall gehabt, bei dem mich ein Patient auf das Enzym angesprochen hat."

Sofort erhöhte sich Rafaels Aufmerksamkeit, und in seinem Magen begann es zu kribbeln. Es war sein Bauchgefühl, das sich meldete und ihm sagte, dass er auf der richtigen Spur war.

„Der Patient hatte eine Kopfverletzung und litt außerdem an PTBS. Seinen eigenen Angaben zufolge hatte er bereits umfangreich im Netz recherchiert und wollte sich nun noch etwas genauer über das Enzym und seine Wirkung informieren. Er hat recht konkrete Fragen gestellt, aber wie ich Ihnen schon gestern sagte, ich bin Neurochirurg und kein Psychiater. Ich habe ihm einen Teil seiner Fragen beantwortet und ihn dann an die Kollegen der Psychiatrischen Abteilung verwiesen."

Vor Aufregung schlug Rafaels Herz fester als gewöhnlich. „Wer war dieser Patient?"

„Das kann ich Ihnen nicht sagen, Agent McAdams. Das fällt unter die ärztliche Schweigepflicht."

„Dr Jefferson, Sie könnten einen Mörder decken", echauffierte sich Rafael.

„Das tut mir leid. Ich würde Ihnen den Namen wirklich gerne nennen, aber mir sind hier leider gesetzlich die Hände gebunden."

„Agent McAdams, Sie wissen, dass mein Mandant recht hat", erinnerte der Anwalt.

In Rafael wütete ein Sturm. Diese verdammte Schweigepflicht. Ja, grundsätzlich war sie eine gute Sache, aber es gab Situationen, in denen sie alles verkomplizierte. Plötzlich kam jedoch eine Idee.

„Dr Jefferson, wenn ich Ihnen Bilder von drei Männern zeige, dann können Sie mir ohne Probleme die Frage beantworten, ob Sie einen von ihnen persönlich kennen, richtig?"

„Ich denke schon", antwortete der Arzt, versicherte sich jedoch noch einmal mit einem Blick bei seinem Anwalt.

„Solange Sie nicht fragen, ob einer von Ihnen Patient meines Mandanten ist oder war, sehe ich nichts, was dagegen sprechen würde", stimmte Mr Brown zu.

„Sehr gut!" Rasch rief Rafael auf seinem Handy die Internetseite von Wayne Wilfley auf. Wie er vermutet hatte, fand sich ein Foto des Trainers direkt auf der Startseite seines Fitnessstudios.

„Schon mal gesehen?", erkundigte sich Rafael, während er Lester Jefferson sein Telefon entgegenhielt.

„Nein", schüttelte der Neurochirurg den Kopf.

„Was ist mit ihm?" Von innerlicher Unruhe erfüllt hielt Rafael ihm ein Bild von Max Chaplin entgegen, das er auf der Seite seines Verlags aufgerufen hatte.

„Auch nicht. Tut mir leid!", verneinte der Arzt bedauernd.

Rafaels Nervosität wuchs. Jetzt blieb nur noch Kevin Peters. Blitzartig überfiel ihn ein weiterer Gedanke. Konnte es sein, dass

Brandon nicht zum Dienst erschienen war, weil der Mörder ihn gefangen oder noch schlimmer, weil er ihn ausgeschaltet hatte? Wahrscheinlich hätte sich Brandon nicht gewundert, wenn sein Cousin plötzlich bei ihm aufgetaucht wäre.

Die letzten Sätze während ihres Abschieds bei dem Footballstar kamen Rafael wieder ins Gedächtnis: *Würdest du gerne einmal zu einem Spiel der Texans kommen, Brandon?* Der Mann hatte praktisch ein Wiedersehen schon vorbereitet. Und hatte Brandon nicht berichtet, dass Tara sich sicher war, den Mann zu kennen? Automatisch hatten er und Brandon angenommen, dass sie ihn persönlich kannte. Doch was war, wenn Tara ihn einfach nur aus den Medien kannte? Kevin Peters kannte sie mit Sicherheit. Jedes Kind in den USA kannte den Footballstar.

Ungeduldig schob Rafael das Telefon über den Tisch. „Was ist mit ihm? Kennen Sie ihn persönlich?“

Rafe brauchte keine Antwort. Die Verwunderung darüber, dass der Agent unter den hunderten von Patienten den einen entsprechend richtig getippt hatte, stand dem Arzt im Gesicht geschrieben.

„Ja!“, bestätigte dieser da auch schon.

„Danke, Doktor!“, rief Rafael aus und ergriff Telefon und Aufnahmegerät. Im Hinauseilen rief er ihm und dem Anwalt zu:

„Auch dafür, dass Sie gekommen sind. Ich melde mich.“ Dann hastete er an Chief Alpetons Sekretärin vorbei und trat, ohne anzuklopfen, direkt ins Büro seines Vorgesetzten. „Chief, wir haben ein Problem.“

KAPITEL 26

„Wo ist Brandon?“, wunderte sich Tara, als sie mit einem neuen T-Shirt zurückkehrte.

„Er schläft eine Runde“, erwiderte Kevin grinsend.

Verständnislos runzelte Tara die Stirn. „Er schläft? Wie? Wo? Das kann nicht sein. Seine Schlafzimmertür stand offen. Dort ist er nicht. Außerdem muss er ins Büro.“

„Seine Pläne haben sich geändert“, erklärte Kevin achselzuckend. „Sehen Sie selbst!“ Mit einer Hand deutete er auf den Durchgang rechts neben der Theke, der in den Küchenbereich führte.

Misstrauisch trat Tara vor und stieß einen Schrei aus, als sie Brandon am Boden liegen sah. „Wir brauchen einen Arzt. Haben Sie schon den Notruf gewählt?“, rief sie hektisch aus, während sie sich neben Brandon auf den Boden kniete und seinen Puls suchte. Als sie keine Antwort erhielt, sah sie zu dem Sportler auf, der mittlerweile hinter sie getreten war.

„Er braucht keinen Arzt. Er wird gleich wieder aufwachen“, unterrichtete Kevin sie ruhig. Dann zog er ihre Hände auf den Rücken und band ein Sisalseil um ihre Gelenke.

Ehe Tara vollständig begriff, was gerade passierte, waren ihre Hände bereits gefesselt. Intuitiv begann sie zu schreien, doch Kevin hatte damit gerechnet und hatte bereits ein Stofftaschentuch parat gelegt, mit dem er sie knebelte. Anschließend zwang er sie in die Knie und fesselte ihre Füße.

Todesangst ergriff Tara, als sie verstand, wen sie vor sich hatte. Die Küche verschwamm vor ihren Augen. Stattdessen zeigte ihr Gehirn Bilder aus der alten Scheune und versetzte sie zurück in die Nacht von Donnerstag auf Freitag. Mit einem Mal waren alle Erinnerungen wieder da.

Sie sah, wie Kevin sie und ihre Schwester in dem überfüllten Kaffee angesprochen hatte, um zu fragen, ob er den freien Platz an ihrem Tisch haben könne. Sie erinnerte sich, wie sie ins Gespräch gekommen waren und sie das Lokal gemeinsam verlassen hatten. Draußen war es ihrer Schwester plötzlich schlecht geworden, und

Kevin hatte angeboten, sie in die Klinik zu fahren. Krank vor Sorge hatte Tara das Angebot dankbar angenommen. Während der Fahrt war sie allerdings entsetzlich müde geworden. Verzweifelt hatte sie versucht, dagegen anzukämpfen, doch die Augen waren ihr irgendwann zugefallen. Als sie wieder aufgewacht war, hatte sie sich auf dem Boden der Scheune befunden und Hannah war ebenso gefesselt gewesen wie sie in jenem Augenblick.

Einige Meter von ihr entfernt hörte sie Brandon stöhnen. War er verletzt? Bitte nicht. Bitte, bitte nicht. Inständig betete sie, dass Kevin Peters ihm nur ein Betäubungsmittel gegeben hatte.

Im Grunde wusste Tara, dass es Superkräfte bedurfte, um ihrer Lage zu entkommen und natürlich war Brandon nur ein Mann aus Fleisch und Blut. Realistisch gesehen, hatte er nicht die geringste Chance, seinen Cousin aufzuhalten. Was sollte er betäubt und gefesselt auch schon unternehmen? Dennoch war Tara noch nicht bereit, die Hoffnung aufzugeben. Noch verdrängte sie die Hoffnungslosigkeit ihrer Lage und hoffte auf ein Wunder.

Wieder stöhnte Brandon, doch dann begann er sich zu regen und kurz darauf richtete er sich langsam auf. Mit dem Rücken gegen den Küchenschrank gelehnt saß er auf dem Boden und blickte sich orientierungslos um.

Wo war er? Was war passiert? Wieso waren seine Hände gefesselt? Noch immer ein wenig benommen im Kopf nahm er die Situation um sich herum auf und fand zumindest auf einen Teil seiner Fragen eine Antwort.

Er befand sich in seiner Küche und Tara saß ihm gegenüber an der Wand. Ihre Hände und Füße waren ebenfalls gefesselt. Außerdem war sie geknebelt. Wie war es dazu gekommen? Wieso hatte er das nicht verhindert? War sie verletzt?

Prüfend musterte er ihren Körper, bis sein Blick schließlich dem ihren begegnete. Beruhigt erkannte er, dass kein Schmerz darin lag. Nur Angst gepaart mit Hoffnung sah er in ihnen.

„Keine Sorge, es geht ihr gut“, verkündete Kevin, der grinsend an der Theke lehnte und ihn beobachtete. „Zumindest noch. Ich kann allerdings versprechen, dass das nicht so bleiben wird. Denn jetzt, wo du wieder wach bist, kann unser Spiel beginnen.“

„Du bist der Killer!“, stellte Brandon trocken fest und schüttelte die letzte Benommenheit ab, denn er konnte nicht riskieren, dass ihm in den nächsten Minuten etwas entging. Wenn er Tara und sich selbst hier lebend herausbringen wollte, würde er all seine Konzentration brauchen.

Als Erstes musste er feststellen, wie lange er geschlafen hatte. Unauffällig glitt Brandons Blick zu der Zeitanzeige auf der Mikrowelle. 9:15 Uhr. Er war also mindestens eine halbe Stunde weggewesen. Sehr gut. Rafael würde ihn mittlerweile schon vermissen. Mit Sicherheit hatte er bereits versucht, ihn auf dem Handy zu erreichen. Wahrscheinlich führte sein Partner das Verhör mit Lester Jefferson und seinem Anwalt alleine, doch anschließend würde er hier vorbeikommen. Er musste also nur auf Zeit spielen.

„Gib zu, dass du nicht mit mir gerechnet hast!“, verlangte Kevin gut gelaunt.

„Du warst keiner der richtig heißen Kandidaten. Das ist richtig“, antwortete Brandon und forderte ihn gleichzeitig heraus. „Aber ich muss sagen, du enttäuscht mich, Kevin. Als Quarterback, der die Strategie des Spiels bestimmt, hätte ich dir mehr eigene Kreativität zugetraut. Es ist ein bisschen einfallslos, einfach die Taten eines anderen zu kopieren. Ich hätte mehr von dir erwartet.“

„Kopieren? Du glaubst im Ernst, dass ich hier etwas nachahme?“ Verärgert blitzten Kevins Augen auf. „Ich bin mehr als ein Copy-Killer, Brandon. Ich bin Dads persönlicher Assistent.“

Unwillkürlich zog Brandon die Augenbrauen zusammen? Hatte er sich verhört oder hatte Kevin sich versprochen? Oder war er immer noch benommen? Nein, Letzteres konnte eigentlich nicht der Fall sein. Er fühlte sich völlig klar im Kopf.

„Dad?“, wiederholte er fragend.

„Ja, Dad! Es wird wirklich Zeit, dass du endlich die Wahrheit erfährst, großer Bruder!“, lachte der Sportler höhnisch. „Joe Peters war auf ganzer Linie ein Versager. Nicht einmal im Bett war er zu etwas zu gebrauchen gewesen.“

In Zeitlupentempo erfasste Brandon die Aussage. „Franco hatte ein Verhältnis mit Willow? Deiner Mutter? Meiner Tante?“

„So ist es!“ Laut lachte Kevin auf. „Du hattest wirklich nicht die geringste Ahnung. Das ist einfach unglaublich.“

„Das muss zu der Zeit gewesen sein, in der meine Mum mit mir schwanger war“, rechnete Brandon nach. Seine Stimme klang fassungslos. Doch in seinem Gehirn ratterte es bereits weiter. „Dein Vater hat es irgendwann herausgefunden. Deshalb hat er nie

Alimente an dich oder deine Mutter gezahlt. Und es ist auch eben dieses Wissen, mit dem er dich erpresst."

„Du kapierst schnell. Das muss ich sagen. Aber dumm warst du noch nie."

„Seit wann weißt du es? Nein, sag' es mir nicht. Ich wette, du hast es erfahren, kurz bevor du Franco im Gefängnis besucht hast", riet Brandon.

Langsam applaudierte Kevin fünf Mal. „Sehr gut, Bruder. Es ist wirklich schade, dass du bei all deiner Schlauheit nie verstanden hast, wo deine Priorität hätte liegen müssen."

„Wo hätte sie deiner Meinung nach denn liegen sollen?"

„Bei unserem Vater natürlich. Aber wie man so schön sagt, des einen Leid ist des anderen Freud'. Nachdem du nichts von Franco wissen wolltest, war er mehr als glücklich, zumindest einen Sohn zurückgewonnen zu haben."

„Und gemeinsam habt ihr euch ein System ausgedacht, mit dem ihr miteinander kommunizieren könnt."

„Richtig!" Kevins Augen glänzten. „Es war nicht einmal schwierig."

„Wie habt ihr es angestellt?", fragte Brandon und legte entsprechende Neugier in seine Stimme. Solange Kevin redete, stellte er nichts anderes an.

„Das würdest du gerne wissen, nicht wahr?"

„Komm schon, es ist schließlich nicht so, als ob ich es noch jemandem erzählen könnte."

Kevin überlegte einen Moment, dann erklärte er stolz von dem System, dass Brandon und Rafael am Vortag bereits selbst entschlüsselt hatten.

„Wirklich schlau", lobte Brandon anerkennend.

„Ja, Dad ist einfach ein Genie."

Brandon dachte, dass sich seine Definition eines Genies offenbar wesentlich von der seines Cousins unterschied, doch im Augenblick verzichtete er darauf, ihn zu korrigieren.

„Er hat alles bis ins kleinste Detail geplant", fuhr Kevin begeistert fort. „Sein letzter großer Wunsch ist der Tod der beiden Menschen, die ihn am meisten enttäuscht haben. Du hast ihn als Vater verleugnet und Taralyn Carter hat ihn damals verraten. Wegen ihr hat ihn die Polizei überhaupt nur gefasst. Wenn sie nicht gewesen wäre, wäre er heute noch ein freier Mann."

„Und hätte wer weiß wie viele weitere Frauen auf grausame Weise umgebracht“, wandte Brandon ein, doch Kevin hörte ihn nicht. Unbeirrt sprach er weiter.

„Er hat sie als kleines Mädchen bei einem Wahnsinnsereignis zuschauen lassen. Er hat ihr die Möglichkeit gegeben, den menschlichen Körper auf einzigartige Weise kennenzulernen und was hat sie getan? Statt ihm zu danken, ist sie ihm in den Rücken gefallen und hat ihn verraten. Er hätte sie umbringen sollen.“

Verachtung sprach aus Kevins Stimme. „Es war seine einzige Schwäche gewesen, dass er einem kleinen Mädchen einfach nichts hatte tun können. Doch heute ist sie kein süßes unschuldiges Kind mehr. Heute ist sie eine Frau und Dad hat ihr gezeigt, was es heißt, den Menschen zu verlieren, der einem am meisten bedeutet. Wegen ihr hat er dich verloren. Wenn sie nicht gewesen wäre, würdest du Dad heute noch ebenso anhimmeln wie du es als kleiner Junge getan hast.“

„Er wollte, dass du Hannah tötest, weil ich seine Taten verurteile?“

„Weil du dich von ihm abgewandt hast. Er wollte Tara zeigen, wie es ist, einen wichtigen Menschen zu verlieren, bevor er endgültige Rache übt. Doch im Gegensatz zu Dad wird ihre Trauer heute zu Ende sein. Sie wird ebenso sterben wie du. Dads Rache wird heute vollendet werden.“

„Du scheinst Francos Gefühle ja perfekt zu verstehen.“

„Durch unsere Adern fließt das gleiche Blut.“

„Dann kannst du mir sicherlich auch erklären, warum er meine Mutter umgebracht hat. Hat sie herausgefunden, dass er sie mit ihrer Schwester betrogen hat und hat ihn zur Rede gestellt?“

Fragend sah Brandon den Mann an, der einmal sein bester Freund gewesen war. Dabei hatte er im Moment das Gefühl, dass dies nicht nur zwanzig Jahre zurücklag, sondern vielmehr in einem anderen Leben der Fall gewesen sein musste. Wie hatte er jemals bedauern können, dass der Kontakt zwischen ihnen beiden abgerissen war?

„Nein, es war viel profaner. Dad hatte Polaroidfotos von seinen Tatorten gemacht. Als er eines Tages alleine zu Hause war, hat er sich diese wieder einmal angesehen. Doch dann ist deine Mutter früher von einem Einkauf zurückgekommen. Er hat die Bilder versteckt, aber dummerweise ist ihm eines runtergefallen. Den Rest kannst du dir denken. Ich weiß übrigens, dass er den Tod deiner Mutter immer bedauert hat. Er hat sie geliebt."

„Geliebt? Er hat sie aufgeschnitten und ausbluten lassen!"

„Was hätte er tun sollen? Sie hat ihm keine andere Wahl gelassen. Sie hat gedroht, zur Polizei zu gehen. Meine Mutter hätte das niemals getan."

„Nein, deine Mutter hat ihre Schwester mit deren Mann betrogen und sogar ein Kind gezeugt. Willow ist wirklich eine Heilige."

Wütend trat Kevin auf Brandon zu. „Du hast wirklich überhaupt keine Ahnung. Du verstehst nicht das Geringste!"

„Im Gegenteil, Kevin, ich verstehe alles. Franco hat dich für seine Zwecke instrumentalisiert. Er benutzt dich."

„Das ist nicht wahr. Er liebt mich. Erinnere dich! Als wir Kinder waren, hat er immer viel Zeit mit uns beiden verbracht. Du kannst dir nicht vorstellen, wie stolz er gewesen ist, als mir meine Mutter eines Tages die Wahrheit gesagt hat und ich genügend Rückgrat hatte, den Kontakt zu ihm zu suchen und aufrechtzuerhalten."

„Liebe ist etwas anderes!"

„Als ob du eine Ahnung von Liebe hättest", lachte Kevin höhnisch, wobei er einen Blick hinüber zu Tara warf.

Nein! Nein! Nein!, schrie es in Brandon. *Schau zu mir! Behalte deinen Fokus auf mir!*

„Woher hattest du meine Visitenkarte?", warf er Kevin schnell die erstbeste Frage zu, die ihm in den Sinn kam.

„Ach, die Karte", winkte Kevin ab. „Das war ein einfaches Spiel. Ihr solltet euren Putzfrauen wirklich mehr bezahlen. Sie hat mich gerade einmal fünfzig Dollar gekostet."

„Und was ist mit dem CaMKII. Wie ist Franco auf die Idee gekommen?"

„Über einen Mithäftling. Ich glaube, er hieß Dimitrio. Er hat eines Nachts kaltblütig seine Frau erstochen und hat dann vor Gericht darauf plädiert, dass er es im Affekt getan hätte. Seine Story war, dass sie sich gestritten hatten, die Frau die Zimmertür zugeknallt hat und ihn das mental direkt zurück in die Kriegszone in den Irak versetzt hat. Angeblich hätte er sich nur verteidigt."

„Und das hat ihm der Richter nicht abgenommen?", versuchte Brandon den Mann am Reden zu halten.

„Doch, das hat er. Deswegen hat er ihn in eine psychiatrische Klinik einweisen lassen. Dort wollten die Ärzte eine Therapie mit dem Enzym durchführen und haben beim Messen der Hirnströme festgestellt, dass er überhaupt nicht an posttraumatischen Belastungsstörungen leidet. Dimitrio konnte zwar nicht mehr wegen des Mordes an seiner Frau verurteilt werden, aber die Staatsanwaltschaft hat ihn wegen Meineids angeklagt und so ist er bei Dad in der Haftanstalt gelandet."

„Ich verstehe. Kein Wunder, dass Franco von dem Enzym fasziniert war", warf Brandon ein.

„Es war perfekt. Ich habe ein wenig recherchiert und bin dabei auf einen Neurologen gestoßen, der sich mit dem Zeugs auskennt und zufällig auch noch hier in Houston sitzt."

„Lester Jefferson", murmelte Brandon, woraufhin Kevin ihn erstaunt ansah.

„Woher weißt du das?"

Es als unwichtig abtuend zuckte Brandon mit den Schultern. „Ich bekomme mein Gehalt nicht völlig umsonst. Ich nehme an, du hast eine Spielerverletzung vorgetäuscht? Vermutlich eine Kopfverletzung?"

„Das war auch ein Kinderspiel. Nachdem ich mich informiert hatte, wusste ich, was ich ihm erzählen musste, damit wir automatisch auf das Thema kamen. Als Footballstar kann ich mir plötzliche Flash-Backs mitten im Spiel nicht leisten, verstehst du?"

„Du meinst, dass du dem Arzt vorgegaukelt hast, Angstattacken auf dem Spielfeld zu haben?

„Es kann durchaus beängstigend sein, wenn zehn Mann plötzlich über dich herfallen, nur weil sie glauben, dass du das Ei in Händen hältst", grinste Kevin.

„Hat Jefferson dir das Enzym besorgt?"

„Nein. Er hat mich an einen Psychiater überwiesen. Beim ersten Besuch habe ich mir die Spritze zeigen lassen, beim zweiten Mal habe ich eine gleiche Spritze mitgebracht und sie ausgetauscht. Als der Typ mich dann an das EEG anschließen wollte, habe ich behauptet, mir doch nicht mehr ganz sicher zu sein. Ich sage dir, Brandon, es ist wirklich erstaunlich, wie leicht sich diese studierten Leute reinlegen lassen."

„Wolltest du mich am Anfang auch an der Nase herumführen oder warum hast du das Amulett in einer Blutlache versteckt?"

„Der Grund dafür ist viel trivialer. Ich wollte mein eigenes Symbol und dieses sollte das Erste sein, was man sieht."

„Du sprichst von dem Smiley", präzisierte Brandon.

„Richtig. Natürlich gehörte die Spirale zur Inszenierung und durfte nicht fehlen, aber ich wollte sie nicht im Vordergrund haben. Daher habe ich sie in die Blutlache getaucht. Ich fand das sehr passend. Schließlich symbolisiert die Spirale unter anderem das nasse Element, weshalb Dad das Wasser immer in seine Taten hat einfließen lassen. Warum sollte also neben der Leiche nicht auch sein Symbol schwimmen? Doch nun haben wir genug geplaudert. Jetzt fangen wir an."

„Ich verstehe. Das hier wird nun das große Finale werden", versuchte Brandon seinen Cousin oder Halbbruder, oder was auch immer er am Ende war, am Reden zu halten. Für einen kurzen Moment klappte es auch.

Nachdenklich sah Kevin in die Ferne. „Um ehrlich zu sein, bin ich mir da noch nicht ganz sicher. Auf jeden Fall wird es Dads Finale. Ich muss gestehen, dass ich mir zu Beginn nicht habe vorstellen können, wie befriedigend das alles sein kann. Sicher hat mir die ganze Planung von Anfang an Spaß gemacht, aber als dann das erste Mal echtes menschliches Blut zwischen meinen Fingern hindurchgeflossen ist ..."

Kevins Blick verschleierte sich. „Ich muss zugeben, dass der Mord an Hannah völlig anders war als ich erwartet hatte. Es war fantastisch, aufregend, sensationell. Einfach unglaublich. Es gibt einem ein Hochgefühl, das mit nichts zu vergleichen ist. Nicht einmal mit dem Sieg des Super Bowl und das ist schon ein wahrhafter Rausch. Noch habe ich mir keine Gedanken über die Zukunft gemacht, aber ich glaube nicht, dass ich wirklich aufhören will. Warum sollte ich auch? Mit dem Smiley habe ich mein eigenes Symbol hinterlassen und es wird Zeit, dass ich mir auch meine eigenen Opfer suche."

„Das wird Franco nicht gefallen", kündigte Brandon an.

„Ich weiß", gestand Kevin leise, doch dann zog er höhnisch einen Mundwinkel nach oben. „Aber was will er dagegen machen? Wie will er mich aufhalten?"

„Er kann gegen dich aussagen", schlug Brandon vor.

„Und sich selbst belasten? Wohl kaum", verneinte Kevin.

„Franco wird keinen Alleingang dulden. Für ihn ist er der einzige Spiralmörder. Er ist der Kopf. Wenn du seine Autorität nicht respektierst, wird er gegen dich aussagen. Ihm kann nichts mehr passieren. Er ist bereits lebenslänglich verurteilt. Ob ein Gericht ihm zum zweiten Mal lebenslänglich gibt oder nicht, spielt für ihn keine Rolle und wenn er zum Tode verurteilt wird, ist ihm das wahrscheinlich ebenso egal."

„Dad wird mich niemals anzeigen. Er wird mich verstehen. Er wird wissen, was ich empfinde, wenn ich die Frauen mit Blut reinwasche."

„Kevin, Franco benutzt dich. Ihm fehlt jegliche Fähigkeit sich in andere Menschen hineinzuversetzen."

„Du hast ja keine Ahnung", widersprach der Sportler vehement und zog ein Messer aus Brandons Küchenblock.

Ein unterdrückter und entsetzter Aufschrei kam von Tara. Doch durch den Knebel war er kaum hörbar. Brandon hingegen begrüßte das Messer. Jetzt musste er nur noch dafür sorgen, dass es in seine Hände fiel.

„Wenn du glaubst, dass das FBI noch nicht über dich Bescheid weiß, Kevin, dann bist du dümmer als ich jemals für möglich gehalten hätte", bemerkte er in einem provozierenden Tonfall, und als er die Wut in Kevins Augen funkeln sah, fuhr er gelassen fort. „Aber Footballspieler galten allgemein noch nie als sonderliche Intelligenzbolzen."

„Das FBI weiß gar nichts!", stieß Kevin aus.

„Wir wissen alles, Kevin. Du kannst es dir vielleicht nicht vorstellen, aber wir sind tatsächlich von ganz alleine auf euren Nachrichtentransferweg gekommen."

„Du lügst!"

„Ach ja? Dann musst du dir ja keine Gedanken darüber machen, dass wir Kameras auf den Gefängnistoiletten angebracht haben und dadurch euer Telefon finden werden, wenn Franco damit aus der Werkstatt verschwindet und dir eine Nachricht eintippt. Darüber hinaus musst du dir auch keine Gedanken machen, wenn Franco im Moment nicht gut auf dich zu sprechen ist, weil die Spiralen der Amulette am Tatort in die falsche Richtung gedreht sind und du damit seine Symbolik nicht nur missachtet, sondern gleich ganz zerstört hast."

„Die Spiralen sind nicht falsch gedreht."

„Ich weiß das und du weißt das. Aber Franco glaubt es, denn ich habe ihm gestern ein entsprechendes Beweisfoto gezeigt."

„Das hast du nicht!“ Fassungslos stierte Kevin ihn an. Nackter Zorn sprühte förmlich aus jeder Pore seines Körpers.

„Doch, das habe ich“, entgegnete Brandon. Gemein grinste er Kevin an und betete, dass sein Cousin endlich die Beherrschung verlieren würde. Sie hing nur noch an einem seidenen Faden. Das konnte Brandon deutlich spüren.

„Du hast versagt, Kevin. Du hast versagt, weil du meinen Partner und mich unterschätzt hast“, forderte er ihn weiter heraus.

„Uargh!“, schrie der Quarterback und warf das Messer auf Brandon.

Augenblicklich beugte dieser seinen Oberkörper ein wenig nach links und rutschte ein Stück nach unten. Brandon wusste, dass er dem Messer nicht ausweichen durfte. Wenn es auf die Wand traf, würde es abprallen und in einer Entfernung liegenbleiben, die es ihm unmöglich machte, die Waffe zu erreichen. Nein, er musste das Messer mit seinem Körper auffangen. Lediglich die Eintrittsstelle konnte er in geringem Umfang beeinflussen.

In Erwartung des Schmerzes biss Brandon die Lippen aufeinander. In der gleichen Sekunde bohrte sich die Schneide des Messers auch schon unterhalb seiner Schulter in die Haut. Er hörte erneut Taras erstickten Schrei, doch in diesem Moment konnte er nicht zu ihr hinübersehen. Er brauchte seine ganze Kraft, um gegen den Reflex anzukämpfen, der ihn die Augen schließen lassen wollte. Mit eisernem Willen hielt er den Blick auf Kevin gerichtet.

„Eigentlich wollte ich zuerst Miss Carter mit deinem Blut waschen, aber zur Strafe werde ich mit dir beginnen. Ich werde ihr Blut über dich gießen, Brandon.“

„Lass sie gehen, Kevin. Sie war damals ein Kind. Sei ein Mann und lass uns das Ganze zwischen uns beiden austragen.“

„Das würde dir gefallen, nicht wahr?“ Ironisch lachte Kevin Peters auf. „Nein, Brandon, du wirst zusehen, wie ich ihr Blut aus ihr herausfließen lasse und du wirst zusehen, wie ich ihren Körper anschließend filetiere.“

Aus seinem Hosenbund zog Kevin sein eigenes Messer. Dann ging er neben Tara in die Hocke.

Eiseskälte erfasste Brandons Herz. Auf keinen Fall würde er zulassen, dass Kevin auch nur einen Kratzer in Taras makellose Haut ritzte. Er atmete einmal tief ein, um seine Kräfte zu sammeln. Dann sprang er aus dem Sitz in die Hocke, stand auf und trat Kevin mit einem gezielten Tritt an den Kopf.

Der Footballspieler, der nicht mit Brandons körperlicher Geschwindigkeit gerechnet hatte, verlor das Gleichgewicht und fiel zu Boden. Reglos blieb er liegen.

„Zieh das Messer aus meiner Schulter und schneid das Seil an meinen Händen durch", verlangte Brandon und legte sich so auf den Boden, dass das Messer ihre auf dem Rücken gefesselten Hände berührte. Doch Tara schüttelte den Kopf.

„Tara, bitte!", befahl Brandon in einem härteren Ton. „Kevin wird gleich wieder zu sich kommen und ich brauche meine Hände. Zieh das Messer raus!"

Erstickte Laute drangen aus ihrem Mund, die nicht zu verstehen waren, aber Brandon hatte plötzlich eine Vorstellung, was in ihrem Kopf vorging.

„Tara, das Messer hat kein Organ verletzt", erklärte er so ruhig es ihm in der Situation möglich war. „Es wird nicht das Gleiche passieren wie bei deiner Schwester. Ich verspreche dir, dass ich nicht verblute. Schließ deine Hand und halte es einfach fest."

Neben ihm rührte sich Kevin Peters. Glücklicherweise umfasste Taras Hand zum selben Zeitpunkt den Messergriff und Brandon schob sich nach hinten weg.

Das Herausziehen der Klinge schmerzte weitaus mehr als das Eindringen, aber es spielte keine Rolle. Ebenso wenig beachtete Brandon das Blut, das aus der Wunde floss. Er drehte sich auf den Rücken und war gerade dabei aufzustehen, als ihn Kevins Fuß im Magen traf. Hart fiel Brandon zurück auf den Boden. Bevor ihn Kevin jedoch ein zweites Mal treffen konnte, rollte er sich zur Seite und sprang erneut auf die Füße.

Dieses Mal strauchelte er allerdings und war froh, dass seine Schulter auf einen Küchenschrank traf, wodurch er sein Gleichgewicht wieder fand. Mit den Händen auf dem Rücken war er in der schwierigeren Position. Aus dem Augenwinkel sah Brandon, wie Tara sich das auf den Boden gefallene Messer gegriffen hatte und dabei war, ihre Fesseln durchzuschneiden.

Sehr gut, durchfuhr es ihn zufrieden. Wenn sie ihre Hände frei hatte konnte sie auch ihre Fußfesseln lösen und flüchten. Er musste Kevin also nur noch ein wenig länger beschäftigen.

Von neuer Kraft beflügelt wich Brandon abermals einem Angriff seines Cousins aus. Dabei verstand er, dass Kevin wie ein Footballspieler kämpfte. Seine Taktik bestand darin, sich auf den Gegner zu stürzen und ihn anschließend mit Kraft am Boden zu halten. Auf dem Footballfeld war das erfolgversprechend. In einem echten Mann-zu-Mann-Zweikampf war das jedoch nicht zwangsläufig eine gute Strategie. Auch wenn Brandon benachteiligt war, war er der klügere und ausgebildetere Kämpfer.

Kevins Hände ergriffen Brandons Schultern, doch das Adrenalin in Brandons Adern verhinderte, dass er einen Wundschmerz empfand. Stattdessen mobilisierte das Hormon seine Kräfte und ließ ihn einen kühlen Kopf bewahren. Mit seinem ganzen Gewicht stützte sich Brandon dem Angreifer entgegen und nutzte ihn damit als Stabilisator. Dann zog er ein Bein in die Höhe, sodass sein Knie die empfindlichen Eingeweide des Gegners mit voller Wucht trafen. Augenblicklich ging Kevin zu Boden.

Aus eigener Erfahrung wusste Brandon, dass der Mann in diesen ersten Sekunden nichts als Sterne sah. Ohne zu zögern, trat er mit seinem Fuß gegen Kevins Kiefer. Hörbar brach mindestens ein Knochen. Doch Brandon hatte kein schlechtes Gewissen. Das war kein Kampf, in dem man Punkte für Fairness bekam. Hier ging es ums Überleben.

Mittlerweile hatte Tara ihre Handfesseln gelöst und zog gerade den Knebel aus ihrem Mund.

„Brandon!“, rief sie aus. „Du blutest.“

„Nicht schlimm. Schneid meine Fesseln durch.“

Dieses Mal gehorchte Tara umgehend. „Es tut mir leid. Ich hätte eben schneller reagieren müssen.“

„Hey! Es ist vorbei! Kein Wenn und kein Aber spielen mehr eine Rolle!“ Tief sah Brandon ihr in die Augen. Dadurch bemerkte er allerdings nicht, dass sich Kevin wieder erhoben hatte. Aber er registrierte, wie sich Taras Pupillen vor Schreck weiteten.

Intuitiv griff er nach dem Messer, das Tara noch immer in Händen hielt, drehte sich um und stieß die Waffe fest in Kevins linken Brustbereich. Zeitgleich sprang seine Wohnungstür auf und Rafael stürmte mit Brian und Mitch herein.

„Das wurde aber auch Zeit“, erklärte Brandon, während er erschöpft zu Boden sank und Tara in seine Arme zog.

KAPITEL 27

Müde ließ sich Brandon auf sein Sofa fallen. Es war erst Nachmittag, dennoch hatte er das Gefühl, seit mindestens sechsunddreißig Stunden auf den Beinen zu sein. Seine Schulterverletzung war im Krankenhaus untersucht und genäht worden. Wie er richtig vermutet hatte, war es lediglich eine Fleischwunde. Sie schmerzte mittlerweile höllisch, aber das ertrug er gerne. Schließlich hätte die Sache auch ganz anders ausgehen können.

Brandon wollte lieber nicht daran denken, was passiert wäre, wenn seine Reflexe nur den Bruchteil einer Sekunde langsamer gewesen wären. Statt Kevin Peters läge dann wahrscheinlich er jetzt mit einem Zettel an seinem Zeh in einem Kühlraum, denn der Sportler hatte weniger Glück gehabt. Das Messer hatte seine linke Herzkammer verletzt und war es den Rettungssanitätern auch gelungen, den Mann während der Fahrt zum Klinikum am Leben zu erhalten, so war er doch kurz darauf auf dem OP-Tisch verstorben.

„Kann ich dir etwas bringen?“, erkundigte sich Tara fürsorglich.

Aufmerksam musterte Brandon ihr Gesicht. Es war ihm nicht entgangen, dass ihr erster Blick, als sie die Wohnung betreten hatten, hinüber zur Küche gegangen war. Ihr ganzer Körper war dabei angespannt gewesen und die Verkrampfung hatte sich erst gelöst, als sie gesehen hatte, dass nichts mehr auf die Ereignisse des Morgens hindeutete.

Augenblicklich hatte sich Brandon in Gedanken geohrfeigt. Warum hatte er nur nicht daran gedacht, ihr das bereits auf der Fahrt nach Hause zu versichern? Schließlich hatte er dafür gesorgt, dass alle Spuren beseitigt werden, sobald die Kollegen die Beweisaufnahme abgeschlossen hatten. Selbst ihr Frühstücksgeschirr befand sich sauber gespült wieder an seinem Platz im Schrank und auf der Theke stand ein großer bunter Blumenstrauß. Einen Vorteil musste es schließlich haben, wenn der Tatort die Wohnung eines FBI-Agenten war.

Aufmerksam musterte er Tara. Sie sah ebenso müde aus wie er sich fühlte. Aufmunternd lächelte er sie an. „Ja. Dich!"

Unwillkürlich musste auch Tara lächeln und kam sofort zu ihm herüber.

„Komm her!" Zärtlich zog Brandon sie auf seinen Schoß und atmete den Duft ihres Haares ein. Er liebte es, Tara zu fühlen und zu riechen. Sie duftete nach Zuhause.

„Vorsicht, Brandon! Ich will dir nicht wehtun."

„Du tust mir nicht weh." Liebevoll schob er eine Haarsträhne aus ihrem Gesicht. „Wie fühlst du dich?"

Tara überlegte einen Moment. „Müde, aber erleichtert, dass es vorbei ist. Ich bin befreit von der Ungewissheit, was genau passiert ist, aber gleichzeitig habe ich Angst, weil ich nicht weiß, wie ich mit diesen schrecklichen Bildern in meinem Kopf umgehen soll."

„Allan wird dir dabei helfen", erinnerte Brandon sie an das Versprechen des Psychologen.

„Ich hoffe", nickte Tara und blickte einen Moment lang in die Ferne, bevor sie Brandon wieder ansah. „Ich glaube, ich erfasse erst jetzt die ganze Tragweite von allem, was geschehen ist. Erst mit der Rückkehr der Erinnerungen begreife ich richtig und in vollem Ausmaß, dass Hannah nie wieder zurückkehren wird. Zwar hat mein Verstand das schon vorher erkannt, aber das Gefühl von tiefer Trauer setzt erst jetzt so langsam ein."

„Diese Dinge brauchen Zeit."

„Ich weiß", seufzte Tara. „Ich werde die Beerdigung organisieren müssen. Es werden bestimmt viele ihrer Kolleginnen und Kollegen Abschied nehmen wollen."

„Wenn du möchtest, helfe ich dir", bot Brandon an. „Solange ich die Schulter nicht vollständig bewegen kann, bin ich ohnehin krankgeschrieben."

„Das wäre schön", nickte Tara dankbar, wobei sich ihre Gesichtszüge wieder etwas entspannten. „Aber wie geht es dir? Du hast heute deinen Cousin und deinen Vater verloren. Du musst dich auch entsetzlich fühlen."

Brandon horchte in sich hinein. Fühlte er sich entsetzlich? Ja, das tat er, aber aus anderen Gründen als tiefer Trauer. Definitiv fühlte er keinen Verlust. Es kam eher einer Befreiung gleich. Vielleicht war es falsch, so zu empfinden, aber er konnte seine Emotion nicht steuern und genau genommen wollte er das auch gar nicht. Es fühlte sich für ihn richtig an.

Als die Kollegen aus dem Gefängnis angerufen und ihn darüber informiert hatten, dass sie Franco Fogelberg in Notwehr hatten erschießen müssen, hatte Brandon keinerlei Traurigkeit empfunden. Gefühlsneutral, als sprächen sie von einem x-beliebigen Gefangenen, hatte er dem Bericht gelauscht.

Wie geplant hatten die Kollegen in dem Werkstattraum auf Fogelbergs Rückkehr von der Toilette gewartet. Dort hatten sie ihn mit ihrem Wissen konfrontiert und ihn darüber aufgeklärt, dass sein Finale ein anderes als von ihm inszeniertes Ende genommen hatte. Unvorhergesehen hatte Fogelberg in jenem Moment nach einem Schraubenzieher gegriffen und damit einen Gefängniswärter attackiert, woraufhin die beiden Kollegen keine andere Möglichkeit gesehen hatten, als zu schießen.

Brandon vermutete, dass dies von Anfang an Francos Plan B gewesen war, falls irgendetwas schieflaufen sollte. Statt in isolierter Einzelhaft auf seine Verhandlung zu warten, an deren Ende der elektrische Stuhl wartete, hatte er den schnellen Tod bevorzugt. Am Ende war er immer ein Feigling gewesen.

„Nein, ich empfinde keinen Verlust“, bekannte Brandon laut. „Ich habe sowohl meinen Vater als auch Kevin schon vor langer Zeit verloren. Für mich hat sich heute ein Kapitel meines Lebens endgültig geschlossen, und ich denke, das ist eher ein Grund zu feiern als zu trauern.“

„Was geschieht jetzt mit deiner Tante? Hat Rafael sie schon verhört?“

„Ja, er hat eben angerufen. Er glaubt nicht, dass sie von Kevins Taten gewusst hat. Im Augenblick befindet sie sich wohl in einer kompletten Verleugnungsphase. Ihrer Ansicht nach bin ich wieder einmal Schuld. Ich will ihrem untadeligen Sohn das alles nur anhängen.“

„Sie ist eine kranke Frau.“

„Ich weiß. Sie ist nie damit fertig geworden, dass sie sich in einen Serienmörder verliebt und ein gemeinsames Kind mit ihm gezeugt hat. Sie hat gehofft, der Wahrheit entfliehen zu können, wenn sie nur intensiv genug die Augen vor ihr verschließt. Dementsprechend will sie natürlich nicht wahrhaben, dass Kevin Kontakt zu seinem Vater hatte, geschweige denn, dass er diese drei Frauen in Fogelbergs Auftrag umgebracht hat.“

„Sie wird also nicht angeklagt werden?“

„Mit Sicherheit wird man sie in den nächsten Tagen noch einmal verhören. Außerdem wird man bei der Durchsuchung von Kevins Haus ein besonderes Augenmerk darauf haben, ob sie nicht vielleicht doch mehr wusste als sie bislang zugegeben hat. Wenn Rafael jedoch mit seiner Einschätzung recht behält, dann wird nichts weiter mit ihr geschehen. Hass alleine ist nicht strafbar."

„Sie müsste in psychiatrische Behandlung. Nach allem, was du mir von ihr erzählt hast, kann ich mir nicht vorstellen, dass sie dem kommenden Ansturm der Medien gewachsen ist."

„Das sehe ich auch so, aber wenn ich ehrlich sein soll, betrachte ich Willow Peters weder als mein Problem noch als meine Aufgabe."

Zärtlich zog er Taras Kopf zu sich herunter und küsste sie. Bevor der Kuss jedoch außer Kontrolle geraten konnte, beendete er ihn. Prüfend musterte Brandon den Ausdruck ihrer Augen und fühlte sich auf einmal entsetzlich unsicher. Die Vorstellung, Tara zu verlieren, war ihm unerträglich. Er hatte nicht die geringste Ahnung, was sie in ihrem tiefsten Innern für ihn empfand.

Waren die Gefühle, die sie und ihr Körper ihm bislang zweifellos gesendet hatten, echt? Oder waren sie nur der außergewöhnlichen Situation der letzten Tage geschuldet? Sah sie ihn nur als Helfer, der nun, da die Gefahr vorbei war, seinen Job getan hatte? Zwar hatten sie in der Nacht darüber gesprochen, einen Tag nach dem anderen zu leben und zu sehen, wo eine Beziehung sie hinführen würde. Aber da hatten sie noch nicht gewusst, dass der Fall so schnell abgeschlossen sein würde. War eine Freundschaft mit ihm wirklich das, was sie wollte?

„Wie geht es nun mit uns weiter, Tara?", fragte er vorsichtig. „Was ist es, das du dir wünschst, wenn du ganz genau in dich hineinhorchst?"

Schüchtern knetete Tara ihre Lippen umeinander. Warum fragte er sie das? Bereute Brandon die Worte, die er in der Nacht gesprochen hatte und bot ihr hier gerade einen höflichen Ausweg? Oder befürchtete er, dass sich ihre Gefühle geändert hatten?

Erschrocken wurde ihr klar, dass sie zu wenig Erfahrung für ein solches Gespräch hatte. Sie wusste nur, dass sie Brandon nicht verlieren wollte. Sie wollte mit ihm zusammen sein. Ganz offiziell. Doch wenn Brandon andere Pläne hatte, wollte sie ihm keine Szene machen. Es sollte nicht peinlich werden und ohne, dass sie wusste, was er empfand, konnte sie ihm ihr Herz unmöglich offenlegen.

Ein wenig scheu entschied sie sich daher für den einfachsten Weg. „Was möchtest du?“

Brandon wusste, dass er damit zuerst auf seine Frage antworten musste. Im Grunde war es auch nur fair. Er hatte das Thema schließlich angesprochen. Allerdings stellte er nervös fest, dass er sich niemals zuvor derart verletzlich gefühlt hatte. Konnte er es riskieren, Tara zu sagen, was er wirklich gerne hätte? Für einen kurzen Moment dachte er darüber nach, was passieren würde, wenn sich Taras Vorstellungen nicht mit seinen deckten. Wenn sie ihn abwies.

Mein Herz würde aufhören zu schlagen, erkannte er für sich. Im selben Moment schob er den Gedanken allerdings beiseite. Seine Angst war lächerlich.

Jeden Tag stand er dem Abschaum der Gesellschaft gegenüber und riskierte sein Leben. Jeden Tag konnte ihn ein tödlicher Schuss treffen und seinen Herzschlag zum Stillstand bringen. Die aktuelle Situation mochte sich zwar weitaus gefährlicher anfühlen, doch es konnte nicht sein, dass er nicht den Mut aufbrachte, sich Tara und seinen Träumen zu stellen. Dennoch waren seine Finger eiskalt, als sie Taras Hände umschlossen und Brandon musste sich zwingen, seinen Blick zu heben, um ihr bei seinen nächsten Worten in die Augen zu sehen.

„Es ist vielleicht zu früh, um dir zu gestehen, dass ich dich liebe, obwohl ich mir ziemlich sicher bin, dass es das ist, was ich für dich empfinde. Aber es ist definitiv nicht zu früh, um dir zu sagen, wie viel du mir bedeutest.“

Er schluckte sichtbar, doch seine Stimme blieb weiterhin fest. „Wenn ich dich ansehe, beginnt mein Herz zu klopfen. Ich habe das Gefühl, es würde davon rasen, während sich gleichzeitig eine innere Ruhe in mir ausbreitet. Am liebsten möchte ich jede Minute mit dir verbringen. Wenn du nicht bei mir bist, vermisse ich dich und meine Gedanken zählen die Minuten, bis wir uns wiedersehen.“

„Heute Morgen“, fuhr er fort, „bin ich vor Angst fast gestorben. Meine Atmung hat aufgehört und mein Herz hat für mindestens drei ganze Schläge ausgesetzt, als ich begriffen habe, in welcher Gefahr du schwebst.“

„Du warst in der gleichen Gefahr“, erinnerte Tara flüsternd.

„Mein Leben war mir nicht wichtig. Das Einzige, was zählte, war, dich zu beschützen. Ich wusste, dass mein Leben nicht mehr das Geringste für mich wert wäre, wenn dir etwas passieren würde.“

Brandon schloss kurz die Augen und atmete tief ein. Dann sah er ihr wieder intensiv in die Augen. „Ich weiß, dass ich eben gesagt, es sei noch zu früh. Aber das war gelogen. Ich liebe dich, Tara! Ich liebe dich mit jeder Faser meines Herzens und ich wünsche mir nichts mehr als mit dir zusammenzuziehen. Du weißt, dass ich keine Erfahrung habe, was das Konzept einer Familie betrifft, aber wenn du trotzdem bereit bist, das Risiko einer Partnerschaft mit mir einzugehen, dann verspreche ich dir, dass ich mir alle erdenkliche Mühe gebe, es so schnell wie möglich zu erlernen.“

Erschrocken registrierte Brandon, dass sich Taras Augen mit Tränen füllten. Oh nein! Er war zu weit gegangen. Er hatte ihr seine Gefühle gestanden und hatte sie damit in die unangenehme Lage gebracht, ihm sagen zu müssen, dass sie nicht das Gleiche für ihn empfand.

Angestrengt schluckte er. „Nicht weinen, Sweetheart, bitte! Es ist kein Problem, wenn du anders empfindest. Ich bin ein großer Junge und kann es verkraften.“

Das ist eine eiskalte Lüge, korrigierte Brandon sich in Gedanken, doch um nichts in der Welt würde er die Situation für sie schwieriger machen als sie war.

Lächelnd schüttelte Tara den Kopf und strich mit einer Hand über seine Wange. „Ich liebe dich auch, Brandon“, gestand sie unter Tränen.

Perplex sah er sie an. „Du liebst mich?“

Hastig nickte sie. „Ich wünsche mir nichts mehr als mit dir zusammen zu sein. Ich hatte angenommen, dass du deine Worte von heute Nacht zurücknehmen wolltest.“

„Zurücknehmen? Bist du verrückt?“ Fest drückte Brandon sie an sich. Es war ihm egal, dass seine Wunde dabei brannte. Er würde den Schmerz aushalten. Er würde alles aushalten, solange Tara an seiner Seite war.

„Ich habe eine Idee“, verkündete er schließlich. „Warum holen wir morgen nicht deine ganzen Zeichenutensilien hierher? Das zweite Schlafzimmer lässt sich problemlos in ein Arbeitszimmer verwandeln.“

„Du meinst, ich soll bei dir einziehen?", vergewisserte sich Tara. Ihre Stimme klang überrascht, doch ihre Augen leuchteten bei der Vorstellung.

„Warum nicht? Du sagtest neulich, dass du dir nicht sicher bist, ob du jemals wieder in deinem Haus leben möchtest. Und warum solltest du? Wenn du willst, kannst du es fürs Erste behalten, aber diese Wohnung ist zunächst groß genug für uns beide und wenn wir feststellen, dass du dein Haus wirklich nicht mehr brauchst, können wir uns in einigen Monaten gemeinsam etwas anderes suchen."

„Etwas anderes?"

„Etwas Größeres, beispielsweise. Ein Haus mit drei oder vier Schlafzimmern und einem eingezäunten Garten."

„Du willst Kinder haben?", hakte sie erstaunt nach und Brandon stockte für einen Moment.

„Du nicht?", fragte er vorsichtig zurück.

„Doch, aber ich hätte nicht gedacht, dass Kinder in deinen Träumen vorkommen."

„Sind sie bisher auch noch nicht. Aber mit einem Mal ist alles anders. Mit dir möchte ich eine Familie gründen. Nicht heute und auch nicht gleich morgen. Aber eines Tages. Vorher möchte ich dich jedoch eine ganze Weile für mich alleine haben. Es gibt noch so viel, dass ich an dir entdecken will."

Spielerisch neckend zog er den Ausschnitt ihrer Bluse zur Seite und küsste ihren Busen, während seine andere Hand bereits dabei war, die Knöpfe weiter zu öffnen. „Hier gibt es so viel Interessantes zu fühlen, zu ..."

Seine Stimme versank in einem wohligen Murmeln und Tara lehnte sich mit einem süßen, erwartungsvollen Seufzen zurück, um ihm einen besseren Zugang zu gewähren.

Sollte er sie nur erkunden, dachte sie, während sie die wachsende Sehnsucht ihres gerade erneut geweckten Körpers genoss. Sie hatte nichts dagegen. Im Gegenteil. Doch danach war sie dran und dieses Mal würde sie sich nicht von Brandon hetzen lassen. Sie würde sich Zeit lassen, denn jetzt wusste sie, dass sie alle Zeit der Welt hatten.

Wie immer

Neugierig auf Rafes Story?

Leseprobe – FBI: Houston – Was immer
Ein weiteres Buch von JESSICA WESTIN

Drei Fälle von erweitertem Suizid in zehn Tagen. Drei Frauen, die erst ihre Männer und dann sich selbst umbringen. Kann das sein? Oder steckt mehr dahinter als es auf den ersten Blick den Anschein hat?

Die FBI-Agenten Rafael McAdams und Julienne Henson beginnen zu ermitteln und stoßen schon bald auf eine Gemeinsamkeit der Paare. Dennoch liegt der Schlüssel, wo sich die Leben der Toten gekreuzt haben, weiterhin im Verborgenen. Während Rafe und Julie versuchen, den oder die Täter so schnell wie möglich zu enttarnen, wächst auch die von Anfang an vorhanden gewesene Anziehungskraft zwischen den beiden. Das Problem daran: Rafael ist nicht frei...

PROLOG

Mit zitternder Hand griff er die weiße Serviette und wischte sich damit über die Stirn. Der weiche Stoff absorbierte die Schweißtropfen, doch bereits bevor er das Tuch aus den Händen gelegt hatte, bildeten sich neue Perlen auf seinem Kopf. Es war wirklich heiß. Er hatte Durst.

Automatisch griff er zu seinem Glas und nahm einen weiteren Schluck. Ein flaues Gefühl stieg in seinem Magen auf. Mit gerunzelter Stirn blickte er zuerst auf sein Weinglas, dann auf die Rotweinflasche auf dem Tisch. War der Wein schlecht? Nein, das konnte nicht sein. Er hatte den 2008er Chianti Classico erst heute nach Feierabend gekauft. Zur Feier des Tages, sozusagen. Endlich war Deborah nach Hause zurückgekehrt.

Anfangs war er überzeugt gewesen, dass sie wiederkommen würde, doch in den letzten Tagen war er unsicher geworden. Aber das war nun vergessen. Sie war wieder bei ihm. Abermals fuhr er sich über die Stirn. Wo war sie eigentlich? Sie hatte nur kurz zur Toilette gehen wollen.

Vielleicht war das Bad auch für ihn keine schlechte Idee. Ein wenig kaltes Wasser würde ihm guttun.

Als er aufstand, fiel sein Stuhl laut krachend nach hinten auf den Boden. Es kam ihm vor wie ein starkes Donnergrollen. Automatisch wollten sich seine Hände auf die Ohren legen. Als er jedoch die Arme hob, begann sich der Raum um ihn herum zu drehen und er griff stattdessen nach der Tischkante.

Oh, war ihm schlecht. Seine rechte Hand griff an seinen Hemdkragen, um ihn weiter zu öffnen, doch die obersten beide Knöpfe standen bereits offen. Wieso bekam er trotzdem keine Luft? Hatte er einen Herzinfarkt? Aber dann müsste es in seinem Brustkorb stechen und das war nicht der Fall. Ihm war einfach nur elendig übel. Er musste ins Bad. Schnell. Stolpernd setzte er drei Schritte voreinander. Dann brach er zusammen.

„Debbie?“, rief er panisch, als die Sicht vor seinen Augen verschwamm. Er versuchte sich aufzurichten, doch alle Kraft hatte ihn verlassen. Sein Atem kam nun immer schneller und er schloss für einen Moment die Augen. Es war plötzlich auch furchtbar hell um ihn herum. Er hörte Schritte. Gott sei Dank. Debbie war wieder da.

„Hilf mir!“, röchelte er und öffnete mit letzter Kraft seine Augen.

Noch bevor er realisierte, dass es ein Messer war, das von oben in Pfeilgeschwindigkeit auf ihn zukam, spürte er, wie sich die Klinge in seinen Bauch bohrte. Ein stechender Schmerz durchfuhr ihn, und er schrie auf. Schützend wollte er seine Arme um sich ziehen und sich zur Seite wegrollen, doch sein Körper gehorchte ihm nicht mehr.

Erneut schrie er, als das Messer zum zweiten Mal zustach. Zum dritten Mal. Zum vierten Mal. Nach dem fünften Mal verlor er das Bewusstsein.

KAPITEL 1

„Wir haben einen Tatort im Stadtteil Bellaire", verkündete Chief Joseph Apleton, als er an den Schreibtisch seiner beiden Agenten McAdams und Bucciarelli trat. „Auf den ersten Blick sieht es nach Mord mit anschließendem Suizid aus."

„Wieso kommt der Fall dann zu uns?", erkundigte sich Rafael mit fragendem Blick.

„Weil es innerhalb von zehn Tagen der dritte Tatort dieser Art ist", erklärte der Chief. „Die Polizei vermutet, dass mehr dahinter steckt, als sie zunächst angenommen hat. Zumindest mutet es seltsam an, wenn innerhalb eines solch kurzen Zeitraumes drei erstochene Paare aufgefunden werden."

Überrascht zog Brandon seine Augenbrauen nach oben. „Drei Liebespaare?"

„Details hat mir der Polizeipräsident nicht mitgeteilt. Am Tatort wartet ein Detective Rossi auf Sie. Fahren Sie hin und sehen Sie sich die Sache an. Wenn Sie zu dem Ergebnis kommen, dass es sich tatsächlich um einen Serienkiller handelt, übernehmen Sie den Fall."

„Wir sind schon so gut wie unterwegs, Chief", erklärte Rafael.

„Gut. Hier ist die Adresse." Apleton reichte ihm einen gelben Haftzettel auf dem eine Straße und eine Hausnummer notiert waren. „Ach ja, und nehmen Sie Agent Henson mit."

„Agent Henson?", „Julienne?", fragten Rafael und Brandon gleichzeitig.

„Ja. Ihr Partner, Pete, musste heute früh in einer Familienangelegenheit nach Philadelphia fliegen und kommt frühestens nächste Woche zurück. Nach nur vier Monaten im Dienst kann ich sie nicht alleine rausschicken, aber sie kann die Gelegenheit nutzen, neue kriminalistische Felder und andere Arbeitsweisen kennenzulernen. Bislang hat sie ja ausschließlich im Rotlichtmilieu ermittelt. Dieser Fall scheint mir wie gerufen dafür, oder gibt es Einwände Ihrerseits?" Mit einem Blick, der besagte, dass dies eine rein rhetorische Frage war und er nichts anderes als ein ‚Nein' in dieser Angelegenheit akzeptieren würde, sah er seine beiden Detectives an.

„Selbstverständlich nicht", erwiderte Brandon dementsprechend auch sofort und auch Rafael schüttelte den Kopf.

„Gut. Dann gebe ich ihr Bescheid. Wir sehen uns später." Mit großen Schritten steuerte Chief Apleton den Schreibtisch seiner jüngsten Agentin an.

„Alles in Ordnung, Rafe?", erkundigte sich Brandon, während er seinen Partner kritisch musterte.

„Hm?", schreckte Rafael auf. „Ja, sicher. Warum nicht?"

„Du siehst, ehrlich gesagt, nicht gerade begeistert aus. Hast du ein Problem mit Julie?"

„Natürlich nicht. Warum sollte ich? Sie ist klug, intelligent und sympathisch."

Und bildschön, ergänzte Rafael im Stillen. Seitdem er Julienne Henson zum ersten Mal gesehen hatte, beschäftigte sie seine Gedanken. Somit hatte es auch nicht lange gedauert, bis er zumindest vor sich selbst eingestehen musste, dass sie die erste Frau war, die ihn seit Jenna faszinierte.

Julienne hatte ein aristokratisches Gesicht mit feinen Zügen, das von schulterlangen dunkelblonden Haaren umrahmt wurde. Ihre schmale, gerade Nase und die hohen Wangenknochen waren dabei ebenso auffällig wie ihre vollen, geschwungenen Lippen und ihre leuchtend grünen Augen, die ihn an das Nordlicht erinnerten. Sie hatte eine etwas überdurchschnittliche Größe von 1,70 Meter, aber damit hörte die Unauffälligkeit auch schon auf. Dabei brauchte sie weder viel Make-Up, noch aus dem Rahmen fallende Kleidung. Sie wirkte alleine durch ihre Natürlichkeit. Ihre Figur war schmal und zart. Die Beine ragten gefühlsmäßig in den Himmel und sie bewegte sich mit einer grazilen Eleganz, die Rafael eher mit einer Balletttänzerin als einer FBI-Agentin assoziierte.

Bislang hatte er nicht viel mit Julienne zu tun gehabt. Allerdings musste Rafael zugeben, dass er dies auch bewusst vermieden hatte. Wann immer es ihm in den letzten Monaten möglich gewesen war, hatte er Zusammentreffen mit ihr vermieden. Selbst unverbindliche Feierabendtreffen mit den Kollegen im Bistro gegenüber dem Dezernat, im Cops Heaven, hatte er in den letzten Wochen nicht wahrgenommen, wenn er gewusst hatte, dass Julienne dabei sein würde.

Rafael reichten bereits die allgemeinen Teammeetings. Hatte er zunächst noch gehofft, dass die neue Kollegin nur gut aussah, aber vielleicht einen furchtbaren Charakter besaß, so hatte er sehr schnell feststellen müssen, dass sich diese wirre Erwartung nicht erfüllte. Julie fügte sich wunderbar in das bestehende Team ein und war ein durch und durch angenehmer Mensch. Sie war unaufdringlich und dennoch präsent. Ihre Art gefiel ihm, und ihre Stimme sprach ihn definitiv auf zu vielen Ebenen an. Ihr Timbre ließ sein Herz schneller schlagen und versetzte ihn in eine ungewohnte Aufregung, die Fantasien in ihm freisetzte, die er nie und nimmer haben durfte.

Nachdenklich betrachtete Brandon seinen Partner, doch bevor er noch etwas sagen konnte, trat Julienne zu ihnen.

„Chief Apleton hat gesagt, ich soll euch bei einem neuen Fall unterstützen. Ich habe zwar noch keine Erfahrung mit Serienmördern, aber ich werde mein Bestes geben“, versprach sie mit einem kollegialen Lächeln.

„Wir haben alle einmal angefangen“, entgegnete Brandon ermutigend, während Rafael sie genauer beäugte.

Ihre Haltung sowie ihre Mimik spiegelten die gespannte Erwartung wieder, die man üblicherweise in einem jungen Agenten sah, der sich zum ersten Mal mit einem Serienmörder auseinandersetzen durfte. Rafael entging jedoch nicht, dass ihre Augen etwas anderes sagten. Julies Blick war eindeutig zurückhaltend. Nichts deutete darauf hin, dass sie sich über den Einblick in ein neues Arbeitsfeld freute und es kaum erwarten konnte, den Tatort zu sehen. Im Gegenteil.

Merkwürdig, fand Rafael, der sich noch genau an die positive Aufregung erinnerte, die er empfunden hatte, als er seinen ersten Serienmörder jagen durfte.

„Lasst uns gehen“, entschied Brandon, bevor er sich an Rafael wandte. „Fährst du oder soll ich?“

„Fahr du. Ich muss noch ein paar SMS schreiben“, entgegnete Rafael und überließ Julienne kurz darauf den Beifahrersitz, während er auf der Rückbank ihres Dienstwagens Platz nahm. Sogleich begann er, in seinem Handy alte Fotos zu löschen, um beschäftigt zu wirken und sich nicht dabei ertappen zu lassen, dass er eine Ausrede benutzt hatte, um sich nicht unterhalten zu müssen. Einen kurzen Moment lang schloss Rafael die Augen. Seit wann brauchte er solche Ausflüchte?

Seit er Julienne Henson kannte, antwortete ihm eine innere Stimme und Rafael betete, dass er während der nächsten Tage genügend Kraft finden würde, dieser Frau zu widerstehen. Allein der verführerische, zarte Duft, der in diesem Augenblick vom Vordersitz in seine Nase strömte, ließ ihn erahnen, wie schwer es ihm fallen würde, auf Distanz zu bleiben. Seit mehr als drei Jahren hatte er mit keiner Frau auch nur ein persönliches Gespräch geführt, geschweige denn sie privat getroffen. Von seiner Schwester einmal abgesehen, die in diesem Fall nicht zählte.

Ehrlicherweise musste Rafael zugeben, dass ihm dies nicht schwer gefallen war, denn als Mann hatte er keine Frau begehrt. Das war gut gewesen, denn es hätte sich ohnehin nie etwas daraus entwickeln können. Ebenso wenig wie sich etwas zwischen ihm und Julienne entwickeln würde.

„Wir sind da. Ziemlich gute Wohngegend“, unterbrach Brandon seine Gedanken.

Überrascht sah Rafael auf. Sie waren tatsächlich schon am Ziel. Das war schnell gegangen. Rasch stieg er aus und sah sich um. Drei Polizeiwagen standen an der Straße, zwei weitere in der Einfahrt. Darüber hinaus parkte ein Wagen der Gerichtsmedizin vor der Garage. Vier Jugendliche beobachteten das Ganze von der anderen Straßenseite aus.

„Die Leute scheinen sich hier nicht sehr füreinander zu interessieren“, stellte Brandon fest. „Normalerweise strömen alle aus ihren Häusern, wenn es etwas zu sehen gibt.“

„Du weißt doch, wie es in diesen noblen Vororten ist. Hier herrscht vornehme Zurückhaltung. Niemand möchte in irgendwelche Dinge hineingezogen werden, die nicht der Norm entsprechen“, erwiderte Rafael. Dann zückte er seinen Ausweis und trat auf den Polizisten zu, der die Absperrung der Einfahrt bewachte.

„Wir sind vom FBI. Detective Rossi erwartet uns.“ Auch Brandon und Julienne zeigten ihre Dienstmarken.

Der Officer warf einen Blick auf jede Einzelne, dann hob er das gelbe Band mit der schwarzen Aufschrift an. „Der Detective ist oben im Haus. Ich gebe ihm per Funk Bescheid.“

„Vielen Dank!“ Freundlich nickte Rafael dem Mann zu.

„Ich bin Jacob Rossi“, empfing sie der gutaussehende Detective kurz darauf in der Haustür. Er war Mitte dreißig, 1,85 Meter groß und hatte eine sportliche Figur. Sein Gesicht war ein wenig kantig, dennoch wirkte es harmonisch.

„Rafael McAdams", übernahm Rafe die Vorstellung. „Und das sind meine beiden Kollegen, Agent Henson und Agent Bucciarelli."

Höflich wartete Rafael, bis der Mann auch Julie und Brandon die Hand gereicht hatte, wobei ihm nicht entging, dass er Julies Hand ein wenig länger als notwendig gehalten hatte.

„Was haben wir?", erkundigte sich Rafael hastig, bevor er darüber nachdenken konnte, warum ihm dies überhaupt aufgefallen war.

„Zwei Leichen. Eine männlich, eine weiblich. Beide sind an Messerstichen gestorben. Dementsprechend blutig ist der Tatort", warnte Rossi.

„Wissen wir, wer die beiden sind?", wollte Brandon wissen.

„Der Mann ist der Hausbesitzer. David Murray, dreiundfünfzig. Er wohnte hier. Die Frau hat keine Papiere bei sich, aber wir vermuten, dass es sich um seine Frau, Deborah Murray, handelt. Die beiden lebten seit einigen Wochen getrennt."

„Wer hat die Leichen gefunden", fragte Rafael.

„Das Hausmädchen. Sie kam um zwei und hat das Paar im Esszimmer liegen sehen, als sie dort sauber machen wollte."

„Wieso konnte sie Mr Murray sicher identifizieren, nicht aber seine Frau?", mischte sich Julienne ein.

„Sie arbeitet erst seit vier Wochen für Mr Murray und ist seiner Frau daher noch nie begegnet. Allerdings hat sie einmal beim Aufräumen das Hochzeitsbild des Paares gesehen. Es lag in einem Buch, das ihr beim Abstauben heruntergefallen war. Die Frau auf dem Foto hatte jedoch lange Haare, wohingegen die Leiche einen Kurzhaarschnitt trägt."

„Ist das Hausmädchen noch da?"

„Ja, sie wartet in der Küche. Sie ist Mexikanerin, Anfang zwanzig und steht noch ziemlich unter Schock."

„Verständlich. Sie wird schließlich nicht jeden Tag die Leiche ihres Arbeitgebers finden", bemerkte Rafael. „Gehen wir hinein und sehen uns den Tatort an. Ihre Leute haben noch nichts verändert, oder?"

„Selbstverständlich nicht", erwiderte Rossi. „Wir sind keine blutigen Anfänger, Agent McAdams."

„Das habe ich damit auch nicht sagen wollen, Detective Rossi. Wir haben allerdings draußen den Wagen des Gerichtsmediziners gesehen. Normalerweise sitzen die Kollegen nicht untätig an einem Tatort herum."

„Das ist richtig", lenkte Rossi ein. „Tatsächlich hat Dr Nolan auch schon einen oberflächlichen Blick auf die beiden Leichname geworfen, um einen ersten Eindruck zu gewinnen. Ich habe dies erlaubt, da er auch die beiden anderen toten Paare untersucht hat."

Rafael nickte verständig. „Das machte sicherlich Sinn. Zeigen Sie uns den Weg, Detective. Wir folgen Ihnen."

Gemeinsam schritten sie durch die kleine Eingangshalle in ein helles Esszimmer, durch dessen bodentiefe Terrassentüren die Nachmittagssonne strahlte. Trotzdem wirkte der Raum durch seine dunkle und gediegene Ausstattung bedrückend. Der Parkettboden war mit teuren Teppichen belegt und an den Wänden hingen drei Ölgemälde mit Motiven aus der Seefahrt. Die Mitte des Raumes dominierte ein großer hölzerner Tisch mit acht passenden Stühlen aus dem gleichen schweren Holz.

Der Tisch war für zwei Personen gedeckt. Auf einem Teller befanden sich noch ein Rest Fisch sowie einige Gabeln Wildreis. Das Essen auf dem zweiten Teller war unangerührt. Das Bild der beiden Kristallgläser war ähnlich. In beiden befand sich Rotwein, wahrscheinlich aus der Flasche, die in dem silbernen Halter stand. Ein Glas war jedoch fast leer, wohingegen das andere noch gefüllt war.

Aufmerksam nahm Rafael diese Details wahr, bevor er um die Möbel herumging und das Bild der beiden toten Körper auf dem Boden aufnahm. Das weiße Hemd des Mannes war blutdurchtränkt. Er lag auf dem Rücken, ein Bein war angezogen. Auf den ersten Blick sah es nicht danach aus, als hätte er sich großartig gewehrt. Unwillkürlich zog Rafael seine Augenbrauen zusammen.

Merkwürdig, fand er. Wieso ergab sich jemand kampflos dem Angriff eines Messers?

Der Mann war mindestens 1,80 Meter groß und wog sicherlich an die neunzig Kilo. Auch wenn das wenigste davon Muskelmasse war, so war der Mann der Frau doch kräftemäßig eindeutig überlegen gewesen. Rafaels Blick glitt hinüber zu der Frauenleiche, die direkt neben David Murray lag.

Sie war schlank und um einiges jünger als der Mann. Wie der Detective bereits gesagt hatte, waren ihre Haare kurz geschnitten, doch sie war unbestreitbar eine attraktive Frau gewesen. Sie trug ein Kleid aus ursprünglich hellblauer Seide. Der dünne Stoff hatte das Blut der Frau jedoch nahezu vollkommen aufgesaugt. Ihre Beine waren angezogen und ihre Hände umfassten noch den Schaft des Messers, das aus ihrer Brust herausragte. Es hatte offensichtlich direkt ins Herz getroffen.

Rafael warf einen Blick auf Julienne, die bewegungslos neben ihm stand. Ihre Augen waren starr auf das Messer gerichtet.

„Alles in Ordnung?“, fragte er leise und legte dabei spontan eine Hand an ihre Schulter.

Julienne zuckte kurz zusammen, dann drehte sie ihren Kopf zu ihm. „Ja, natürlich. Die Vorstellung, dass sich jemand ein Messer ins Herz jagt, ist nur ... schockierend. Es wäre sicherlich keine Todesart, die ich für einen Freitod wählen würde.“

Nachdenklich nickte Rafael. „Es ist in der Tat eine ungewöhnliche Wahl, vor allem in unserem Kulturkreis. Im fernen Osten mag es anders sein, aber hierzulande kommt es selten vor.“

„Das hat uns auch am ersten Tatort dieser Art sofort misstrauisch gestimmt, aber es gab keinerlei Anzeichen für Fremdeinwirkung“, mischte sich Detective Rossi ein. „Ebenso wenig wie beim zweiten Mal oder jetzt hier. Allerdings sagt mir mein Bauchgefühl, dass an diesen Taten etwas faul ist. Das ist übrigens Dr Nolan, unser Gerichtsmediziner.“

„Sehr erfreut“, grüßte Brandon den Mann, der sich in diesem Moment erhob. Höflicherweise nannte er ihre Namen ebenfalls, bevor er das Thema zurück auf die Körper lenkte. „Was wissen wir bis jetzt?“

„Soweit ich es in dieser Position bestimmen kann, weist der Mann siebzehn Stichwunden im Oberkörper auf.“

„Das spricht für eine emotionale Tat. Es muss viel Wut im Spiel gewesen sein“, stellte Brandon fest.

„Das haben wir ebenso gesehen“, stimmte Rossi zu.

„Wiesen die anderen beiden männlichen Leichen ebenso viele Stichwunden auf?“, erkundigte sich Rafael.

„Ja. Auf das erste Opfer wurde dreiundzwanzigmal eingestochen, auf das zweite dreizehnmal“, bestätigte Dr Nolan.

„Wieso hat er sich nicht gewehrt?“, meldete sich Julienne zu Wort.

„Bei dieser Frage kann ich nur auf die beiden anderen Fälle verweisen. Wir haben beiden Männern eine Urinprobe entnommen und sie auf die üblichen Drogen und Medikamente untersucht."

„Lassen Sie mich raten. Sie haben KO-Tropfen darin gefunden", vermutete Brandon.

„Eine Mischung aus GHB und GBL, um genau zu sein. In Kombination mit dem konsumierten Alkohol wirkten die zusammengemischten Substanzen in wenigen Minuten."

„Todesursache waren jedoch die Stichwunden, korrekt?", vergewisserte sich Rafael.

„Ja. Die Männer starben, bevor das Mittel eventuelle Nebenwirkungen wie Brechreiz oder Atemstillstand hervorrufen konnte. Allein aufgrund des schnellen Todes war uns der Nachweis des Mittels überhaupt nur möglich, denn gewöhnlich baut der Körper die Substanzen innerhalb weniger Stunden ab", führte der Arzt aus.

„Das heißt, dass das Mittel mit dem Wein aufgenommen wurde?", hakte Brandon nach.

„Davon gehen wir aus", antwortete Jacob Rossi. „Allerdings haben wir bei den ersten beiden Fällen weder in den offenen Weinflaschen noch in einem der vorgefundenen Gläser eine Zugabe nachweisen können. Wir vermuten, dass das Glas des Mannes nach der Aufnahme der KO-Tropfen getauscht wurde oder zumindest dessen Inhalt."

„Haben Sie die Frauen ebenfalls auf den Konsum von Drogen hin untersucht?", wollte Julienne wissen.

„Das haben wir", bestätigte Nolan. „Das Ergebnis war jedoch eindeutig negativ. Das zweite Opfer hatte einen Alkoholspiegel von 1,1 Promille. Bei ihrer körperlichen Konstitution und ihrem leeren Magen entspricht dies zwei Gläsern Wein. Das erste Opfer hat höchstens einige wenige Schlucke Weißwein zu sich genommen."

„Sind Sie ganz sicher, dass die Frau den Mann erstochen hat? Das war doch Ihre Annahme, Dr Nolan, oder?", erkundigte sich Brandon.

„Die Frauen starben in jedem Fall nach den Männern", nickte der Arzt. „Allerdings liegen zwischen ihren Todeszeitpunkten nicht mehr als einige Minuten."

„Ich habe aber richtig verstanden, dass es an keinem der Tatorte Hinweise auf die Anwesenheit einer dritten Person gegeben hat?“, hakte Brandon noch einmal nach, was von dem Detective nickend bestätigt wurde.

„Wer waren die anderen beiden Opferpaare?“, fragte Rafael.

„Das erste Paar waren Paul und Andrea Brown. Die Nachbarin hat die Polizei verständigt, nachdem die Vorhänge des Hauses drei Tage lang zugezogen waren, Andreas Wagen immer noch vor der Garage parkte und niemand auf ihr Klingeln öffnete.“

„Warum war es ungewöhnlich, dass der Wagen vor der Garage parkte?“, wunderte sich Julienne.

„Andrea wohnte nicht mehr bei ihrem Mann. Das Paar hatte sich einige Monate zuvor getrennt“, erklärte Rossi. „Leider kann ich nicht viel mehr zu den beiden sagen, da wir den Fall sehr schnell für abgeschlossen erklärt haben. Nach der Beweisaufnahme sah alles ziemlich eindeutig aus. Auch wenn die Umstände ungewöhnlich waren, so deutete doch alles darauf hin, dass Andrea ihren Mann zuerst betäubt und dann erstochen hat, bevor sie sich selbst auf die gleiche Weise tötete.“

„Sie haben nicht weiter nach einem Motiv geforscht, obwohl der Mann dreiundzwanzig Stichwunden aufwies?“ Erstaunt sah Brandon den Detective an.

„Vielleicht haben Sie mehr Leute beim FBI oder weniger Fälle“, reagierte Rossi leicht gereizt, „aber auf unseren Schreibtischen türmt sich die Arbeit derart hoch, dass es ein Wunder ist, dass die Stapel noch ihr Gleichgewicht halten. Dementsprechend versteht mein Captain keinen Spaß, wenn wir Kapazitäten verschwenden und in diesem Fall schien das Geschehen klar. Ebenso klar war, dass es ein Mord aus Leidenschaft war. Ob nun Eifersucht oder Rache das Motiv war, spielt für meinen Captain keine Rolle. Ihn interessiert nur, ob ein Mörder frei herumläuft und in diesem Fall war die Täterin offensichtlich tot.“

„Nichts für ungut, Detective Rossi“, lenkte Brandon versöhnlich ein. Er wusste, wie es auf den Polizeidezernaten zuging. Es gab zu wenige Leute für zu viel Arbeit und dazu auch noch zu wenig Geld für Zusatzaufgaben. Es war nicht die Schuld des Kollegen, dass die Mittel nicht ausreichten. Professionell brachte er daher das Thema zurück auf den Fall. „Beim zweiten Opferpaar wurden sie allerdings misstrauisch, richtig?“

„Allerdings. Die beiden Tathergänge schienen sich zu gleichen und als die Gerichtsmedizin auch die gleichen Substanzen der KO-Tropfen nachwies, war mir klar, dass mehr dahintersteckt. Mein

Partner und ich fingen an, Fragen im Umfeld des Paares zu stellen. Für heute hatten wir uns vorgenommen, noch einmal Freunde und Familienangehörige der Browns zu befragen, aber dann kam die Meldung über diesen Tatort herein und ich bin direkt hergefahren."

Offen sah er die Agenten an, wobei seine Augen wieder einen Tick länger auf Julienne hängenblieben als auf Rafael und Brandon.

„Ich weiß nicht, wie und ob überhaupt noch eine dritte Person im Spiel ist", gestand er. „Aber mein Instinkt sagt mir, dass hier etwas nicht stimmt. Meiner Meinung nach sollten diese Morde unbedingt gründlicher untersucht werden. Ich bekomme allerdings keine Freigabe für weitere Ermittlungen."

„Normalerweise kommt es immer zu einem Kompetenzgerangel, das irgendwann auf höherer Ebene entschieden werden muss. Es ist selten, dass jemand einen Fall freiwillig abgibt", lobte Rafael.

Gleichgültig zuckte Rossi mit den Schultern. „Wenn wir es mit einem Serientäter zu tun haben, ist es früher oder später ohnehin Ihr Fall und ganz im Ernst: Ich brauche diese politischen Kämpfe nicht. Ich muss niemandem mehr etwas beweisen. Ich bin gut in meinem Job und auf den Straßen gibt es genügend Verbrecher für uns alle. Es ist mir egal, wer sie einbuchtet, solange es nur jemand tut."

Überrascht musterte Rafael den Mann erneut. Die Aussage war ungewöhnlich. Sie entsprach zwar genau seiner und, wie er wusste, auch Brandons Meinung, dennoch hörte er sie nicht allzu oft. Vor allem nicht von den Kollegen einer anderen Behörde. Rafael glaubte sofort, dass Jacob Rossi gut war. Er strahlte das entsprechende Selbstbewusstsein aus, ohne dabei arrogant oder überheblich zu wirken, wie es häufig der Fall war, wenn Unzulänglichkeiten vertuscht werden mussten. Aus den Augenwinkeln nahm er wahr, dass sich auch Juliennes Haltung geändert hatte. Sie betrachtete den Mann plötzlich genauer und ihr Blick erschien Rafael nun auch interessierter.

Augenblicklich verspürte er einen Stachel der Eifersucht und ertappte sich dabei, wie er die Hände des Detectives taxierte. Kein Ring. Rossi war weder verlobt noch verheiratet oder zeigte es zumindest nicht nach außen. Julienne mochte erst siebenundzwanzig sein, doch damit war Rossi mit seinen Mitte dreißig immer noch in einem für sie durchaus attraktiven Alter.

Angestrengt schluckte Rafael und wandte sich ab. Es sollte ihm egal sein, was die Kollegin für andere Männer empfand. Sie kam für ihn auf keinen Fall infrage. Vielmehr sollte er froh sein, wenn er einen weiteren Grund hatte, sich von ihr fernzuhalten. Seitdem er vor sechs Wochen zufällig erfahren hatte, dass Julienne frei und ungebunden war, fiel es ihm schließlich noch schwerer als zuvor, ihre Gesellschaft zu meiden. Vielleicht sollte er ein wenig männliche Kameradschaftlichkeit an den Tag legen?

„Ich stimme Ihnen völlig zu", kehrte Rafael gedanklich zu dem Gespräch mit Rossi zurück. „Wir sollten diese Fälle genauer unter die Lupe nehmen. Am besten übernehmen wir direkt hier vor Ort. Können Sie alles, was sie zu den anderen beiden Fällen zusammengetragen haben, direkt an uns senden, sodass wir nicht mehr Zeit als nötig verlieren?"

„Sicher."

„Prima. Julienne, hast du eine Karte dabei, damit Detective Rossi unsere Kontaktdaten hat?" Fragend sah Rafael sie mit einem neutralen Blick an, der ihn einiges an Mühe kostete. Dadurch entging ihm allerdings auch nicht die kurze Verwunderung, die in ihren Augen aufflackerte.

„Natürlich", antwortete sie sofort, während sie eine Visitenkarte aus der Tasche ihres engtaillierten Jacketts zog und sie Rossi reichte.

Der Mann sah ihr tief in die Augen, als er die Karte entgegennahm. „Vielen Dank! Ich gebe Ihnen zur Sicherheit auch meine Karte. Falls Sie noch Fragen haben, rufen Sie mich gerne jederzeit an. Mein Handy ist immer eingeschaltet."

Süffisant lächelte Rafael in sich hinein. *Sicher ist sein Handy immer an. Tag und Nacht. Auf keinen Fall wird er einen Anruf von Julie verpassen wollen.* Klugerweise hatte sich Rafael vor diesen Gedanken jedoch abgewandt, denn er war sicher, dass sich sein Sarkasmus in seiner Mimik spiegelte. Scheinbar interessiert betrachtete er noch einmal die beiden Leichen.

„Julie und ich befragen das Hausmädchen", verkündete Brandon wenige Sekunden später. „Rufst du Craig und die Spurensicherung, Rafe?"

„Mach ich", versprach Rafael und nahm sein Telefon in die Hand. Bevor er jedoch Craig Porter, ihren eigenen Forensiker, anrief, bedankte er sich bei Dr Nolan und verabschiedete sich von Rossi.

„Das war eine wirklich angenehme Übergabe“, stellte er fest, als er dem Detective die Hand reichte.

„Das fand ich auch, Agent McAdams.“ Dabei sah Rossi ihn ein wenig unschlüssig an.

„Gibt es noch etwas, Detective?“

„Nun ... es ist nichts Berufliches. Es ist eher eine private Frage. Wissen Sie, ob Agent Henson gebunden ist? Sie ist eine sehr schöne Frau, aber ich möchte auf keinen Fall in einer bestehenden Beziehung intervenieren.“

Die in diesem Moment einsetzenden stark emotionalen Reaktion auf das gestandene romantische Interesse des Kollegen, irritierte Rafael selbst. Am liebsten hätte er dem Mann auf der Stelle den Hals umgedreht. Stattdessen zwang er sich jedoch zu einem verschwörerischen Lächeln.

„So weit ich weiß, ist sie Single“, antwortete er und biss sich unauffällig in die Innenseite seiner linken Backe, als er ein begehrliches Funkeln in den Augen des Mannes aufblitzen sah.

KAPITEL 2

Gedankenverloren saß Julienne an ihrem Schreibtisch. Nach ihrer Rückkehr vom Tatort hatte sie gemeinsam mit Rafael und Brandon die Arbeit unter ihnen aufgeteilt und vor ihr lag nun die Akte des zweiten Opferpaares. Charles & Lynn Parson.

Allerdings las Julienne seit einer Viertelstunde jeden darin stehenden Satz mindestens dreimal, weil ihre Konzentration einfach nicht bei der Sache bleiben wollte. Immer wieder drifteten ihre Gedanken zu Rafael McAdams ab. Obwohl sie eine gute Menschenkenntnis besaß, fiel es ihr schwer, den Kollegen einzuschätzen.

Als sie vor einigen Monaten in Chief Apletons Abteilung angefangen hatte, war sie von allen im Team wohlwollend aufgenommen worden. Ihr Partner, Pete, wurde demnächst fünfzig und Julienne war dankbar für seinen großen Erfahrungsschatz, den er jederzeit bereitwillig mit ihr teilte. Väterlich hatte er sie unter seine Fittiche genommen und hatte ihr auch die Kollegen vorgestellt.

Insgesamt war es ein recht großes Team, doch es war ihr sehr schnell klar gewesen, dass Brandon und Rafael zu den starken und führenden Partnerteams zählten, ebenso wie Brian und Mitch. Grundsätzlich gab es niemanden in der Abteilung, den Julienne nicht mochte, doch zu Rafael McAdams hatte sie von Anbeginn eine starke Anziehungskraft verspürt.

Verträumt lehnte sie sich in ihrem Stuhl zurück und sah hinüber zu dem Kollegen, der drei Arbeitsplätze weiter saß. Sein linksseitiges Profil war ihr zugewandt, während er etwas in den Computer tippte und sich dabei mit seinem Partner unterhielt.

Er war ein gutaussehender Mann, und Julienne konnte nicht leugnen, dass er ihr optisch gefiel. Sein Teint war leicht gebräunt und zusammen mit seinen tiefbraunen Haaren, die trotz des Kurzhaarschnitts in leichten Wellen fielen, nahm er den markanten Gesichtszügen die Härte und ließ sie weicher wirken. Seine Augenfarbe schwankte zwischen einem warmen dunklen Braun und einem düsteren Schwarz, je nach Stimmung.

Julienne hatte bisher nicht häufig die Gelegenheit erhalten, dem Mann in die Augen zu sehen, doch sie hatte herausgefunden, dass sie sich immer dann verdunkelten, wenn er wütend oder verärgert war. Er hasste es, wenn Stärkere ihre Überlegenheit an Schwächeren ausließen und er hatte wenig Verständnis für Menschen, die in ihrem Leben einen einfachen Weg wählten, wenn dieser auf Kosten anderer ging. Rafael McAdams war im Team bekannt für seine Loyalität und seinen hohen Wertestandard.

Seine Aufklärungsquote war eine der höchsten und seine Aufklärungszeit eine der kürzesten. Unerbittlich gegen sich selbst jagte er jeden Mörder, bis er ihn gefasst hatte. Dann allerdings blitzten seine Augen vor Genugtuung. Es war offensichtlich, dass er den richtigen Beruf für sich gewählt hatte.

Leise seufzend glitt Juliennes Blick über Rafaels Schulter an seinem Arm herunter. Er hatte sein Jackett ausgezogen und das weiße Hemd, das er heute trug, tat nichts, um seine muskulösen Oberarme zu verbergen. Der Mann hatte den Körper eines Bodybuilders. Aber das war bei seinem regelmäßigen Training auch kein Wunder. Drei- oder viermal war sie ihm in den letzten Wochen im Trainingsraum begegnet, doch Rafael war jedes Mal gerade fertig gewesen, als sie gekommen war, sodass sie keine Gelegenheit gehabt hatte, ihn heimlich zu beobachten.

Das war wahrscheinlich auch gut so, denn Julienne wollte auf keinen Fall, dass den Mann auch nur der Anflug eines Verdachts ihrer albernen Mädchenschwärmerei ereilte. Es war schließlich offensichtlich, dass er ihr gegenüber nicht die gleiche Affinität empfand. Auf Dauer war ihr nicht entgangen, dass er ihre Gespräche grundsätzlich auf ein Minimum beschränkte, wobei er darauf achtete, dass das Thema niemals ins Private schwenkte. Wenn es nicht ein solch alberner Gedanke wäre, hätte Julienne sogar den Eindruck gewinnen können, dass er ihr bewusst aus dem Weg ging. Allerdings gab es auch andere Momente.

Es passierte nicht oft, aber hin und wieder begegneten sich ihre Blicke über die Tische und Köpfe der Kollegen hinweg. Unwillkürlich beschleunigte sich dann Juliennes Herzschlag und in seinen Augen sah sie ein Glitzern eigener Art. Am Anfang hatte sie gedacht, dass es nur eine Reflexion der hell strahlenden Neonleuchten war, doch im Laufe der Wochen war das Funkeln stärker geworden und sie spürte seinen Blick öfter auf sich ruhen. Dennoch mied er jede Begegnung mit ihr. Daher vermutete sie langsam, dass sie sich das alles doch nur einbildete, weil sie Rafael liebend gerne näher kennengelernt hätte.

Frustriert seufzte Julienne. Es ergab einfach alles keinen Sinn. Auch sein Verhalten heute im Haus von David Murray verstand sie nicht. Warum hatte Rafael Detective Rossi nicht eine Karte von sich gegeben? Sie war sich absolut sicher, dass er ebenso eine Visitenkarte einstecken gehabt hatte wie sie. Hatte Rafael das Interesse des Kollegen an ihr bemerkt und dem Mann absichtlich eine Gelegenheit der einfachen Kontaktaufnahme übermittelt? Nein, das würde Rafael nicht tun. Oder doch? Zweifel nagten an ihr und verärgert schüttelte sie den Kopf.

Wenn sie das klären wollte, würde sie Rafael direkt darauf ansprechen müssen, denn ein solches Verhalten gefiel ihr ganz und gar nicht. Sie brauchte niemanden, der ihrem Liebesleben auf die Sprünge half und Rafael McAdams schon gar nicht.

Rafael spürte, dass er beobachtet wurde und ahnte, dass es Juliennes Augen waren, die auf ihm ruhten. Unter enormer Anstrengung versuchte er dem Drang, zu ihr hinüberzublicken, zu widerstehen. Doch schließlich gab er auf und drehte sich mit seinem Stuhl in ihre Richtung. Er hatte recht gehabt. Es war Julienne, die ihn ansah. Allerdings konnte er ihren Blick auf die Entfernung nicht präzise deuten. War sie etwa verärgert? Aber worüber?

„Wir sollten unsere Recherchen zusammentragen", fand Brandon und erhob sich, um die Kollegin zu holen. „Organisierst du einen Stuhl für Julie?"

„Sicher!", erwiderte Rafael und stand ebenfalls auf. Er zog gerade einen Stuhl vom Nachbarschreibtisch heran, als Brandon mit Julienne zurückkehrte.

„Danke!", sagte sie höflich, als sie Platz nahm.

„Selbstverständlich!", erwiderte Rafael einsilbig. Aus den Augenwinkeln sah er den argwöhnischen Blick seines Partners, doch glücklicherweise schwieg Brandon zu seiner Reserviertheit.

„Was steht in Dr Nolans Bericht?", fragte Brandon.

„Ehrlich gesagt ist es nicht viel mehr als das, was der Pathologe uns schon im Haus gesagt hat", erläuterte Rafael. „Die Leichen des ersten Paares wurden nach drei Tagen freigegeben und sowohl Paul als auch Andrea Brown sind bereits beerdigt. Charles und Lynn Parson starben vorgestern. Ihre Körper liegen noch in Nolans

Gerichtsmedizin. Ich habe veranlasst, dass sie zu uns überführt werden, sodass Craig sie sich gegebenenfalls noch einmal selbst ansehen kann."

„Das war gut", bemerkte Brandon. „Über die Browns gibt es im Übrigen wirklich nicht viele Informationen. Außer dass Andrea vor zwei Monaten ausgezogen war, wissen wir kaum etwas. Die Nachbarn haben das Paar als freundlich bezeichnet, aber viel mehr wussten sie auch nicht über sie zu sagen. Die Browns haben wohl sehr zurückgezogen gelebt. Soviel wir wissen, hat Andrea nicht gearbeitet. Paul war Buchhalter bei der Houstoner Hafengesellschaft. Dort hat er zehn Leute geführt. Ich habe eben noch einmal angerufen und mit einer Kollegin von ihm telefoniert. Sie beschrieb ihn als wechselhaft. Wenn alles glatt lief, war er freundlich und verständnisvoll. Bekam er jedoch zu viel Druck von oben, so konnte er auch recht ungeduldig werden."

„Konntest du herausfinden, warum die Ehe zerbrochen ist?", erkundigte sich Julienne.

„Nicht auf die Schnelle. Interessanterweise hat Paul im Büro auch nicht erzählt, dass seine Frau ausgezogen war."

„Hmm!", murmelte Julienne. „Charles und Lynn Parson lebten ebenfalls nicht mehr zusammen."

Erstaunt hob Rafael die Augenbrauen. „Drei Paare und alle drei getrennt lebend? Das dürfte kaum ein Zufall sein. Was hat Detective Rossi noch über die Parsons in Erfahrung gebracht?"

„Die Aufzeichnungen sind dürftig. Am Telefon hat er sich dafür vorhin nochmals explizit entschuldigt. Er war hörbar erleichtert, dass er den Fall an uns abgeben konnte, denn bei vier parallellaufenden Fällen kann er einfach keinem gerecht werden."

Brandon nickte. „Keiner von uns kann mehr als arbeiten, und hin und wieder müssen wir alle auch einmal schlafen."

„Was ist nun das wenige, das wir wissen?", hakte Rafael ungeduldig ein. Er hatte genug von dem verständnisvollen Gesülze für den armen, überarbeiteten Detective.

Verdutzt sah Julienne ihn eine Sekunde lang an, dann gab sie in nüchternem Ton eine Zusammenfassung. „Charles Parson, einunddreißig Jahre alt, war Klempner und arbeitete zuletzt für ein mittelständisches Unternehmen. Vor drei Jahren hatte er sich selbständig gemacht, aber anscheinend lief es nicht besonders gut. Zum gleichen Zeitpunkt heiratete er Lynn und die beiden kauften sich ein kleines Haus in Edgebrook. Da er mit den Ratenzahlungen ins Hintertreffen geriet, war er gezwungen, in ein Angestelltenverhältnis zurückzukehren."

„Wie alt war seine Frau?", hakte Brandon ein.

„Dreiundzwanzig. Sie arbeitete in einem Vierundzwanzig-Stunden-Drogeriemarkt. Vor sechs Wochen ist sie bei ihrem Mann ausgezogen. Sie hat keine Familie und von Freunden ist auch nichts vermerkt. Die meisten Informationen stammen aus einem Gespräch mit Charles Parsons Bruder. Er wohnt ebenfalls in Edgebrook."

„Was hat er über die Ehe der beiden gesagt?", wollte Rafael wissen.

„Er meinte, dass sein Bruder eine gute Ehe geführt habe und die Trennung nur auf Zeit gewesen sei. Charles habe seiner Frau lediglich ein wenig Freiraum geben wollen, da Lynn noch sehr jung gewesen war, doch es sei nie eine Frage gewesen, dass sie wieder zurückkehrt. Sie hatte auch noch die meisten ihrer Sachen in dem gemeinsamen Haus."

„Er kannte also keinen Grund, warum seine Schwägerin dreizehnmal auf ihren Mann eingestochen haben könnte?"

„Es war ihm völlig unverständlich. Er kannte Lynn immer nur als zurückhaltende und fürsorgliche Ehefrau. Die Kollegen des Drugstores haben sie im Übrigen auch als schüchtern und eher stille Zeitgenossin beschrieben."

„Beide Paare hatten also keinen engen Freundes- oder Bekanntenkreis", fasste Brandon zusammen.

„Und nichts im Verhalten der Frauen lässt eine solch grausame Tat, wie sie sie verübt haben sollen, im Vorfeld erkennen", fügte Rafael hinzu.

„Sie müssen ihre Männer gehasst haben", stellte Brandon fest.

„Hass alleine reichte nicht", bemerkte Rafael. „Wenn es ihnen nur darum gegangen wäre, ihre Männer zu töten, hätten sie lediglich ein wenig mehr von dem Drogencocktail in den Wein geben müssen. Sie hätten noch etwas Ketamin oder Benzodiazepine hinzugeben können, und der Tod wäre innerhalb von Minuten eingetreten. Beide Substanzen sind auf dem Schwarzmarkt erhältlich und wer sich GHB und GHL besorgen kann, kommt auch an die anderen Stoffe."

„Es ging ihnen nur darum, die Männer zu betäuben", folgerte Brandon. „Sie waren den Frauen kräftemäßig überlegen, demzufolge mussten sie sie schwächen."

„Die Frauen waren also wütend, und diese Wut musste raus", überlegte Julienne. „Was erzürnt eine Frau derart, dass sie mehrfach auf ihren Mann einsticht?"

„Eifersucht?", schlug Rafael vor.

„Ganz bestimmt", nickte Julienne. „Es ist zweifellos ein starkes emotionales Motiv. Aber ich glaube nicht, dass ein einfacher Fehltritt für eine solche Handlung ausreicht."

„Du findest, Fremdgehen ist ein einfacher Kavaliersdelikt?" Rafaels Stimme klang ruhig, doch die Empörung darüber, dass jemand einen Ehebruch herunterspielen konnte, blitzte in seinen Augen.

„Keineswegs", entgegnete Julienne nüchtern. „Ich denke jedoch, dass mehr dahinter stecken muss, um dafür einen Mord zu begehen. Nach einem Betrug fühlst du dich verletzt und durchlebst mehrere emotionale Stadien. Du bist wütend, traurig, beschämt. Dennoch stichst du nicht dreiundzwanzigmal auf einen wehrlosen Körper ein. Wenn die Männer tatsächlich fremdgegangen sind und das der Auslöser für die Tat war, dann sind diese Frauen auf mehr als einer Ebene betrogen worden."

„Zum Beispiel?", fragte Brandon.

„Keine Ahnung. Vielleicht haben sie etwas für den Mann, beziehungsweise für ihre Ehe, aufgegeben. Etwas, das ihnen wichtig gewesen war und das sie nicht mehr nachholen können. Eine Karriere zum Beispiel."

„Lynn Parson war dreiundzwanzig. Ihr Leben lag noch vor ihr", warf Rafael ein.

„Vielleicht wurden sie von zwei wichtigen Personen in ihrem Leben betrogen. Das wäre beispielsweise der Fall, wenn der Mann und die beste Freundin miteinander ins Bett gestiegen wären", überlegte Julienne weiter.

Einen Moment lang hingen alle drei ihren Gedanken nach.

„Du hast recht, Julie", konstatierte Brandon schließlich. „Die Seelen dieser Frauen müssen tiefer verletzt worden sein. Sie haben sich regelrecht an ihren Männern gerächt. Was meinst du, Rafael?"

„Ich denke, dass es grundsätzlich schwierig ist, zu sagen, wie sehr ein Mensch gekränkt ist, wenn er von seinem über alles geliebten Partner, dem er uneingeschränkt vertraut hat, betrogen wird. Den Schmerz empfindet jeder anders und wie er damit umgeht, hängt nicht zuletzt von seinem Umfeld, seiner charakterlichen Stärke und seinen anderen Erfahrungen im Leben ab. Ich stimme aber zu, dass es ungewöhnlich ist, dass drei Ehefrauen in so kurzer Zeit derart extrem reagieren."

Der Ausdruck in Rafaels Augen ließ Julienne aufhorchen. Hatte der Kollege eine solche Erfahrung schon einmal durchlebt? War er betrogen worden? Nichts in seinem Ton deutete darauf hin, doch ihr Gefühl sagte ihr, dass hinter diesem Thema mehr für Rafael stand als er gerade gezeigt hatte.

„Als Erstes sollten wir versuchen, so viel wie möglich über unser letztes Pärchen herauszufinden. Vielleicht können wir den Trennungsgrund von David und Deborah in Erfahrung bringen", begann Brandon mit der weiteren Planung.

„Außerdem müssen wir mehr über die drei Frauen wissen. Wo haben sie zuletzt gewohnt? Was haben sie gemacht? Mit wem haben Sie sich getroffen? Irgendwo in diesen drei Leben muss es eine Gemeinsamkeit geben", fuhr Rafael fort. „Niemals haben drei Frauen unabhängig voneinander den gleichen Mord- und Suizidplan."

„Vielleicht haben sie sich zufällig kennengelernt und die Rache zu dritt geplant", zog Brandon in Erwägung.

„Dann könnten aber auch noch mehr Frauen in dieser Gruppe sein", gab Julienne zu bedenken.

„Das ist natürlich eine Möglichkeit, aber ehrlich gesagt, glaube ich nicht an eine solche Verschwörung", äußerte Rafael seine Zweifel.

„Warum nicht?", fragte Julienne nach.

Bedächtig sah Rafael sie an. „Wenn es ein gemeinsam geplanter Racheakt gewesen wäre, hätten die Frauen dann nicht auch einen gemeinsamen Zeitpunkt dafür gewählt?"

„Vielleicht wollten sie sehen, ob es die jeweils andere auch wirklich durchzieht", schlug Julienne vor.

„Wie eine Mutprobe?" Nachdenklich schüttelte Rafael den Kopf. „Das ergibt für mich keinen Sinn. Die anderen hätten nichts davon."

„Du glaubst also, dass es noch jemanden im Hintergrund gibt?", mutmaßte Brandon.

„Ja", bestätigte Rafael nickend.

„Allerdings gab es an den Tatorten keinen Hinweis auf eine dritte Person", erinnerte Julienne.

„Das muss nichts heißen", entgegnete Rafael. „Zum einen kann die Polizei etwas übersehen haben, zum anderen muss diese Person zum Tatzeitpunkt auch gar nicht anwesend gewesen sein."

„Da fällt mir noch etwas anderes ein", bemerkte Brandon. „Vielleicht kann die Forensik feststellen, ob das Drogengemisch, das den Männern verabreicht worden ist, aus der gleichen Quelle stammt. Vielleicht bekommen wir auf diese Weise Aufschlüsse über den oder die Käufer. Wenn es nur einen gibt, würde das für die These einer weiteren Person sprechen."

„Gute Idee", lobte Rafael. „Wir müssen uns von allen Seiten herantasten."

„Henson, Bucciarelli, McAdams!", tönte in diesem Moment Chief Apletons Stimme durch das Büro und Julienne verzog unweigerlich die Lippen. Sie hasste diese Ansprache.

Sie war ihr nicht fremd und sie wusste, dass die Nennung der Nachnamen keine Herabsetzung, sondern der normale Umgangston in allen Einheiten war. Trotzdem würde sie sich wahrscheinlich nie daran gewöhnen.

Rafael bemerkte ihre Reaktion und lächelte in sich hinein. Sie passte zu seiner Einschätzung von Julienne Henson. Die Kollegin war viel zu weiblich, als dass ihr dieser raue Ton gefallen konnte.

„Was will der Chief von uns?", fragte sie misstrauisch, während sie aufstand.

„Die Lösung des Falls?", erwiderte Brandon ausdruckslos.

Entsetzt weiteten sich Juliennes Augen und Rafael musste lachen.

„Keine Sorge. Brandon hat nur gescherzt. Am besten gehen wir einfach in sein Büro. So erfahren wir am schnellsten, was dem Chief auf der Seele brennt."

Juliennes Augenlider blinzelten zweimal schnell hintereinander, dann lachte sie erleichtert mit. „Natürlich. Wie dumm von mir."

Rafaels Lachen war ansteckend. Es klang tief und angenehm und zum ersten Mal hatte Julienne den Eindruck, einen Teil des wahren Menschen zu sehen, der in diesem Mann steckte. Die neue Erkenntnis verstärkte die Sehnsucht in ihr, den Kollegen näher kennenzulernen. Vielleicht würde sie im Laufe der Ermittlung noch Gelegenheit dazu bekommen.

Juliennes Lachen war melodisch und es klang herrlich unbeschwert, stellte Rafael fest. Dazu ließ es ihr hübsches Gesicht noch schöner und ihre Augen noch grüner wirken. Am liebsten hätte er den ganzen restlichen Tag nichts anderes getan als sie angesehen.

Erschrocken fuhr Rafael zusammen. Was machte er da? Hastig drehte er sich um und ging mit ausholenden Schritten auf den Chief zu. Dabei schlug sein Herz hart gegen seine Rippen. Wie lange hatte er in Juliennes faszinierende Augen gestarrt? Die Zeit schien für ihn stillgestanden zu haben, doch in Wahrheit konnte es nicht mehr als der Bruchteil einer Sekunde gewesen sein, oder doch? Hatte vielleicht sogar jemand bemerkt, dass er in ihrem Blick versunken war?

Hoffentlich nicht, dachte Rafael und ermahnte sich noch einmal, in Zukunft vorsichtiger zu sein. Er durfte seine Wachsamkeit gegenüber Julienne nicht senken. Niemals. Nicht einmal für eine einzige Sekunde.

KAPITEL 3

„Was gibt es, Chief?“, erkundigte sich Brandon, nachdem alle um Apletons Tisch saßen.

„Sie erinnern sich an den Fall Wagener?“

„Natürlich“, bestätigten Rafael und Brandon gleichzeitig.

„Wer ist Wagener?“ Fragend sah Julienne in die Runde.

„Konrad Wagener. Wir haben ihn vor ungefähr einem halben Jahr festgenommen. Er war operationstechnischer Assistent in einem Krankenhaus. Am liebsten wäre er Chirurg geworden, doch er schaffte die Zulassungsprüfung nicht. Daher wählte er einen alternativen Beruf im OP. Allerdings wurde seine Sehnsucht, selbst zu operieren, mit der Zeit immer größer und so begann er, in seiner Freizeit Operationen nachzustellen“, führte Rafael aus.

„Dazu suchte er sich junge Männer und Frauen, die er leicht in eine alte Scheune locken konnte“, ergänzte Brandon. „Dort betäubte er sie und entnahm ihnen Organe, die er ihnen anschließend wieder einsetzte. Seine sogenannten Patienten verstarben entweder während des Eingriffs oder unmittelbar danach, und er hat sie in einem nahegelegenen Waldstück vergraben. Eines Tages haben die Hunde eines Jägers die erste Leiche entdeckt.“

Angewidert verzog Julienne das Gesicht. „Das ist entsetzlich.“

„Das ist es“, bestätigte Chief Apleton. „Bis heute dachten wir, dass Wagener nur in Houston gemordet hat, doch nun haben Kollegen in Sacramento drei Frauenleichen ausgegraben, von denen sie vermuten, dass sie ebenfalls Wagener zum Opfer gefallen sein könnten. Der leitende Staatsanwalt will, dass einer von Ihnen gemeinsam mit ihm nach Sacramento fliegt und sich die Sache anschaut. Wagener soll in zwei Wochen angeklagt werden und die Zeit drängt.“

Nach einem schnellen Blick auf seinen Bildschirm, wandte sich Apleton wieder seinen Agenten zu. „Falls sich der Verdacht der Kollegen in Kalifornien bestätigen sollte, müssen Sie auch nach Salt Lake City. Dort hat der Mann direkt nach seiner Ausbildung für zwei Jahre gelebt, und es ist nicht auszuschließen, dass er sich bereits damals als Operateur berufen fühlte. Sie wissen, wie der Typ tickt und sind damit eine enorme Hilfe für die dortigen Kollegen, die bis jetzt nicht einmal wissen, wo sie anfangen sollen zu suchen."

Rafael wollte gerade ansetzen zu sagen, dass er das übernehmen würde, als sich Brandon zu Wort meldete.

„Kein Problem, Chief. Ich begleite den Staatsanwalt."

Eine Sekunde lang war Rafael wie gelähmt, dann hüstelte er und sah Brandon streng an. „Können wir das zunächst unter vier Augen besprechen, Partner?" Dem letzten Wort verlieh er dabei eine besondere Betonung.

„Sicher", erklärte Brandon. Seinen gleichgültigen Ton begleitete er mit einem desinteressierten Achselzucken.

„Es ist mir egal, wer von Ihnen mitfliegt und wer, gemeinsam mit Agent Henson, diesen mysteriösen Fall der drei toten Ehepaare aufklärt. Besprechen Sie sich und geben Sie mir in den nächsten zehn Minuten Bescheid, damit das Büro der Staatsanwaltschaft das Flugticket auf den richtigen Namen ausstellen lassen kann." Mit sicherem Griff zog Apleton eine Akte aus dem Stapel auf seinem Schreibtisch und klappte sie auf. Es war ein deutliches Zeichen, dass er seine Agenten als entlassen betrachtete.

„Alles klar, Chief", versicherte Brandon für sie alle und gemeinsam verließen sie das Büro.

„Entschuldige uns bitte einen Moment, Julienne", sagte Rafael zu der Kollegin, während er Brandon in den nächsten Besprechungsraum zog und die Tür hinter ihnen schloss, ehe einer der anderen beiden überhaupt eine Gelegenheit hatte, zu reagieren.

„Das war ziemlich unhöflich gegenüber Julie", stellte Brandon fest.

„Ich entschuldige mich später bei ihr", schob Rafael den Vorwurf achtlos beiseite. „Erklär mir lieber, seit wann du Entscheidungen für uns beide triffst."

„Beanspruchst du dieses Recht etwa für dich alleine?" Herausfordernd blickte Brandon seinen Partner an.

„Wann habe ich das jemals getan?"

„Du willst also allen Ernstes behaupten, dass du eben im Büro nicht dabei warst, zu verkünden, dass du reisen wirst?"

Erstaunt hob Rafael seine Augenbrauen an.

„Ich kenne dich, Rafe", fuhr Brandon fort. „Du hattest den Satz bereits auf den Lippen. Ich war lediglich schneller." Seine

Stimme wurde versöhnlicher. „Statt dich über mich zu ärgern, solltest du dich lieber fragen, warum du jede Gelegenheit nutzt, Julie aus dem Weg zu gehen.“

„Ich gehe ihr nicht aus dem Weg“, erwiderte Rafael, doch seine Stimme hatte an Kraft verloren.

„Natürlich tust du das. Du meidest sie regelrecht. Warum?“

Bestürzt erkannte Rafael, dass er seine Zuneigung Julienne gegenüber nicht länger leugnen konnte. Zumindest nicht vor seinem Freund. In diesem Moment wich jede weitere Gegenwehr aus seinem Körper. Entkräftet zog er einen Stuhl unter dem Konferenztisch hervor und setzte sich seufzend.

Kurzerhand nahm Brandon über Eck Platz. „Du magst sie, nicht wahr?“

Rafael stützte seinen Kopf in seine Hände und rieb sich über die Augen. Dann nahm er seine Arme herunter und sah Brandon an. Schließlich nickte er langsam.

„Ich weiß nicht, warum oder wieso. Ich habe kaum jemals mit ihr gesprochen, und ich weiß so gut wie nichts über sie. Trotzdem fasziniert sie mich.“

„Das nennt sich Anziehungskraft, Rafe“, belehrte Brandon ihn ruhig.

„Es ist egal, wie es sich nennt, Brandon. Ich kann diesem Gefühl nicht nachgeben.“

„Wieso nicht?“

„Meine Güte! Du weißt, warum. Ich muss mich nicht ständig wiederholen.“ Frustriert raufte sich Rafael die Haare.

„Ehrlich gesagt habe ich deine Gründe, dich mit keinem weiblichen Wesen zu verabreden, noch nie verstanden. Ich habe sie akzeptiert, da du offensichtlich ohnehin kein Interesse daran hattest. Doch das hat sich jetzt geändert, und in meinen Augen gibt es keinen einzigen Grund, dich selbst zu kasteien.“

Ungläubig schüttelte Rafael den Kopf. „Ich hätte dich für loyaler gehalten.“

„Ich bin loyal, Rafe, und zwar dir gegenüber. Du hast in den letzten Jahren mehr getan als ein Mensch von dir verlangen kann. Aber nun übertreibst du es. Jede Loyalität hat ihre Grenzen und du hast ein Recht auf ein eigenes, ausgefülltes und glückliches Leben.“

„Ich bin glücklich.“

„Nein. Du bist zufrieden“, korrigierte Brandon. „Das sind zwei völlig verschiedene Dinge. Du bist zweiunddreißig Jahre alt und lebst wie ein asketischer Mönch. Das mag für dich in den letzten Jahren in Ordnung gewesen sein, doch nun ist deine Sexualität aus ihrem Tiefschlaf erwacht. Warum willst du also zusehen, wie sich dieser Detective Rossi an Julienne heranmacht, wenn du sie dir im Grunde selbst angeln möchtest? Genieß eine Romanze und wer weiß, vielleicht ist sie sogar die Frau deines Lebens."

Rafaels Lippen verzogen sich zu einem ironischen Grinsen.

„Was?", forderte Brandon ihn mit einer fragenden Geste auf. „Du kannst nicht wissen, wie es sich entwickelt."

„Es wird sich nichts entwickeln", stellte Rafael entschieden fest und richtete sich dabei auf.

„Deine Entscheidung, Partner", gab Brandon in einem Ton zurück, der klang, als sei es ihm egal. „Dennoch würde ich gerne nach Sacramento fliegen. Ich habe dort einen alten Schulfreund, den ich bei dieser Gelegenheit nach langer Zeit endlich wiedersehen könnte."

„Was wird Tara dazu sagen?"

„Was soll sie sagen? Sie wird die Zeit nutzen und endlich einmal eine ganze Nacht durchschlafen, wozu sie mit mir an ihrer Seite nicht kommt", feixte Brandon frech.

Rafael zwang sich zu einem Lächeln, bevor er zu ihrem eigentlichen Thema zurückkehrte.

„Bitte, Brandon, tu mir das nicht an", bat er. „Die Zusammenarbeit mit Julie war für mich schon gemeinsam mit dir eine Herausforderung. Aber alleine mit ihr wäre es die reinste Folter."

„Eine süße Folter", konkretisierte Brandon. „Erinnerst du dich noch, wie du mich vor einiger Zeit davon überzeugt hast, Tara bei mir aufzunehmen? Du hast mich damals weit über meine Komfortzone hinausgeschoben."

„Es war zu deinem Besten oder willst du mir heute sagen, dass ich falsch gelegen habe?"

„Definitiv nicht und dafür werde ich dir ewig dankbar sein. Es war genau das Richtige. So wie es heute das Richtige ist, dass du einen Schritt aus deinem Kokon wagst."

„Die beiden Situationen sind kaum miteinander vergleichbar. Brandon, ich habe dich nie um etwas gebeten, aber ich bitte dich heute als dein Freund: Lass mich nach Sacramento fliegen."

Lange sah Brandon seinen Partner an. Das war keine leichte Entscheidung für ihn. In der Tat war es das erste Mal, dass Rafael ihn um einen Gefallen bat. Allerdings war sich Brandon sicher, dass er seinem Freund weitaus mehr helfen würde, wenn er diesen ablehnte. Brandon wollte das Beste für Rafael. Doch wie weit durfte er dafür gehen?

„Wenn es wirklich das ist, was du willst, Rafe, dann bleibe ich hier und bringe den Fall mit Julie zu Ende“, antwortete er schließlich. „Aber ich sage dir, dass ich es für die falsche Entscheidung halte. Was du für sie fühlst, wird nicht einfach aufhören. Im Gegenteil. Es wird sich immer weiter steigern. Was glaubst du, wie lange du ihr noch aus dem Weg gehen kannst, bis es auffällt? Mir hast du damals gesagt, es ginge nicht darum, gleich mit Tara ins Bett zu gehen, sondern sie kennenzulernen und genau darum geht es bei dir auch. Nutze die Gelegenheit und lerne Julie kennen.“

„Welchen Sinn soll das haben, Brandon? Das Ganze ist eine Sackgasse und dazu noch eine recht kurze. Womöglich leiden wir am Ende beide.“

Ermutigend legte Brandon eine Hand auf den Arm seines Partners. „Oder ihr habt die Sache zwischen euch glücklich geklärt. Seitdem ich dich kenne, bist du nie ein Feigling gewesen, Rafe. Stell dich deinen Gefühlen und überdenk deine Position. Du hast ein Recht zu lieben und geliebt zu werden.“

Rafael schloss die Augen und holte tief Luft. Die gleichen Worte sagte ihm auch seine Schwester immer wieder. Hatte sie vielleicht doch recht? In einem Punkt lag Brandon in jedem Fall richtig. Er war kein Feigling. Erst einmal war Julie nichts weiter als eine Kollegin, und sein Verhalten war gerade alles andere als rational. Es war sogar regelrecht kindisch und es wurde langsam Zeit, dass er zur Vernunft zurückkehrte.

Entschlossen öffnete er die Augen. Er hatte seine Entscheidung getroffen. „Besuch deinen Freund, Brandon. Wer weiß, wann du das nächste Mal eine solch günstige Gelegenheit bekommst.“

Gezwungenermaßen sah Julienne von ihrem Bildschirm auf, als Rafael an ihren Schreibtisch trat. Ihr Blick war verschlossen, und ihre Stimme klang distanziert.

„Habt ihr euch geeinigt, wer in den sauren Apfel beißen und mit mir arbeiten muss?“

Seufzend zog sich Rafael den Stuhl ihres Partners Pete heran und setzte sich neben sie. Er hatte bereits befürchtet, dass Julienne sein Verhalten derart interpretiert hatte. Eine Entschuldigung war das Mindeste, was sie verdient hatte.

Mit einem offenen Blick sah er ihr in die Augen. „Mein Verhalten tut mir leid, Julie. Es war unangemessen und ich verstehe, dass es auf dich so gewirkt haben muss, als würden wir – oder zumindest ich – nicht gerne mit dir arbeiten. Allerdings versichere ich dir, dass dies nicht der Fall ist."

Nachdenklich musterte Julienne den Kollegen. Seine Worte klangen ehrlich und auch sein Blick wirkte klar. Zum ersten Mal hatte sie nicht das Gefühl, dass Rafael einen Blickkontakt mit ihr so kurz wie möglich halten wollte und bereits dabei war, die nächstbeste Gelegenheit zu suchen, um sich wieder abwenden zu können, ohne allzu unhöflich zu wirken.

„Was war dann der Grund dafür, dass jeder von euch die Gelegenheit nutzen wollte, von hier zu entkommen?" Bevor sie Rafael verzieh, wollte Julienne eine Erklärung. Eine Erklärung, die sie nachvollziehen verstehen konnte.

„Es hatte nichts mit dir zu tun."

„Mit was dann?"

„Es ist kompliziert."

„Versuch es."

Rafael seufzte innerlich. Hatte er wirklich gedacht, Julienne würde es ihm einfach machen? ...

ÜBER DEN AUTOR

Geboren in den USA, lebt **Jessica Westin** heute mit ihrem Mann und ihren beiden Söhnen im Südwesten Deutschlands. Neben ihrer Familie sind ihre beiden großen Leidenschaften Bücher und Reisen. Beides hat sie zu ihrem Beruf gemacht. Noch immer fliegt sie einmal im Monat für eine große deutsche Airline als Flugbegleiterin um die Welt. An allen anderen Tagen erweckt sie in ihren romantischen Krimis die wunderbaren Charaktere ihrer Fantasie für ihre Leser zum Leben.

BÜCHER VON JESSICA WESTIN

Black Panther Operations

Black Panther Operations: **Skye**
Black Panther Operations: **Ash**
Black Panther Operations: **Blue** (November 2017)

FBI: Houston

FBI: Houston: **Wann immer**
FBI: Houston: **Wer immer**
FBI: Houston: **Wo immer**
FBI: Houston: **Wie immer**
FBI: Houston: **Was immer**

FBI: Chicao

Chicago Heat: **Spiel auf Herz und Tod**
Chicago Heat: **Kein Reiz ist ohne Risiko**
FBI: Chicago: **Liebe mit und ohne Leidenschaft**
FBI: Chicago: **Stumme Verbindungen**

Contact Jessica

jessica@jessicawestin.com

http://jessicawestin.de

http://www.facebook.com/jesswestin/

IMPRESSUM

Jessica Westin
c/o Scheer UB
Höhenweg 17a
66130 Saarbrücken

mailto: jessica@jessicawestin.com

25630443R00190

Printed in Poland
by Amazon Fulfillment
Poland Sp. z o.o., Wrocław